AUF ADLERS SCHWINGEN
DAS BUCH ANSHELM

Freundlichkeit:
Sei freundlich, denn jeder den Du triffst, führt einen
harten Kampf. Platon zugeschrieben etwa 428-348 v.Chr.

Mein Dank gilt allen Menschen auf dieser Erde, die sich die Liebe in ihren Herzen bewahrt haben, denn sie sind Gottes Kinder.

Dank an meinen Lektor Dieter

Autor: Jochen Adam, geb. 1967 in Mannheim-Neckarau, von Beruf Bauingenieur. Verheiratet mit einer Architektin und Vater von drei Töchtern.

Jochen Adam

AUF ADLERS SCHWINGEN
DAS BUCH ANSHELM

Bibliografische Information der Deutschen Nationalbibliothek:
Die Deutsche Nationalbibliothek verzeichnet diese Publikation
in der Deutschen Nationalbibliografie; detaillierte bibliografische Daten sind im Internet über http://dnb.dnb.de abrufbar.

Umschlaggestaltung: **Tina Agard; www.tina-agard.de**

Herstellung und Verlag: BoD – Books on Demand, Nor-
derstedt

ISBN: 978-3-7347-7816-2

Die handelnden Personen in Kurzdartsellung

Personen: Anshelm/Anselm: Als junger Ritter tritt Anshelm die Nachfolge seines Vaters an. Dieser macht einen fähigen Kämpfer und Jäger aus ihm, erweckt in Anshelm aber ebenso den gläubigen Christen und kundigen Naturkenner. Seine Mutter hingegen weckt Anshelms weibliche Seite und zeigt deren Klugheit und Schönheit auf. Das ist entscheidend, denn ohne dies wäre es seiner Männlichkeit nicht möglich, sich von der Last des alten Egos zu befreien.

Melisande: Melisande wächst zunächst unter den Tieren der Alm auf, mit denen ihr Vater in besonderer Beziehung steht. Nachdem sie alt genug geworden ist, zieht sie mit dem Schäfer und seiner Herde für Jahre gemeinsam durch das Land und kehrt immer zu Weihnachten heim. Nachdem sie ihr eigenes Leben beginnt, trifft Melisande auf Hans den Bergbauingenieur, der sie in die Geheimnisse des Lebens einweiht.

Almuth: Almuth ist eine Seewirtin aus der Alpenregion und begegnet durch ihr intensives Zusammensein mit dem Element Wasser einem Elementarwesen. Dieser Wasserelbe beginnt eine aktive Kommunikation mit ihr aufzubauen. So erfährt sie, dass alle Elemente geistige Führung besitzen, und dass selbst ein Stein Bewusstsein hat.

Blumenpeter: Peter erfährt durch seinen Großvater die Liebe zu Kräutern und Blumen. Er zieht, erwachsen geworden, vom Berg herunter in die kleine Stadt und eröffnet einen Blumenladen. Melisande und der Schäfer lernen bei ihren Weidezügen Peter kennen und entdecken, dass sie eine gemeinsame Bekannte haben, nämlich Almuth. Blumenpeter und Almuth heiraten, haben Kinder und begreifen die Familie als Erfüllung ihres Lebens.

AUF ADLERS SCHWINGEN
DAS BUCH ANSHELM

Vom Wesen des Messias:
Seine Worte werden nicht sein wie die eines Menschen, sondern
werden sein voll Kraft und voll Lebens.
In seinem Wesen aber wird er sein so sanft wie ein Lamm und zart
wie eine Turteltaube;
aber dennoch werden seinem leisesten Hauche gehorchen alle
Elemente.
So er den Winden gebieten wird gar leise, da werden sie losbrechen
und werden das Meer zerfurchen
bis in den Grund. Wenn er über die wogende See hinblicken wird,
da wird das Gewässer zum ruhigen Spiegel werden.
So er zur Erde hauchen wird,
da wird sie ihre alten Gräber öffnen und alle Toten wieder zum Leben
ausliefern müssen.

ICH WILL DAS VERLORENE WIEDER SUCHEN UND
DAS VERIRRTE ZURÜCKBRINGEN. Hesekiel 34.16

Prolog

Es stand ein militärisch gekleideter Mann abgerückt von einer neugierigen Menschengruppe und lauschte angestrengt.

Dies war zur Mittagsstunde vor weniger als zweitausend Jahren. Die Männer und Frauen der Gruppe umringten einen Sprecher, dem auch er aufmerksam zuhörte.

Er selbst war grösser als die umstehenden Männer, ein Fremdling, jünger und von aufrechtem Wuchs.

Wenn seine Haut von der Sonne auch kräftig gebräunt war, so verrieten das dunkelblonde Haar alleine schon aus der Ferne, und die graugrünen Augen aus der Nähe, seine eigentliche Herkunft.

Seine Heimat war Germanien. Ein Land kühl und feucht im Herbst, voller Schnee und Kälte im Winter. Dichte Wälder, wo Tannen standen. Lichte Wälder, wo Buchen mit Eichen gemeinsam das grüne Laubdach bildeten. Beängstigende Sümpfe, in denen man Ausgestossenen und Kultopfern das Grab bereitet. Kein Staub und keine Hitze wie hier. Alles war dort anders.

In seiner Heimat würde er als Fürstensohn in anderen Aufgaben Verantwortung zu tragen haben und er wäre kein Unbekannter, aber hier in diesem Moment, war er lediglich ein unbemerkter Zuhörer.

Da waren die Bilder wieder im Kopf gegenwärtig, wie er als Junge für die Gewähr eines Bündnisses, zwischen den römischen Besatzern und seinem Stamm, von seinem Vater zur Heranbildung der Mannesreife nach Rom gegeben wurde - so viele Jahre ohne Verbindung zur Heimat und heute ein Mann.

Sein römischer Herr hatte ihm von Anbeginn die beste Ausbildung zukommen lassen. Ihm wurde Unterricht in der hebräischen und griechischen Sprache zuteil und ebenso in der Schrift. Das Aramäische hatte er sich in der jüdischen Besatzungszone selbst angeeignet und so war es ihm möglich, jedes Wort, das der jüdische Rabbi sprach, auch zu verstehen.
Seit drei Jahren war er mit seinem römischen Herrn nun schon hier stationiert, wobei sein Herr bereits seit längerem darauf drängte, eine Statthalterstelle in einer

anderen Garnison zu erlangen. Er sagt, dass hier bald etwas Gefährliches geschehen würde, und dass sein Gefühl ihn bezüglich solcher Ereignisse nie trüge.

Graugrüne Augen waren an ihm auffällig, zugleich aber auch nichts Aussergewöhnliches. In Jerusalem war viel gemischtes Volk zu sehen. Sein dunkelblondes Haar, das in der Sonne des Orients heller wurde, zeichnete ihn am augenfälligsten von den Anderen ab.

Ein Junge hastete vorbei und rempelte ihn an. In diesem Moment erinnerte er sich intensiv an das Haus seines Herrn und seinen jüdischen Gelehrten, ein gern gesehener Gast, was eine Ausnahme war in Rom. Ein Rabbi war für gewöhnlich ein schwieriger und sperriger Verhandlungspartner wenn es um Gesetzesfragen ging. Römisches Recht und jüdisches Staatswesen waren nicht in Einklang zu bringen. Die Juden waren, gerade in Jerusalem im besonderen, für die römischen Besatzer eine Herausforderung. Zu klug, zu belesen und doch weltfremd in den Augen der Besatzer. Trotzdem gab es Ausnahmen. Dieser Rabbi hatte eine Freundschaft zu seinen Herrn aufgebaut, und so kam der junge Germane in die Lehrstunde für hebräische Schrift und Sprache. Er lernte auf diesem Weg auch den jüdischen Gott und Auszüge aus dem jüdischen Glaubenswerk kennen. Eine Aussage des Propheten Jesaja über ihren Gott hielt ihn seitdem gefangen:" *Denn meine Gedanken sind nicht eure Gedanken, und eure Wege sind nicht meine Wege, spricht Gott. Denn wie die Himmel höher sind als die Erde, so sind meine Wege höher als eure Wege und meine Gedanken als eure Gedanken. Denn gleichwie der Regen und der Schnee vom Himmel herabfällt und nicht dahin zurückkehrt, er habe denn die Erde getränkt und befruchtet und sie sprossen gemacht, und dem Sämann*

Samen gegeben und Brot dem Essenden: also wird mein Wort sein, das aus meinem Munde hervorgeht; es wird nicht leer zu mir zurückkehren, sondern es wird ausrichten was mir gefällt und durchführen wozu ich es gesandt habe."

Der Rabbi, der zu der Gruppe Männer sprach, war Jesus von Nazareth, der Sohn des Zimmermanns Joseph. Bei ihm war auch Jesu Bruder Jakobus, den er selbst kannte von Begegnungen auf dem Markt. Jakobus machte offensichtlich Notizen von der Rede an die Männer.

Auffällig war die Erscheinung eines jungen Mannes namens Johannes, dessen Person er wiederum durch Jakobus kannte. Dieser stand in unmittelbarer Nähe bei Jesus. Seine Körperhaltung und das Antlitz waren schön, edel und als feinsinnig auszumachen.

Mit Johannes hatte er in den letzten beiden Monaten drei überraschende Zusammentreffen, die jedes Mal eine gemeinsame Wegstrecke im Gespräch und den Fortgang in einer Herberge bei Wein und Speise fanden. Johannes berichtete ihm, dass sowohl er als auch Matthäus, auf Anweisung Jesu, Notizen der Geschehnisse und der Reden, Aussagen und Gleichnisse die er vermittelte, aufzuschreiben hatten, damit es zu einer Schriftzusammenfassung komme. Jesu hob erneut die Stimme an und sprach mit klaren Worten zu der Gruppe: "Wahrlich, wahrlich, ich sage euch…
Da begann ein leichter Wind, der hinter seinem Rücken daherkam, die Worte Jesu von ihm fortzudrücken. Während er noch dabei war darüber nachzudenken seinen Standort zu verändern und näher an die Gruppe heranzurücken, da legte sich abrupt der Wind und die Worte drangen klar an sein Ohr:

„Wenn ich mit meinem Leib die Erde verlasse, so werde ich zu euch senden den Geist der Wahrheit und ich sage euch, dass zur Zeit meiner Wiederkunft vieles offenbar werden wird, sowohl aus dem Geistigen, als auch all die Lügen der Welt."

Diese Worte Jesu drangen tief in ihn hinein und lebten auf in den Sinneszonen seines Kopfes.

Er spürte sie im Ohrgang klingen wie ein Widerhall in einer engen Gasse und schmeckte sie auf seiner Zunge; gleichsam war ihm, als würde er sie wiederholen und selber sprechen.

Sie waren wie eine plötzlich stattfindende Bewegung in seinem Blut und sein Herz pumpte dieses Wortblut durch sein Gehirn, in die Hände, in die Füsse.

Unter den Sohlen seiner Sandalen erzeugten diese Worte einen Wirbel und auf der Sandoberfläche kam dieser zum Vorschein, der aber nicht sichtbar war. Er blickte hinunter und es war spürbar. Es schien ihn leicht anzuheben, er verlor den Bodenkontakt ohne dabei sein Gleichgewicht zu verlieren.

Nachdem dieses Geschehen abrupt abgeklungen war, blieb nur noch ein einziges Empfinden übrig. Eine Vibration in ihm, oder anders ausgedrückt, er selbst schien inwendig zu vibrieren. Gleichgeschaltet zu diesem Vibrieren hörte er deutlich die Rede Jesu.

Sein Verstand begann in grösster Klarheit und mit Geschwindigkeit zu arbeiten.

Jesus würde uns bald verlassen. Er würde sterben müssen. Wie konnte das sein?

Er würde für kurze Zeit tot sein und dann auferstehen. Sein Leib würde auffahren, doch er, Jesus, bleibe bei uns bis zum Ende aller Tage. Dann würde er zurückkehren auf die Erde, zum Ende der letzten Zeit. Ein scharfer Schmerz richtete sich in seinem Körper auf. Jesus würde gehen, sehr bald sogar. Er würde zu einer viel späteren Zeit wiederkommen und dann auch zu ihm zurückkehren. Es brannte in seiner Seele eine helle Geistflamme - ich selbst bin ewig, ich sterbe mit dem Leib und bin ewig, und ich kehre wieder als sein Begleiter zu einer vorbestimmten Zeit.

„Fürchtet euch nicht, ich bin bei euch alle Tage. Ich bin der Weg, die Wahrheit und das ewige Leben. Wer an mich glaubt, der hat das ewige Leben."

Er war wie benebelt und starrte ins Nichts. Er spürte eine Hand auf seiner Schulter und sah in das Antlitz von Jesus. „Ich habe dich bei deinem Namen gerufen, du bist mein. Die mir der Vater gab, die wird mir keiner nehmen, diese bringe ich alle heim zu meinem Vater."
Jesus wandte sich um zu den Anderen, die ihm gefolgt waren. „Die Demut ist das einzige was ihr dem Vater geben könnt, ohne es eigentlich vorher von ihm empfangen zu haben. Glaubt es mir, nur in der wahren Demut ist die allerhöchste Freiheit des Lebens gegeben und daher auch die grösste Vollkommenheit desselben."

„Ein Wichtiges muss ich euch noch auf den Lebensweg mitgeben. Solange jemand von euch glaubt, dass er selbst etwas tun könne, oder dass er göttlicher Gnade und Erbarmung aus sich selbst heraus würdig sei, so lange darf er darauf rechnen, dass ihn der Vater wird darin verharren lassen. So lange wird er darin verharren, bis sein törichter Wahn ihn verzehren wird. Erst, wenn er von selbst zu der inneren Einsicht gelangt, dass er nichts ist und aus sich selbst heraus auch nichts vermag, sondern dass der Vater alles in allem ist, der Erste und der Letzte, wie es die Schrift euch sagt, wird er frei sein. Ich bin das

Alpha und das Omega, dann erst gibt er sich dem Vater aus eigener Herzensbewegung freiwillig hin, und der Vater ergreift ihn da und führt ihn den gerechten Weg des Geistes zum Heil seiner Seele."

In diesem Moment begann für diesen jungen Fürstensohn aus Germanien ein schicksalhafter Werdegang durch die Zeit. Ein Werdegang, dessen Bestimmung weit über der Oberfläche der Erde geschieht. Denn, das alles ist ein Tanz von Licht im Inneren des Menschen, verwoben mit Geschehnissen, die uns weit unter die Oberfläche der Erde führen.
Eine Erzählung von den Verbindungen der geistigen Welten mit der materiellen Welt.
Durchdrungen ist die diesseitige Welt von der jenseitigen Welt.
Wer weiss schon wirklich von der Geisteslebendigkeit, die einen von der Gottesdienerschaft zur Gotteskindschaft hinwachsen lässt?

Menschen, genauso wie die Elementarwesen, stehen unter der Führung der Wesenheiten jenseitiger Welten. Der Mensch aber, den die Bibel nennt, ist als Träger einer Seele und Gottes Geist, das höchste Geschöpf auf Erden und des ganzen Universums. Aufgrund der Freiheit seines Willens ist er nach Gottes Vorbild geschaffen. Die Erde aber und die Elementarwesen, die dem Menschen zu Diensten stehen, sind vergänglich.

Die Seele als Leben des Geistes ist so unvergänglich wie der Geist selbst, und die Tiere, allen voran die Säugetiere, sind des Menschen unmittelbare Geschwister. Seelengeschöpfe und in diesem Sinne von selber Art. Denn in der Schöpfung existiert in allem der Urgeist, der heilige Geist, der unteilbare Geist.

Damit der Mensch in seiner Verantwortung in der Schöpfung zum richtigen Handeln geführt wird, gilt es zu wissen, dass die Wiedergeburt im Sinne der Reinkarnation nicht gleichzusetzen ist der geistigen Wiedergeburt. Geistige Wiedergeburt ist die Wiedergeburt des Geistes Gottes im Menschen und diese findet im Herzen des Menschen statt. In den vier Kammern seines Herzens. Denn die Auswirkungen seines Denkens und Handelns begleiten ihn von Existenz zu Existenz seines ewigen Seins.

So ist das Wiederkehren der Menschenseelen in einen Erdenmenschenkörper eine Notwendigkeit für die Evolution der Seele. Die materielle Welt, die schnelle Schwingungswelt ist eine Erfahrungswelt des Seins um die Liebe zu lernen, die Nächstenliebe, die aus der Barmherzigkeit hervorgeht.

Engel des Vaters, eine mächtige Heerschar zur Aufrechterhaltung der Ordnung im Chaos der losgelassenen Schöpfungsurgewalten. Engel des Lichts und hohe Geistwesen, Sternengötter, als Lenker und Ordnungshüter der Sterne und Planeten und die Geisteskräfte der Welten ohne Licht. Welten der Finsternis und des Chaos und gröbster materieller Gestaltungen. Elementarwesen der Zerstörung, des Zerfalls und der Vernichtung. Sie alle begegnen uns, gleich, ob wir das wahrnehmen oder nicht.

Und niemand kennt das wahre Sein der höchsten Wesenheit, die uns als Menschen zugänglich ist, die wir als Gott kennen und in der sich Gott aus sich herausgestellt hat: UR. Nicht einmal die höchsten Geistwesen, die dieser Wesenheit sehr nahe sind. Der Schöpfer, der Priester, der Gott und der Vater, der der

Sohn selbst ist, ist Jesus. Diese Wesenheit der Geisteskraft ist in allem was ist. So ist es zu verstehen, wenn gesagt wird, es gibt nur einen von uns. Wir und diese Wesenheit sind eins in dem Sinne, dass wir sein Geisteseigentum sind. Er, die Ganzheit. Ich bin der Ich bin. Wir, Teile der Einheit.

Alles was ist hat Bewusstsein. Jedes Organ im Körper eines Menschen. Das Wasser ist von höchster Bedeutung, ein Urelement und in allem materiellen Leben vorhanden. Auch der Stein hat Bewusstsein und findet den Weg hin zum Göttlichen. Seinen Entwicklungsweg misst man mit Ewigkeiten. Es ist in allem alles gleichermassen angelegt.

Der Geist hat sich die Seele geschaffen. Das Leben des Geistes ist die Seele. Die Seele hat sich den Körper geschaffen. Unser Körper ist in vielerlei Hinsicht ein Gefängnis für die Seele. Doch hat es seine Notwendigkeit, und die uns gegebenen Sinne der Körperlichkeit stellen die Verbindungen zur materiellen Welt her. So können wir getrost sein, denn diese Welt ist schon herrlich zu empfinden; ist doch das Blühen der Blumen in Duft und Farbenpracht herrlicher als Salomons Seide. Um wie viel herrlicher sind erst die hohen reinen geistigen Welten.

Wie im Himmel so auf Erden und so werden wir auf viel Vertrautes treffen, wenn wir dem Guten unsere Aufmerksamkeit zugewandt haben. Welche unbeschreibliche, namenlose Herrlichkeit wird uns erwarten, wenn wir die Liebe des Lichts in dieser Welt bereits leben und hier schon die Nächstenliebe praktizieren.

Unteilbarer Geist, der sich in allen Religionen wiederfindet. Die Zeit kommt und steht unmittelbar bevor, wo das Jesuswort die Menschheit und die ganze Schöpfung wird anleiten.

Die drei Vorkapitel:

Liebe, Dichtung und Weisheit

Erstes Vorkapitel:

Die Liebe

Der Korintherbrief über die Liebe:
Wenn ich mit den Sprachen der Menschen und der Engel
rede, aber nicht Liebe habe, so bin ich ein tönendes Erz
geworden oder eine schallende Zimbel. Und wenn ich
Prophezeiung habe und alle Geheimnisse und alle
Erkenntnis weiss, und wenn ich allen Glauben habe, so
dass ich Berge versetze, aber nicht Liebe habe, so bin ich
nichts. Und wenn ich alle meine Habe zur Speisung der
Armen austeilen werde, und wenn ich meinen Leib
hingebe, auf dass ich verbrannt werde, aber nicht Liebe
habe, so ist es mir nichts nütze.

Die Liebe ist langmütig, ist gütig; die Liebe neidet nicht;
die Liebe tut nicht gross, sie bläht sich nicht auf, sie
gebärdet sich nicht unanständig, sie sucht nicht das
ihrige, sie lässt sich nicht erbitten, sie rechnet Böses nicht
zu, sie freut sich nicht der Ungerechtigkeit, sondern sie
freut sich mit der Wahrheit, sie erträgt alles, sie glaubt
alles, sie hofft auf alles, sie erduldet alles.

Die Liebe vergeht nimmer; seien es aber Prophezeiungen,
sie werden weggetan werden; seien es Sprachen, sie
werden aufhören; sei es Erkenntnis, sie wird weggetan

werden. Denn wir erkennen stückweise, und wir prophezeien stückweise; wenn aber das Vollkommene gekommen sein wird, so wird das, was stückweise ist, weggetan werden. Als ich ein Kind war, redete ich wie ein Kind, dachte wie ein Kind, urteilte wie ein Kind; als ich ein Mann wurde, tat ich weg, was kindisch war. Denn wir sehen jetzt durch einen Spiegel, undeutlich, dann aber von Angesicht zu Angesicht. Jetzt erkenne ich stückweise, dann aber werde ich erkennen gleichwie auch ich erkannt worden bin. Nun aber bleibt Glaube, Hoffnung, Liebe, diese drei; das Grösste aber von diesen ist die Liebe.

Zweites Vorkapitel:

Die Dichtung

Zwei Gedichte von Bruno Nagel:

Das Blühen der Wolken

Es heisst
Die Wolken seien
Das Blühen des Wassers

Waren Wir Wanderer

Waren wir Wanderer
Gegenwärtig wartend
Kamen uns Seelen entgegen

Wir waren immer da

Waren wir Gräser
Immer im Wind
Kamen uns Menschen
Wie Blumen entgegen

Wir waren immer da

Waren wir Boten
Die Liebe besingend
Kamen uns Stimmen
Wie Gebete entgegen

Wir waren immer da

Drittes Vorkapitel:

Die Weisheit

Jesus spricht: „Wer mich sieht, der sieht den Vater, denn der Vater ist in mir und ich bin in ihm. Der Vater aber ist grösser denn ich. Der Vater ist die Liebe. Die Liebe kann nicht den Kreuzestod sterben. **Ich bin die Weisheit** und lehre Euch die Barmherzigkeit, die da ist die Nächstenliebe. Wenn ich nicht mehr bin, sende ich Euch den Geist der Wahrheit, der da ist der allgegenwärtige Wille Gottes."

Bede Griffiths, ein Benediktinermönch, geboren neunzehnhundertsechs in England, lebte seit neunzehnhundertfünfundfünfzig in Indien und schrieb zu Ende seines Lebens neunzehnhundertdreiundneunzig das Buch **Universal Wisdom**, unteilbarer Geist, Quell der Heiligen Schriften.

Bede Griffiths sagte: *„Es ist bezeichnend, dass Mohammed im Koran darauf bestand, Gott habe keinen Sohn. Denn eine solche Auffassung hätte die Einzigartigkeit des monotheistischen Gottes, an den er glaubte, unterhöhlt. Indem er sich selbst Sohn nannte, setzte sich Jesus in Beziehung zu Gott, zur letzten Wahrheit und Realität.*

*Die Schöpfung selbst ist, nach Thomas von Aquin, eine Beziehung zu Gott. In Jesus werden die gesamte Schöpfung und die gesamte Menschheit zu dieser lebendigen Beziehung, in der Jesus zum Vater steht, geführt. Wir sind zu Gottes Volk geworden (1. Petrusbrief, Kap.2). Das aber möchte der semitische Monotheismus nicht wahrhaben. Doch die gesamte Überlieferung der **universellen Weisheit** sieht diese* *innige Beziehung zwischen Gott und Menschheit, zwischen Gott und Schöpfung. "*

Bede Griffiths spricht davon, dass Jesus Christus keine Kirche gepredigt hat und auch keine Priesterschaft, sondern die Laienpredigt und die Gottesanbetung an jedem beliebigen Ort und in jedem beliebigen Land: *Die Kirche der Zukunft sind die Laienbrüder und -schwestern. Jesus hat nicht die Kirche gepredigt, sondern das Königreich Gottes.*

Denn so spricht der Herr in den Evangelien:*"Heilig sind die Knechte, die der Herr, so er kommt, wachend findet. "*

Siehe dies ist die Stille: Den Herrn in uns ein Wort sprechen lassen, das er selbst ist.

Die Kapitel der vier Bücher des Anshelm

Erstes Buch:

Anshelm

Die Geburt

Das Aufwachsen

Der Vater

Die Mutter

Die Rüstung

Das Schlachtfeld

Der Schmied

Die Liebe

Der Bachlauf

Der Spanier und Magier

Der Mönch

Gott

Die Wiese

Der Tod

Zweites Buch:

Melisande

Die Tiere

Das Tal

Der Schäfer

Der Hans

Die Geheimnisse

Der Glaube

Das Gebet

Die Sternengötter

Das Heilen

Drittes Buch:

Almuth

Die Seewirtin

Der Wasserelbe

Die Gralmuth

Der Birnbaum

Die Almwirtin

Der Fels

Viertes Buch:

Blumenpeter

Der Grossvater

Die Blumen

Der kleine Waldgeist Blitzgescheit

Die Hochzeit

Die Kinder

Die Wiedergeburt

Das Wasser

ANSHELM

Zeit der Gotik 1140-1500, Zeit Meister Eckhart 1260-1328,
Zeit Hildegard von Bingen 1098-1179,
Zeit Mechthild von Magdeburg 1207-1282, Zeit der Kreuzzüge 1096-
1270

Die Geburt

Es war eine ruhige Nacht. Der Lärm der Burgbewohner war früh verklungen und es schlugen keine Hunde an, was ungewöhnlich war, denn es gab einen hohen Wildwechsel in unmittelbarer Umgebung und wenigstens einer der jungen Hunde reagierte für gewöhnlich darauf. Eine Winterlandschaft ohne Wolken mit leuchtendem Sternenhimmel. Seine Mutter war ebenfalls, wie ihr vor der Geburt stehender Sohn Anshelm, im Winter zur Welt gekommen. Sie war orthodoxe Christin und vermisste die Gewölbemalereien der reich geschmückten Basilika ihrer Heimat. Über und übervolle Gewölbe mit Engeln, geschmückt in Gold und Farbenreichtum. Wenn diese Art der Winternächte kam, so sagte sie oft: Dies sind die Nächte in denen die Engel Gottes herabsteigen um selber Mensch zu werden!

Ich bin Anshelm.
Als meine Mutter lange schon schwanger war mit mir, und mein Vater eine Nacht in Liebe mit uns verbrachte, wenige Wochen vor meiner Geburt in die Welt, hatte meine Mutter, in dieser Nacht der gemeinsamen Liebe von uns Dreien, meines Vaters Herz besungen.

Anshelm war der Namenswille meines Vaters für mich gewesen, denn sein Oheim mit französischen Wurzeln hiess Anthelme. Dieser war ein gefürchteter und starker Kämpfer gewesen, den mein Vater zutiefst verehrte ob seiner Macht, Kraft, Stärke und seines Willens.

In dieser Nacht aber, als er aus dem Wald zu uns gekommen war,
hatte sie das kleine „h" eines Helden im Kettenhemd, herausgerungen aus ihm.
Er machte ihr dieses Zugeständnis in Liebe für sie.
Jedoch vergass er dieses Versprechen und ich kam zur Welt als der Anshelm meines Vaters und der Anselm meiner Mutter.

Ich bin Anselm, meiner klugen Mutter Sohn.
Und ich habe meines Vaters klare, starke Augen.
Später, dann als Junge, rief mir mein Vater beim Waffengang öfter zu: Anselm, du trägst deiner Mutter Helm, nicht den meinen.
Das wurde aber mit dem Älterwerden anders, doch nur für eine kleine Zeit.
Das Herz, das man in die Welt mit hineinnimmt, behält seinen Schlag bei.
Dieser wird nur fester und ruhiger, unbeirrter, wenn es soweit ist.

Das Aufwachsen

Anselm hatte früh schon ein ausgeprägtes Gefühl für alle Dinge die ihn umgaben oder mit denen er in Berührung kam. In allem fand er das Gleiche, so dass er allen Dingen mit gleicher Zartheit begegnete. Einem Tier begegnete er genauso wie einem Stein. Und beides war gut. Das Tier konnte ihm folgen, zu ihm kommen um sein Berühren zu empfangen. Zum Stein musste er hingehen. Das war ein noch bewussteres Zuwenden, da der Stein nicht sprach, nicht schnurrte, nicht atmete, nicht die Hand leckte, sondern scheinbar ewig stumm und unverändert unbewegt war. Und doch von einer gleichen inneren Lebendigkeit, einer unendlich langsameren eben. Und doch, wenn Wasser stetig auf ihn niedertropft, veränderte er sich, wurde verändert, wandelte sich innerhalb eines Menschenlebens.

Es gab Plätze seiner Kindheit, die er als reifer Mann aufsuchte, an denen sich die Steine dort verändert hatten.

Anselm wurde von seiner Mutter, in aller Heimlichkeit vor dem Vater, in das Wissen der Heilweisheit der Frauen eingeführt, unter dem Siegel der Verschwiegenheit. Sein Vater duldete das nicht und hielt als gläubiger Christ das alte Heidenwissen für Hexerei, gleichwohl, wenn es auch seinen eigenen germanischen Wurzeln entsprang oder wenn es übernommen war als Heilkräuterkunde bei den Nonnen und Mönchen. Ihm war es suspekt.

Seine Mutter eröffnete ihm die Natur und deren Elementarwelten. Den Einfluss des Mondlaufes. Für sie gab es keinen Gewissenskonflikt als orthodoxe Christin, zwischen dem Heilungswissen der Natur und dem Heilwesen des Glaubens.

Auch der Vater führte Anselm in die Natur ein, aus der Sicht des kundigen Jägers. Er wusste aus Beobachtung um das heilende Wirken des Wassers, wenn verwundete oder kranke Tiere in quellgespeiste Wasser stiegen, um sich so selbst zu heilen.

Etwas Entscheidendes prägte Anshelm in seinem Heranwachsen.

Es gab vor der Burg eine vorgelagerte städtische Ansiedlung in der Menschen lebten, welche die Ländereien seines Vaters bewirtschafteten. Wer dort lebte durfte das Land nutzen und war nur verpflichtet es nach Vorgaben zu bewirtschaften und den zehnten Teil an seinen Vater abzugeben. Ebenso durften sie den Forst nutzen und Niederwild bejagen. Sein Vater hatte sich dies von den Mönchen abgeschaut und zudem war er ein gläubiger Mensch, las regelmässig in der Bibel, er war des Lateins in Schrift und Sprache mächtig, führte Briefwechsel mit Äbten und setzte die Lehren Jesu, nach eigenem Verstehen auf seinen Besitztümern um.

In der Mitte der Ansiedlung war ein mächtiger Lindenbaum und um diesen Baum fand regelmässig ein Krämermarkt statt. Händler und Kleinhandwerker kamen und boten fremde Waren, Stoffe, Gewürze und Handwerkstätigkeiten an. Da gab es einen Händler, der seinem Vater auffällig wurde, da er sich nie an die Regeln und Vorgaben hielt und immer eine fadenscheinige Entschuldigung bereithielt. Man habe ihm die Regeln dieses Jahr nicht kundgetan, obgleich er das fünfte Mal schon hier war und die Regeln an der Linde gut sichtbar angeschlagen waren, und jeder der hier einen Stand beantragte, die Regeln erläutert bekam und die Anerkenntnis zu zeichnen hatte. Oder sein Pferd sei lahm, seine Frau läge krank und deshalb könne er sich auf nichts anderes recht besinnen und müsse sich mit ganzem Wesen um diese kümmern. Doch weder das lahme Pferd war vorgespannt, noch die Frau zugegen im Wagen oder im

Gasthaus. Darauf angesprochen gab er zur Antwort: Ja, er wäre halt mit Seele und Geist bei ihnen. Wenn der Marktwächter ihn darauf hin zur Rede stellte und harsch anging, so fing dieser Händler an, wenn er merkte, er konnte die Leute mit seinen Ausreden nicht loswerden, den Marktwächter sorgenvoll anzusehen und mit stiefmütterlichem Ernst zu fragen, was denn heute nur mit dem Marktwächter los wäre, ob es ihm unwohl gehe oder er Sorgen habe, dass er ihn, den rechtschaffenen Händler, so scharf angehe.

Anselm hatte gemeinsam mit seinem Vater beim letzten Mal genau dieser Szene beigewohnt. Sein Vater wurde zornig darüber, denn es war aus der Rede des Händlers hervorgegangen, dass dieser seinen Vater in anderer Sache belogen hatte, da er behauptete, er habe sich mit dem befreundeten Grafen seines Vaters besprochen und Einverständnis zu einem Sachverhalt erhalten, der dem Händler zu seinem Vorteil verhalf.

Nun stellte sich heraus, in Anwesenheit des Sohnes des Grafen, der bei Anselm für einige Tage zu Besuch war und ihn begleitet hatte, dass der Händler log, denn besagtes Gespräch zwischen Händler und Graf hatte nie stattgefunden. Dieser Händler war ein Lügner der übelsten Sorte, ein Schmeichler und Heuchler. Klug und gebildet und nur auf seinen Eigennutz bedacht.

Anselms Vater stellte ihn vor allen zur Rede und stimmgewaltig herrschte er ihn an. Der Händler liess aber nicht ab von seiner verlogenen Art und wand sich in Ausreden und wich der klaren Antwort aus.

Da wurde sein Vater im Gesicht zornesrot. Seine Stimme bebte und wäre es kein Händler gewesen, sondern ein Ritter oder anderer Schwertträger, dann hätte dieser um sein Leben bangen müssen. Wie Jesus, der mit der Geissel im Tempel zwischen die Händler fuhr, so fuhr sein Vater hier dazwischen, dass der Marktwächter angstvoll zur Seite wich.

„Händler höre meine Worte genau, die Worte des Gerichts, die uns der Herr lehrt: Euer JA sei ein JA und euer NEIN sei ein NEIN, und alles was dazwischen ist, ist von Übel. Deine Rede und Antwort Händler sind von Übel. Verlasse sofort diesen Ort und kehre nie wieder hierher zurück."

Es gab nicht viele Momente in denen sein Vater Anselm nachdenklich begegnete. Zumeist waren es Tatendrang oder Zeremonien, die sie miteinander teilten, ausgenommen das gemeinsame Speisen.

Darum waren die Momente der Besinnlichkeit kostbare Erinnerungsstücke, die sich Anselm fest im Gedächtnis behielt. Eine dieser Begebenheiten war ein entstandener Zwist zweier Herzöge deren Ländereien aneinander grenzten. Sein Vater wurde als Schlichter berufen, da beide Herzöge ihn kannten und sein Urteil akzeptieren würden. Der Konflikt war über zwei Jahre hin entstanden und die Sachverhalte kompliziert. Eine einvernehmliche Lösung war nicht vorstellbar. Eigentlich mussten beide ihre Standpunkte aufgeben, um in Anbetracht der jetzigen Situation eine Lösung zu finden, die neu zu setzen war. Anselm hatte keine Eingebung, wie man hier vorankommen konnte. Nicht so sein Vater. Dieser bediente sich einer christlichen Weisheit eines orthodoxen Kaisers, des Kaisers Augustinus, der von dreihundertvierundfünfzig bis vierhundertdreissig nach Christi gelebt hatte. Damit weckte er den christlichen Geist im Herzen der beiden Streithähne. Mit folgenden Worten des Augustinus besänftigte er die Gemüter der beiden Herzöge und holte sie zurück auf die Ebene der geistigen Verständigung: *„Wer aus Liebe dient, dient frei. Hingebend tut er, was ihm aufgetragen, tut nicht mehr in*

Furcht, was ihm aufgezwungen. Dieser vollkommene Gehorsam weiss von keinem Gesetz." Das Gesetz der Freiheit ist das Gesetz der Liebe.

Als Anshelm vierzehn Jahre alt wurde, wachte er eines Nachts auf aus einer Vision, die er im Traum bewusst erlebte. Alles war hell und klar in dieser Vision. Stimmen laut zu hören, Körper und Bewegungen plastisch, jedoch auf eine bestimmte Art verlangsamt und verzerrt. Er befand sich auf einem freien Platz und der Boden dort bestand aus heissem Sand. Die Gebäude fremd und nicht mit Steinblöcken oder Fachwerk errichtet. Die Sonne stand hoch und schien grell. In der trockenen Luft hing ein starker fremder Gewürzduft. Anshelm stand bei einer Gruppe Männer, bei der auch Frauen mit dabei waren, und lauschte einem Sprecher von aussergewöhnlicher Strahlkraft, der eine Rede führte voll göttlicher Worte. Der Sprecher machte eine Pause und wandte dann sein Gesicht herum und sah Anshelm direkt in die Augen. In seinem Blick wirkte ein schier unbegrenzter Wille und eine klare Aufforderung drang in sein Gemüt vor, für eine Aufgabe, die er allein zu erfüllen hatte. Das war der Moment in dem Anshelm aufwachte, denn diese Aufgabe schien nicht erfüllbar, weil sie keine Zeit kannte. Sie ging über die Grenze der Zeit hinweg und war in einer Ewigkeit entfaltet.
Das sprengte sein Vorstellungsvermögen.

Der Vater

Mein Vater war ein Jäger, der die Treibjagd verachtete.

„Nur der gemeine Mensch pflegt heute noch die Treibjagd. Was ist das, ein Tier zu hetzen? Hetzt der Adler etwa seine Beute? Wenn ich ein rechter Christenmensch bin, so hetze ich weder Mensch noch Tier."

„Wölfe müssen Ihre Beute hetzen und die Bibel spricht von den Wölfen im Schafspelz als das Böse schlechthin, und ist das Böse nicht dasjenige das hetzt?"

So lernte ich von ihm die Ansitzjagd. Er lehrte mich die Fährten zu lesen und die Gewohnheiten des Wildes verstehen zu lernen. Was treibt das Tier an und wie verhält es sich?

Mein Vater nutzte die Jagd intensiv dafür, den Unterschied zwischen Tier und Mensch zu ergründen.

„Jedes Tier, das ein Junges wirft, ist dem Menschen ähnlich. Es hat eine Seele wie wir und einen Charakter wie wir. Nicht jeder Hund der gleichen Rasse ist ein und derselbe, auch kein Pferd oder eine Kuh. Manche sind gutmütig, feige, störrisch, mutig, zahm oder wild, auch verschlagen. Alle Tiere, die ihren Wurf säugen, sind dem Himmel nah. Ein Muttertier beschützt sein Kalb und empfindet Trauer, wenn es dasselbe verliert. Ziegen, Kühe oder Pferde machen vor Freude Sprünge, wenn es im Frühjahr zum ersten Mal wieder auf die Weiden geht. Studiere die Tiere Anshelm, damit du ergründen kannst, worin der Unterschied liegt zwischen der Seele des Menschen und der Seele des Tieres. Was ist der Mensch und was ist er, wenn er gottlos ist? Wenn er gottlos ist, sinkt seine Seele in den Tod und der Mensch wird abscheulicher und grausamer als das wildeste Tier es jemals sein kann.

Selbst wenn das Tier durch einen Menschen zugrunde gerichtet wurde, gepeinigt wurde, so wird das Tier dennoch nicht in die Grausamkeiten des Menschen abfallen können. Woher hat der Mensch diese Abgründe in sich? Die Natur hat und kennt diese Abgründe nicht, das sage ich dir als lebenserfahrener Jäger."

Wenn wir in den Wäldern waren, oft für Tage nur in Begleitung unserer Hunde, dann genossen wir es auf umgestürzten Bäumen Platz zu nehmen und auszuruhen. Nicht irgendwelche Bäume, sondern nur diese hinter denen in einer Mulde ein Hirsch seinen Nachtlagerplatz hatte. Die Hunde führten uns zu solchen Stellen. Dort erwartete uns eine besondere Atmosphäre, als würde man in die privaten Gemächer eines Königs Zutritt haben.
Nur ältere Einzelgänger pflegten solche Ruhestellen. An diesen Plätzen fühlte man die Erhabenheit des Hirsches, der der König seines Reviers ist, der König des Waldes, die Verbundenheit mit der Erde, dem Himmel, dem Sonnenlicht durch das Blattwerk der Buchen;
das stille Wissen um die Grösse des Ganzen und der sichtbare Atemhauch in der aufsteigenden Feuchte des Erdbodens als wahrhaftiges stilles Zeichen des Lebens in allem.
Sein Vater sagte ihm, nachdem Anshelm dies zum ersten Mal erleben durfte: „Begreifst du nun die Worte des Psalmisten *„alles was Odem hat, lobe den Herrn".*

Die erste Erinnerung an meinen Vater? Es fällt mir schwer sie zu fassen. Manchmal glaube ich, dass es gar keine wirkliche Erinnerung, sondern vielmehr ein Geschehnis aus einem Traum ist. Niemand kann einem dabei helfen. Man kann nicht einmal seine Mutter dazu befragen. Am Ende bleibe ich damit allein. Allein mit dem Bild eines Mannes in Rüstung, auf seinem Pferd im

Tritt, der zum Tor des Burghofes hinausreitet und sich dabei im Sattel rückwärts wendet. Ich beobachtete ihn von einem Fenster aus auf einem Schemel stehend. Er schaute nicht zu mir sondern vermutlich zu meiner Mutter hin. Jedoch bei der Wendung seines Oberkörpers und der nachfolgenden Kopfdrehung sah er zuerst auf mich. Dabei hielt er in der Bewegung nicht inne, nur die Augäpfel in den Augenhöhlen blieben kurz stehen. Genau diese Bewegungszeitdauer auf der Augenachse gehörte mir. Sein ganzer Geist war mit ganzer Kraft in mir gegenwärtig in diesem Moment. Ich spürte seine väterliche Präsenz als starken Willen vollkommener Klarheit, Helligkeit und Eindeutigkeit.

Das Ereignis war aber noch nicht vorbei. Nachdem mein Vater meine Mutter mit Blick und Geste verabschiedet hatte, und er sich zurückdrehte im Sattel, hielten seine Augen nochmals inne, um mich anzusehen. Dieser Blick war voller Vaterliebe. Nicht durchdringend und auslotend sondern von aussen aufgelegt wie eine Hand. Wärme ausströmend und mein Inneres nach aussen ziehend ins Licht.

Was ich an ihm mochte, war sein feiner Sinn für die Schöpfung um ihn herum. Er liebte die Landschaften mehr als die Siedlungen. Er war fest davon überzeugt, dass zuerst der Gedanke da war, dann das Wort und daraus die Schöpfung entstanden war. Dabei ging er von sich selber aus, indem er sagte, dass wir nach dem Ebenbild Gottes erschaffen wurden und dass es auf Erden wie im Himmel sei. Ergo, wenn er zuerst denkt, bevor er spricht, um dann zu handeln, so hat das Gott ebenso getan. Da Gott aber in keinem erfassbaren Verhältnis grösser und mehr ist als der Mensch, ist er also in der Lage so etwas Herrliches wie die Bäume und Pflanzen, die Sonne, die Sterne, die Tiere und den Menschen sich zu denken und zu erschaffen. Mit dieser Erkenntnis betrachtete er voller Bewunderung und mit Zärtlichkeit, die er für die Menschen noch nicht hatte, die verkörperten Gedanken Gottes in der Natur. Nie war er müde davon zu schwärmen, wie man dabei die Liebe, die Weisheit und die Allmacht Gottes kennenlernt.

Mein Vater sprach dabei vom Schönheitssinn, der allen unseren Sinnen vorsteht. Denn nur die Liebe kann Schönes schaffen; also hatte die Liebe Sinn für das Schöne. Wir Menschen versuchen das Schöne nachzuahmen, doch sagt schon die Schrift, dass selbst Salomon in all seiner Pracht nicht so schön gekleidet war, wie die Blumen auf dem Feld.

Als mein Vater älter wurde, wuchs in ihm die Erkenntnis über die Bedeutung der vier Jahreszeiten und ihre Entsprechung hinsichtlich der Lebensaltersabschnitte des Menschen, gleichsam damit auch der Zusammenhang mit der Kreuzform, den vier Himmelsrichtungen, den vier Evangelien und den vier Kammern im Herzen des Menschen. Es gab wertvolle Bücher die in seinem Besitz waren, die er von seinen Vorfahren vererbt bekommen hatte als ältester Sohn. Bücher aus Bibliotheken des Orients, die in unser Land gekommen sind durch die Kreuzzüge. In diesen Büchern waren reich bebildert und beschrieben die Organe, Muskeln, Knochen und Innereien des Menschen, ebenso ihre Funktionen. Mein Vater hielt diese Bücher geheim, denn sie waren nicht erlaubt. Der Menschen Leib zu öffnen und zu sezieren war Gotteslästerung. In diesen Büchern war auch das Herz des Menschen beschrieben und seziert. Das Herz des Menschen hat vier Kammern. Gleichfalls im Besitz meines Vaters waren die Behänge, Schilde und Standarten der Kreuzritter, die das Balkenkreuz trugen. Ein gleichschenkliges Kreuz, das mein Vater als ein Symbol der Ausgewogenheit betrachtete.

Nach seiner Auffassung stellte es vertikal die Verbindung des Geistes Gottes, des Heiligen Geistes mit der Erde, dem Menschen dar. Der horizontale Balken ist der gerichtete menschliche Leib, an dem Jesus angeschlagen wurde, an dem er hing und sein Blut für uns vergossen hat, das am vertikalen Stab in die Erde geflossen war. Da alles für den Verstand des Menschen nicht zu erfassen ist, empfand er es für richtig, dass die Kreuzbalken gleichschenklig waren. Es gibt vier Evangelisten, die mit ihrer gleichen Botschaft die Herrschaft und Herrlichkeit Jesu Christi vierfach bezeugen, wenn auch einer von ihnen, Johannes, derjenige ist, der es geistig bezeugt. Matthäus stellt den Übergang der beiden anderen dar. Doch nur Johannes und Matthäus waren Jünger Jesu. Insofern besetzen sie den vertikalen Stab und Lukas und Markus fällt der horizontale Balken zu.

Und wenn Gott in der Stille wie ein leises Säuseln an Moses in der Höhle vorüberzieht und Gott allgegenwärtig ist, so sind die vier Himmelsrichtungen deswegen vier, weil auch das Herz vier Kammern besitzt, gleich Höhlen, in denen Moses in einer davon sitzen könnte.

So war die Aufteilung in vier Teile etwas, was meinem Vater heilig wurde, und seine Aufmerksamkeit für die Geschehnisse um ihn herum die ihn angingen, richtete sich nach dieser Vierheit aus. Aus alledem ergab sich für meinen Vater folgende Erkenntnis: In dem ersten Viertel eines Lebens, dem Frühjahr, soll die geistige Reinheit des Herzens erlangt werden durch die gute Erziehung der Eltern, indem die Eltern darauf achten, dass das Weltliche nicht Besitz ergreift vom Herz. Dadurch wird das Herz gefestigt für die Stürme und Gewitter des Sommers, das zweite Viertel des Menschenlebens. Dann wird im dritten Viertel des Lebens, der Baum Mensch Früchte tragen, die in Form von Worten und Taten sichtbar und fassbar sind. Im letzten Viertel, dem Winter, kommt alles zur Ruhe.

Nur Weisheit, Güte und Langmut sprechen aus ihm und der Leib wird der Erde zurückgegeben, von der wir uns ihn geliehen haben.

Meine Mutter pflegte zusammen mit meinem Grossvater einen manierlichen Obstgarten.
Dieser lag ausserhalb der Burg auf einem flachen Hanggrund, der von einer mannshohen Trockenmauer umschlossen war und mit einem doppelflügeligen, schmiedeeisernen Tor verschlossen gehalten wurde. Die beiden Torflügel bildeten im geschlossenen Zustand eine Sonne mit Strahlencorona. Doch wurde die Sonne in der Achsenmitte von einem durch eine Rosenranke umschlungenen Kreuz geviertelt. In der Mitte des Obstgartens gab es einen Brunnen und bei diesem einen imposanten Apfelbaum, der als Jungwuchs von meinem Grossvater aus England übers Meer herübergebracht worden war. Er hatte viele Obstbäume in der Heimaterde gross werden lassen, um sie dann in unsere Erde umpflanzen zu lassen. Zur Blüte und zur Erntezeit war auch mein Vater in diesem Garten zugegen. Ich selbst war gerne bei der Ernte mit dabei, kletterte selbst auf die Leitern und pflückte das wohlschmeckende Obst aus den Baumkronen, legte es in den schwer werdenden Rückenkorb und stieg die schwankende und ächzende Holzleiter hinab, immer bedacht kein Pflückgut dabei zu verlieren.
An einem dieser Erntetage an dem mein Vater zugegen war, sassen wir zusammen in der Mittagsstunde bei dem Brunnen auf einer Steinbank. Wir assen und tranken schweigend und betrachteten dabei den stolzen, grossen Apfelbaum, der seine Jugend in England verbracht hatte und heute hier in voller Altersreife stand. „Wenn ich diesen Baum mit seinen vielen Apfelfrüchten betrachte Anselm, so scheint er mir wie ein Gleichnis für Gottes

unzählige Menschenkinder, alle gleich aber nicht gleich gross und nicht gleich reif. Was weiss der eine Apfel schon vom Baum oder von den anderen Äpfeln, die weiter oben oder auf der anderen Seite hängen? Was weiss der Apfel von den Wurzeln, die in der Erde stecken, vom Sturm der an Stamm und Astwerk reisst? Was von der Schnee- und Eislast im Winter und was vom Frühling und seiner Blütezeit oder kannst du dich oder ich mich an unsere Zeit als Kleinkind entsinnen? Wir glauben aber reden zu dürfen, uns eine Meinung bilden zu dürfen oder mit Gott ins Gericht zu gehen, ihn anzuklagen oder es besser zu wissen als er, ihm Ratschläge zu geben; nur weil wir so eine herrlich schmackhafte Frucht geworden sind, treibt uns der Hochmut zur Dummheit. Wir wissen nichts von der Kraft der Sonne und des Wassers, des Windes oder der Vernichtung durch Feuer, alles was der Baum weiss. Hundert, nein tausend Vögel, Bienen und Menschen, die hier waren, sind gestorben und der Baum steht noch. Und doch so gering und unwissend wie der Apfel ist, wie wir sind, so trägt der Apfel doch den Samen für einen neuen Baum in sich und ergo auch das Wissen, welches der Baum hat. Der Geist des Baumes ist ungeweckt im Samen des Apfels."

Sein Vater stand auf und schritt zu diesem Baum hin, fasste nach oben, bog einen Zweig zu sich herab, pflückte einen Apfel, dankte Gott für die Speise und biss hinein.

Er konnte helles Licht sein. Da stand sein Geist aus ihm herausgestellt und sprach in die Welt hinein. Oft dachte ich, er spricht gar nicht zu mir, sondern ich bin nur der eine Mensch, der ihm Anlass gibt zu sprechen. Abrupt ging der Moment zu Ende und er schnappte sich einen weiteren Apfel und biss herzhaft hinein, kaute, biss ein zweites und drittes Mal zu. Dann schleuderte er den Rest der Speise beiseite ins hohe Gras. Genauso wie er fragil wurde im Gebet vor der Schlacht, hellhäutig und zart wie eine Blüte, um einen Moment später ein Stein von einem Mann zu sein, mit einem Schwert in der Hand, das keinen Gegner fürchtete noch schonte.

Es gibt Tage, die ich mit meinem Vater verbracht habe, die sind wertvoll wie das Reich der Könige. Nie werde ich vergessen wie er mich die Achtsamkeit gelehrt hat. An einem stillen Sommerabend nach einem Durchgang im Dorf, vereinzelten Gesprächen mit Angesehenen der Bürgerschaft, Gesprächen mit Armen gleichwohl, fanden wir am Dorfbrunnen Ruhe und sassen dort für ein Gespräch zwischen uns beiden. „Wenn du einen deiner Gedanken nimmst und ihn zur Tat führen willst, weil er sich in dir so stark andrängt, so überlege genau ob du ihn beleben willst. Prüfe ihn zuerst scharf vor deinem Verstand und befrage dich, ob er vernünftig ist. Ich sage dir aus Erfahrung, dass, wenn der Gedanke dich erst einmal gelüstet, dann ist dieser Gedanke schon im Bereich ausserhalb der Vernunft. Er wurde zum Spielball deines Wohlgefallens. Es wird für dich unglaublich schwierig sein ihn wieder loszuwerden oder ihn im Nachgang im Keim zu ersticken."

Die letzte Erinnerung an meinen Vater bleibt mir immer gegenwärtig.
Es ist der Tag seines Sterbens auf dem Schlachtfeld und ich höre seine eigenen, an sich selbst gerichteten Worte:
Wer das Schwert wählt, der wird durch das Schwert sterben.
Das Schwert, das mein Vater führte, war eine berühmte Schmiedearbeit aus Sachsen.
Ein heidnisches Schwert wohlgemerkt, das aus dem Besitz Karl des Grossen kam und später in den Familienbesitz meines Vaters, durch eine Schenkung, überging.

Der Name dieses Schwertes war Muspilli.

Das war die altsächsische Bezeichnung Jesu Christi. Es bedeutet soviel wie Mundtöter und war aus der Apokalypse des Johannes 19,11-21 entlehnt, denn dort steht geschrieben, dass er seine Feinde mit einem Schwert erschlägt, das er im Munde führt.

Die letzte Erinnerung an meinen Vater ist mir deshalb gegenwärtig, weil sie mich mehrfach an den Platz seines Todes hat zurückkehren lassen. Jeweils zu unterschiedlichen Jahreszeiten. Ganz gleich, wann ich auch dort war, immer war dort ein erschreckendes Empfinden gegenwärtig. Sobald ich in die Nähe kam, kamen sie mir entgegen und umringten mich, die Gefallenen, in gebührendem Abstand. Doch der, den ich suchte, war nicht wahrnehmbar. Entweder hielt er sich auch in Abstand oder er war dem Ort fern, zumindest wenn ich dort war.

Die Schlacht war im Herbst gewesen, jetzt war es Winter.
Dieser eine besagte Herbsttag, der mich schmerzt.
Der Herbstwandel, der meine Seele umdreht.

Ein breit abfallender Hohlweg, gesäumt von alten Buchen, in denen sich das Herbstlicht goldfarben im Laubblattwerk spiegelt. Der Boden des Weges war gänzlich überdeckt von rostrotem und orangenem Laub, bis hin zu reinem Goldlaub. Der Wald im Herbst wird lichter, wird einsehbar und die Sonne versucht tiefer einzudringen. Sie macht das Goldlaub glänzend. Und das wenige weisse Licht dazwischen ist wie die Reife des Augenblicks, der leuchtet und der eigentliche Glanz ist.

Die Mutter

Die Quelle der Schönheit aus dem der Geist meiner Mutter sich speist, ist ihr Herz.

Ihre Eltern haben ihr wohl in Voraussicht den Namen Sophia gegeben.

Meine Mutter war eine echte Sophia, voll weiblicher Weisheit.

Sehr früh hatte sie begonnen mir in liebevollen Worten ihre Weisheit anzutragen:

„Mein geliebter Sohn, ich möchte dich als meinen Zuhörer bei mir haben, denn ich will zu dir über meine Liebe zu deinem Vater sprechen. Unbewusstes erkennt Unbewusstes irrtumslos. Blitzschnell ist das seelische Flimmern und alles ist ausgetauscht. Wenn du dieses erste Erleben einmal verlierst über die Jahre, so nimm dir Zeit an einem stillen Ort und bringe deine Seele dorthin zurück, wo sie einstmals war beim ersten Verlieben, sprich an den Ort, des ersten seelischen Flimmerns. Ich kann mich nicht entsinnen, dass ich als Kind ein Empfinden kannte, das dem Verliebtsein gleich kommt. Ich will das nicht ausschliessen, aber ich habe es so nicht erfahren.“

In der Obhut meiner Mutter befand sich der Obstgarten meines Grossvaters, den dieser einst angelegt hatte. Viele neue Obstsorten und Beeren stammten jedoch aus der Anpflanzung meiner Mutter und die heutige Fülle und Pracht, des weithin bekannten Obstgartens, war das Verdienst meiner Mutter. Sehr genau entsinne ich mich der Tage, an denen wir beide gemeinsam durch den weitläufigen Garten schlenderten und sie mir die Fruchtbarkeit der Natur, anhand der fruchttragenden Gewächse, erschloss. Bis heute ist dies in mir ein helles Licht einer Bewusstseinsveränderung, die ich mir in

Erinnerung bringen kann. Durch dieses Erlebnis habe ich eine persönliche, eine ichbezogene Beziehung zum Wesen der Natur gefunden.

Die Schönheit meiner Mutter war sprichwörtlich; ihre Haut war sehr hell und die Zähne makellos perlweiss, die Augen strahlend hellblau mit schwarzem Aussenrand, die Haare dunkelblond und wellig dick, die Stirne hoch und die Nase schlank, ein Paar kleine Ohren und volle Lippen natürlichen Rotes.

Sie duftete nach Rosenöl, das sie sich von den Händlern des Südens regelmässig bringen liess. Zudem war meine Mutter für eine südländische Frau gross gewachsen.
Was sie schlecht vertrug, war das raue Wetter und die Kühle in der Nacht.
Ebenso den feuchten Nebel am Morgen. Die harten Winter waren ihr ein Graus.
Der Sommer war ihre Jahreszeit und sie litt zeitlebens an der Unverhältnismässigkeit der zu langen Herbst- und Wintermonate und zu kurzer Frühlings- und Sommerzeit.
„Wenn ich winters am Fenster sitze, gewärmt durch die Strahlen der Sonne, die durch das Fensterglas dringen, so empfinde ich dieses Licht als warmes Licht, das in meine Seele dringt und hier meine geistigen Kräfte zum Reifen bringt. Im Licht der Sonne reifen die Früchte und im Gotteslicht reift des Menschen Geist. Für mich ist das Sonnenantlitzgebet wie eine Unterstützung für meine Seele, bei dem ich meine Kräfte ganz Gott hinwende, damit ich eine vollkommen reife Frucht werde und leuchte in der Ordnung Gottes."

Auf unserer Burg gab es von Anbeginn eine stattliche Kapelle, die ansehnlich bemalt war im Innenraum, schlicht aber schön. Meine Mutter hatte meinen Vater jedoch davon überzeugt, die Kapelle nach ihrer Religionszugehörigkeit, also byzantinisch, auszugestalten. Was dann auch geschah. Heute ist diese Kapelle ein golden strahlendes, mit prachtvollen Engeln, Seraphim und Cherubim übersätes Kleinod. Meine Mutter teilte die innere Überzeugung, dass ein Seraph und ein Cherub eine Paargemeinschaft sei.

„Es gibt einen Konflikt zwischen Mann und Frau, der notwendig ist um zu erkennen, dass wir zwei Hälften eines Wesens sind. Gott hat uns aus einem Leib erschaffen.

Aus der Rippe des Adams formte er die Eva. Ich glaube an die Tiefe dieser Symbolik und ich sehe in dir mein Sohn, dass du das Weibliche in dir fühlst und erkennst als die andere Hälfte deiner Seele."

Zudem war sie eine belesene Frau und pflegte Briefwechsel mit Äbtissinnen. In ihrer Bibliothek befanden sich auch Abschriften der Werke von Hildegard von Bingen. Ich erinnere mich an folgende Worte von Hildegard, die sie gerne zitierte: *Der Schöpfer hat dir den besten Schatz gegeben, einen lebendigen Schatz: deinen Verstand.*

Sie ergänzte diese Worte sinngemäss dann um folgendes: Wir besitzen von unserem Schöpfer nicht nur unseren Verstand, nein auch die Vernunft wurde mitgegeben. Das Besondere bleibt aber, dass es ein Geschenk ist und doch, durch die Last des freien Willens, oftmals von uns Menschen am liebsten zurückgegeben werden will. Mit Hilfe der Vernunft sind wir aufmerksam mit unseren Sinnen für das Gute und das Wahre in der Welt. Unser Verstand sortiert unsere Sinneswahrnehmungen und kann das, was wirklich rein ist, in unserem Herz ablegen. Dieses Ablegen des Reinen und Guten in unserem Herz, besorgt der freie Wille in uns, und dass wir danach handeln und unser Tun darauf ausrichten.

Sollte ich in einem kurzen Satz meine Mutter beschreiben, so hätte ich dies mit schön und klug getan. Ihre Nähe war mir mit dem Heranwachsen nicht immer recht, denn einem Jüngling mit Waffendrang machen Mutterworte bang.

Sie war mit grosser Fürsorge um meine edle Gesinnung bemüht. „Achte darauf, dass du dein edles Gemüt, deine edle Gesinnung nicht dem Gesindel und Dieben, die da heissen Gedanken der Begierde oder der Wankelmütigkeit, preisgibst. Du musst gleich den Schutzmauern unserer Burg, einen festen Wall um dein geistiges Gut setzen, damit dir dieses wertvolle Eigentum nicht gestohlen wird."

Erst später habe ich in meinem Leben wichtige Dinge aus der Lehre meiner Mutter für mich entdecken können. Natürlich besass meine Mutter wundervolle Kleider und Schmuck, pflegte kunstvoll ihr Haar und trug feines Schuhwerk. Dabei vergass sie aber nicht ihren Glauben zu benutzen um darüber nachzudenken.
„Alle schönen Dinge sind schöne Dinge dieser Welt. Die schönen Dinge der Gotteswelt haben wir in unseren Sinnen nicht gegenwärtig. Es ist klug gedacht, sich nicht von den schönen Dingen anziehen zu lassen, besser ist, man lässt sie. Man verzichtet auf sie. Denn um die schönen Dinge liegt ein Schleier gewoben, eng und fest. Und in diesem Schleier bewegt sich fortwährend Ungutes, immerfort lebt und herrscht dort die Unzufriedenheit."

Heute weiss ich, dass, wenn diese Welt ohne Reize wäre, sondern nur eine öde Felslandschaft ohne Busch und

Baum, keine Blume und nur wilde Tiere hätte; über was sollte der Mensch dann nachdenken. Wozu einen freien Willen besitzen. An was übt er diesen freien Willen. Hätte ich dann überhaupt eine Regung der Liebe zur Schöpfung, wenn da nur Fels ist. Wäre ich nicht stumpf und würde ausser meinem Überleben nichts wollen oder begehren, abgesehen von meinen Mitmenschen. Aber es gibt von allem unendlich viel und viel Andersartiges.

Der Edelstein am Finger, gefasst in einem Ring und im Sonnenlicht funkelnd; dabei einen Batzen Erde an der Stiefelspitze. Reines und Unreines haftet einem an.

Die Rüstung

Anselm hatte das Schwertsein hinter sich gelassen. Er trug sein Schwert weiterhin gegürtet um die Hüfte, aber er folgte nicht mehr dem Schwert, sondern hatte das Sein von ihm abgelöst und dem Schwert vorangestellt.

Die vielen Jahre, in denen er mit geschmiedetem Stahl verbunden war, wurden heute durch das edlere Silber ersetzt; es wurde sein neues Metall.

Der gepanzerte Mann Anselm war in seiner Rüstung eingeschlossen worden. Dieser Anselm hatte sich herausgearbeitet aus seiner Umwehrung und sich entpuppt, um mit neuem Geist ins Leben zu schreiten.

Das noch Unreife war vor seiner Fruchtwerdung veredelt worden, wie der Weltengang.

Edelmetallen gleich waren auch die Worte. Schriften in denen die einfachen Worte des Alltags veredelt und geheiligt wurden. Anselm wurden die Schriften aus dem Johannes- und dem Matthäus-Evangelium einzig wichtig. In ihnen lesend fand er seine neue Orientierung.

Etwas das einen ausrichtet, nicht nur für den Rest dieses Lebens, sondern das hinüberreichen würde, für alle weiteren, die noch folgten. Er war sich gewiss, dass auf ihn noch so viele Aufgaben warteten, die alle nicht zu einem Anfang kommen konnten in diesem Leben.

Woher diese Gewissheit kam, wusste er nicht. Es kam ihm weder bedeutsam vor dies so zu empfinden, geschweige denn fremd. Es war ihm von der Stunde der Gewissheit an normal.

Das alles bewirkt hatten die Worte aus dem Evangelium des Johannes. Anselm ging in Gedanken versunken vor sich hin, am Waldrand entlang und traf auf ein Wegkreuz

mit Steinfuss. Auf diesem Steinfuss war mit schwarzer Kohle folgendes geschrieben worden:
Wer mich liebt, der hat mein Wort.

Dort verharrte er und dachte, wenn der Regen kommt so wird er es fortnehmen und die Erde damit tränken. Diese Erde, die er schon gesehen hat, getränkt mit dem Blut der Menschen und dem Blut der Tiere, welche durch Waffen ihr Blut gegeben haben. Und er besann sich des letzten Briefes des Mönchs, den er zum Abschied zugesteckt bekommen haben muss, da er ihn erst später entdeckte und sich nicht erinnern konnte, ihn zu kennen. Nicht dass er ihn geöffnet hätte, nein allein das Äussere war neu. Ein blauer Ledereinband mit Silberkordel umschlossen und dem Siegel des Zisterzienserordens des Mönchs. Heute war der Tag es zu brechen, um den Inhalt kennenzulernen. Innen waren zwei Briefe, die Anselm einmal an den Mönch geschrieben hatte. Sie waren durch Randnotizen des Mönchs und durch Zeichnung zu einer Art Buchseite geworden. Doch das war nicht das, was ihm auffiel und was seine Aufmerksamkeit hatte. Es war ein Stück wertvolles Holz. Rosenholz, dachte er auf Anhieb, könnte es sein. Als Oval geformt, fein geschliffen und poliert, hart und glatt. Darin war eine Gravur. Ein Text hinterlegt mit Buchstaben in lapislazuliblau und silbern eingefasst der Rand. Durch und durch eine wertvolle Arbeit und sie entsprach ganz der Geschicklichkeit des Mönchs in solchen Dingen. Dort stand geschrieben:
Ich bin der Ich bin und wer mein Wort halten will und was dem gleich kommt meine Lehre, dem sage ich: Wer mich mehr liebt auf dieser Welt als alle Dinge und dazu seinen Bruder und seine Schwester gerade so wie sich selbst, der hat wahrhaft mein Wort gehalten. Ihm sage ich es: Der Vater, der da ist die reinste Liebe in mir, wird ihn

darum lieben. Der Vater als die Liebe in mir und ich als die ewige Weisheit, die da ist die Sohnschaft, und der Heilige Geist als die Wahrheit und die endlose Macht meines Willens, wir werden zu ihm kommen und in ihm Wohnung nehmen, gerade in seinem Herzen. Dann wird er vollkommen sein, wie der Vater im Himmel es ist, der selbst mein Herz ist. Der vollkommene Vater, das allein ist wahrhaft mein Herz. Dieses Wort spreche ich zu Euch und in Liebe gebe ich es meinen Brüdern und ich gebe es in Liebe meinen Schwestern.

Anselm hatte Tränen in den Augen. Diese perlten über die Wangen und fielen als Perlen auf den Boden, denn er stand vornüber gebeugt und hatte sich mit abgewinkeltem Ellenbogen des linken Arms am Kreuz gehalten. Er empfing tiefe Erlösung und empfand sich als frei.

Anselm hatte sich selbst keinen Gefallen damit getan, den kürzeren aber dafür steileren Weg zu wählen, der ihn bergab führte. Hinunter auf eine Ebene, auf der eine Hütte für die Nacht stand, in der die Jäger für gewöhnlich sich einfanden um am nächsten Jagdtag nicht wieder solange aufsteigen zu müssen. Die Ebene war von Wald umstellt und nur zur talabwärts gelegenen Seite offen. Dort begann auch eine kleine Furt, die weiter durch den Wald talwärts führte. In dieser Furt verlief auch der Gebirgsbachlauf.

Der Weg war schmierig, denn der Waldboden war durch die Regenfälle aufgeweicht und Anselm rutschte mehrfach aus. Ellenbogen samt Händen waren geprellt und zerschunden, schmutzig zudem. Er verwünschte seine Ungeduld, die ihn wiederholt auf die falschen Wege trieb. Getrieben, immer wieder getrieben und gar nicht sein eigener Herr, und noch weniger Herr im eigenen Haus. So kam ihm sein eigener Körper vor. Ein Haus in dem mehr als nur ein Bewohner sich umhertrieb und alles Mögliche sich hin und her zerrte.

Endlich war er aus dem Wald heraus und betrat die Ebene auf der die Hütte zu sehen war.

Sein Leib schmerzte und er suchte die Furt auf, um sich in dem Gebirgswasser zu reinigen, zudem um Wasser zu fassen für die Nacht.

Nachdem es die letzten beiden Tage viel geregnet hatte, war diese Nacht durch einen klaren Himmel gekennzeichnet und die Sterne fingen früh an zu leuchten. Nicht mehr lange und ein herrliches Schauspiel war dann über ihm aufbereitet. Es war nicht kalt und so verzichtete er auf Feuer, damit seine Augen ganz das Licht im Himmel erblicken konnten.

Er ruhte aus und nachdem es still geworden war in ihm, wickelte er aus seiner Lederbrusttasche die Briefe, die ihm der Mönch geschrieben hatte. Da waren noch zwei, die er bisher noch nicht gelesen hatte. Der eine begann mit der Überschrift: Geistesgaben

Das Schlachtfeld

Es gab ein Schlachtfeld. Auf dem war er als Ritter im Kampf mit seinem Vater gestanden und sein Name war noch Anshelm gewesen.

Er hatte in Folge der Jahre diesen Ort mehrfach aufgesucht, zu unterschiedlichen Jahres- und Tageszeiten. Sein Vater hatte hier sein Leben gelassen. Die Schlacht wurde gewonnen. Wie sein Vater gefallen war hatte er nicht gesehen. Sie brachten ihn nach dem Sieg tot aus dem Feld heraus.

Nun war es Frühling und er war zum letzten Mal zurückgekehrt. Sein Name war jetzt Anselm.

Endlich begriff er den Wandel, der mit seiner Geburt schon begonnen hatte. Heute war es ihm möglich geworden mit seinem Bewusstsein die Dinge zu erfassen, die ihm bisher nicht zugänglich waren oder zugänglich wurden. Die Türe hierzu war geschlossen gewesen. Jetzt hatte er die Türe unverschlossen vorgefunden, doch hatte er wenig Neugierde verspürt, kein Verlangen gehabt, auf sie zuzuschreiten um sie zu öffnen.

Endlich war er im Begriff sein neues Leben, sein eigenes Gott nahes Selbst zu leben.

Wenn er heute auf das Schlachtfeld blickte, auf dem sich der Frühling austobte, anstelle einer Heerschar, wurde ihm bewusst, so wie sich in der Natur alles wandelt und vergeht, stirbt und wieder erneuert, so wandelt sich der Mensch. Jeder Baum ist jeden Tag anders, ein Blatt mehr, ein Trieb mehr, eine Frucht mehr, eine Frucht weniger, ein Blatt weniger, ein abgebrochener Ast durch den Sturm. So ist der Mensch jeden Tag ein anderer und niemals gleich. Ähnlich den sich wiederholenden Jahreszeiten, sind des Menschen Lebensabschnitte.

Gottes Reich wurde in sieben Schöpfungstagen errichtet und eine Woche in der Welt hat sieben Tage; so unterteilen die sieben Jahre den Menschen in Entwicklungsabschnitte, die wohl für alle gleich anzunehmen sind. Es wiederholt sich wie der Atem.

Anselm entsann sich, dass er mit sieben Jahren das Kleinkindsein hinter sich liess.

Mit vierzehn Jahren kam die Liebe zu einem jungen Mädchen in sein Herz und in seinen Leib. Heute mit einundzwanzig Jahren war er frei von der Pflicht des Kettenhemds und wurde zum Anselm.

Wenn er auf das alles heute hinblickte, dann ist der Vater das Wissen, der Sohn die Erfahrung des Vaters, die Mutter die Weisheit des Herzens und der Geburt des Lebens in die Welt, der Heilige Geist das Sein und somit die Gegenwart der Trinität Gottes. Die Seele ist dein Festbestand, die Essenz, ein Stück von Gott, der Tropfen Wasser eines Meeres und dein Geist ist der Dunst dieser Essenz, die wollend ist, aufsteigt und wiederkehrt, wie der Nebel über dem See, der Geist ist der Reisende.

Anselm fühlte in diesem Augenblick die ganze Kraft der Tragödie des Lebens und des Todes.

Er hörte und spürte die Schlacht, das Morden und das vergossene Blut, das in die Erde drang, gleichzeitig die kurze Zeit danach. Das sauber geräumte Schlachtfeld. Der Regen, der alles fort wusch. Das niedergetrampelte Feld, das zerrissene Gras. Alles war frisch und neu. Die Vögel sangen, die Sonne strahlte und eine leichte Windbrise brachte einen Wohlduft daher.

Und plötzlich flammte in ihm eine Erkenntnis auf, hell und klar, als wäre sie gerufen worden von ausserhalb der Erde. Anselm begriff die Kunstfertigkeit in sich zu gestalten ein selbstständiges freies Leben und dass hier ein durchziehender Faden existiert, aufgefädelte zahllose Einzelwesen.

Der Schmied

Seine Arbeit nahm er gern sehr früh schon auf, noch vor dem Hahnenschrei. Er bereitete die Werkstatt vor und schürte das Feuer der Esse nach, ordnete das Werkzeug und reinigte es. Danach fegte er die Werkstatt. Erst wenn dies alles erledigt war, ging er zurück in sein Haus und nahm das Frühstück ein, das seine Frau ihm bereits hergerichtet hatte. Gemeinsam sprachen sie das Tischgebet, dankten dem Herrn für seine Freundlichkeit und Güte. Während sie das Frühstück einnahmen, unterhielten sie sich angeregt über aktuelle Geschehnisse oder klärten anfällige Aufgaben für den Tag.

Die Schmiede lag in unmittelbarer Nähe zum Herrentrakt der Burg, und das Schlafgemach der dortigen Hofdamen schluckte den Schmiedehammerklang mit stetem Missmut hinunter. Eine Hofdame, die deswegen den Hof verlassen hatte, war oft entnervt zu den Fenstern gestürzt um den Schmied anzufegen: „Unsere Schlafkammer ist wie ein Schlund, in die Ihr Eure grobe Zunft hineinwerft und verachtend das zarte Gemüt der Frauen quält!"
Es gab keine Handwerkskunst, die so hoch im Ansehen stand bei Anshelms Vater, wie die des Waffenschmieds. Voller Bewunderung war er oft in der Schmiede und verfolgte die Arbeitsgänge und dasselbe tat später Anshelm. Nur, dass Anshelm sich viele Handgriffe zeigen liess und auch mitarbeitete und dem Schmid zur Hand ging. Neben den Waffen schmiedete der Meister mit seinen Gesellen auch grosse Eisenkreuze, die kunstvoll verziert wurden, wenn es einen Auftrag hierfür gab. Eigentlich war die Schmiede gerade für diese Arbeit über die Landesgrenzen hinaus bekannt geworden.

Der Schmiedemeister selbst war ein geselliger Mensch, von mittlerer Körpergrösse aber von kräftiger Statur, mit einem runden Bauch. Den habe er durch die gute Küche seiner Frau und dem noch besseren Bier, das sie braute, seit seinem Ehestande durch die allabendlichen, reichhaltigen warmen Gerichte, sich an den Leib geschmiedet. Dabei schlug er sich gern mit einer Faust auf den selbigen um zu zeigen, dass da nichts wabbelte, sondern alles hart wie Eisen war. Verfestigtes Fett, sagte seine Tochter dazu. Darauf lachte er laut und herzlich und lobpries seine Frau.

Die beiden Eheleute hatten eine auffällig schöne Tochter. Denn sowohl der Vater als auch die Mutter hatten eine vortreffliche Gesichtsphysiognomie. Beider Eltern Gesichtszüge waren fein gezeichnet, Nase und Ohren waren nicht zu gross, die Lippen waren voll. Dies alles stand bei genauer Betrachtung im Gegensatz zu ihrer Handwerkstätigkeit.

Bei aller Lebensfröhlichkeit hatte der Schmied auch nachdenkliche Züge an sich, und obgleich er weder lesen noch schreiben konnte, beobachtete er umso genauer, was um ihn herum geschah und hörte aufmerksam zu, wenn seine Kundschaft Weisheiten oder wissenswertes kundtat. Dabei besass er seine ihm eigene Weisheit und war nicht darauf angewiesen, anderes nachzuerzählen. Nein, er dachte eigenständig. Anselm und der Schmied mochten sich und sie besassen Vertrautheit miteinander. So erzählte er seinem jugendhaften Freund seine innersten Erkenntnisse und Wunder. „Ich habe mich lange gefragt, woher der Klang kommt, wenn wir schmieden, wenn der gehärtete Hammer auf Eisen schlägt, oder auf dem Amboss niedergeht und zurückprallt. Heute denke ich, dass es einen Ton gibt, der in dem Eisen verborgen liegt und wahrscheinlich ist es so, dass in allen Dingen ein Ton verborgen liegt. Vielleicht ist dieser Ton vor dem Wort schon dagewesen, denn Gott sagt ja, am Anfang war das Wort, aber Gott war vor dem Wort und vielleicht ist da noch mehr zwischen Gott und dem Wort." Was ihn aus Sicht Anselms besonders auszeichnete, war der Umgang mit den Lehrlingen und Gesellen, den er pflegte, wenn er sie ausbildete. Er forderte von ihnen Leistung und das Interesse lernen zu wollen, ihr Handwerk soweit gut zu beherrschen. Gleichzeitig förderte er sie auch dahingehend, dass er ihnen alles was er selbst wusste frei vermittelte und auch Dinge die ihm selbst nicht gelangen zutraute, wenn er ein Talent wahrnahm. So förderte er sie zu besseren Handwerkern als ihr Meister einer war.

Zudem war ihm die Anrede Meister, die ihm zustand in der Sitte des Zunftumgangs, lästig, und er bestand auf den Verzicht seines diesbezüglichen Rechts.

Was ihn wirklich schmerzte war, dass er nur ein Kind mit seiner Frau haben konnte. Nicht dass dieses eine Kind eine Tochter war, man hätte sich vorstellen können es hätte ein Junge werden sollen, damit die Schmiede durch ihn einmal weitergeführt werde, nein, tatsächlich war es der Verlust den er empfand, keine Kinderschar um sich zu haben. Einen vollbesetzten Tisch mit mindestens fünf Kindern. Dort hätte er gern die Rede geführt, seine Geschichten und Weisheiten erzählt, mit den Kleinen noch gespielt und mit den Grossen sich im Ernst des Lebens befunden, und dies alles gemeinsam mit seiner Frau.
„Der liebe Gott hat uns nur ein Kind gegeben. Am Anfang habe ich oft mit ihm gehadert deswegen. Meine Frau hat mir eines Tages gesagt, dass Gott mir vielleicht nur einen kleinen Teil aus seiner grossen Ordnungswelt

zur Beachtung anvertraut hat, damit ich ihm da treu bin und später bei ihm über Grösseres herrschen darf. Übe deine Fertigkeit in der Beachtung dessen, was dir als Mensch zugeteilt ist und vertraue auf das Grosse, das dich erwartet in seinem Reich."

So lernte Anselm bei seinem Freund dem Schmiedemeister die Grundzüge der Schmiedekunst und eine erste Reflexion, wenn Handwerk auf die Schöpfung trifft.

Da Anselm aus einer adeligen Familie stammte und der Schmied aus dem Volk, sie beide darin aber keine Hindernisse oder Besonderheiten entdeckten, führten sie eine freie Rede miteinander und die Gedanken flossen ebenso frei dahin.

Da in der Waffenschmiede die Helden aus und ein gingen, Geschichten ein und aus gingen, waren daraus etliche Erkenntnisse beim Schmied gereift, die er seinem adligen jungen Freund fürs Leben mitgab: Wer ein grosser Held werden will, der braucht einen armen Mann an seiner Seite, denn Arme habt ihr alle Tage, sprach der König der Welt, dessen Reich nicht von dieser Welt ist, also ist es notwendig und wahr, dass es den armen Mann gibt neben dem Helden.

Die Liebe

Auf den Stufen zum Kirchhofaufgang, gab es die oberste, auf der das Wasser der Dachtraufe ausrann und diese glatt wie Flusskies werden liess, hohlgetropft wie die Mulde im Mühlstein. Auch war sie immerzu kühl, als erinnerte sich der Stein des kalten Wassers und speichere diese feuchte Kühle auch zu den Zeiten, da es trocken und warm war.

Der Sommer hatte noch nicht seine volle Mitte erreicht, stand aber bereits mit grosser Hitze im Tag und wartete auf jede, sich aus dem Schatten herauslösende Bewegung aller Geschöpfe, um diese seine heisse Kraft spüren zu lassen.

Die Waffengänger waren in der Vorbereitung zum Auszug aus der Burg. In den folgenden zwei Tagen wollte man mit den anderen Reservetruppen zusammentreffen. Am dritten Tag sollten sie die linke Flanke, die über einen schwer zugänglichen Kieferwaldrücken zu erreichen war, und dies nur wenn die Truppen ohne Tross zogen, in den Rücken des Feindes stossen, um so den erhofften Niederwurf zu erzwingen. So trug der junge Ritter bereits das schwere Leder unter dem Kettenhemd und der Schweiss floss in dünnem Fadenwasser an seinem Körper herab und färbte das Leder am Rücken nussig braun.

Der Platz an dem er jetzt sass, war der Platz an dem er die Tochter des Schmieds hatte oft sitzen sehen. Es war früher Nachmittag und alle Vorbereitungen, alles Nachsehen der Waffen, Gerätschaften, Versorgung der Pferde, Bereitstellung der Verpflegung waren erledigt. Vom Kaminsaal seiner Familienfeste aus hatte er, vorm gelben Fensterglas sitzend, einen freien Blick auf diese Stelle gehabt. Sie sass dort wenn es bereits dunkel war und verschwand dann im Schatten der aufgehenden Mauer. Nur ihre hellen blossen Füsse und die Hände in ihrem Schoss waren dann noch zu erkennen. Er träumte dann mit ihr und fragte sich, wünschte sich, den gleichen Dingen teilhaft zu sein, die bei ihr waren und ob die seinen den ihren wohl gleichen mochten.

Er selbst war bereits schon am Vormittag mit allem fertig gewesen, was seine Aufgaben betraf. Anselm hatte nochmals alles gründlich mit seinen Knappen geprüft und dann die beiden in den Tag entlassen, bis die Verfügungsbereitschaft mit Nachteinbruch begann. Die Hauptleute warteten noch die Boten ab, um die letzten Anweisungen aus dem Heer zu erhalten. Vor vierzehn Tagen waren die Vortruppen ausgesandt worden um den Platz für das Heerlager zu bestimmen, Vieh und Proviant aus der Umgebung aufzutreiben, ein Lager zu errichten und das Hinterland um das Schlachtfeld ausreichend zu erkunden. Das Heer, unter der Teilführung seines Vaters, hatte sich vor sieben Tagen am Lagerplatz eingefunden und formiert. Seit zwei Tagen war die Schlacht im Gange und noch keine Entscheidung zu finden. So hatte man sich entschlossen die Reserven in die Schlacht zu bringen. Boten wurden zu den umliegenden Städten und Burgen gesandt und die verbliebenen Hauptleute stellten die Reservetruppen auf, schafften die Bauernfamilien samt ihrem Vieh, Futter und Korn in die Wehrumschliessungen und sicherten die Städte und Burgen. Sollte der Feind siegen, so musste alles auf eine etwaige Belagerung gefasst sein.

Der junge Ritter hatte die Zeit bis jetzt dafür genutzt durch alle Winkel der Burg und der Ansiedlung zu gehen, Plätze, Räume, Wehrgänge und Türme, Dachstühle aufzusuchen, die er lange nicht mehr begangen hatte.

Er schaute sich die Farben der Häuser, des Holzes, der Dächer aufmerksam an, berührte Stein und Holz, bemass sie nach ihrer Temperatur, nach ihrer Oberfläche. Doch ging er nicht allein, etwas begleitete ihn. Etwas das ein weiteres suchte. Etwa den einen bestimmten Platz, eine Erinnerung suchte, welche ihm nochmals einen Eindruck geben könnte, von dem was er vermisste, aber nicht wusste was es war. Es gab am Anfang nur die Bewegung, einfach nur das ziellose Voranschreiten und das Wissen dabei, dass es sich finden lassen will. Am Aufstieg eines Turmdachbodens fand er ihren Platz. Damals vor bald zwei Jahren, hatte er sie dort gefunden bei seinem Wachgang. Damals hatte er sie früh wieder verlassen müssen, um nicht seine Pflicht der Wache zu verletzen. Damals hatte er die Unruhe in sich gespürt, die durch sie kam, dass sich alles bisher Feste gegeneinander verrücken und verschieben würde.

Sie hatte sich eine Decke als Lager bereitet, unterhalb des kleinen ovalen, senkrecht im Fachwerk gestellten Fensters, das mit lindgrünem Butzenglas versehen und von ahornrotem Holz eingefasst war. Es war geöffnet und die ausgeruhte Nachtluftkühle sog die staubige Wärme hinaus. Dort lag sie an ein Kissen angelehnt, ein zweites neben sich liegend und spielte mit einer Kugel aus glatt geschliffenem Holz und blauem Lackauftrag wie von Lapislazuli.

Mit der flachen Hand rollte sie die Kugel auf dem Teppich, ihren Unterarm herauf und wieder hinab in ihre Handfläche.

Sie sah ihn beim Heraufkommen der Dachlukenleiter nicht an, auch beim Heranschreiten nicht. Erst als er auf Körpernähe herankommen wollte, sprach sie ihn an.

„Ist es höflich was Ihr da tut, mich hier zu stören oder ist es Euer Wachauftrag, der Euch das Recht gibt meinen Platz ohne anzufragen zu beschreiten?"

Ihre Fragen liessen ihn keine Antwort mehr finden, denn gleich wie diese hätte lauten mögen, es hätte eine der beiden Antworten immer zu der Verneinung einer Frage geführt.

So hatte die Waffenlose den Waffenträger mit scheinbar wenig zum Erlahmen gebracht.

Es blieb ihm das ratlose Anstarren und das Gefühl von Dämlichkeit gegenüber einem jungen Mädchen, denn sie war gut drei Jahre jünger als er selber, aber das schien wohl kein Recht zu sein gegenüber einer Frau.

Sie war die Tochter des Schmieds, und ihre Mutter hatte eine schwere Geburt mit ihr gehabt und konnte danach keine weiteren Kinder mehr gebären und so blieb die Tochter dem Schmied das einzige Kind. Ihre Hände waren kraftvoll, da sie ihrem Vater bei der leichteren Schmiedearbeit oft zur Hand ging.

Als Kinder hatten sie einmal gemeinsam gebalgt, als er, wie so oft, die Schmiede aufgesucht und dort der Arbeit zugesehen hatte.

Der Schlag ihrer Fäuste war schmerzhaft hart und der Griff ihrer Hand spannte sich, Zangen gleich, um seine Handgelenke und er hatte Mühe gehabt sie auf den Boden zu ringen.

Da waren sie Kinder gewesen, noch jung und farblos.

Fragen waren leichter zu beantworten gewesen und die Verwirrungen waren noch fern der Seele.

Im Turmzimmer schlug sie nicht mehr mit Fäusten, ihre Hand spielte weich mit der Kugel, doch war das Wort, das sie führte, hart geworden. Sie blickten einander an.

Sie trug ein rotes Wollkleid mit kurzem Arm und ihre Füsse waren nackt und standen, die Beine am Körper angewinkelt, flach auf dem Boden.

Die beiden Zehen, der grosse und der daneben liegende waren etwas länger als die drei anderen, was, würde eine Linie über die Spitzen dieser drei hinfort gezogen, man dann eindeutig wahrgenommen hätte.

Ihr grosser Zeh stand frech ganz leicht nach oben gebogen in seinem Knochenverlauf.

Er merkte, dass sie bemerkte wie er ihre Füsse anstarrte und wie sie darüber zu lächeln begann.

Ihr Lächeln bewegte ihre Hand zu einer Geste, die ihn einlud, neben ihr auf dem freien Kissen Platz zu nehmen.

Neben ihr sitzend sah er sie an, sah von der Seite ihr Gesicht und sie liess ihn, ihr Blick verloren auf dem Spiel der Hand mit der Kugel liegend, gewähren und sie in Ruhe betrachten.

Frauen lassen sich betrachten, wenn sie reif geworden sind, wenn das Mädchen aus ihnen ausgezogen ist und nur noch ab und zu zurückkehrt aus der Vergangenheit um ab und an, an einem Regentag auf einer Sonnenbank zwischen Bäumen zu schaukeln, um das Kinderlachen wieder in sich singen zu hören.

Er erkannte ihre Schönheit. Die Schönheit von Apfelduft, rotem Mohn im grünen Feld, Sonnenlichtstrahlen aus Wolkenhimmeln, Wasser, das fliesst über Steine und Erde an den Händen, die rot leuchtet.

Was er für schön gehalten, war die feine transparente Haut weisser junger Adelsfrauen, ein seidenes Kleid, gepflegtes Haar das nach Parfüm roch, die Haut die nach Ölen duftete. Kokettes Lachen und Augenaufschlag nachgezogener Augenbrauen und gefärbte Gesichtszüge in rosafarbener Puderblässe.

Ihre Schönheit jedoch hatte er an einer Frau noch nicht finden können, doch erkannte er sie jetzt als eine. Sie war ohne Albernheit, ohne lautes Werben.

Sie war so, dass sie gefunden werden musste, ohne Suchen gab es sie nicht zu entdecken.

Wie lange er bei ihr sass wusste er nicht, bis sie ihn ansprach und fragte. "Musst du nicht zurück und deinen Wachgang tun, mich bewachen auf dem Wehrgang, dass mein Friede nicht gestört wird in meinem Turm?"

Sie nahm die Kugel auf und legte sie in die Stoffmulde des Kleides über ihrem Schoss, zog die Beine näher an den Körper heran bis das Blau im Rot des Kleides verdeckt wurde.

„Siehst du wie ich dich bei mir bewache, dass keine Feindeshand dich finden kann. So geh jetzt und tue das Gleiche auch für mich."

Er sass noch immer auf den Stufen des Kirchhofaufgangs wie diese Erinnerung in ihm aufklang. Das Lärmen eines Fuhrwerks mit Waffenträgern riss ihn hoch.

Man grüsste ihn.

Aufgeweckt erhob er sich und schlug die Richtung zur Schmiede ein. Dort angekommen fand er ihren Vater bei seiner Arbeit vor, tief im Dunkel des Werkstattraums vor der Esse. Sie grüssten sich mit Handschlag und sahen sich dabei in die Augen, lange genug um sich zu erkennen.

„Wo kann ich sie finden?"

„Du wirst auf den Wiesen, in den Wäldern oder an dem Bachlauf suchen müssen. Sie weiss, dass ihr bald gehen müsst. Wo sonst glaubst du, dass du sie finden kannst; sie ist zu wild für Haus und Hof den ganzen Tag."

Der junge Ritter lächelte sanft und dachte daran wie schön sie ist, so laut mit seinen Augen, dass der Vater ihm traurig widerlächelte und der Hammer lag müde in seiner Hand auf dem glühenden Eisen am Amboss, so dass das Eisen einen schwarzen Ring auf sich wachsen liess unter der kalten Finne des Hammers.

„Schön ist sie."

Die gleichen blauen Augen, das gemeinsame Blut von Vater und Tochter sahen den jungen Ritter lange fragend an, suchend als ob sich die Antwort finden liesse auf dem Gesicht des Ritters. „Ja, schön ist sie", antwortet der Schmied.

„Doch manchmal glaube ich, dass sie keines Menschen Tochter ist."

Der junge Ritter führte sein Pferd auf dem Kopfsteinpflaster, im Widerhall des metallenen Hufschlags an den Hauswänden, hinaus durch das südliche Stadttor um zu den Bachwiesen hinabzureiten. Nach kurzem Reitweg verliess er die befestigte Handelsstrasse und zog querfeldein zum Bachlauf, der nah der Waldgrenze lag, dort wo dieser in ein schmaleres Tal einfloss, umgrenzt von dichten Tannen.

Dort hatte er sie schon einmal aus dem Wald heraus beobachtet. Von der Jagd kommend hatte er ihr rotes Kleid im Licht der Sonne leuchten sehen.

Er blieb im Dunkel des Tannenschattens stehen und sah ihr zu, wie sie sich entkleidete, in den Bach stieg und dort lachend mit dem Wasser spielte.

Plötzlich hielt sie inne und er glaubte zu sehen dass sie irgendjemandem zuhörte. Dann wandte sie sich um, sah ihn direkt an, sah in das Dunkel, sah in sein Gesicht. Er schämte sich ihres Blickes und führte sein Pferd leise in die Schwärze des Waldes zurück.

Heute fand er sie auf der Wiese sitzend, ihre Hände im Schoss liegend, auf ihn warten.

Anselm stieg von seinem Pferd, liess dem Tier die Zügel frei zum Grasen und ging die letzten Schritte zu ihr hin.

Der junge Ritter liess sich neben der Tochter des Schmieds ins Gras nieder und sass an ihrer Seite. Sie sah ihn halb schalkhaft, halb ernst an.

Dann plötzlich warf sie ihn, mit einem Stoss gegen den Brustkorb um und schwang sich über ihn. Ihr Blick wanderte über seinen Körper, über das Kettenhemd und suchte die Lederschnallen die dieses zusammen hielt. Langsam löste sie diese und entkleidete seinen Oberkörper, Schale um Schale bis seine Haut frei und bloss war.

Sie legte die flache, linke Hand auf seinen Brustkorb, unterhalb seines rechten Schlüsselbeins und mit ihrer rechten Hand hielt sie sein Gesicht an der Wange an. „Wenn du ausziehst, und das wirst du wohl tun müssen, so werde ich bei dir sein und du wirst mich immer finden können, wenn du auf das achtest, was ich dir jetzt sage:

Suche die Wälder auf und dort die grossen frei stehenden Bäume. Gehe tief in die Wälder hinein. Lege immer vorher deine Rüstung und Waffen ab, dann nimm Platz unter einem dieser Bäume und bitte ihn um seine Kraft für dich. Er wird dich beruhigen und dich sanft machen und klug. Danach suche das Wasser auf, des Nachts, dann besitzt es mehr Kraft. Es ist dann ausgeruht von der Hitze des Tages. Die Sonne macht es müde. Suche auch das Wasser auf, wenn dein Körper verwundet ist, er dich schmerzt von den Schlägen der Waffen auf deiner Rüstung. Es wird dich heilen. Tue es gleich den Tieren, auch sie stellen sich in das Wasser, wenn sie krank sind. Willst du mich fühlen, so gehe so tief in das Wasser hinein, bis du mit den Hüften in ihm stehst. Lege deine Handflächen flach auf das Wasser auf und sende deine Gedanken für mich über die Oberfläche des Wassers hin. Sie werden zu mir getragen und ich kann dir antworten.

Wenn du schläfst, so lege deine rechte Handfläche in die Mitte deiner Brust, unterhalb des Brustkorbs, und die Linke lege an dein Herz, dann werde ich in deinen Träumen über dich wachen. Schliesse jetzt deine Lider, ich will dich ansehen."

Sie beugte sich über ihn, dass ihre offenen Haare einen Schattenraum über sein Gesicht ergaben. Ihre Hand lag weiterhin auf seiner Brust und drückte ihn nun tiefer in das Gras, so dass sein Körper die feuchte Wärme der Erde zu spüren bekam. Jetzt spürte er ihren Atem auf seinem Gesicht und den Duft von Kräutern.

Er erinnerte sich, dass sie, als er sie aus dem Wald heraus beobachtet hatte, sich mit einem Bund Blumen und Kräutern die Haare und den Körper einrieb und sich damit im Bach wusch. Es roch süsslich fein und würzig scharf zugleich.

„Lass deine Augen geschlossen, öffne sie erst, wenn ich es dir sage mein junger Ritter."

Sie entkleidete vorsichtig sein Beinkleid und er spürte wie sie ihn dabei ruhig und aufmerksam betrachtete. Ihre Lippen kamen an sein Ohr.

„Es gibt nichts zu tun, bleibe, bleibe so und folge mir einfach."

Mit den Armen stützte sie sich auf seinem Brustkorb ab. Sie hob ihren Körper etwas an und nahm ihn in sich auf, und ihre Bewegungen waren weich und folgten gleich einer Handfläche, die behutsam das Holz eines Bogens ölte, dem gebogenen Spann und zwangen so seine Sehnen in diesen Verlauf hinein. Wenn sie sich ausruhte konnte er die Wärme ihres Schosses spüren, die dann ganz auf ihn nieder kam und er gefasst war, in den Rahmen von Weiblichkeit der Erd- und Frauenwärme. Sie umschloss mit beiden Händen seinen Kopf.

„Öffne deine Augen und sieh mich an junger Ritter. Wir müssen jetzt nichts mehr tun, es beginnt zu fliessen, von ganz alleine öffnet sich die Quelle, die von innen aus dem Herz heraus dringt." Anselm sah ihre lautlosen Tränen und das Glänzen dieser in ihren Augen. Sah das tiefe Blau der Seele, die ihm die eigene öffnete, dass auch er leise zu weinen begann.

Jetzt fasste er sie bei den Hüften an, schob seine Hände unter ihr wollenes rotes Kleid und spürte die Haut die glatt und an anderer Stelle pelzig und aufgeweitet war durch ihre Hitze.

Im Moment des gemeinsamen Verschmelzens empfand er zum ersten Mal das Entschwinden der Zeit, das Verstummen des Weltklangs und das tiefste wortlose Glück das zwischen Mann und Frau existiert. Keine Sprache der Welt konnte diesen Augenblick festhalten.

Ihre Stimme war Weinen und Lachen zugleich.

Sie zog sich ihr Kleid über den Kopf hinweg aus und sank nackt auf seinen Oberkörper nieder, ihn mit den Armen umschlingend und zitternd, so dass sie ihren Körper fest an den seinen anhielt, um sie beide zu beruhigen.

Beide hatten sich einander angesehen, bis auf den Grund ihrer Seelen tief angeblickt. Davon hatte er nichts gewusst, niemand hatte ihm davon gesprochen was das Geheimnis der Frauen war. Jetzt hatte er es gesehen. Nun konnte nichts mehr sein wie es früher war.

Das Licht des Tages schwand und die Kirchtürme schlugen die Zeit seines Aufbruchs.

„Du musst nun gehen Anselm und mich verlassen."

Sie nahm ein Schärpenband, das zu einer Rolle gewickelt war, aus ihrer Kleidertasche heraus und schlug es vorsichtig auf.

Darin lagen drei grosse fleischfeste, purpurfarbene Rosenblätter. Ein jedes küsste sie mit ihren ganzen Lippen und legte alle drei übereinander und band sie wieder in die Schärpe ein.

Bei jedem Kuss auf eines der Rosenblätter sah sie ihn über diese mit Augenaufschlag an, und erst als die Lippen sich lösten, schlug sie auch die Augen wieder nieder.

„Nimm ein jedes für die Wunde an Seele und Herz, doch gib acht, dass du dich nicht zu oft in Gefahr begibst hierfür, denn du hast nur drei meiner Blätter."

Ihre Schönheit war ihr Schweigen; sie trug ein Geheimnis in sich, wie man Gott im Stillen, im Schweigen erfährt, sein grosses Geheimnis. In ihrem Gesicht sprachen nur die Augen, alles war sonst gleicher Ausdruck. Auch ihre Hände waren reine Sprache, die zu einer Art Schrift wurde, die man mit der Zeit lesen konnte.

Anselm verfiel in einen kurzen Schlaf und träumte: Von Ferne sah der vom Wind verblasene Schnee aus, als wäre er weich anzufassen, sei glänzend in der Sonne und hätte ein Gesicht von Samt. Doch in den Windbuchen auf den Hängen, die mit ihrem gebeugten kurzen Stamm und dem Astwerk wie langes verwildertes Frauenhaar, das steif im Wind steht, in ihrem eisigen Geäst, da ist die Härte des Winterwindes ablesbar. Dann geht man auf die Hügelkuppe mit ihren zwölf Windbuchen zu und der samtige Schnee ist tatsächlich eine kalte glasige Kristallsplitterschicht, durch die ein schwerer Mann beim Gehen schrittweise einbricht. Und was selten ist, ist die Windstille. Man ist wie in einem Zimmer in dem Tür und Fenster geschlossen sind. Das Kerzenlicht ist ruhig im Herrgottswinkel und man wartet regelrecht darauf, dass er gleich zurückkehrt, der Wind, dass es anfängt zu singen auf den Glasscheiben und der Zug durch die Ritzen geht und die Kerze flackert, dass er wieder da ist, der Herrenreiter der Windbuchen, dieser Herr, der von seinem Hügel ausgeht, der Nordwind.

Mit dem Eintreten in den Wald beruhigte sich sein ganzer Körper. Die Schritte wurden langsamer und ausholender. Je tiefer er in den Wald hineintrat, den lichten Buchenwald, je ruhiger wurde sein Atem und der Wald breitete sich in seinen Lungen aus, wie ein schnell wachsender Setzling, der zu wurzeln begann in seinen Lungen und mit seinem Astwerk und der Baumkrone aus Rachen und Mund emporschoss dem Licht über den Wipfeln des Waldes zu. Er war ein Baum unter Bäumen, der sich bewegte, der den Bachlauf suchte wie das Reh und dem Bach folgte auf seinem leisen Dahinplätschern durch den Wald. Das Wasser im Ohr, die Blätter im Licht und die Füsse am Boden, ein Waldläufer!

Ein Horn erklang und rief die Soldaten und Ritter zum Aufbruch. Es war dunkle Nacht und in dieser Nacht standen Männer mit Fackeln.

Der Bachlauf
Gottes Geist schwebte über den Wassern

Anselm verbrachte gerne seine Zeit am Bachlauf um zu sinnieren. Das schnelle Dahinströmen des Wassers geschah in spürbarer Ruhe, als würde das Wasser geführt werden.
Zwischen den Steinen, den grossen wuchtigen, den moosig flechtigen, den verwitterten, die Wasserkuhlen auf ihrem Buckel haben, den alten, floss ein dünner schneller Bach. Silberhell und sprudelnd in den Biegungen und quirlig rauschend über den Gefällen seines Laufs. Besonders schön anzusehen an den Strecken seines Bachufers, an denen das hellste Grün eines Moosgrases, mit fettem rundem Stengelwuchs sich dicht in sich selbst drängt und den Wasserlauf begrenzt. Dass man sich hinein legen möchte in das weiche kühle Grün des Erdenhaars, du Bachschönheit, du Kraft des Bodens und des Wassers.

Immer wenn er sich als ganz feinfühlig empfand, ging Anselm hin zu diesem Bachlauf. Er würde über sich selbst sagen, dass er eine innere Liebe zu dem Wasser hatte. Man spürte, dass hier mehr war als nur strömendes Wasser, es war auch Geistiges zugegen. Es war das Gefühl, dass seine Seele eine Verbindung aufnahm zu dem Element.

Auf dem Markt war einmal eine Frau gewesen, zu der ihn die Tochter des Schmieds mitgenommen hatte, diese hatte Gesichter. Sie war kräuterkundig und galt im Volk als Heilerin. Die hatte ihn lang und ruhig angesehen, während seine Begleiterin mit ihr sprach. Bevor sie beide wieder gingen, hatte die Frau ihn am Arm festgehalten und leise zu ihm diese Worte gesprochen: „Ich will dir etwas mitgeben junger Ritter auf deinen Lebensweg, denn ich sehe, dass du einen offenen Geist hast für das was um uns herum geschieht, was die Menschen mit den Augen und Ohren für gewöhnlich nicht wahrnehmen können. Wenn eines Menschen Seele in diese Welt geboren wird, so umgeben sie Engel und Schutzgeister. Schutzgeister sind die verstorbenen Seelen und für gewöhnlich hat ein jeder Mensch drei von ihnen. Zudem stehen ihm zwei Engel zur Seite, damit das Gute in ihm heranwächst. Über die beiden Engel wacht ein Grossengel, der über ein höheres göttliches Wissen verfügt. Und dann ist da noch ein siebenter der über die ganze Menschheit wacht. Gebrauche dieses Wissen gut."

„Was hat sie von dir gewollt?" fragte die Schmiedtochter. „Ich weiss es noch nicht, es kam so überraschend. Sie sprach geheimnisvoll, von Schutzgeistern und Engeln und von der Seele."

„Ach so, das von der Welt um uns herum, wusstest du das nicht?"

„Nein wusste ich so nicht, vielleicht dass ich irgendetwas schon mal gespürt habe, das ich mir nicht erklären kann. So etwas wie die Tiere mit Instinkt tun. Rehe gehen, wenn sie krank oder wund sind, ins Wasser. Pferde spüren ein Unwetter bevor es heraufzieht. Meine Mutter hat mir aus dem Neuen Testament vorgelesen, aus Johannes Kapitel 5, dass die Kranken in Bethesda in das „Bewegte Wasser" zur Heilung hineinstiegen."

Sie lachte herzhaft und schlang einen Arm um ihn. „Du bist mein Ritter, mein Adelsmann der so kluge Sachen sagen kann" und verpasste ihm mit der anderen freien Hand einen Fausthieb auf seine Schulter, riss sich zugleich los und stürmte davon. „Komm mit zum Bachlauf" rief sie ihm nach. Er war noch nicht richtig bei sich, aufgrund der Worte der Frau vom Markt und hatte keine Chance zu parieren, setzte sich aber in Bewegung um ihr zu folgen.

Am Abend dieses Tages sass Anselm am Feuer des Kamins noch allein, nachdem sich die anderen zur Nachtruhe begeben hatten. Er versuchte sich zu sammeln. Der Nachmittag mit der Tochter des Schmieds war aufregend und schön gewesen. Die Liebe zu ihr und mit ihr vereinnahmte ihn ganz, da blieb nicht viel übrig für anderes. Alles andere kam ihm neuerdings vor als wäre es nur eine Pflicht, die es zu erfüllen galt und hatte gar keine Bedeutung mehr in seinem Leben.

Noch vor kurzem stürmte in sein Leben die Anforderung von Meisterschaft hinein. Die Meisterschaft des ritterlichen Kampfes, die Meisterschaft der Jagd, die Meisterschaft der Schmiedekunst, die Meisterschaft der Gelehrsamkeit, die ihm sein Hoflehrer beizubringen versuchte. Zu alledem die Liebe zu einem Mädchen. Das passte nicht zusammen. Er fühlte sich glücklich und berauscht und gleichzeitig zu nichts zu gebrauchen.
Ruhe und Besinnung fand er einzig am Bachlauf. Das Wasser strömte einfach so kraftvoll dahin. Er wünschte sich, die Kraft und Besonnenheit des Wassers in sich aufzunehmen.

Dieses innere aufgewühlt sein war ihm völlig neu und er kam überhaupt nicht damit zurecht.
Er fühlte sich über die Massen gesund und gleichzeitig krank, dass er jammern möchte.

Wenn er am Bachlauf sass, hielt er seine Hand in den Wasserfluss hinein und liess im Spiel der Fingerbewegung den Wasserstrom hindurch gleiten. Dabei bildete sich in ihm ein neues Wort, das er zwar in seinem Kopf als Gedanken wahrnahm aber gleichzeitig fühlte, dass es aus seiner Herzgegend heraufgestiegen war: Selbstheilungskräfte.

In ihm formulierten sich schnell und wie von selbst neue Gedanken. Wenn eines Menschen Körper krank ist, sein Fleisch geschwächt ist, so heilt Gott nicht das kranke Fleisch. Gott kümmert sich um die Seele dieses Menschen. Wo die Seele eines solchen Menschen nicht zu stark mit ihrem Fleisch verflochten ist, dort reisst Gott wie der Wasserfluss das Fleisch von der Seele weg und befreit sie, so dass der verschüttete Geist in ihr frei wird. Der Geist gibt der Seele neue Kraft, wie der Strom des kühlen Wassers den Körper belebt. Wie Wasserdampf im Herbst über den Wassern sich erhebt, befreit vom Bachbett, so steigt die gestärkte Seele auf, denn ihr ist leicht geworden und sie kann die Krankheit des Fleisches wieder in gesunde Ordnungsbahnen führen.

Vielleicht waren Krankheiten, welche die Menschen zu durchleiden hatten, ja nichts anderes als das Verhindern der zu festen Verbindung der Seele mit dem Fleisch des Körpers. Denn wenn wir sterben löst sich die Seele ja auch vom Körper. Wenn ihm auch noch nicht klar war, was genau nach dem Sterben mit der Seele geschah.

Nicht immer, wenn Anselm seinen Bachlauf aufsuchte, war es ihm möglich ins Gespräch zu kommen mit dem Wasser. Oftmals schwieg es ihn an. Anfänglich war er enttäuscht wenn er ohne Gedankengut leer nach Hause ging. Eine Zeitlang, ganze drei Monate, geschah gar nichts mehr was sich mit dem Geist über den Wassern vergleichen liess.

Doch dann, im späten Herbst, geschah es wieder. Das Wasser war noch kälter als sonst. Die Hand schmerzte schon nach kurzer Zeit und wurde taub. Da war sie wieder da, die Gedankenflut. Worte die sich in seinem Kopf formulierten wie von selbst. Worte von der himmlischen Meisterschaft. Die Worte klangen wie gemurmelt oder war es das Murmeln des Wasserlaufs das als Klang hinzukam? Es gibt da die Liebe und diese lehrt dich allen Wesen auf der Erde wohlwollend zu begegnen und ihnen nur Gutes zukommen zu lassen. Die Liebe und die Demut sind wie grosser Bruder und kleine Schwester und gehören zusammen. Die Liebe ist gross und kaum zu erfassen. Die Demut aber lehrt dich klein zu sein und dich über niemanden hochmütig zu erheben. Wenn du sanftmütig bist, so erkennst du, dass du jedermann stets gleich wohlwollend ertragen kannst. Dann bist du im innersten Herzensgrunde darum bemüht, jedermann zu helfen wo es ihm in seiner Not bedarf. Das sind die Attribute einer himmlischen Meisterschaft. Diese Dinge musst du dir völlig zu eigen machen. Wenn du dem folgst, dann besitzt du den Himmel im Menschen. Dann hast du das Göttliche anerkannt und wirst dich davon zukünftig leiten lassen.

Der Spanier und Magier
Seelenfinger von Anselms Vater

Eines Tages war ein Gast am Hofe seines Vaters. Anselms Mutter mied ihn und sein Vater schwieg sich aus über ihn. Gleichwie, es nahm der Spanier sich von der ersten Begegnung mit Anselm das Recht heraus, sein Freund zu werden auf Lebenszeit.

Das erste Zusammentreffen mit dem Spanier war gar nicht auf der Burg gewesen, sondern auf dem Marktplatz. Anshelm war von der Burg aus hinab geritten, um dann weiter über den Marktplatz das Dorf zu verlassen, als ihm die Gestalt und das Pferd des Fremden aufgefallen waren. In Eile begriffen, schob er diese Erscheinung aber beiseite. Zurzeit passierten sowieso seltsame Dinge in seinem Leben, also warum nicht eine fremde Gestalt zu Pferde am Marktbrunnen am frühen Morgen.

Am Abend zurückgekehrt, müde und verdreckt, lustlos noch etwas erleben zu wollen, nur noch den Wunsch nach Reinigung, Essen und Schlaf habend, traf er auf den Spanier, die fremde Gestalt vom Marktbrunnen. Dieser war bereits lebhaft zugange und unterhielt die Gesellschaft.
Dem äusseren Erscheinungsbild nach war der Spanier adelig, zweifelsfrei ritterlich und vermögend. Schlank und muskulös, jedoch eher von sehnigem Körperbau.
Feine Gesichtszüge mit einer geraden, dennoch grossen Nase, gepflegte Hände mit einem breiten Handteller und dichtes gelocktes Schwarzhaar. Was man von ihm zu hören bekam deutete auf eine gute Bildung und Belesenheit hin.
Jedoch gab es Widersprüchlichkeiten, die Anselm, der ein guter Beobachter war, nicht entgingen. Der Spanier hatte

bei all seinen feinen Gepflogenheiten doch etwas an sich, das ihn gleichermassen tierisch erscheinen liess und aller Wahrscheinlichkeit nach wohl das Ländliche seiner eigentlichen Herkunft verriet.

Sein Auftritt in Adelskreisen, war ihm im eigenen Land bestimmt nicht überall in lang anhaltender Freiheit möglich, denn so hochgestellt war er in Wirklichkeit wohl kaum. Gleichwohl war er als Mensch offensichtlich eine Seele von hohem Rang und Gott selbst hatte ihn in seinen jetzigen Stand erhoben, da war sich Anselm sicher. Und dieses sich selbst Erhöhen aus seiner niederen Standesgeburt herauf, dieser Schelmenmut gefiel Anselm besonders an ihm.

Wenn der Spanier sich bei den Stallungen unbeobachtet glaubte, nieste er wie ein Maulesel. Er hob den Kopf dabei an, schloss die Augen und öffnete weit den Mund, ging in den Hohlrücken und schleuderte mit lauten Geräusch den Naseninhalt frei zu Boden, indem sein Körper nach vorne wippte in mehreren aufeinanderfolgenden Wiederholungen. Das verriet ihn.

Anselm hatte zuerst seinen Vater auf den fremden Gast angesprochen, der wie selbstverständlich sich innerhalb ihres Umfeldes bewegte. Die Antwort war knapp: „Dieser Mann hat Macht. Er ist ein Magier. Ich fürchte ihn nicht, denn er kann mir nicht gebieten. Jesus Christus unser Herr beschützt mich und Jesus Christus ist der Herr über alle Geschöpfe, sowohl gute als auch böse. Die Hölle hat ihm zu gehorchen. Ich will nicht sagen, dass er ein schlechter Mensch ist, aber seine Magie ist Sünde. Er ist ein Verführer. Ein uneheliches Kind aus der Liebe eines maurischen Adelsmannes und einer Christin aus Konstantinopel. Ich habe ihn auf dem Rückweg vom Kreuzzug in Spanien getroffen. Es besteht eine seltsame Verbindung zwischen uns, als wäre er ein Seelenteil von mir. Besser kann ich es dir nicht sagen Anselm." Der Spanier und Anselm wurden also Freunde.

Sein Vater hatte ihm und anderen im Zusammensein berichtet, dass es unter der Herrschaftsmacht des Kalifen al-Hakim, eintausendundneun nach Christus, zu der Zerstörung der Grabeskirche, eines der grössten Heiligtümer des Christentums, kam. Es brauchte viele Jahre der Beschlussfassung und Vereinigung, und als mehr denn acht Jahrzehnte vergangen waren, da begann erst der erste Kreuzzug gegen die Muslime.

„Wir Christen wussten um die Prophezeiungen in der Offenbarung des Johannes und um die in Matthäus. Die Häuser waren zerstritten. Diejenigen, die der Prophezeiung folgten, wollten den Kreuzzug nicht. Man führte hierzu Mt 26,52 an, demzufolge durch das Schwert sterben solle, wer das Schwert zieht. Die Anderen wollten den Weg des Schwertes, denn keiner vermochte zu sagen, wann die Zeit der drei Wehen der Apokalypse begann. Sie waren bereit für den Herrn durch das Schwert zu fallen, denn der Gott des Alten Testaments war kein Gott des Schwertes aber er hatte sein Volk auch immer wieder durch Kriegshandlungen hindurchgeführt, wenn dies notwendig war. Gottes Befehl, das Volk der Midianiter auszurotten, war alleine dem Umstand geschuldet, dass diese das Volk Israel vernichten wollten. Es wäre Selbstmord gewesen, diese Feinde zu lieben und ihnen zu helfen.
In der Offb. 19,21 wird prophezeit, dass der Messias zum Ende der Zeit, zur Zeit des Gerichts wiederkehren wird und als König der Könige die Feinde des Christentums mit dem Odem seines Mundes, das heisst allein nur mit Gottes Wort, vernichten wird."

Die beiden Freunde unterhielten sich nachts noch lange allein über das gesagte und gerieten darüber lebhaft in Streit. Es stritten aber nicht der Christ mit dem Halbmuslimen, sondern zwei junge Männer, die ein unterschiedliches Weltverständnis besassen. Der eine strebte nach dem was die Welt im Innersten zusammenhält, der andere interessierte sich dafür, was auf der Welt geschah und wie weit man es beherrschen und sich nutzbar machen konnte mit Magie. Der eine sah auf das Ende hin und was danach kam, der andere war weit vom Ende abgewandt und hörte auf das, was ihm der Leib gebot. Der Tod wog bei ihm kein Viertel Pfund. Der wird kommen und dann beginnt die Nacht. „Anselm, ich muss in der letzten Stunde nur einen Christenkrieger erschlagen und schon eröffnet sich mir das Paradies. Das ist mir näher als der Glaube meiner Mutter. Ein Schwert habe ich immer bei der Hand und einen schwächeren und kränklichen Gegner werde ich schon finden." Dabei brach der Spanier in Gelächter aus und spottete über die Ernsthaftigkeit seines deutschen Freundes.

Der Spanier liebt die Schönheit des Fleisches.
Anselm liebt die Schönheit der Natur.

Woran sein Freund gefallen hatte, war der Garten seiner Mutter, den er immer wieder lobte sobald er dort war und gleichzeitig von den Gärten seiner Heimat schwärmte, die alles Gesehene übertrafen. In dem Garten war seine Stimmung voll ehrlicher Heiterkeit und man glaubte, dass er hier am ehesten dem Anteil in sich nahe war, der das Schöne in ihm darstellte.
Hier griffen sie die Gespräche wieder auf, die sie im Regelfall nachts führten.
Der Spanier sagte von sich, ich kann kein rechter Christ sein, denn hat Christus nicht gesagt, dass wir, wenn wir

seine Jünger sind und glauben, noch Grösseres vollbringen werden, und dass Gott zudem in Christus ist und er ohne den Vater nichts wirken könne, und Christus in ihm ist und wir mit Christus eins sind. Ich kann nicht Gott sein, dafür bin ich zu feige. Ich liebe das Fleisch mehr als ich den Geist lieben kann. Den Geist zu lieben bereitet mir Angst, das Fleisch zu lieben aber bereitet mir lediglich Sorge. Damit bin ich für mich besser dran.

Der Spanier war ein Kind seiner Zeit. Im Mittelalter entdeckten die Männer wieder die Zärtlichkeit gegenüber den Frauen. Die Minne mit der Frau, vor allem in der leiblichen Liebe. Der Magier in ihm aber war interessiert an der Seele der Frau, an der Verführung, an dem Fangen, Ergreifen, Erfassen und sich ergötzen an dem Wunder der Seele mittels der Brücke über die körperliche Liebe in Verliebtheit. Er bewegte die Seele der Frau, wie man das Wasser bewegt, dass diese sich in ihn verliebte.

Sehr gerne wählte er das Thema der Liebe mit Frauen um darüber zu Anselm zu sprechen, denn die Frauen bedeuteten den Inhalt seines Lebens.
„Anhand ihrer Augenbrauen erkenne ich den Wuchs und die Dichte, die Farbe und Form des Deckkleides Ihres Schosses. Dieses mir offene Geheimnis betrachte ich als Schlüssel zu ihrer Verborgenheit. Damit fühle ich mich als rechtmässiger Besitzer, auch wenn ich nicht ihr Ehemann bin. Doch meide ich die verheirateten Frauen, das gebietet das Gebot Gottes. Ich verköstige die Frauen, weil ich die Liebkosung ihres Leibes als eine Speise empfinde die mich nährt. Aber nicht der Leib ist es. Der Leib macht nur den Zauber aus. Die Seele begehre ich. Sie ist die Magie, die mich gefangen hält und an sie bindet. Von Ihr kann ich nicht lassen."

Der Spanier und der Ritter Anshelm waren für sich alleine auf einer Hangwiese und sahen hinab in die Landschaft auf Pferde, die in einer Koppel standen und er fragte den Ritter:

„Was bedeutet dir wirklich viel?" Anselm besann sich auf die stillen Momente der Ruhe, wo man ganz gegenwärtig ist: Kleine blassweissrosa Blüten im März, wenn die Bäume blühen und grünen, ein Blumenbeet in blau unter einem grossen Baum. Ernste und ruhige Menschen trotz eines grossen Leids. „Die Anwesenheit Gottes spüren in der Kirche des Klosters. Das Kreuzsymbol bewusst zu erleben, seine Bedeutung zu kennen, der aufstrebende Stab für die Gottesliebe, die Himmelsleiter des Jakob.

Es geht nicht darum Wissen von etwas zu haben, viele Worte des Verstehens und Erklärens zu besitzen, sondern die seelische Erfahrung gemacht zu haben, einen Eindruck von einer Sache oder einem Ding gewonnen zu haben, von einem Menschen, das Gefühl wie im Jenseits ohne Worte."

Mehr als fünfhundert Jahre später wird in demselben Land der Dichter Rainer Maria Rilke darüber sagen: *Ich fürchte mich so vor der Menschen Wort.*

Seit kurzem hatte er hier eine neue Liebe gefunden, die ihn gefangen nahm, wie noch nie und von der er berichtete. Was ihn so sehr faszinierte, war ihre Stirn.

In ihrer Stirn war die Wildheit eines rothaarigen Bauernmädchens eingefangen. Hangobstwiesen auf der Alb. Sie sass mit angezogenen Beinen und gefalteter Stirnhaut, jung, da. Trotz der Umgebung. Wie die krumm gewachsenen Obstbäume. Schräg am Hang stehend, der Ausdruck eines Lebensgefühls oder nur eines Moments im Sein. Ein gutes Gefühl eben, so ein Leben zu haben. Dies drückte sich in ihr auf ihrer Stirn aus.

Wenn sie arbeitete und sich bückte, da wurde die Sicht frei auf ihre Achseln.

Ihr Achselhaar war ein schmaler dünner Streifen, von leicht gekräuseltem, natürlich kurzem Haar, in Schweiss zu kleinen Zöpfchen verdreht und verklebt, so dass die Haut darunter sichtbar war. Aus dem kupferrot wurde ein walnussbraun durch den Schweiss und Perlen rannen, von den Haarwurzeln frei gegeben, hinunter zu ihrer Taille.

Anselm schüttelte den Kopf und fing an von der Schönheit der Natur zu schwärmen:

„Wenn du in den Wäldern warst, lange nach Tagen in den Städten, in der Maienzeit der Wälder, so wirst du voll sein ihres Hellgrüns und wirst es in dir tragen für Tage. Dein Sein ein grünes Waldleuchten im Inneren.

Wenn ich in der Natur mein liebendes Herz spüre, so spüre ich, dass der Schöpfer nur Freude an einem ihn so liebenden Herz haben kann. Ich empfinde es so, dass es ganz unseres ist, aber von ihm gegeben wurde zur freien Benutzung. Wir haben es im Vollbesitz. Und wenn es mir gehört und mein Besitz ist, so ist es doch ein Lehen, denn wenn ich erfasst habe, dass er es mir gegeben hat, dann kann ich es ihm mit Freude zurück schenken. Denn, weisst du, was er mit diesem Geschenk macht? Er zieht ein in mein Herz mit seiner Gnade und Liebe ewiglich. Das spüre ich und nehme es so wahr, wenn ich die Herrlichkeit seiner Schöpfung sehe."

„Es genügt mir, mich mit dem Teil der Schöpfung zu befassen, wie er Eva aus der Rippe geformt hat" sagte der Spanier. „Es befriedigt meine Sinne."

Anselm dachte einen kurzen Moment nach bevor er dem Spanier antwortete. „Ja, genau das lässt deinen Atem schnell gehen und dein Herz in Unruhe sein. Ich suche und spüre nach dem, was mein Herz befriedet, nicht nach dem was meinen Leib befriedigt."

Anselm wusste oft mit dem Spanier nichts anzufangen. Er spürte dann die Fremde die zwischen ihnen lag wie eine weit gezogene Landschaft in einer Talsenke in die man gemeinsam hinunterblickt, schweigend beieinander stehend und verloren in den eigenen Gedanken und dabei diese Fremde wahrnehmend und spürend in der Brust. Kein Gefühl von Feindschaft oder Angst, auch nicht unmittelbar Abneigung oder Ablehnung. Eher fühlt sich die Fremde eben wie etwas Fremdes an, etwas das man nicht haben will oder kann und das einem irgendwie widerstrebt, weil es nicht das eigene Sein ist.

In diesem Moment der Fremde zwischen ihnen kam Anselm folgendes Wort vor das innere Auge: Gott hat die Gebote gegeben, welche die Menschen als ihre Gesetze zu verwenden haben, um diese in Furchtsamkeit zu beachten. Der Gerechte versteht die Furcht vor Gott nicht als Angst sondern als Gnade, das Grösste, das Unergründbare und Unerfassbare achten zu dürfen. Erst wenn dies dem Menschen möglich ist, wird er in der Liebe zum Vater erwachen. Also wird es zur ersten Pflicht des Menschen gegenüber dem Gesetz, sprich Gott, einen freiwilligen und gerechten Gehorsam zu haben. Wenn die Menschen diesem Gehorsam gewachsen sind und aus diesem dann heranwachsen, können sie von neuem geboren werden in ihrem Geist und werden zu Kindern Gottes. Diese Kinder werden sodann in der Lage sein den heiligen und liebevollsten Vater zu erschauen.

Und wieder kamen Anselm die Worte des Mönchs in den Sinn über die zukünftige Zeit des Gerichts und seine Vorhersage, dass wir beide uns zu dieser Zeit auf der Erde wiedersehen würden, was Anselm nicht verstand.

Der Mönch hatte vom Drachen, dem Tier und dem falschen Propheten gesprochen.

Damals standen der Mönch und er auf dem Acker des Klosters und dort gab es auch eine Feldreihe, auf der junge Obstbäume in einer Pflanzschule gezogen wurden. Die Äpfel und Birnenfrüchte des Klosters waren weithin berühmt und die Bäume ihrer Pflanzschule waren immer viel fruchttragende. „Siehe Anselm, die Liebe des Herrn ist wie dieser fette Ackerboden auf dem wir unsere Saat ausbringen. Wer sich vom Feind als junger Baum nicht wird lassen ausreissen, der wird auch bei Zeit viel Frucht tragen. Doch auch wenn du ausgewachsen bist und hast deine Wurzeln nicht tief genug eingegraben, wahrlich dann wird es dir schlecht ergehen in der Zeit der grossen Versuchung. Der Feind der Liebe wird über die Äcker der Erde jagen und versuchen wollen alle Bäumchen aus dem Acker herauszuziehen. Er und die Seinen werden kein Bäumchen übersehen, sie werden es bei jedem versuchen. Dort, wo die Wurzeln schwach sind, wird er es herausreissen, achtlos fortwerfen und verderben lassen."

Der Spanier klopfte Anshelm auf die Schulter, legte seinen Arm um ihn, zog ihn zu sich her.

„Nun mein Freund Anshelm, was antwortest du mir auf meine Frage, warum dein Jesus den Petrus dreimal das Gleiche gefragt hat, so dass dieser schon verzweifelt war und vom Glauben viel? Dieser Petrus, der den Schlüssel erhielt, dieser Fels auf dem sie die Kirche gründeten, die heilige Kirche, die so streng meines Vaters Land knechtet und die Menschen zu geistigen und fleischlichen Sklaven macht.

Ist dein Jesus etwa ein misstrauischer Mensch, ist dieser Gott ein Misstrauischer? Da wird er wohl Recht haben damit. Denn schau dir unsere Schwachheit und Unvollkommenheit doch an."

„Nein, ich sage dir, er ist es nicht. Aber es gibt einen Schlüssel, einen Hauptschlüssel der übergeben wurde an Petrus, mit dem allein die ganzen Geheimnisse der Himmel zu jeder Zeit bis auf den tiefsten Grund hinunter, erschlossen werden können. Denn dieser Hauptschlüssel von dem wir sprechen ist die wahre Liebe. Die reine Liebe unserer Herzen ist damit gemeint und zwar die reine Liebe zu Jesus, die gemessen an der unendlichen Liebe von Jesus zu uns Menschen, bescheiden ausfällt. Das mein spanischer Freund, sind die eigentlichen Schlüssel des Petri und nur darum musste Petrus zuletzt noch von Jesus dreimal gefragt werden, ob er ihn liebe."

.

Der Mönch

Jakob Böhme: Wenn das natürliche Leben keine Widerwärtigkeiten hätte, so fragte es nie nach seinem Grunde.

Die Erde –ein Schulhaus
Siehe auf einem Weltkörper, auf dem die Menschen die Bestimmung haben, vollendete Gotteskinder ihrer Seele und ihrem Geiste nach zu werden, muss alles so eingerichtet sein, wie es auf dieser Erde eingerichtet ist. Wären auf Erden nicht allerlei dem Menschen lästige Tiere und bräuchte er sich nicht um die Nahrung seines Leibes zu sorgen, so würde er sich auch nicht um die Ausbildung der Seelenkräfte sorgen. Er würde bald einem Meerespolypen oder den Wurzeln eines Baumes gleichen, die sonst nichts zu tun haben, als den ihnen entsprechenden Nährstoff aus dem Wasser, aus dem Erdreich und aus der Luft an sich zu saugen.

Anselm hatte vergessen, wann er das erste Mal den Mönch wahrgenommen hatte. Vermutlich auf dem Weg der zum Kloster führte. Es war den Mönchen erlaubt das Kloster zu verlassen. Sie waren als Lateinlehrer auf dem Hof seines Vaters tätig. Ebenso hielten sie Predigten in der Hofkapelle oder der Marschall kaufte Waren und Güter von den Mönchen. Sie waren überall gegenwärtig. Von den meisten ging keine besondere Ausstrahlung aus und da sie in das Wochenerscheinungsbild gehörten, fielen sie niemandem auf. Nicht jedoch der eine, den Anselm kennenlernte.

Eine Erinnerung war die massgebliche, wenn er darüber nachdachte. Sie kam immer als Bild zuerst hoch in ihm. Damals stand er vor dem gotischen Pfeiler, sah hinauf zum Speier, der eine fratzenhafte Tiergestalt war, legte seine Handinnenfläche auf den ebenmässig gehauenen Stein und sinnierte darüber, warum Handwerkskunst den Stein schöpferisch verwandelt und warum Stein dadurch lebendig ist, und woher der Steinmetz das wissen konnte, und wie es sein kann, dass ein Mensch mit Werkzeug eine Verbindung zur Schöpfungserkenntnis schafft? Als ihn eine Hand an der Schulter berührte, Anselm aufschreckte und sich umwandte, dabei in das Antlitz eines gewöhnlichen Mönchgesichts blickte, aus dem die klarsten, hellsten, reinsten Augen hervorstachen, die er je zuvor gesehen hatte.

„Der behauene Stein weiss mehr als wir. So schlicht wie er ist, ohne Sinnesausdruck, ohne Licht, ohne Gesang hat er doch innere Kraft, stützt ein Haus, ist kühl und auf seine Art weich und man empfindet, dass er über ein Geheimnis verfügt, welches der klügste Mensch nicht zu ergründen vermag. Die gotischen Kirchen streben nach oben mit ihrem Raum und ihren Bögen.

Die Querkräfte und Druckkräfte aus den Gewölben wurden mangels Zuganker über Widerlagermauern quer zu den Aussenmauern stehend aufgenommen und ins Fundament abgetragen. Dadurch erhielten die Kirchen einen aussen sichtbaren Brustkorb, Rippen beidseitig des Kirchenschiffs. Ihr Kirchenschiff ist somit die Lunge, die Atmung der Kirche, der Atem Gottes. Die Kirchen wurden oft an ehemaligen heiligen Stätten errichtet. Sie wurden nach Osten ausgerichtet, da das Erscheinen Jesu Christi in Matthäus Kap 24, als die Wiederkunft des Herrn im Osten erwartet wird: *Denn gleichwie der Blitz ausfährt von Osten und scheint bis gen Westen, also wird die Ankunft des Sohnes des Menschen sein.*"

So sprach der Mönch zu Anselm.

Angesprochen auf sein Alter, pflegte er eine Verlegenheitsgeste mit der Hand zu machen und lächelte mit zum Himmel aufgewandten Gesicht: Was weiss ich von meinem Alter.

Ebenso schweigsam war er über seine Lebensgeschichte. Was er preisgab, war nur das was geläufig bekannt war. Er war zuvor ein Baumeister von Kirchen gewesen und ein ausgewiesener Kenner der länderspezifischen Differenziertheiten in der Gotik.

So wurde der Mönch zum geistigen Lehrer von Anselm und erschloss ihm das Gottesreich.

Die erste Lehrstunde Anselms begann unaufgefordert, nach einem Spaziergang entlang der Klosteranlagen. Der Mönch sah es als gegeben an, sich des jungen Ritters anzunehmen, aufgrund des Verlaufs ihrer ersten Begegnung. Er führte Anselm in die Bibliothek. Überhaupt durfte sich der Mönch, obgleich ihm keine besondere Stellung oder Aufgabe innerhalb des Ordens inne war, vollkommen frei bewegen und er hatte überall Zugang.

Sie befanden sich in der Bibliothek in der drei Mitbrüder mit Abschriften beschäftigt waren. Diesen sahen sie zuerst eine Weile zu. In Stille betrachteten sie die Konzentriertheit, Gewissenhaftigkeit, Geschwindigkeit, Vollkommenheit und Anmut ihres Tuns.
Dann erhob sich der Mönch und griff ein Buch aus den Regalreihen und kehrte zu Anselm zurück. Jedoch nahm er nicht wieder Platz, sondern zupfte ihn am Ärmel und gebot ihm durch ein Zeichen aufzustehen und zu folgen. Sie verliessen gemeinsam die Holzbank und gingen hinaus auf den Kreuzgang. Dort schlug der Mönch das Buch auf, blätterte nur kurz und hatte seine Stelle, die er vorlas: *Mechthild von Magdeburg zu der der Herr spricht* »*Frau Seele, Ihr seid so sehr in mich hineingestaltet, dass zwischen Euch und mir nichts sein kann. Nie wurde ein Engel je so hoch geehrt, dass ihm das eine Stunde gewährt wurde, was Euch von Ewigkeit her zugedacht ist.* «
Daraufhin wartete er einen Moment, um dann die gleiche Passage noch einmal und auch ein drittes Mal vorzulesen. Dabei verriet er Anselm seine Bewunderung und Leidenschaft für Mechthild von Magdeburg und

überhaupt für das bewundernswerte Wirken Gottes durch Frauen.

Die kommenden Wochen liefen ungefähr gleich ab. Man traf sich ausserhalb des Klosters, spazierte gemeinsam, suchte die Bibliothek auf und der Mönch brachte Anselm die Heilige Schrift anhand der Mystikerinnen und Mystiker näher.

Nachdem sich die beiden über Monate hin kennengelernt hatten und eine väterliche Vertraulichkeit zwischen ihnen bestand, kam ein Tag an dem der Mönch Anselm folgendes erzählte: „Ich gehöre nicht in diese Zeit!"
Dabei lachte er leise glucksend, mit nach der Erde zugewandtem Gesicht.
„Wir haben so viele der Heiligen Haine unserer Vorfahren zerstört durch religiöse Weihe, diese vormaligen Naturtempel der Elementarwesen Gottes, die über das Wachstum und Gesundsein unserer Mutter Erde und der Natur wachen, diese dadurch gebannt und bisweilen auch vertrieben. Mit dem Franken Karl dem Grossen, wurde mit dem Schwert der Kirche das Christentum über die heidnischen Stammesreligionen gebracht. Im Jahre siebenhundertzweiundsiebzig liess er mehr als viertausend Sachsen erschlagen. Er zerstörte das Heiligtum der Sachsen in der Eresburg, den Omphalos der Erdmutter Hera und schleifte die Irminsul, die Säule der Erde.
Wer sich nicht taufen liess, den liess er ermorden. Mit dem Schwert kann man keine Liebe bringen. Das Evangelium Jesu Christi ist vollkommen frei von einer Glaubensverbreitung durch das Schwert, es ist nicht der Islam Mohammeds. Der Sohn Gottes lehrt nicht die Verkündigung des Evangeliums mit dem Schwert. Es ist eine grosse Schuldansammlung durch die römische

Kirche und Jesus hat sie prophezeit, wenn er von der Endzeit spricht, die mit seiner Aussendung des Heiligen Geistes begonnen hat.

Wir leben in einer dunklen Zeit mein junger Freund und ich merke es euch an, dass ihr nicht an die Kraft des Schwertes glaubt, das ist wohl auch der Grund weshalb ihr den Weg zu mir in die Einsiedelei finden konntet."

Der Mönch hatte das Privileg über die Klostergemeinschaft hinaus, sich zeitweilig in einer freien Einsiedelei aufzuhalten und war nicht daran gebunden, fortwährend im Steinkloster anwesend sein zu müssen.

Dort hielten sie sich für gewöhnlich zu Anfang der Woche auf. Die Einsiedelei lag im Wald versteckt auf einer angelegten Lichtung, die von Schafen beweidet wurde, so dass diese Lichtung nicht wieder dem Wald zum Opfer fiel. Dort gab es zwei grosse weisse Hütehunde, die mit den Schafen zusammen lebten und diese vor Wolfs- und Bärenangriffen bewahrten.

Dort erklärt er dem jungen Ritter, dass der Mensch das Wort hoch zu achten habe. Wenn er nicht mit bedacht spräche, wäre es besser, er sage nichts, ist doch das Reden wie Silber aber das Schweigen von Gold. Das, was du sagst wird dein Tun werden oder die anderen begegnen dir mit deinem Wort, und bringen es dir in Handlung entgegen, und das Wort war Fleisch geworden und weilte unter uns. Du kannst vieles im stillen denken und was du denkst geschieht an einem anderen Ort, in einer anderen Welt, wobei auch aus dieser Welt das Tun geboren wird.

Ebenso erklärte er dem jungen Ritter, dass der gebaute Stein, die Burg zuerst vom Mensch gebaut wird. Dann aber, wenn der Mensch in ihr wohnt und lebt, dann baut das Gebäude den Menschen. Der schwere Stein, der aus der tiefen Erde kommt, aus der engen und verdichteten, der macht den Menschen ebenso steinern. Darum sei es wichtig, viel draussen zu sein und nicht in Gebäuden zu versteinern.

In der Einsiedelei gab es eingezäunte Hochbeete, in deren Mitte ein kleiner Brunnen lag mit einer Bank dabei, auf der die beiden bei gutem Wetter gerne sassen. Der Mönch sprach zu dem Ritter von der Aufgabe Jesu, der zu den Menschen auf die Erde gekommen war. Jesus war gekommen, um den Geistern, die immer wieder auf diese Erde wiederkehren in ein neues Erdenleben, diesen Geistern die aus der Kälte und Finsternis kommen, das heisst der geistig von Gott abgewandten, wieder ein Zurückkehren zu Gott, zurück ins Licht zu ermöglichen. Denn alle werden am Ende aller Tage zurückkehren, dann sind alle erlöst.

Heute hatten sie gemeinsam die Vesper verbracht und der Mönch sprach Anselm auf das Himmelreich Gottes an und fragte ihn, wo er glaube, dass es beginne. Anselm wusste keine rechte Antwort hierauf, zumal er spürte, dass der Mönch auch keine wirkliche Erklärung von ihm erwartete. So schwiegen beide eine Weile und gingen gemeinsam aus dem Kloster, dem Hang zu, auf dem die Apfelbäume und die alten Birnbäume standen. Dort angekommen, setzten sie sich ins Gras, gelehnt an einen Stamm und der Mönch erzählte: „Anders ausgedrückt ist das Himmelreich das Reich des Absoluten, aller Wahrheit, aller Ewigkeit, das heisst, ohne die Existenz der Zeit oder allen Zeiten zur gleichen Zeit. Es ist uns gewöhnlichen Menschen mit unseren fünf Sinnen nicht möglich diese Reiche zu schauen, bis auf wenige Männer und Frauen unter uns, denen das gestattet ist. Um uns herum existiert die aktive Schöpfung einschliesslich uns und aller anderen Menschen und Geschöpfe, den Guten und den Schlechten, den Liebevollen und den Zornigen, den Verfolgten und den Jägern. Ohne dies alles könnten du und ich nicht sein. Wir würden nicht wissen wer wir sind, ob wir gross sind, schlank, dumm, jähzornig, gewandt, belesen, gutmütig, grau gekleidet oder mit Schmuck behangen oder eben nicht. Wir können nicht sein ohne die Anwesenheit von Allem, ohne die Anderen.

An einem Freitag redete er zu Anselm von dem geschriebenen Wort der Bibel. Jesus aber, der Schöpfer persönlich, habe selbst keinen Text verfasst, sondern immer berufene Menschen, die es durch Eingebung oder durch Weitergeben von Erzählung oder selbst Gehörtem niedergeschrieben haben. Es ist von Menschen geschrieben, vier Evangelien gleichen Inhalts, ein jedes etwas anders, ein jedes später dann übersetzt und dabei gering verändert, ein jedes vielfach abgeschrieben und wieder gering verändert und davon wieder abgeschrieben. Doch niemals ändert sich der Geist Gottes, der in seinem Wort ist. Und doch so viele, die auf das genau geschriebene Wort bestehen. Man liest die Wahrheit indem man sie hört. Hat Jesus nicht immer gesagt, wer Ohren zum Hören hat, der höre. Auch hat er gefragt was geschrieben steht, um dann selbst zu hören, was sie ihm sagen würden, was ihre Zunge von ihrem Herzen her spräche. Ich sage dir Anselm, lese und verstehe, höre aus den Worten die Wahrheit heraus, die aus deinem Herzen kommt über das Wort. Jesus sagt, es kann nichts in den Körper gelangen was dem Menschen schade, aber es kann aus dem Inneren des Menschen kommen, aus seinem Herzen. Von dort her kommen Neid, Missgunst, Rache, Verleumdung, Lüge, was ihm schadet. Also pflege dein Herz, es ist die Heimat unseres Herrn auf Erden bei seinen geliebten Menschen, es ist der Hort deiner Seele."

Nicht immer wurden Worte gewechselt zwischen Ihnen. Er bemerkte hierzu: Die Ruhe ist etwas Köstliches, sie hat einen eigenen Geschmack und ihre grosse Schwester, die Stille, ist ein Glücksrausch ohne Anbrausen, ohne Übersteigerung, ohne Abklang sondern einfach nur Gegenwart, das immer Dagewesene, das Geräusch der Liebe, ihr Vorhof, ihr Zuschauerraum vor ihrer hohen Bühne.

„Wenn Gott in uns ist und wir in Gott sind, wie Jesus es uns lehrt, ist all unser miteinander Sprechen ein Gespräch Gottes mit Gott. So ist aller Laut den wir hören und alles Rauschen und Klingen ein Gottesgespräch. Im Anfang war das Wort. Ich habe aufgehört zu viel zu sprechen. Habe begonnen mehr hinzuhören, denn wenn Gott spricht, lohnt es sich doch hinzuhören. Ich habe für mich festgestellt, dass ich die Welt und die Schöpfung viel besser kennenlerne und ihrer gewahr werde, je besser ich hinhöre und je weniger ich spreche. In diesem Zusammenhang werden auch die Aussagen, wer Ohren hat zu hören, der höre oder Reden ist Silber und Schweigen ist Gold, neu verständlich."

Gestern waren sie gemeinsam auf dem Markt gewesen und trafen dort auf eine Hochzeitsgesellschaft, die schon im Festrausch unterwegs war, der sie ihren Segen erteilen wollten. Diese wollten ihn aber gar nicht haben, denn sie hätten ja schon einen Segen erhalten gehabt und jetzt sei das Feiern dran. So nahmen die beiden Abstand und entfernten sich. Doch die Bilder des Treibens veranlassten den Mönch zu folgenden Worten. „Die Eigennützigkeit ist eine Braut. Ihr Bräutigam ist der Egoismus. Ich bin ein Mystiker, ich lebe im Geist der Mystik als spiritueller Christ. Der eine unteilbare Geist, aus dem sich die Unwissenden und die Wissenden boshaft ein Stück Geist herausschneiden, um dann zu behaupten, dieser der ihrige, sei der einzig wahre. Eine Dummheit an sich. Ist doch die Summe aller Teile weniger als das Ganze. Nur allein von daher schon."

Ostern stand unmittelbar vor der Türe und das geschäftige Treiben im Kloster zur Vorbereitung des wichtigen Kirchenfestes war allgegenwärtig. Gegenstände wurden von A nach B getragen, Blumengebinde arrangiert, kostbare Tücher und Teppiche ausgelegt, Festtagsgewänder gepflegt, Pferde gestriegelt, Kühe und Ziegen abgebürstet, Wasserkübel geschleppt und alles ausgekehrt und aufs Reinlichste geschrubbt und gebohnert.
Selbst der Mönch legte Hand an und Anselm half ihm dabei.
Inmitten dieses Treibens schafften die beiden es doch sich einen Ruheort zu erkämpfen. Auf dem Weg hinunter zum Dorf, um dort auf dem Markt noch etwas zu besorgen, gab es die Möglichkeit abzuzweigen und zu den Fischteichen zu gelangen.
Dort war nichts mehr los, denn die Fische waren schon gefangen. In grossen Wasserbottichen wurde das Fanggut die letzten zwei Tage lebendig gehalten. Somit waren die beiden ungestört und allein. Der Mönch eröffnete die Rede. „Wir sind hier im Leben, alles was hier ist, will leben, auch der Stein, um die Liebe zu lernen anhand der Erfahrungswelt. Hierfür gibt es für die Menschen die beiden höchsten Gebote: *Du sollst den Herrn, deinen Gott lieben, mit deinem ganzen Herzen und mit deiner ganzen Seele und mit deinem ganzen Verstand. Du sollst deinen Nächsten lieben wie dich selbst* (Matthäus 22,37)."

Die Seele bildet ein Selbst im Jetzt. Dieses jeweilige Selbst vergisst bei der Geburt seine bisherigen

Vorläuferexistenzen und seine Herkunft und sein wahres Sein. Es wäre sonst nicht frei und unbelastet und dadurch nicht erlebnis- und erfahrungsfähig aufs neue.

Die Seele bildet mehrere Selbst aus, sogenannte Seelenfinger, Inkarnationen und Reinkarnationen, die auf der materiellen und der nicht materiellen Ebene gleichzeitig, im ewigen Jetzt, existieren. Dies ist das verbotene Wissen über die Präexistenz der Seele, welches Origenes lehrte, der von einhundertfünfundachtzig bis zweihundertdreiundfünfzig nach Christus lebte. Mit dem V. Konzil zu Konstantinopel fünfhundertdreiundfünfzig nach Christus wurde von Kaiser Justinian der Bannfluch erlassen über dieses Wissen."

Anselm starrte ihn entgeistert an. Er hatte nichts verstanden, nichts begriffen.
Sein Partner am Fischteich gab ihm einen kräftigen Handschlag auf den Rücken um ihn zurückzuholen.
„Schau in den Fischteich. Das Wasser, das sind wir beide, du und ich, unsere beiden Mutterseelen. Die Fische darin sind unsere verschiedenen Existenzen. Die Fische sterben und es werden neue geboren. Immer im selben Teich, der sie nährt und ihnen den Lebensraum schafft."
„Warum ist das so?" fragte Anselm.
„Gott hat irgendwann beschlossen seine Ideen in die Tat umzusetzen und wollte nicht nur einfach sein ohne erlebbare Reflexionen in Bezug zu seinem Sein. Gott hat sich nach diesem Denkprozess aus sich entfernt, ausgeweitet, ist aus seinem UR-Zentrum hinaus gewandert und hat ein Geistesuniversum erschaffen. Nachdem es fertig war, befand er es für gut und ruhte. Und er ruht immer noch. Er wird wohl wieder in sich zurückkehren wenn die Fülle erlangt ist, die ganze Vielfalt seines Seins erfahren zu haben. Der Wendepunkt der Rückkehr ist das Auftreten Jesu Christi auf der Erde

mit seinem Herabsteigen in das Reich des Todes. Im Reich des Todes durchwandert er Satans Reich und setzt ihn in Vergleich bei Betrachtung seines Reichs der materiellen Welt zu dem Geistreich Gottes. Er ist die Nächstenliebe, diese bewirkt die Rückkehr Aller und von Allem, das sich abwandte, hin zum Vater, ins Zentrum zurück. Der Fall der Geistwesen ist die Abwendung eines Teils seiner erschaffenen Geistwesen, welche zurückkehren können. Also ohne Ausdehnung und Abwendung ist keine Rückkehr möglich. Dabei verhält es sich so, dass bei dem Umdrehen zur Rückkehr Gott sich dann selbst anblickt und er sich auf sich selbst zubewegt. Denn nur, wenn ich aus mir heraus- oder fortgehe und mich umwende, kann ich mich überhaupt erst erblicken. Der Apfel weiss von sich, dass er ein Apfel ist. Er kann sich aber nicht ansehen oder kennenlernen oder betrachten. Wenn er sich aber jedoch nur einmal teilt, also in zwei Hälften, so entstehen zwei Hälften die von einander getrennt sind mit einem Zwischenraum. Dadurch entsteht ein Nichts. Die Reflektion kann beginnen. Es muss zuerst ein Zwischenraum geschaffen werden. Dies alles sind logische Gedanken. Wenn ein Mensch überhaupt soweit denken kann."

Anselm sah gebannt auf den glatten Wasserspiegel des Teiches. Die Farbe des Wassers an der Oberfläche war grau und darunter lag die trübe, braune Brühe des aufgewühlten Schlamms.

„Die Erschaffung von Mann und Frau, die er Adam und Eva nannte, die Gott erschuf und zum Leben erweckte, lebten in einer geistigen, ausserhalb der Erdsphäre existierenden Welt. Gott hatte einen Lebensplan geschaffen und wir kennen ihn als Paradies mit allen Geschöpfen darin."

Der Mönch war in seinen eigenen Körper hineingefallen. Er sass auf der Bank am Teich als wäre er abwesend aber gleichzeitig war sein Gesichtsausdruck sehr aktiv. Aus dem Nichts heraus fing er erneut zu sprechen an. „Durch die Seele ist Gott in seiner eigenen Schöpfung und Erfahrungswelt wirksam. Er stattet die Seele des Menschen mit Schöpferkraft aus. Sie kann nach seinem Bild geschaffen werden, gleich ihm erschaffen, auch Materie gestalten und erschaffen, hier auf Erden. Dein Wille geschehe. Die Liebe ist immer wirksam. Als schöpferische Seele und Selbst der Seele, kann ich mich auf den höchsten Schöpfer, den Meister der Schöpfung, einlassen und mich ausbilden lassen. Führen lassen von ihm.

Ich ist etwas das ich nicht bin. Mein wahres Ich ist etwas, das ich in diesem Leben nicht bin und in keinem Erdenleben je sein werde. Wenn ich mein wahres Ich bin, bin ich in der jenseitigen Welt endgültig zuhause.

Gott ist Liebe, sein ganzes Tun ist beherrscht von Liebe und von dem Drang, Gemeinschaft zu haben mit dem was von ihm geschaffen wurde. Gottes Liebe ist vom Uranfang darauf aus, ein Gegenüber zu haben, darum kommt die Liebe Gottes immer dem Menschen zuvor.

Was denkst du Anselm, was die Liebe tut, wenn sie von dem getrennt wurde den sie liebt, und wenn dieser Geliebte unendlich weit von ihm entfernt lebt. Genau, sie versucht Kontakt aufzunehmen und sie macht sich bemerkbar. Sie schreibt eine Botschaft. Sie spricht durch Dritte, sie setzt Zeichen und sie wirkt kleine Geschehnisse der Erinnerung.

Die Liebe Gottes gibt sich nicht damit zufrieden, sich nur in der Schöpfung oder in der Heiligen Schrift erkennen zu lassen. Nein, sie sendet Boten aus. Sendet Propheten, die unmittelbar zu den Geliebten sprechen. Der gewaltigste Bote, indem die ganze Urkraft seiner Liebe wirksam ist,

ist die Aussendung des Sohnes. Der Vater sendet den Sohn aus als Boten zu seinen Geliebten und diesen Sohn hat der Vater aus sich selbst herausgestellt, denn es ist der Vater selbst, der uns sichtbar in Menschengestalt begegnet. Diese Art des Vaters sich den Geliebten mitzuteilen, entspricht der Art, wie wir die Liebe verstehen können, sie erfassen können."

Es verging eine kleine Weile Zeit. Zeit strömt durch eine Sanduhr. Dieser hilflose Versuch sich die Zeit begreifbar zu machen. Nein, sie vergeht durch ein- und ausatmen, durch hin und her, durch auf und ab. Sie vergeht durch Bewegung, durch Aktion.

„Ich bin ein Nachfolger Jesu Christi und versuche so zu leben wie er, ihm nachzufolgen, ihm treu zu sein im Glauben."

Ein Fisch war an die Wasseroberfläche gekommen und holte Luft. Dieses Geschöpf liess sich dabei Zeit und bewegte sich völlig ungestört. Tauchte kurz ab um an gleicher Stelle wieder aufzutauchen und noch ein Stück weiter als zuvor sich herauszuheben aus dem Wasser um wieder kräftig nach Luft zu schnappen. Offensichtlich ein Genuss. Wasser, Luft und Licht.

Sein Freund ergriff erneut das Wort. „Gott zeigt sich uns als in sich aufgefächert zu einer Trinität. Wir schauen in die Falten eines Gewands. Gott ist ein Wesen, das nicht mit sich allein sein will. Er erschafft andere in seinem Umfeld und lässt sie frei, denn er verschenkt freien Willen. Sie dürfen sich auch von ihm abwenden und getrennt sein von ihm. Getrennt von ihm zu sein oder nahe bei Gott zu sein, ist nicht geographisch zu verstehen. Gott selbst unbedingt aber auch seine Engel können sehr weit sehen. Getrennt sein bedeutet mit sich selbst beschäftigt zu sein, introvertiert in seinen Verstand zu sein, also nach innen gekehrt in das Ego. Mit sich selbst beschäftigt zu sein, heisst auf das Ego fixiert zu sein und nicht auf Gott und Gott zugewandt."

Anselm hielt sich an einem Schilfhalm fest, der sich zwar von ihm weg bog aber doch Halt gab. Scharfkantig und gerade das Blatt. Ein rundes Rohr der Halm. Nach oben strebend wächst die Rispe dem Himmel zu.

„In den Himmelreichen führen schmale Wege durch Wiesen und durch Häuserschluchten. Wenn man sie geht, so ist man wie geführt, und die Begegnung mit Entgegenkommenden ist immer unmittelbar. Körper auf Körper zugehend. Man bewegt sich wie das zirkulierende Blut, in Bahnen der Adern gehalten. Mit hoher Geschwindigkeit. Diese Wege müssen wir eigenständig wählen um sie dann auch zu beschreiten. Damit wir das überhaupt tun können, unter der Prämisse das höchste Ziel erreichen zu dürfen, ist Jesus als Mensch auf die Erde gekommen und musste sie wieder verlassen. Jesus sagt es im Evangelium des Johannes: *Doch ich sage euch die Wahrheit. Es ist gut für euch, dass ich fortgehe. Denn wenn ich nicht fortgehe, wird der Beistand nicht zu euch kommen. Gehe ich aber, so werde ich ihn euch senden* (Kap.16, 7).

Und mehr als vierhundert Jahre später wird in demselben Land der Dichter und Philosoph Novalis darüber sagen: *Wo gehen wir denn hin? Immer nach Hause.*

Der Abend kündigte sich mit seinem schwächer werdenden Licht an. Anselm und sein Freund verliessen den Fischteich. Sie gingen hintereinander, schweigend den Weg zurück, verabschiedeten sich an der

Wegkreuzung, indem sie beide sich inniglich umarmten, um dann jeweils ihres eigenen Weges zu gehen.

Bereits am nächsten Morgen sagte Anselm alle Dienstbarkeiten und Aufgaben für die kommenden zwei Tage ab. Er steckte getuschelte Schelte ein hierfür von den unteren Diensträngen und wagte sogleich die Flucht vom Hof, bevor das Donnerwetter von ganz oben losbrach und sich sein Vater erboste, durch den Zutrag der Meldungen über das Verhalten seines Sohnes, sich mit dem Geistlichen herumzutreiben.

So war er also wieder mit dem Mönch zusammen, der auch ohne Verabredung auf ihn gewartet hatte.

„Du betrachtest etwas mit deinem Blick und dabei ist dir nicht einmal bewusst, dass er nicht mal der deine ist, sondern der deines Vaters, deiner Geburtsstätte, der Landschaft oder der Religion und Kultur, der du zugehörig bist oder gerade noch etwa deiner gelesenen Bücher. Du selbst bist hörig, ohne dass du es weisst. Ein anderer blickt auf die gleiche Sache und hat ein anderes Bild davon. Erkenne hierdurch: Du sollst nicht urteilen. Was ist denn deine wirkliche Selbsterkenntnis? Der Blick deiner Seele ist es, den du auf etwas hast. Kontrolliere es selbst und erkenne. Nur wenn du aus deinen vier Herzkammern, deinem Geist-Seelengrund heraus, auf die Dinge siehst, hast du einen klaren Blick. Einen unverstellten Blick auf die Dinge."

Der Mönch machte eine Pause und umfasste Anselms rechten Handansatz, als wolle er seinen Puls fühlen. Ganz leicht übte er Druck aus in der Umfassung von Daumen und Mittelfinger im Ringschluss. Der Mönch hatte grosse Hände mit langen Fingern. Anselm spürte diese Fessel, die Druck auf sein Blut ausübte, als wolle sie die Worte bekräftigen.

„Zuverlässigkeit ist eine höchst wertvolle Tugend, denn sie setzt ein Wertebewusstsein im Wesen voraus. Wer zuverlässig ist, achtet den anderen und achtet auch sich selbst."

Was Anselm zunehmend Schwierigkeiten bereitete, waren die abrupten Wechsel die der Mönch vollzog. Er war sich sicher, dass er teilnehmen musste an den schnellen Gedankenbewegungen seines Freundes und wahrscheinlich war dies auch der Grund, warum es ihm gestattet war, ausserhalb der Klostergemeinschaft leben zu dürfen. Er war ein Sonderling innerhalb der Gemeinschaft.

„Die eigentliche Sünde ist es von Gott getrennt zu sein. Jesus kam in die Welt und starb um dieses getrennt sein von Gott aufzuheben, um den Weg zurück zu ihm wieder zu öffnen.

Die Seele ist ein Teil Gottes. Sie kennt ihre Lebensaufgabe, ihr Lebensziel. Gott kennt es auch. Er kennt das einzelne Haar auf deinem Kopf. Alle Wege führen zuletzt zurück zu Gott. Die Seele strebt Gott an. Im jeweiligen Leben aber hat sie ein festes Ziel. Der Weg dorthin kann direkt oder mit Umwegen erfolgen. Dein Wille geschehe heisst, dass Gott den freien Willen des Menschen auf dieses Ziel hin lenkt und unterstützt. Denn es ist Gottes Plan, ein Teil seines übergeordneten Ziels, sich in sich selber zurückzuführen.

Er stieg hinab ins Reich der Toten, das heisst aus seinen hohen Sphären in die niederen, zu den geistig Toten. Ein für gewöhnlich bezeichneter Toter hat keinen materiellen Leib mehr. Anders bezeichnet Gott die von ihm Abgewandten als Tote und meint damit die geistig Toten.

Die Auferstehung der Toten ist die geistige Auferstehung. Hat Christus nicht zu Nikodemus gesagt, wahrlich, wahrlich, ich sage dir: *Es sei denn, dass jemand aus Wasser und Geist neu geboren werden wird, so kann er nicht in das Reich Gottes eingehen. Was aus dem Fleische geboren ist, ist Fleisch, und was aus dem Geiste geboren ist, ist Geist. Verwundere dich nicht, dass ich dir sagte: Ihr müsst von neuem geboren werden. Der Wind weht, wo er will, und du hörst sein Sausen, aber du weisst nicht, woher er kommt, und wohin er geht; also ist jeder, der aus dem Geiste geboren ist."* (Joh. 3,5).
Woraufhin er tief einatmete als hätte er sich erschöpft oder übernommen um dann mit dem Ausatmen hervorzustossen: *„Alle sollen eins sein."* (Joh. 17,21).

„Wir sind hier um uns daran zu erinnern wer wir sind, aus was wir sind. Die Erfahrungswelt lehrt uns am Ende allen Erfahrens und Denkens, im Ergebnis die Liebe. Das Ganze ist die Liebe. Wenn man das Ganze trennt, so erhält man zwei Hälften und einen Zwischenraum; ein da ein dort und einen Zwischenort: *Es gibt Arme und Reiche, immer. Die Barmherzigkeit ist entscheidend."* (5.Moses)

„Wir besitzen mehr als nur einen Leib. Wir, die wir Geist, Seele und Leib sind. Die vielen Religionen bilden sich aus den Nationen und ihren Entwicklungen und Bewusstseinszuständen. Sie sind allesamt schöpferisch und schaffen geistige Welten. Das Christentum, die diesseitige Welt und die jenseitige Welt, das Gottesreich, das neue Jerusalem. In diesen geistigen Welten finden wir uns nach unserem Sterben wieder.
Jeder in der, in der er sich hier bewusst oder unbewusst einfindet. Die er mitgestaltet hat oder sie durch andere seiner Erdengemeinschaft in Gestalt oder als Gestalter angenommen hat.

So entstehen auch den Wahrnehmungen der Menschen nach verschiedene geistige Leiber. Sicher haben wir auf jeden Fall einen geistigen Leib. Unser Körperumriss bleibt uns erhalten nach dem Tod. Das heisst unser menschlicher Körper oder die Gestalt als solche. Mit dieser Gestalt kehren wir auch wieder zurück im Geschehen des Kreislaufs der menschlichen Wiedergeburt. Jesus Christus sprach in Gleichnissen. Er tat es seinen Jüngern kund, dass noch nicht die Zeit ist in der wir weitere Wahrheiten erfahren. Darum habe ich für mich die Einsamkeit gewählt. Die Zeit ist noch lange nicht da für uns Christen innerhalb der Kirche darüber frei sprechen zu dürfen."

„Erwachsen werden heisst in die Welt kommen. In die Welt kommen heisst, den Verstand zu benutzen. Der Fürst der Welt, sein Reich ist der Verstand, das getrennt sein vom Herzen. Auch deshalb spricht Jesus davon, müsst ihr werden wie die Kinder, denn sie denken mit dem Herzen. Wer die Kinder lehrt nach meiner Lehre und ihnen Jesus nahe bringt, der hat einen Schatz im Himmel und wehrt dem Fürst der Welt. Jesus sagt zu recht: Wehe dem, der mir die Kinder entreisst, der habe lieber einen Mühlstein um den Hals gebunden und sinke auf die tiefste Stelle des Meeresgrundes hinab."

Eines Tages kam unter den beiden das Gespräch auf die Kreuzzüge und den Islam zu sprechen. „Unsere muslimischen Brüder haben ihre Gotteskenntnis aus den Büchern und Schriften des Volkes Gottes, der Juden. Doch zu den Zeiten sechshundert nach Christus, als die Religionsgemeinschaft der Muslime entstand, herrschte schon der aktive apokalyptische Eingriff von Satan und Luzifer, der in die Religionen hineinwirkte, und überall war Streit und Auslegung des Glaubens, allerorts Häresie.

Dass der Vater selbst in Jesus Mensch geworden war, wollte Satan auslöschen. Ich habe die Heilige Schrift ausführlich studiert und unzählige Male wiederholt gelesen. Die Schriften des Korans habe ich durch muslimische Glaubensfreunde ebenfalls nahe gebracht bekommen. Und ich habe erfahren und gesehen, dass Gott sich dort ebenso von seinen muslimischen Kindern finden lässt, aber die Erkenntnis von Jesus ist ihnen versperrt. Eines dort verwundert mich jedoch bis heute sehr, wenn ich die Engelskundgebungen und Begegnungen im Alten und Neuen Testament vergleiche, mit der Engelskundgebung im Koran. Abul Kasim Mohammed ibn Abdullah war auf dem Berg Hira in einer einsamen Höhle und betete, wie es im Koran in der ersten Sure zu lesen ist:

Preis sei Allah, dem Herrn der Welt, dem Allerbarmer, dem Barmherzigen, dem König am Tage des Gerichts. Dir alleine dienen wir, zu Dir rufen wir um Hilfe. Führe uns die gerade Strasse, den Weg derer, denen du gnädig bist, nicht den Weg derer, denen du zürnst, und nicht den Weg der Irrenden.

Er betete aus Angst vor dem Strafgericht. Wo war seine Gewissheit in den Barmherzigen, in die des Allerbarmers? Er war voller Angst als er von Allah, wie in der Sure 96 des Korans beschrieben, durch eine himmlische Gestalt die Berufung zum Propheten erhielt:

Im Traum trat mir eine himmlische Gestalt entgegen, hielt mir eine Decke aus Seidenbrokat entgegen, auf der sich Schriftzüge befanden und sprach: „Predige!" Mohammed: Ich kann nicht predigen. Da würgte er mich, bis ich glaubte, es wäre mein Tod, dann liess er mich los und befahl: „Predige!" Was soll ich denn predigen? Dies sagte ich nur um zu vermeiden, dass er mich wiederum so behandelte. Er sagte: „Predige": Im Namen deines Herrn, der erschuf. Er erschuf den Menschen aus einem

Samentropfen. „Predige" und dein Herr, der Hochgelehrte, ist der, der mit der Feder unterrichtete. Er unterrichtete die Menschen, was sie nicht wussten.

Wenn diese himmlische Gestalt der Erzengel Gabriel gewesen sein soll, so frage ich mich, ist der Erzengel Gabriel ein Würgeengel? Denke an den bekundeten Gabriel in der Bibel in der Begegnung mit Maria, der Mutter Gottes. In den ursprünglichen Schriften des Korans gibt es keinen Erzengel Gabriel, sondern Mohammed selbst spricht von einem Dämon, der ihn würgte. Gott der Schöpfer hat den Menschen nicht aus einem Samentropfen erschaffen. Gott ist nicht ein hochgelehrter Schreiber, der mit der Feder unterrichtet. Urteile selbst Anselm. Und ich weissage dir heute, dass alle Religionskinder sich solange gegenseitig und untereinander umbringen werden, bis sie alle Jesus erkannt haben."

Am heutigen Abend war der Himmel aufgeräumt und hell. Die Sonne war am untergehen.

In der Ferne hinter der nahen Hügelkuppe, in der Tiefe des Horizonts, waren Wolkenhaufen, die weiss und rosa leuchteten im Untergang der Sonne. Vielleicht doch noch ein zu erwartendes Gewitter für die Nacht.

Anselm musste unwillkürlich an den Brauch des Wetterläutens denken. Bauern, die Glocken besassen. Wertvollster Besitz in diesen Familien, woher sie es auch immer bekommen hatten. Mit denen sie das ankommende Gewitter, mittels gottesfremden Sprüchen, von ihrem Hof ablenkten. Das entspricht dem Mechanismus des Behexens. Gleiches, wenn man ein Haar eines Menschen nimmt und verdrillt es, bespuckt es, nimmt Tierblut dazu und spricht dabei, dass man das rechte Bein des Haarbesitzers zerquetscht.

Während er so vor sich hin sinnierte, hatte er das Kommen des Mönchs nicht mitbekommen. Ungewöhnlich für ihn, der geübt darin war, die Dinge wahrzunehmen, auch wenn man in Gedanken versunken ist. Es musste an den Gedanken liegen.

„Mein junger Bruder, du bist in einer arglistigen Welt versunken, sie nimmt dich in Beschlag und versperrt dir die Sinne, sie beherrscht deinen Körper, wenn du eintrittst in ihren Kreis."

„Du hast wohl recht, wenn du das sagst, auch wenn ich es nicht als solches empfunden habe. Mir kam es vor als wäre es ein Eindringen in meine Seele gewesen, etwas das meinen Geist beobachtet hat."

Der Mönch sah ihn mit durchdringenden Blick an. „Ich erinnere mich sehr genau an meine eigene Zeit der Verführung durch die Macht des Wortes nach dem Menschensinn. Wenn Menschengeist uns also verführt und nicht Gottesgeist uns führt."

„Ich sage dir mein lieber Anselm: Zuallererst die Bezähmung des Fleisches, dann die Reinigung der Seele und daraus die Erweckung des Geistes. Das ist der Weg zur Wahrheit und nur die Wahrheit macht uns frei."

Der Mönch hatte früher Schriftwechsel mit dem Königshof geführt, den er hatte aber einschlafen lassen, aufgrund seiner schwächer werdenden Gesundheit.

„Mein geliebter Bruder Anselm, wenn ein König auszieht, so nimmt er seine Gefolgschaft und seine besten Ritter mit sich. Warum sollte unser Herr Jesus, der Pilatus antwortete, dass er auch ein König sei, aber sein Reich nicht von dieser Welt ist, nicht mit seiner Gefolgschaft reisen. Hatte er nicht auch gesagt, dass Pilatus keine Macht über ihn habe, ausser, dass sie ihm von oben her gegeben wäre, und dass die Diener Jesu für ihn kämpfen würden. Warum glauben wir nicht, dass der Herr mit seinem Gefolge hier auf der Erde war und immer noch ist. Ich bin bei Euch alle Tage bis ans Ende der Welt. Wenige von uns wissen zudem auch, dass die Erzengel ebenfalls vor und mit Jesu auch das Menschsein angenommen hatten um ihrem König zu dienen. Es steht auch geschrieben, dass Jakob die Engel des Herrn auf der Himmelsleiter hat hinauf- und hinabsteigen sehen. Moses und Abraham oder auch Elias, der als Johannes der Täufer wiederkam, sind alles Erzengel Gottes auf Erden, sowie der Vater selbst als Jesus auf Erden war."

Anselm unterhielt sich so gern über den Jünger Johannes mit dem Mönch, denn sie liebten den grossen Evangelisten sehr. Johannes und Matthäus, die beiden Jünger Jesu, die wahr bezeugen aus eigenem Erleben. Heute sprachen sie wieder darüber und der Mönch erklärte:
„Nur so kann man verstehen warum Johannes der Lieblingsjünger Jesu genannt wurde. Denn wie du wohl weisst hat Jesus Petrus am Ufer des Meeres wiederholt gefragt: Petrus liebst du mich. So viele sind Petrusse, die Jesus folgten, weil er sie dazu aufrief oder aufforderte. So viele sind Thomasse, die nur glauben, wenn sie einen körperbezogenen Beweis erfahren, den Finger in die Wunde legen zu dürfen. Die wenigsten sind Johannesse, die Jesus folgten weil ihr Herz es ihnen befahl, ihr Herz sie dazu antrieb. Und siehe, wie klug der Herr dies alles gestaltet hat, denn er wusste um die Unterschiedlichkeit seiner Kinder.
Nun entscheide für dich selbst Anselm, ob du ein Petrus oder ein Thomas bist oder doch ein Johannes. "

Nun kam eine Zeit in der Anselm am Hofe gefordert war und er und sein Freund konnten sich für viele Wochen nicht sehen. Anselm nutzte die Zeit um über all das Gehörte nachzudenken.

Dann aber kam das hohe Fest Pfingsten und das erneute Zusammensein begann.

„Zu Pfingsten wird neuerlich der Heilige Geist ausgesandt, wir machen uns das bewusst. Wir werden alle der Wiedergeburt des Geistes in unserer Seele teilhaftig werden."

Und sie beteten gemeinsam in der grossen Andacht zu Pfingsten mit allen Mönchen:

Das Nizänische Glaubensbekenntnis

Wir glauben an den einen Gott,
den Vater, den Allmächtigen,
der alles geschaffen hat,
Himmel und Erde,
die sichtbare und die unsichtbare Welt.
Und an den einen Herrn Jesus Christus,
Gottes eingeborenen Sohn,
aus dem Vater geboren vor aller Zeit:
Gott von Gott, Licht vom Licht,
wahrer Gott vom wahren Gott,
gezeugt, nicht geschaffen,
eines Wesens mit dem Vater;
durch ihn ist alles geschaffen.
Für uns Menschen und zu unserm Heil
ist er vom Himmel gekommen,
hat Fleisch angenommen
durch den Heiligen Geist
von der Jungfrau Maria
und ist Mensch geworden.
Er wurde für uns gekreuzigt unter Pontius Pilatus,
hat gelitten und ist begraben worden,
ist am dritten Tage auferstanden nach der Schrift

und aufgefahren in den Himmel.
Er sitzt zur Rechten des Vaters
und wird wiederkommen in Herrlichkeit,
zu richten die Lebenden und die Toten;
seiner Herrschaft wird kein Ende sein.
Wir glauben an den Heiligen Geist,
der Herr ist und lebendig macht,
der aus dem Vater und dem Sohn hervorgeht,
der mit dem Vater und dem Sohn
angebetet und verherrlicht wird,
der gesprochen hat durch die Propheten,
und die eine, heilige, allgemeine
und apostolische Kirche.
Wir bekennen die eine Taufe zur Vergebung der
Sünden.
Wir erwarten die Auferstehung der Toten
und das Leben der kommenden Welt. Amen.

„Mein lieber Anselm, was die Menschen nicht wissen können ist, dass das Erfassen der Liebe Gottes ein soweit in der Ferne gesetztes Ziel ist, dass der menschliche Verstand oder die Weisheit die wir erlangen können, diese Liebe nicht zu erreichen vermögen. Wenn du dich sehr bemühst oder aber der Herr dich durch den Heiligen Geist damit beschenkt, so erfasst du etwas von dieser Liebe. Dann erhältst du eine Schau hinein in die Wundertiefen Gottes.

Der Verstand, der dir zum Erfassen der Sinneswelt gegeben ist, und auch die Weisheit können nur an dem Saum des äussersten Mantels Gottes heranreichen. Niemals jedoch ins Innerste dringen. Das vermag nur die Liebe. Ohne die Liebe erlangst du niemals ein Verständnis von den letzten Dingen. Darum bleibe ich fortwährend in dieser Liebe zu Gott, zum Vater und zum Schöpfer und ich suche ewig nichts anderes mehr, denn darin bin ich eins mit ihm und er ist mir alles. Er ist mein Ein und Alles und ich bin es für ihn.

So kann ich ohne die Demut nicht sein was ich bin, denn sie ist die allergrösste Beschützerin der Weisheit und zudem auch noch die beste Schule zur Weisheit. Der Same der Weisheit ist wiederum die Liebe. Aber auch die Demut hat ihren Samen in der Liebe.

Die Lebensschule dient uns zum Erkennen oder dient uns dazu der Demut zu begegnen. Wir haben nur nach dem Reich Gottes und seiner Gerechtigkeit zu trachten und uns nicht um die Dinge des Lebens dieser Welt zu sorgen, da sie für das Leben der Seele keinen Wert haben, da sie vergänglich sind.

Deswegen mein lieber, geschätzter Freund bedarf jeder von uns des Heiligen Geistes, dem Geist der Wahrheit, ohne den wir nichts erfassen können. Denn Jesus spricht : *Ich bin die Tür* (Joh. 19,9) *Es ist wahr, dass nur ich allein die Tür zum ewigen Leben der Seele eines jeden Menschen bin; wer an mich glaubt und nach meiner Lehre lebt und handelt, der überkommt das ewige Leben. Auch im Jenseits wird den Seelen das Evangelium von meinen zahllosen Engeln verkündet. Die es anhören, annehmen und sich danach richten, werden nicht verloren gehen. Darum sei dir um niemanden im grossen Jenseits allzu bange. Denn Gottes Liebe, Weisheit und grosse Erbarmung walten überall, auch dort.*

Wer als Mensch anderen in der Schöpfung dient, übt sich am leichtesten in der Demut, wenn er dies mit der gebotenen Freude tut. Hierbei ist oftmals gerade der im untergeordneten Dienst am förderlichsten für die Ausbildung des Lebens. Wobei hier Demut die Verdichtung des Lebens ist. Im Gegensatz zum Hochmut. Dieser ist nichts anderes als Zerstreuung des Lebens ins Endlose hinaus und am Ende der Verlust des Lebens."

Der Tag war lang gewesen und Anselm war froh heute früh ins Bett zu kommen.

Sein Schlaf war tief und schwer. Geist, Seele und Körper hatten gemeinsam viel zu arbeiten.

Erst zwei Wochen später traf er wieder auf seinen Einsiedler bei einem Ausritt in seiner Gegend. Der Mönch lud ihn ein zum Abendessen zu bleiben und so verbrachten sie gemeinsam den Nachmittag.

„Wenn du deinen Mitbruder führen willst, so darfst du das nicht wie ein grober Stallknecht tun, der den Ochsen mit dem Ziemer führt, sondern wie eine besorgte Henne ihre Küken. Wenn du so handelst wird dich Gott wohlwollend betrachten, denn du hast nach den Ordnungen der Himmeln gehandelt.

Alle Menschen auf dieser Erde sind von Gott berufen und zum lichtvollen Leben bestimmt. Nicht jeder ist dafür auserkoren ein Lehrer der Menschen zu sein. Zu viele Lehrer wären schlecht für die Menschheit. Die Auserkorenen sind die Knechte Gottes, aber die Berufenen sind Gottes Diener und Kinder. Und wenn wir an Jesus glauben wie die Kinder, so sind wir Gotteskinder und Diener, aber sind nur gläubig weil wir Wissende sind, so sind wir seine berufenen Knechte; sei ein Kind, sei ein Johannes und strebe nicht allzu sehr nach meinem Wissen! Stelle deinen Glauben deinem Wissensdurst vorn an."

Dazu hatte Anselm eine Frage.

„Werden wir Glück finden wenn wir diesen Weisungen folgen?"

„Was ist Glück, mein lieber Anselm. Der Mensch der Erde quält sich um diese Antwort. Wer es in der Welt sucht wird die Antwort nicht finden, denn hinter der Kulisse ihres Glücks lauert der Schatten des Unglücks. Sowie die Sonne Schatten wirft, wirft das Menschenglück selbst in der Dunkelheit seinen Schatten voraus. Nur die

Liebe allein schafft die notwendige Schlichtheit in der die Harmonie der Dinge aus der Schöpfung erlebbar werden für den Menschen. Das Geschöpf erfährt den Schöpfer. Sowie ein Kind seinen Vater oder seine Mutter wahrnimmt. Ohne diese Liebe gibt es kein Glück.

Es ist der Menschen Bestimmung, Gotteskinder zu werden.

Prüfe deinen eigenen Geist, ob er die wahre Bestimmung seiner selbst erkannt hat. Dann frage dich, ob du danach auch lebst und ich sage dir Anselm, dann bist du Gott angenehm. Ich denke auch es ist das beste Gebet, das wir unserem Herrn erweisen können, nämlich dass wir der Bestimmung gemäss leben, die er uns in die Wiege gelegt hat. Und so denke ich, dass die Menschen dieser Erde nur eine grosse Bestimmung haben, selber schöpferische mächtige Kinder Gottes zu werden. Um das erreichen zu können, um diese Fähigkeiten auszubilden, muss der Mensch daher Selbsttätigkeit aus sich selbst heraus geübt und ausgebildet haben."

Ein Kolkrabenpaar war auf die Tannen nieder geflogen und ihr Ruf durchbrach die Stille.

Beide sahen hinaus um die Raben auszuspähen, welch herrliche Vögel.

Die Unterbrechung hatte gutgetan und sie nahmen es zum Anlass ein paar Schritte zu gehen.

„Mit der Taufe, mein lieber Anselm, bekommen wir Kinder den Geistesfunken der Vaterliebe in das Herz gelegt. Das Herz des Menschen und die Seele des Menschen sind eins. Wenn die rechte Erziehung durch Vater und Mutter erfolgt, so wird dieser Geistesfunken wachsen wie eine kleine Pflanze beginnt zu wachsen. Wenn Vater und Mutter so die rechte Ordnung Gottes vermitteln, so wird dadurch das Gemüt gebildet und wächst heran und von diesem Gemüt aus weiter der Verstand. Doch wie bildet sich das Gemüt? Nur durch die wahre Liebe und Geduld der Eltern, durch die Sanftmut der Eltern. Das Gemüt ist das Ausgewogenheitsgefäss von Seele und Geist.

Was aber ist die Natur des Gemüts? Wenn das Himmlische in den Menschen einfliessen will, so braucht es ein Gefäss der Aufnahme. Dieses Gefäss muss aber so geartet sein, dass es dem Geist entspricht, den es aufnehmen soll. Ich kann es dir nicht besser beschreiben, als dass das Gemüt dein Herz und dein Gefühl ist. Gleichermassen oder anders gesagt, im Zusammenschluss. Der Verstand hingegen gehört der Welt an, das Gemüt jedoch gehört dem Himmel an. Die Welt mit seinem Verlangen, mit ihren Bedürfnissen und allen materiellen Dingen und den daraus entstehenden Interessen, steht dem Gemüt entgegen. Darum versuchen wir hier in unserem Mönchtum all diesen materiellen Interessen weitgehend zu entsagen, um unser Gemüt nicht zu gefährden.

Übe das Ave Maria Gebet, welches ich das Erzengel Gabriel Gebet nenne, in der Stille deines Herzens. Als der Erzengel Gabriel Maria verkündigte, dass sie den Menschensohn Jesus gebären würde, da bewegte Maria die Worte des Erzengels Gabriel in ihrem Herzen. *Hast du die Liebe, so schweige mit dem Munde und rede allein im Herzen. Und hast du die Weisheit, so lasse dich vorher von jemandem begehren und so solches geschehen, dann rede wenig Worte und rede aus dem Herzen und nicht aus dem Verstande, was da frommt dem Begehrenden."*

Anselm und der Mönch gingen gemeinsam den Bergpfad hinauf, um auf den Hochwiesen nach den Bienenvölkern zu sehen.

„Es ist gut hinaufzusteigen, in die freien Höhenlagen zu gelangen, die Anstrengung zu spüren, den Atem, die Atemkontrolle zu setzen um im Rhythmus zu sein. Einatmen, zweimaliges kurzes Ausatmen. Hier oben kann ich dir viel besser sagen auf was du achten sollst. Denn du kannst nach dem Gehörten dich umsehen und von oben her nach unten schauen. Dadurch wirst du gewahr, dass da unten das Materielle und dass hier, wo du gehst, das Seelische ist, und oben über dem Gipfel, dort wo dein Blick sucht in der Höhe, dort ist das Geistige. Es sind diese Drei, die dir bewusst sein müssen, wenn du die heiligen Schriften liest. Das geschriebene Wort materiell, seelisch und geistig zu erfassen. Das Vierte, es himmlisch zu erfassen, das schenkt dir der Heilige Geist, wenn überhaupt. Die Engel selbst sagen von sich, dass Sie das Ganze nicht erfassen, geschweige denn ihn gänzlich ergründen.
Deshalb rate ich dir, wenn du Fragen hast in deinem Leben, so habe Fragen nach dem Seelischen und nach dem Geistigen, denn letzteres bleibt ewig unwandelbar. Das Materielle aber ist weiterhin noch unzählbaren Wandlungen unterworfen bis es soweit ist, dass es einen gleichen Standpunkt einnimmt wie das Geistige.“

Sie hatten die Hochwiesen wieder verlassen. Die Sonne war am untergehen und sie beide kehrten zurück in die Einsiedelei. Dort angekommen machten sie sich gemeinsam an die Zubereitung eines Abendbrots. Nach dem schweigsamen Mahl wurde das Gespräch wieder aufgenommen.

Anselm wollte wissen wie es um die Vergebung stand, seinem Nächsten vergeben zu können.
„Betrachte es als eine grosse Kunstfertigkeit deines Wesens, wenn du in deinem Leben das Vergeben können

übst und du es soweit bringst, als ein Mensch unter Menschen und nicht als ein Mönch unter Mönchen, deinen Feinden von Herzen zu vergeben. All denen, die dir Böses wollen und auch tun in Tat oder Gedanken oder Worten. Erweise ihnen, gerade ihnen, Gutes. Und bete für diejenigen und segne sie von Herzen, die dich hassen und die dir fluchen. Dies ist eine grosse Kunst. Alleine deine Zunge im Zaum zu halten, auf dass dir Worte nicht entfliehen die andere verurteilen, beschämen, verleumden, lästern oder sich lustig machen über sie. Welch eine schwierige Pflicht und Übung bis das verhindert ist. Dann arbeite an den Gedanken damit sie rein werden. Allein dafür ist ein Lebenszweck zu nennen, nur dafür allein ein ganzes Leben einzusetzen."

Dann kam eine lange Zeit in der sich die beiden nicht begegneten. Anselm hatte mit seinem Vater mehrere Reisen zu unternehmen. Darüber vergingen fast zwei Jahre.
Nachdem sie zurückgekehrt waren, erkundigte sich Anselm als erstes nach seinem klösterlichen Freund. Man berichtete ihm, dass der Einsiedler alterskrank sei und seinem Lebensende entgegensah. Daraufhin machte sich Anselm kurzfristig auf den Weg hinaus ins Kloster, in dem sein Freund von der Gemeinschaft gepflegt wurde.

Innerhalb der Mauern des Klosters herrschten die Feuchtigkeit, die Kälte und die harte Stille der Steine.
Steine, die so tief aus der Erde herausgebrochen waren.
Steine, die so alt waren bevor sie wieder zurückkehrten ans Licht.
Steine, die behauen worden waren von Menschen, in Form gebracht nach Mustern, in den seelisch geistigen Vorstellungswelten geboren, und neu zusammengefügt zu einem Raumgefüge in dem Gebet stattfand. Eine andere

Art des Lichts. Im Tag und in der Nacht für den Betrachter nicht erkennbar. Dieses Licht, das dem Gebet innewohnt aber spürbar ist mit dem Herzen und sichtbar wird mit geschlossenen Augen. Der Mönch lebte in diesem Licht und für dieses Licht. Je älter er wurde umso grösser wurde die tägliche, die stündliche Freude.

Denn er wusste um die Himmel Gottes. Er wusste um das Überschreiten der sechsten Stufe der Himmelsleiter, wenn sich der Geist aus dem Körperumriss befreit und ganz dieses Licht ist, das überall ist.

Endlich wieder zu wissen, dieser Geist zu sein, der alles weiss, der hier eingeschlossen ist in einem festen Körper. In diesem Gefängnis der Materie besitzt der Geist nämlich keine Erinnerung mehr, in diesem Menschenkörper der Lehranstalt Gottes zur Ausbildung der Gotteskindschaft.

Anselm hatte oft über Stunden dem Schweigen des Mönchs gefolgt.

Jetzt sass er am Bett in der schlichten Kammer seines Freundes, und der Mönch spricht zu Anselm Worte des Abschieds, wissend, dass die beiden sich in diesem Leben nicht mehr wiedersehen werden.

„Ich erinnere mich an eine Zeit von der ich Dir noch nicht erzählt habe. Nicht dass es mein Ansinnen war nicht davon zu berichten oder es unwichtig wäre, oder von mir verschwiegen bleiben sollte. Ich habe grundsätzlich selten und überhaupt schon seit Ewigkeiten nicht darüber gesprochen. Es ist Zeiten her, auf Athos bei meinen orthodoxen Brüdern im Glauben, als ich jung war und meinen Glaubensweg begann. Es gibt in meinem Gedächtnis genaue Erinnerungen daran, über einen Ausspruch den ich dort gehört habe von einem Bruder: *Wer eine geweckte Zunge hat, hat darum noch keinen geweckten Geist im Herzen. In der Zunge wohnt der Geist nicht, sondern allein im Herzen. Daher warte ein jeder bis zur Reifezeit, da Gott ihn berufen wird, die Frucht seines Herzens auszuteilen an die Brüder.*

Dort habe ich die Einsamkeit und das Eremitentum erfahren. Sieben Jahre habe ich dort in der Einsamkeit gelebt. Gelebt wie Johannes der Lieblingsjünger unseres Herrn auf Pathos. Viel später erst, wieder zurück an meiner mir heute angestammten Klosterstätte, fand die Begegnung mit einem aussergewöhnlichen Menschen statt. Wir nennen ihn den Gottesfreund aus dem Oberland. Es ist nicht wichtig dir alles von ihm zu berichten, nur dass er ein Ausgewählter war, der uns zu führen vermochte. In ihm erfüllte Jesus sein Wort vom Vater, indem der Vater gepriesen wurde durch den Sohn, sprich die Weisheit preist die Liebe, dass der Vater es den Unwissenden offenbart hat und nicht den Weisen."

Ein Lächeln beseelte das sonst einförmig ernst schweigende Antlitz des Mönchs und wie Wiesenwasser immer unbewegt und still steht bis es versickert und verdunstet ist, so spiegelte dieses Gesicht den Himmel wieder. Mit fortgesetztem Lächeln sprach der Mönch weiter.

„Wir haben uns getroffen mit diesem Gottesfreund, einmal da waren wir sieben. Beim ersten Treffen waren es weniger. Dort haben wir die Liebe Gottes bewegen dürfen, so wie Lot sie bewegt hat als er um die Gnade feilschte mit dem Herrn der Gerechten wegen Sodom und Gomorrha. Dort geschah ein Wunder. Es wurde uns durch den Herrn ein Aufschub für die Menschheit gegeben und Gnade hinsichtlich des Ausmasses selbstbewirkter Krankheiten, Kriege, Kraftwirkungen der Natur durch Plagen, Dürren, Fluten, Erdbeben, Hagel, Frost und all das verursacht durch den Mensch." Jetzt wurde sein Gesicht ernst und seine Augen veränderten ihre Farbe. Sie wurden metallisch leuchtend. „Wenn Sie nur lesen würden, wenn Sie nur hören würden. Hat er uns nicht gesagt: Wer Ohren hat, der höre! Hat er uns nicht gesagt: Habe ich Euch nicht gesagt, Ihr seid Götter." Der Mönch hatte sich erhoben und ging ein paar Schritte. Sah in die Ferne. Sah ins Nichts hinein. Sammelte sich. Betete still. Anselm kannte das Gebet: Herr Jesus Christus, Sohn Gottes, erbarme dich meiner. Das Herzensgebet der Mönche auf Athos, das Gebet der Bruderkirche der Orthodoxen Christen.

„Ja, wenn sie Götter sind, dann haben sie auch die Macht der Götter und sie wirken mit dieser Macht in ihrer Unwissenheit nur Gewalttätigkeiten. Und zu ihrer Verteidigung kann nur gesagt werden, dass sie hierzu aus der geistigen Welt angeleitet werden, aber nicht vom Guten sondern vom Bösen. Und sie wissen nicht was sie tun. Und sie kommen ins Gericht, denn er war unter uns und hat es uns kundgetan. Kundgetan das Reich Gottes, kundgetan den Vater im Himmel."

Der Mönch richtete sich auf und nahm ihn in den Arm. Freundschaft und Väterlichkeit gingen aus dieser Umarmung heraus auf Anselm über. Anselm fragte daraufhin nach.

„Wenn wir Götter sind und mächtig, was geschieht dann, wenn wir das Gute lieben, das Gute tun und wir geleitet sind von den guten geistigen Kräften und was ist unsere Bestimmung? Warum sind wir Mensch geworden und nicht gleich Götter?"

„Du stellst die wichtige Frage zuletzt, zu unserem Abschied. So ist es recht. So wird es gut. Der Mensch ist der eigentliche Grund, warum die Schöpfung geschieht oder geschehen ist. Der Mensch ist das Endziel der Schöpfung. Für den Menschen ist die Schöpfung geschehen.

Alles was du siehst, die ganze Natur, das ganze Himmelszelt, alle Sterne nur des Menschen wegen. Da wäre es doch einfältig zu denken, sogar töricht, dass Gott mit diesem einzigartigen Wesen nur ein zeitlich begrenztes Ziel verfolge oder uns nicht auserkoren hat als Götter.

Er hat doch in uns ein lebendiges Gefühl gelegt. Das lebendige Gefühl des ewigen Lebens. Denn nur wenn es in uns gelegt ist können wir es finden. Dies ist keine menschliche Idee sondern ein göttlicher Plan. Er ist unbegrenzt in Raum und Zeit. Der Mensch ist das nicht. Was der Mensch denkt ist nicht das, was Gott denkt. Der Mensch denkt in den Grenzen seines Körpers, er denkt in den Grenzen von Raum und Zeit. Wenn der Mensch sich durch Gott erhebt, so kann er eine Vorstellung davon erfahren was es heisst, ebenfalls ausserhalb von Raum und Zeit zu denken. Dies geschieht durch das lebendige Gefühl. Das lebendige Gefühl wohnt in deinem Herzen, Mensch Anselm. Höre auf den Menschensohn und du hörst das lebendige Gefühl des ewigen Lebens."

Es entstand eine Pause und eine sichtbare Entkräftigung war spürbar. Der Mönch blickte aus der stillen Ferne wieder zurück in die Welt und Anselm an und sprach. „Mein lieber Freund, ich sage es mit den Worten eines Augustiner Bruders und Mystikers, Thomas von Kempen, im Kloster Agnetenberg, einem Bergkloster bei Zwolle: *Hier ist der Ort, wo die Menschen geprüft werden wie das Gold im Glutofen. Darin kann es keiner aushalten, wenn er sich nicht von ganzem Herzen in Gottes Willen demütigt.*"

Anselm verweilte bei seinem Freund. Hielt ihm die Hand, während dieser erschöpft eingeschlafen war. Nach einer Weile war Anselm selbst in Schlaf gefallen, sitzend auf seinem Stuhl und angelehnt an der Wand. Im Schlaf erinnerte er sich an eine Szene, die bereits eine lange Zeit zurücklag. Damals sprach der Mönch zu Anselm in hebräisch, worauf dieser sich verwundert zu ihm umsah.

Er hatte auf einem Holzhocker Platz genommen und blickte hinab in den Kräutergarten des Klosters. Es waren zwei Mönche zugange und pflegten die Beete. Der eine emsig, der andere liebevoll. Anselm kannte das Hebräische, da sein Freund der Spanier die Sprache der Juden beherrschte. Der Spanier war in Jerusalem gewesen. Der Spanier hatte eine ungemeine Vorliebe für die schönen jüdischen Frauen. „Mein lieber Anselm, wenn du Gott lieben willst, dann darfst du keine Angst haben vor dieser Welt der Menschen. Denn Gott ist die ganze Fülle und viel mehr als alle Welt. Gott ist der alleinige Gott, so wie es uns die Schrift sagt. Er ist uns entgegen gekommen oder hat sich zuerkennen gegeben in seiner Dreifaltigkeit. Denke dir einen schweren Vorhang in dem Gemach deiner Mutter. Dieser wertvolle Brokat liegt in Falten, wenn du ihn beiseite ziehst um durch das Fenster ins Freie zu sehen. Es bleibt der gleiche Stoff jedoch nun in Falten. So auch die Dreifaltigkeit, die Natur Gottes. Er ist der Vater seinem Göttlichen nach. Sohn ist er seinem vollkommenen Menschlichen nach und nennt sich Jesus der Menschensohn. Heiliger Geist ist er, weil sein Wille die ganze Schöpfung durchwirkt und im Sein hält. So ist er Geist allem Leben, allem Wirken und allem Erkennen nach. Die Liebe und die Weisheit selbst, das ist Gott. Gott empfängt nichts und hat nie von jemandem etwas empfangen. Und wenn er uns sagt, dass unser Leib ein Tempel ist in dem er einzieht, so ist alles was da ist in unserer Welt von ihm. Wenn einer etwas hat, der hat es von Gott selbst."

Da weckte ihn ein Händedruck. Anselm sah zum Mönch hin. Dieser schlief aber noch und träumte wohl wie er selbst. Worauf Anselm ebenfalls wieder die Augen schloss.

Nicht lange und sein Träumen fing erneut an. Anselm und der Mönch waren gemeinsam auf Reisen und durchzogen einen lichten Buchenwald. Die Luft war angenehm warm und erfüllt von Vogelrufen. Alles war irgendwie geschäftig. Das Lichtspiel der den Blicken verborgenen Sonne im Blattwerk des Buchenwalddaches war schön anzusehen. Der Weg den sie zogen war breit und trocken und leicht zu bereisen. Insekten schwirrten in Gruppen am Wegrand oder krabbelten eilig vom rechten zum linken Wegrand und umgekehrt.

Sie gingen beherzten Schrittes. Der Mönch fühlte sich ruhig in der sicheren Gegenwart seines Freundes, der ordentlich gerüstet war. Die Pferde führten sie am langen Zügel hinter sich.

„Zuletzt hast du vom Wunder Mensch gesprochen", eröffnete Anselm das Gespräch.

Gerade hier in diesem Wald, in dem die Natur uns umschliesst mit ihrer Tierwelt und wir zwei Menschen hindurch schreiten, kommen mir deine nicht vollendeten Ausführungen klar in den Sinn."

„Du hast recht, es ist ein guter Ort und ein guter Augenblick um über das Wunder Mensch zu sprechen, wie ich es begreife. Ich bin überzeugt, dass die ganze Schöpfung in ihrem allgemeinen Sinn und Erscheinen dem Bild des Menschen entspricht. Alles was wir denken oder was Geistiges ist, genauso alles, was materiell ist in der Schöpfung, muss dem Menschen entsprechen. Wir sollen uns die Erde untertan machen und wir sind gemacht nach dem Ebenbild Gottes. Wie kann das anders sein, bloss weil ich begrenzt bin in meinem Begreifen? Denn der Mensch ist der gewollte Lebenspartner Gottes, sein geliebtes Kind, seine Bezugsperson, also ist er der eigentliche Grund der gesamten Schöpfung. Alles Bemühen Gottes, alle Vorbereitungen zielen auf die

Rückkehr des verlorenen Sohnes, des Menschen, zurück in das ewige Himmelreich Gottes, hin."

Der Mönch war um drei Uhr nachts an einem Freitag friedlich entschlafen. Ein Klosterbruder hatte die Sterbebegleitung in stillem Gebet und beim Schein einer kleinen Kerze vollzogen.

Drei Tage wurde er aufgebahrt und für die Aufnahme seiner Seele in die Himmel Gottes gebetet. Anselm hatte das Privileg des Abtes erhalten daran teilzunehmen. Weder trank noch ass er in dieser Zeit. Lediglich gönnte er sich kurze Schlafpausen.

Auf Wunsch des Mönchs wurde dieser auf seiner Einsiedelei zu Grabe getragen. Anselm hatte von seinem Vater die Zusage für einen Grabstein und ein kunstvolles Schmiedekreuz erhalten. Auch hierzu gab der Abt seine Einwilligung. Man begrub den Mönch nur in ein leinenes Tuch gehüllt, das Anselm durch seine Mutter vorab hatte wertvoll besticken lassen. Mit Silberfäden waren ein Kreuz und Rosen aufgestickt. Ebenso war das Schmiedekreuz mit Rosenblüten ausgeschmiedet. Sie symbolisieren den Wohlduft der Botschaft Jesu Christi und die Dornen an denen man sich sticht, sein vergossenes Blut für uns. Auf den Grabstein hatte Anselm in Abstimmung mit dem Abt folgende Schriftzüge in filigran kleinen Buchstaben vom Steinmetz einmeisseln lassen. Nicht zu tief, so dass bereits in einem Jahrzehnt, die Witterung und die Flechten die Schriftzüge unkenntlich machen würden:

Es habe niemand eine zu grosse begehrliche Freude daran ein Werkzeug des Herrn zu werden, sondern jeder verharre in aller heiliger Stille und grosser Demut und heimlicher Liebe.
Denn es liegt kein Verdienst darin so jemand berufen wird vom Herrn als sein Werkzeug zu dienen. Alles aber liegt darin, dass wir alle ein und denselben heiligen Vater suchen, auf dass er uns gnädigst zu Kindern des ewigen Lebens aufnehmen möge

durch die Erweckung unseres schlafenden Geistes und durch die Erleuchtung unserer weltfinsteren Seele.

Keiner dränge dem anderen eine Lehre auf als wäre er dazu berufen wie ein Hund zum Bellen und ein Hahn zum Krähen. Wen der Herr aber berufen hat vor den Brüdern von seiner unendlichen Liebe zu zeugen, der zeuge immerhin aber stets in der allerhöchsten Demut seines eigenen Herzens.

Gott

Meine Ankunft in eurer Mitte
So ich als Vater komme, komme ich in aller Stille des Herzens.
Meine Donner verkünden euch nur den nahen Gott,
und die Drangsal den grossen, unerbittlichen Richter,
sowie alle die grossen Schöpfungen den grossen, mächtigen Schöpfer
und Herrn über alles.
Aber so ihr in euren Herzen sanfte Liebe empfindet zu mir,
dann wisset, dass der Vater nicht ferne ist.

Komme was da wolle, ich alleine bin der Herr. Über meine Weisheit und meinen Willen hinaus kann nichts gehen. Was da geschieht und noch geschehen wird, hat seinen tiefst heiligen Grund. Wer aber im Herzen, in der Liebe und im Willen mit mir ist, dem wird die allerärgste Welt nie etwas anhaben können. Wer dagegen nur in der Weisheit eins mit mir ist, der wird in der Welt viele arge Kämpfe zu bestehen haben, denn die Welt wird in ihrem materiellen Verstande ewig nie einsehen, dass ihr scheinbares Etwas vor dem Geiste ein Nichts ist. Unsere Begriffe die wir uns als Menschen von Gott machen, Bilder und Vorstellungen, Urteilsweisen durch Vermögen oder Unvermögen, ihn anklagen, das alles ist Hochmut der Menschen.

Hochmut ist eine Form der Dummheit der auch der Intelligenteste und Belesenste verfällt. Auch gläubige weise Menschen können dem erliegen. Deshalb weist Gott immer wieder auf die Demut hin ohne die Glaube nicht sein kann. Glaube ist dem Wissenden und dem Unwissenden möglich oder besser zugänglich. Im Glauben aber wird ihm neues Wissen gegeben, das er ausserhalb des Glaubens nicht erlangen kann.

Gott sagt von sich selbst auf die Frage Moses hin: *Ich bin der Ich bin* und *Ich lasse mich in der Stille finden.* Die Stille ist ein Zustand der leisen Vibration.

Die Mutter und der Vater und das Kind. Gott hat keinen Artikel davor gesetzt, denn aus ihm geht alles hervor, er selbst ist das Vorgesetzte.

Warum geschieht oder ist das Leid in dieser Welt? Das Leid bringt allein der Mensch in die Welt durch seine geistige Gesinnung, durch seine Gedanken, durch sein Wort und durch sein Handeln. Wenn er sich so verhält, dass er getrennt ist von Gott und die Mehrheit der Menschheit verhält sich genauso, dann bewirkt er Leid!
Menschen, die in ihrer seelisch geistigen Entwicklung sehr weit fortgeschritten sind, haben eine Ahnung, dass Gott diejenigen liebt die er züchtigt, denn durch diese Züchtigung werden sie die Erde niemals recht lieben lernen. Man kann auch sagen die Gottesliebe lässt es durch diese Züchtigung nicht dazu kommen, dass ihre Leibesgelüste überwiegen und die Seele sich zu stark an den Körper bindet. Ein verantwortungsvoller Vater lässt seine Kinder sich nicht an Süssigkeiten mästen.

Gottes Plan kann auch sein, dass die so Gezüchtigten nur für eine kurze Verweildauer auf der Erde zu leben haben, und ihre eigentliche Aufgabe und Arbeit im Seelischen und Geistigen erst nach dem Erdleibestod beginnen wird.

Früh erfolgte von Gott durch den Propheten Jesaja ein Trost- und Mahnruf an die Welt: *Gott ist der Erste und der Letzte, wer ist wie Gott, der rufe und verkündige es.*

Der Prophet Jesaja lebte siebenhundertzwanzig vor Christus.

Roms Gründung, der Beginn der Eisernen Zeit gemäss Prophet Daniel, auf den sieben Hügeln, war siebenhundertdreiundfünfzig vor Christus.

In der Zeit siebenhundert vor Christus geschehen mehrere Katastrophen. Dreieinhalb Jahre Trockenheit bei dem Propheten Elias. Erdbeben und Feuer vom Himmel. Finsternis und die Erde taumelt! Wunderzeichen am Himmel bei den Propheten Amos und Joel. Ab dann beginnt das Erwachsen der Philosophie. Die Philosophen versuchen die Schöpfung und was die Welt im Innersten zusammenhält zu erklären. Es hält bis heute an. Ein intellektuelles Erklärungsmodell löst das nächste ab.

Der Herr antwortete Mose: Auch diesen Wunsch, den du [jetzt] ausgesprochen hast, werde ich erfüllen; denn du hast Gunst gefunden in meinen Augen, und ich kenne dich mit Namen. Er aber sagte: Lass mich doch deine Herrlichkeit sehen. Er antwortete: Ich werde all meine Güte an deinem Angesicht vorübergehen lassen und den Namen Herr vor dir ausrufen:
Ich werde gnädig sein, wem ich gnädig bin, und mich erbarmen, über wen ich mich erbarme. Dann sprach er: Du kannst [es] nicht [ertragen], mein Angesicht zu sehen, denn kein Mensch kann mich sehen und am Leben bleiben. Weiter sagte der Herr: Siehe, [hier] ist ein Platz bei mir, da sollst du dich auf den Felsen stellen. Und es wird geschehen, wenn meine Herrlichkeit vorüberzieht, dann werde ich dich in die Felsenhöhle stellen und meine Hand schützend über dich halten, bis ich vorübergegangen bin. Dann werde ich meine Hand wegnehmen, und du wirst mich von hinten sehen; aber mein Angesicht darf nicht gesehen werden.
(2 Moses 33, 18-23)

1-4 Und JHWH sprach zu Mose: Haue dir zwei steinerne Tafeln aus wie die ersten und ich werde auf die Tafeln die Worte schreiben, welche auf den ersten Tafeln waren, die du zerbrochen hast. Und sei bereit auf den Morgen, und steige am Morgen auf den Berg Sinai und stehe daselbst vor mir auf dem Gipfel des Berges. Und niemand soll mit dir heraufsteigen und es soll selbst niemand auf dem ganzen Berge gesehen werden; sogar Kleinvieh und Rinder sollen nicht gegen diesen Berg hin weiden. Und Mose hieb zwei steinerne Tafeln aus wie die ersten; und Mose stand des Morgens früh auf und stieg auf den Berg Sinai, so wie JHWH ihm geboten hatte, und nahm die zwei steinernen Tafeln in seine Hand.

5-10 Und JHWH stieg in der Wolke hernieder, und er stand daselbst bei ihm und rief den Namen JHWHs aus. Und JHWH ging vor seinem Angesicht vorüber und rief: JHWH, JHWH, GOTT, barmherzig und gnädig, langsam zum Zorn und gross an Güte und Wahrheit, der Güte bewahrt auf Tausende hin, der Ungerechtigkeit, Übertretung und Sünde vergibt, aber keineswegs hält er für schuldlos den Schuldigen, der die Ungerechtigkeit der Väter heimsucht an den Kindern und Kindeskindern, am dritten und am vierten Gliede.

Und Mose neigte sich eilends zur Erde und betete an und sprach: Wenn ich doch Gnade gefunden habe in deinen Augen, HERR, so ziehe doch der HERR in unserer Mitte - denn es ist ein hartnäckiges Volk und vergib unsere Ungerechtigkeit und unsere Sünden, und nimm es uns zum Eigentum.

Und er sprach: Siehe, ich mache einen Bund: vor deinem ganzen Volke will ich Wunder tun, die nicht gewirkt worden sind auf der ganzen Erde und unter allen Nationen; und das ganze Volk, in dessen Mitte du bist, soll das Werk JHWHs sehen; denn furchtbar ist, was ich mit dir tun werde. (2.Moses 34,5.6)

Zuerst sprach Gott als Gott zu den Menschen. Dann aber sprach er als der Menschensohn Jesus persönlich zu den Menschen und heute spricht der Vater als Heiliger Geist in Gedanken und Gefühlen zu den Menschen. Damit begann die offizielle Königschaft, denn der Sohn Gottes ist der Herr der ganzen Welt.

Die Proklamation
Matthäus 3, 17: Dieser ist mein geliebter Sohn an dem ich Wohlgefallen gefunden habe
Matthäus 17, 5: Dieser ist mein geliebter Sohn an dem ich Wohlgefallen gefunden habe
Die Akklamation
Matthäus 27, 54: Wahrhaftig, dieser war Gottes Sohn
Gegenüber Pilatus bezeugt Jesu, nachdem er gefragt wurde ob er ein König sei, dass Pilatus recht habe; jedoch sei Jesu Reich nicht von dieser Welt.

Gott zeigt uns seine Herrlichkeit, indem er aus den kleinsten Samen das aller vollkommenste Grosse wachsen lassen kann. Das köstlichste und farbigste entsteht aus einem kleinen Walderdbeerensamen. Leuchtend rot und duftend süss. Ein Hochgenuss im Mund und dort das Ende seiner Reife. Doch in seiner Grösse ein geringes im Vergleich zum Samenverschmelzen beim Menschen. Welche Grösse entsteht durch die Verschmelzung von Samen und Eizelle! Gross ist es allein schon, wenn ein Samen in die Erde kommt und Wasser und Sonne ihn wachsen lassen. Wie Gross ist aber die Verschmelzung. Wie gross wird erst das Verschmelzen der Seele mit Gottes Geist sein.

Einen Einblick in Jesu jenseitiges Königreich erfährt man in der Schrift bei Lazarus mit dem Reichen, Lukas 16, 20. Lazarus ist ein Bettler und Kranker, der das Böse im Leben erfahren hat und der Reiche, vor dessen Tür

Lazarus einmal lag, der das Gute des Lebens völlig empfangen hatte, aber dem Lazarus gab er nicht einmal die Brotkrumen zu essen und seine Hunde leckten Lazarus Geschwüre. Beide sterben. Lazarus findet sich wieder in Abrahams Schoss. Der Reiche aber ist unter den Toten. Es besteht Sichtverbindung zwischen den beiden Welten. Der Reiche bittet um Linderung durch Lazarus. Es gibt eine grosse Kluft zwischen den Welten, damit beide nicht hinüberwechseln können. Der Reiche bittet um die Sendung Lazarus zu seinen noch lebenden Brüdern damit sie sich barmherzig erweisen auf Erden. Am Ende verkündet Abraham: *Wenn sie Moses und die Propheten nicht hören, so werden sie auch nicht überzeugt werden, wenn jemand aus den Toten aufersteht.*

Jesus sagt: *„Arme habt ihr alle Tage, mich aber nur eine kurze Zeit"* und *„Selig sind die geistig Armen."* Damit kann er nicht den Heiligen Geist gemeint haben, den er uns nachgesandt hatte, nachdem er aufgefahren war. Es gibt die Armen. Arm durch Krankheit oder andere Lebensumstände. Wir brauchen sie, denn sie sind notwendig zur Ausübung der Nächstenliebe. Sie sind Stellvertreter für alle anderen Gelegenheiten der Nächstenliebe.
Im Geiste arm sein heisst kein Ego zu haben, keinen eigenen Geist, sondern mit kindlichstem Glauben nur den Geist Gottes in sich walten zu lassen. Nichts anderes als nur sein Werkzeug zu sein. Kein Ego zu haben das irgendetwas Selbstbestimmtes will.

Der ewige, göttliche Geist in der Seele ist es, der alles im Menschen schafft und ordnet; die Seele ist gleichsam sein substanzieller Leib, gleichwie der materielle Leib ein Behälter oder Bewahrer der Seele ist, so lange, bis sie in ihm eine gewisse Solidität erreicht hat.

Ist das erfolgt, wird sie mehr und mehr übergängig in den Geist und somit auch ins eigentliche Gottesleben, das in und für sich eine wahre Kraft, ein wahres Licht ist und gleichfort aus sich den Raum, die Formen, die Zeit und der Formen Dauer in der Zeit erschafft, sie belebt und sie selbstständig macht. Das neue, mir wohlgefällige Opfer aber bestehe für alle Zukunft einzig darin, dass ihr Menschen an mich glaubt, Gott über alles liebt und eure Nebenmenschen wie euch selbst durch Haltung meiner Gebote.

Die Wiese

Und wie ein einzelner Fels im Hang hervorsticht so war diese Wiese im Winter.

Der junge Ritter stand wieder nah dem Schlachtfeld. Fesselhoch reichte seinem Pferd der Schnee. Hinter ihm stand in Reihe eine hochgewachsene, alte Pappelgruppe und war gleich einem Wall an einer Seite der Wegsenke in der der Ritter und sein Pferd zum stehen kamen. Die Sonne stand seit Tagen wolkenlos am Himmel. Die Schneedecke bestand aus einer kristallenen Unendlichkeit. Mit einer Hand fasste er nach unten, durchstiess mit der Faust die Kruste und nahm in die hohle Hand den Schnee. Die erkennbaren Kristalle waren alle unterschiedlich, unbeschreiblich schön, gläsern glänzend in Farbe, Gestalt und Form. Doch schmolzen sie in seiner warmen Hand zu Wasser. Er griff hinter sich und löste das Brustschild von seinem Gepäck ab, fasste es wie eine Schaufel und stiess durch die Kristallschicht, lud das Schild voll und hielt es vor sich zur Betrachtung. Kein Schneekristall gleicht dem anderen. Das ganze Land bedeckt mit Einzigartigkeit. Die Kinder des Wassers, ihre Gesichter, wie die Menschen, keiner gleicht dem anderen. Würden wir nach dem Tod, wenn wir unseren Körper verlieren, auch schmelzen, unser Gesicht verlieren und zu Wasser werden? Zu Geist werden und dann ein einziger grosser Geist Gottes, ein einziger Wasserfluss, ein endlos ganzes Einheitliches sein?

Es war auf einmal warm geworden und völlig windstill. Der Ritter Anshelm war herab gestiegen in den Schnee und in das Feld hinaus geschritten. Nach je drei bis vier Schritten hatte er einen Teil seiner Unterrüstung, dann der Kleidung auf die sie tragende Schneekristalldecke abgelegt, und sprach dabei zu sich, zu allem:

130

Ich bin Anselm ohne Kettenhemd, der Gleiche und doch jetzt ein anderer in diesem Moment, wie die Kristalle bin ich geschmolzen ein Ganzes und fest ein ständig Anderes. Ich bin Anselm ohne mein Schwert, der Gleiche und doch jetzt ein neues, anderes Kristall.

Als er im Frühling auf dem Schlachtfeld war, wurde dem Ritter zum ersten Mal bewusst, dass es kein Gestern und kein Morgen gibt, nur den einen einzigen Augenblick. Alles geschieht im Jetzt. Es ist nur Atmen. Einatmen und Ausatmen, beständig.

Anselm durchstreifte die Gegend wenn er hier war. In unmittelbarer Nähe zum Schlachtfeld gab es eine grosse Meierei eines Klosters. Dort war eine verwitwete junge Frau. Sie war zweiunddreissig Jahre alt und hatte keine Kinder. Ihre Schönheit wurde in ihrem Schweigen zurückgehalten. Sie trug ihr Schweigen wie ein Geheimnis, wie man Gott im Stillen, im Schweigen erfährt, sein grosses Geheimnis, so erfährt man auch sie. In ihrem Gesicht sprachen nur die Augen, alles war sonst gleicher Ausdruck. Und ihre Hände waren reine Sprache, die man mit der Zeit zu lesen lernte. Anselm übernachtete seitdem regelmässig in der Meierei.

Auf dem Schlachtfeld war Anshelm einstmals ein Engel erschienen. Er hatte ihn wahrgenommen unter dem Geschrei und im Ringen der Kämpfenden. Zuerst war da das Gefühl, er werde beobachtet, aber nicht von einem Angreifer. Das Gemenge der Kämpfenden war lichter geworden aber die Sicht war schlecht, denn es lag schwerer Nebel auf dem Feld. Sein Gegner war von ihm abgewichen und taumelte davon und ging zu Boden. Anselm hatte eine Ruhepause und musste sich nach neuen Gegnern umsehen. Die Kampfeshandlung begann sich abzuschwächen. Der Lärm, aus Wut gespeist, war verhallt. Jetzt war alles ein Rufen und Klagen geworden. Ein Verhallen im Nebel. Metallschläge in langsamen Abfolgen. Da sah er ihn. Er war stattlich und rein. Sein Kleid war hellweiss und schlicht. Sein Antlitz rein und ruhig, sein Haar blond und sein Gang war kein Gehen. Es war Leichtigkeit, die seinen Leib wie vom Nebel getragen fortbewegte. Als er den Engel wahrnahm und der Engel in seinem Blickfeld war, begann das Gefühl, dass Anselm sich aus der Zeit herausgerückt empfand. Alles wurde dumpfer und leiser und langsamer. Es gab nur ihn und den Engel, die in diesem Moment wirklich existierten. Alles andere um ihn herum war fremd und nicht echt. Er spürte die Präsenz des Engels und die Stimme die in ihm erklang direkt in seinem Herz, obgleich er sie in seinem Kopf zu hören vernahm:

„Anselm siehst du das Sterben und siehst du das Blut, das in die Erde fliesst. Gequältes Blut aus gequältem Leib. Anselm, sie alle die hier sterben werden an diese Erde, an diesen Platz gebunden sein auf lange, lange Zeit und sie werden voller Wut sein, und voller Verzweiflung. Sie werden als Tote die Lebendigen quälen. Was tust du hier? Schau was du zu sehen vermagst, wenn ich bei dir weile. Ich bin ein Engel und schenke dir einen Moment des reinen Geistes. Für den reinen Geist, lieber Anselm, gibt es weder die Stunden der Zeit noch gibt es einen Raum. Keine Entfernung, kein da und kein dort. Da ist alles eins. Selbst ein Äon das dich der Mönch gelehrt hat aus der Heiligen Schrift ist jetzt eins. Deshalb kannst du in diesem geistigen Moment mehr erkennen und erfahren, als du in deinem Leib in tausend Jahren des Weltwortunterrichts zu erlernen vermagst. Spürst du die Leichtigkeit deiner Seele, wenn sie sich verselbstständigen kann, losgelassen von ihrem Fleisch und im Lebensunterricht bei einem Engel ist?"

Anselm kam nichts fremd vor, obgleich sein Verstand am Rasen war und Widerstand übte. Sein Herz sog jedes Wort des Engels in sich auf und er wusste, dass sein Herz ein neues wurde, alles in diesem Augenblick neu und wahrhaftig war. Es wurde seine neue Wahrheit was gerade geschah:

„Anselm ich werde dir nun, wenn dies hier vorbei ist, neue Schutzgeister anbefehlen.

Es ist an der Zeit, dass dir die neuen Geistführer an die Seite gegeben werden. Sie werden dich näher an das Lebenslicht heranführen. Hervortreten aus dem Blut deiner Väter sollst du nun können. Sie selbst sind beseelt von liebetätigem Bestreben sich hinzuentwickeln zum heiligen Vater und können dir helfen in den künftigen Lebensumständen wegführend zu handeln.

Höre auf dein Herz in zukünftiger Zeit und erziehe deinen Verstand dir zu dienen.

Ich bin gekommen um dir zu verkünden deinen Vaterwechsel. Verlasse deinen leiblichen Erdenvater und wende dich deinem geistigen Himmelvater zu."

Anselm war in den letzten Tagen nicht mehr derselbe. Er fühlte die Veränderung die soeben am Arbeiten war, die ihn neu gestaltete. Er wusste, dass es daher rührte, dass ein Wechsel vollzogen wurde und dass sein jetziger Schutzengel ihn verlassen würde um einem grösseren Platz zu machen. Die lichthaften Wortbegriffe nahmen ihren Platz ein um in ihm und durch ihn das Wirken zu beginnen. Die da sind die Güte, die Gnade, der Langmut, die Sanftmut, die Demut, die Kraft, der Friede, die Freude, die Reinheit, die Wahrheit, die Erkenntnis und die Hingabe.

Der Tod

Ein Engel wird kommen in der Stunde unseres Todes. In dem Augenblick unseres Verscheidens wird dieser Engel alles dem Geist angehörige aus der Materie herauslösen und die Materie selbst der Auflösung überlassen. Die Seele aber, die das Leben des Geistes ist, und alles was in der Materie der Seele zu eigen war, werden in der vollkommenen Gestalt des Menschen auch so in die Geisterwelt hinüber geführt.

Ich Anselm, werde sterben um aufzuerstehen, mein Körper bleibt liegen und wird der Erde zurückgegeben, aber Seele und Geist steigen auf.
Das Sterben ist die wahre Geburt bei vollem Bewusstsein. Die Entwicklung und das Heranwachsen im Mutterleib werden von der Seele und vom Geist begleitet, aber die Seele und der Geist nehmen erst im lebensfähigen Körper Platz. Sie sind vollkommen präsent, wenn das Kind auf der Welt ist. Die Schädelplatte schliesst sich erst mit der Zeit. Die Fontanelle ist die noch geistig aktive Öffnung nach oben und schliesst sich erst später. Deshalb hat ein Kleinkind noch seine Verbindung zu seiner Herkunftsstätte, solange es sich nicht über Sprache vollständig artikulieren kann. Diese Dinge habe ich über die Frau auf dem Markt erfahren, die durch ihr Heilwissen und ihre Hellsichtigkeit darüber Bescheid wusste. Das Besondere an dieser Frau war jedoch, dass sie Jesus erkannte und mir darüber berichtete, dass er, wie es in der Heiligen Schrift steht, die sie nicht lesen konnte, den Elementen befahl und er der Herr über alles Leben ist.

Diese gute Frau konnte den Aufstieg der Seele wahrnehmen wenn jemand starb. Ich erzählte ihr aus der Heiligen Schrift von der Auferstehung Jesu und dass die

Frauen am Grab Jesu ihm zuerst begegneten und er zu einer sagte, rühr mich nicht an. Mit ihrem Gesichte beschrieb sie mir, dass Jesu Leib noch verklärt war, ein geistiger Leib, als er ihn nach drei Tagen wieder ins Leben berief.

Ich hatte ihr auch die Stellen der geistigen Wiedergeburt rezitiert und für sie war es nicht schwer zu verstehen, denn seine Jünger und die an ihn glauben, sollen ebenfalls verklärt, vergeistigt, veredelt sein wenn sie von dieser Welt, Leidenschaften und Begierden loslassen. Wir Menschen sind Geister wenn wir hierher kommen und werden wieder Geister wenn wir gehen. Auch hatte mir diese Frau dazu geraten für die verstorbenen Seelen zu beten. Wer sich der Seelen erbarmt mit Liebevertrauen der hat gute Wirkung auf noch unvollendete Seelen, die noch an unserer Erde hängen, denn es bildet um sie einen gewissen Ätherstoff, der sichtbar wie Lebendiges um sie herum ist. In diesem können sie sich wie in einem Spiegel selber sehen und ihre Schwächen erkennen. Das ist der erste Schritt damit die Engel sie in die jenseitige Besserung führen können.

Sie hatte ihm auch den Löseprozess der Seele vom Leib beschrieben.

Durch das Herz wirst du nach dem Tode deines Leibes hinaustreten in die Unendlichkeit und nach der Gesinnung deines Herzens wirst du ihn als ein Paradies empfinden oder als einen fürchterlichen Ort des Grauens. Sie sei an den Orten des Grauens in Visionen gewesen. Sie habe aber auch schon Engelwesen zu ihr kommen sehen, die ihr kundtaten, dass es nirgends einen geschaffenen Himmel gleich einem Planeten oder Stern gibt, noch irgendeine eigens geschaffene Hölle gleich einem Untergrund in einem Planeten oder Stern. Alles kommt aus dem Herzen des Menschen. Der Mensch wird im

Herzen nach seinen Taten, die gut oder böse sind, sich entweder im Himmel oder in der Hölle wiederfinden.

Am Ende werde ich sagen können, dass alles was durch mich bewirkt wurde, im Stillen, ausserhalb des Weltenlichts, ohne Menschenglanz gewirkt ist. Allein durch den Heiligen Geist, der da ist das Wort des Vaters, das da ist das Licht, die Wärme und die Liebe.
Nichts weiter wäre zu sagen, denn es gibt nichts zu sagen. Es bleibt einzig die Dankbarkeit. Ein Lächeln des Schweigens. Kurz zuvor vielleicht noch ein letztes Mal: Vater Jesus sorge du. Denn es hat kein Ende, ausgenommen für den Erdenleib.

Die unantastbare Heiligkeit Gottes stieg unter alle Sünder tief herab; diejenige Weisheit, die ehedem kein Engelsgeist in ihrem Grundlichte ansehen durfte, ging jetzt mit Sündern um und speiste unter ihrem Dache und musste sich am Ende von heidnischen Kriegsknechten und Schergen ans Kreuz schlagen lassen. Aus dieser endlosen Demütigung der göttlichen Weisheit selbst aber geht hervor, dass da niemand etwa mit seiner aufgeblasenen Weisheit in die Herrlichkeit des ewigen Lebens gelangen wird. Niemandem werden seine durchstudierten Bücher und Schriften zu Stufen in das Himmelreich werden, sondern allein seine wahre Demut und die wahre werktätige lebendige Liebe zum Vater.
Rühre mich nicht an musste ich zu Magdalena sagen, deren Herz beim ersten Anblick in hellsten Flammen aufloderte. Aber zum Thomas musste ich sagen >> Lege deine Hände in meine Wundmale << So brauche ich auch zu euch nicht sagen >> Rührt mich nicht an << Sondern ich sage zu euch mehr noch wie zu Thomas >> Leget gleichsam nicht nur eure Hände in meine Wundmale, sondern leget eure Augen, Ohren, Hände und Füsse in

alle meine Schöpfungen, in alle meine Himmel und in alle Wunder des ewigen Lebens; glaubt daran, dass ich es bin der euch solches gibt. Ich verlange darum nichts als dass ihr mich liebt. <<

MELISANDE

Die Tiere

In Melisandes Herz lebte eine eigenwillig starke Liebe.
Die war wie die Jahreszeiten.
Zweimal im Jahr trug sie ihr Liebesblühen.
Zu Anfang des Frühjahrs die Kirschblüte und später die weiss- und rosafarbene Apfelblüte.

Melisande hatte früh schon keine Mutter mehr.
Auch war da keine Tante oder Grossmutter.
Nur die Erde, das Licht, das Wasser, die Luft, die Tiere und ihr Vater. Das war kein Mensch wie Menschen für gewöhnlich untereinander sich kennen. Das war ein eigenwilliger Mann mit einem eigenen Verstand.

Der gab seine Tochter, da war sie gerade fünf Jahre alt, für Wochen tagsüber allein den Tieren zur Obhut.
Sah nur danach, dass sie genug Joghurt mit Berghonig ass und reines Quellwasser trank. Auch gab er ihr immer des Morgens Obst dabei und des Nachmittags Speck, Käse und Brot. Dann jeweils ging er und verrichtete sein Tagwerk.

Durch die Tiere lernte sie, wie man mit Instinkt in die Welt hinausblickt und die Dinge erkennt, noch lange bevor diese richtig Gestalt angenommen haben. Sie roch den Wind bevor er kommen wird, hörte die Warnung der Krähe, wusste wo Wasser in der Erde floss, kannte die Mutter Erde und ihre magnetisch energetischen Felder, spürte den Regen kommen.
Sie lernte, wie die Tiere, die Angst zu riechen.
Der Vater zeigte seiner Tochter wie man ohne Worte nach jemandem in derFerne rufen kann. Wenn man die

Augenlider senkt, dieses Nichts an Geräusch der schliessenden Wimpern, weiter reicht als der Ruf eines kräftigen Hirten nach einem verlorenen Tier. Zu dieser Zeit, da sprach sie selbst noch kein eigenes Wort.

Sie war ganz Hören und war Sehen und Berühren.

Im Sommer ihres siebenten Lebensjahrs, nahm er sie bei der Hand und führte sie auf eine höher gelegene Sennhütte, die nur bei steter Sonnenwärme wirtlich war und lehrte sie in nur neun Wochen die ganze Sprache und Schrift.

Immer wenn er sie lehrte oder ihr etwas zeigte, sie auf dieses und jenes aufmerksam machte, so sprach er zuerst: „ Melisande, erinnere dich."

Melisande besass auch einen Erpel, eine Stockente, den sie von klein auf grossgezogen hatte und der ihr auf Schritt und Tritt folgte. Immer wenn sie sich fortbewegte kam ihr der treue Enterich hinterher gewatschelt, meist mit lautem Geschnatter auf den ersten paar Schritten.

Unmittelbar an der Berghütte standen drei grosse, alte Tannen, prächtig gewachsen und herrlich Schatten spendend im Sommer, rauschend im Bergwind und ächzend knarrend bei Sturm und unter hoher Schneelast. Wenn die Tannenzapfen reif waren und herunterfielen, musste ihr Vater eine Leiter heranholen und hinaufsteigen in die hohen Wipfel um von dort die schönsten und grössten Zapfen für sie zu pflücken. Die bereits auf den Boden gefallen waren, wollte sie nicht haben.

So wuchs Melisande mit dem Bewusstsein auf, dass sie immer schondagewesen war, immer schon ist und mit allem das um sie herum war in inniger Verbundenheit existierte.

Der Dialekt, den man sprach auf den Taläckern und Feldwiesen, wurde rauer je höher es bergauf ging. Der wilde Bergwind soll dafür verantwortlich sein, erzählten die Leute, er reisse einem das Wort bereits im Maul auseinander. Oben trugen sie noch lange im Sommer Warmes und der Fels blieb kalt in den Nächten.

„Sei voller Freude für alle Dinge" sprach der Vater zu ihr, „für alle Geschehnisse und Begegnungen jeden Tag. Sei voller Liebe und habe in dir die Umarmung für alles Seiende, dann kannst du alles verstehen, was die Schöpfung beinhaltet. Du wirst mit deiner Liebe ein segnendes Wesen sein und allen die du segnest, deinen Frieden in ihre Herzen bringen.
Und das wird dich Dankbarkeit empfinden lassen, denn du bist in diesem Moment ein schöpferisches Wesen. Darüber wirst du in grosse Freude geraten und das Bedürfnis haben, voller Liebe für alles und jeden zu sein und der Ring ist geschlossen; achte stets darauf, dass er nicht zerreisst. Nimm ihn immer an der Stelle an der er gerissen ist einfach wieder auf und verbinde ihn aufs neue und du bist mit Gott. Mechthild von Magdeburg hat es auf ihre besondere Weise so ausgedrückt: *Ich tanze, wenn du mich führst.* Das sind Gottes Tanzschritte, ein Himmelswalzer."

Das Tal

Als Melisande sieben Jahre alt war, ging sie mit ihrem Vater zum ersten Mal hinab auf die unten liegenden Hangebenen, auf denen sich die ersten oder aber die letzten, eine Frage der Sichtweise, Hausansiedlungen befanden.

Dort stand auch eine kleine Kirche mit einem vorn aufgesetzten kleinen, schlanken Glockenturm und einem in Proportion dazu passenden schmalen Hauptschiff.

Die vier Gebäudeecken waren durch Stützmauern verstärkt, die das Gewölbe des Hauptschiffs tragen halfen. Die Glocken klangen ihnen auf dem Weg hinab entgegen, mancher Schlag von ihnen war halb verschluckt vom Sommerwind.

Es war ihr erstes Glockenläuten und mit freudiger Neugierde ging sie dem hellen Klang entgegen.

Ihr Vater hatte ihr im letzten Jahr vom Leben Jesu erzählt und seine Botschaft für die Menschen und von Gott, einer liebenden und barmherzigen Wesenheit, die für alle Menschen dieser Welt der Schöpfer ist.

Er hatte seiner Tochter gelehrt, dass alles Eins ist und wir Menschen uns danach zu verhalten haben, was heisst, dass all unser Denken und Handeln danach auszurichten ist, so dass wir allem unsere Achtung, Aufmerksamkeit und Liebe zu schenken haben.
Nun kam sie also in ein Gotteshaus der Menschen.

Schön war der Kirchenraum, die gemalten Bilder und die Farbigkeit, das bunte Glas. Erhaben sahen die Gottesdiener aus. Vater und Tochter nahmen Platz.

Das Wort, das der, den sie Pfarrer nennen, sprach, war kein freies Wort. Es tat ihr bis in das Herz hinein weh. Da wurde keine frohe Botschaft geschenkt und frei an die Hand gegeben. Da wurde keine Welt geöffnet, da war keine Hand die einen führte, eine kurze Wegstrecke wo der Steg schmal, der Fels glatt und rutschig ist, oder es steil bergauf geht um einen dann loszulassen wenn die freie Frühlingswiese erreicht ist auf der man dann endlich seine eigenen befreiten Wege, freudig segnend und alles liebend, selber finden kann.

Das waren Worte der Verpflichtung von Unklarheiten, da sollten alle etwas so und so zu tun haben und das zu lassen, da sie sonst ein sie überwachender Gott strafen würde und auf Ewigkeit von sich weisen, und dass die Liebe Gottes sich zu verdienen sei. Da sprach ein Mensch den anderen Menschen vor, was richtig ist und was falsch sei.

Wie können Menschen den Menschen Sakramente predigen und einen lebendigen Gott zu einem Schriftengott verkommen lassen, um es zu guter Letzt noch ihre wahre Religion zu nennen. Ist doch die Natur selbst die beste Interpretation der Schöpfung Gottes; das Duften im Blühen der Blüten, das Stimmensingen alles Schwingenden im Wind und Glänzen allen Lichts im Wasser. Die glücklichen und alle traurigen Kinder zeugen von ihm. Wie kann man ohne Liebe im Herzen predigen?

Ab jetzt war Melisande allein auf dem Weg in die Welt, herab von den Bergen.

Ackerschollen glänzten im Herbst. Die feuchte Tonerde, die durch die Stahlpflugscharen geglättet, in gebogenen Schollen auf dem Acker zum liegen kommt, dampft und riecht.

Die Predigt des hiesigen Pfarrers war ein die Woche über sich verzehrender Gedankenprozess, bis alles zu Papier gebracht war.

Wer frei spricht und das aus dem Herzen heraus, dessen Verstand begleitet ihn, der ist wahrhaftig, ansonsten ist er oft nur ein grosser Verführer mit Worten und in Wirklichkeit herrsch Finsternis im Herzen.
Wer aus dem Verstand heraus spricht und sich ein Manuskript erstellt, welches er ablesen muss, der kann auch nicht flüssig sprechen. Gottes Wort aber fliesst von selbst, es bedarf nur eines roten Fadens.

Im Tal lebten auch Fremde. Sie lebten schon lange dort und wahrten immer noch die Tradition ihres Landes. Auch hatten sie immer wieder Heimweh, vor allem die Alten wenn sich ihr Leben dem Ende neigte. Der Pfarrer hatte es im Gespräch mit ihrem Vater erwähnt.
Sie hatte zugehört, als Vater und Pfarrer sich über den Psalm 146 unterhielten, da sie gerne die Fremdlinge betrachtete, die im Tal lebten und die eine andere Sprache sprachen, andere Tracht trugen und anders aussahen. Ihr Vater, der selber nicht von hier war, erzählte dem Pfarrer, dass es aus geistiger Sicht keine Fremdlinge gab. Wir werden alle wiedergeboren und unsere Seele durchläuft viele Erdenleben in ihrer Evolutionsentwicklung. So sind wir im vorherigen Leben ein Armer aus Rumänien und im heutigen ein Vermögender aus Deutschland. Auch seien einzig entscheidend für unseren Heimatbezug der Ort und der Umkreis auf der Erdoberfläche, an dem wir geboren

werden; auch wenn unsere Eltern zugereiste Fremdlinge waren, so sind wir doch der Mensch des Ortes der Erde. Das lokale Kraftfeld der Erde, die lokale Energie des Himmels, die Umfassung der Winde an dem Geburtsort prägen mich und mein Heimatgefühl.

Der Pfarrer glaubte wie immer ihrem Vater nicht, doch konnte er von ihm nicht lassen; er spürte wohl das enorme Wissen ihres Vaters in geistlichen Dingen. Er wusste, dass seine Belesenheit in der Heiligen Schrift und die Erkenntnis daraus, die seinige um ein weites im inneren Erfassen überstieg. Nur wusste er nicht wodurch und ihr Vater wich jeglichen Fragen hierzu elegant aus. Jedoch antwortete ihr Vater für allgemein gerne knapp und schlicht, auch dem Pfarrer gegenüber »Mich interessiert nicht der Schein sondern das Sein «
„Für die meisten scheint das Licht der Sonne einfach so auf die Welt und kaum einer fragt sich, was ist das Wesen des Lichts?"

Der Pfarrer hingegen bezeichnete ihren Vater gern als Fremdling und bezog sich hierbei auf Psalm 146: *Der Herr behütet die Fremdlinge, Waisen und Witwen hilft er auf aber er krümmt den Weg der Gottlosen.* Denn er spürte die Macht seiner Grösse und die Kraft, die dieser auf ihn ausübte, allein durch Körperhaltung und Blick. Er war im Konflikt, ob er ihn nicht trotz allem für gottlos halten solle.

Ihr Vater aber mochte es, wenn er als Fremdling erkannt wurde. Ein beruhigendes Lächeln lag auf seinen Lippen, verschwand in den Augenfalten und glänzte auf der Iris. Seine Schultern zogen sich dabei langsam und fast unmerklich zurück und gleichzeitig hoch. Melisande beobachtete dies so gern. Sie spürte die Fröhlichkeit, die

Heiterkeit die in seinem Inneren regelrecht spazieren ging. Zu Melisande gewandt sagte er: „Friedrich Hölderlin hat den Fremdling in seine Gedichte eingewoben und ebenso Georg Trakl, der von Hölderlin gelernt hat. Beide waren Fremdlinge in dieser Welt, gerade so wie ich. Wir sind dieser Welt nur ausgeliehen und kehren schnellstmöglich dorthin zurück, von wo wir kommen.

Mein Lieblingsdichter Hölderlin schrieb: *An das Göttliche glauben die alleine, die es selber sind.*"

Im Tal gab es ein Mädchen an das sich Melisande erinnerte. Sie war eine Gehörlose gewesen, für die ihre tiefgläubige Mutter Jahre der täglichen Fürbitte vollbracht hatte, damit sie Genesung erführe. Das Wunder der Heilung durch Gebetserhörung geschah. Dieses Mädchen wurde eine Freundin im Tal für Melisande. Später erzählte sie davon, wie sie zum ersten Mal begonnen hatte zu hören. Für Melisande aber war das Wunderschönste in ihrer Erinnerung, in das Gesicht eines klaren Menschen zu schauen; wie sieht so ein Mensch in die Welt, in den Weltraum hinein, wenn er aus der Stille der Gehörlosigkeit kommt. Bisher war sie nur ein sehendes, schmeckendes und riechendes Menschenwesen, das nun den Klang der Welt sieht, schmeckt und riecht, da sie ihn hört.

Mit sieben Jahren reifte in ihr auch die Unruhe heran, den Berg ihrer Heimat verlassen zu müssen. Sie würde wiederkommen, wie oft wusste sie noch nicht zu sagen. Man macht Dinge eine Zeitlang und weiss, dass danach etwas anderes auf einen wartet, etwas Neues, ein neuer Zeitabschnitt kommen wird. Oftmals kann man auch ganz genau die Zeitspanne benennen, die es braucht bis das Neue beginnen wird.

Doch blieb Melisande ihren Berghöhen lange noch treu und war nur zu Besuch im Tal:

Ich bin frei oben auf den Hügeln mit den aufgelösten Wäldern meiner Bergrücken, mit den Weideflächen, den Umzäunungen um die steilen Hangwiesen. Hier habe ich zum ersten Mal die Augen aufgeschlagen und dieses Licht der Welt aufgenommen, denn hier bin ich geboren, eine Eingeborene dieser Luft, dieses Landes und Duft dieses Erdstücks. Hier bin ich weich. Und wenn ich gehe, so gehe ich.

Und wenn ich sitze, so sitze ich.

Durch nichts bin ich gestört.

Durch nichts bin ich abgelenkt.

Der Schäfer

Bernhard von Clairvaux:
Wenn es dir schlecht geht und du Trost suchst, dann nimm ein heisses
Bad, danach weine dich aus, zuletzt bete.

Eintausendeinhundertfünfzehn nach Christus begannen die Zisterzienser sich zu formieren.

Das war noch zur Zeit der Baukunst der Romanik im zehnten Jahrhundert aber nicht mehr weit zeitlich entfernt von der Gotik elfhundertvierzig nach Christus. Hier entstand die eigentliche Hochkunst einer baulichen Verewigung der Herrlichkeit des Wohnhauses Gottes. Der Katholik Meister Eckhart predigte als erster in deutscher Sprache, damit das Volk auch selbst verstünde, was geschrieben steht in der Heiligen Schrift und gerade die gelehrt werden, die unwissend sind. Er war derjenige, der die Vergöttlichung des Menschen lehrte und nicht die Vermenschlichung Gottes und damit ist er der wirkliche Reformator.

Mit der Reformation des katholischen Mönchs Luther war bereits die Renaissance im fünfzehnten Jahrhundert heraufgezogen und damit das Verschwinden der Götzentempel auf Erden in denen Gott vermenschlicht wurde.

Und Jesus machte sein Wort wahr, dass es keines Raumes bedarf und keines speziellen Ortes um den Vater anzubeten. *Georg Riehle: Die wahre Kirche ist die unsichtbare, und der wahre Tempel Gottes ist ein liebeerfülltes Menschenherz.*

Im Jahre elfhundertsechsunddreissig wurde in Frankreich das Zisterzienserkloster in Noirlac gegründet. An einem schwarzen See gelegen: Noirlac. Mehrere hundert Jahre später nach der Gründung, gab es zwei Mönche, die in seelisch tiefer Freundschaft miteinander verbunden waren. Einer der beiden war der Vater von Melisande aus der Grand Charteuse der Karthäuser. Der andere war der Schäfer, wesentlich älter und vormals ein Mönch in Noirlac, bevor er dann zu den Karthäusern kam, des Schweigens wegen.

Als Melisandes Vater noch ein Mönch und der Schäfer sein Gebetsbruder im Kloster der Karthäuser war, da nutzen die beiden Geistesbrüder die seltene Zeit und wenigen Stunden des zugelassenen Gesprächs und teilten ihre Freude mit Worten. Was sonst nur die Blicke und Gesten waren, waren heute Worte, Lachen und sich die Hände reichen. Berührungen, welche die Worte festigten oder unterstrichen. Ein Lächeln, das sich verlängerte durch die anliegenden Fingerkuppen auf dem Oberstoff des Kuttenärmels. Schlichte Schönheit einer umliegenden Landschaft gepaart mit schlichter Geistigkeit im einfachen Gewand der Mönche und im fröhlichen Umgang miteinander. Wie gesegnet ist das Wort, wenn es wertvoll gehütet wird und sein Gebrauch geschätzt wird und nichts Dummes, Unnötiges, Abfälliges gesprochen wird. Nichts nur dahin Gesagtes oder Geplappertes. Wie ein wohl angestimmter Gesang. Nicht zwingend wohlüberlegt oder wohlbedacht, aber immer herzlich und aus Liebe gesagt.

An diesem Sonntag aber wurde zwischen den beiden Männern ein Gespräch geführt, abseits der anderen Mönche. Dies konnte geschehen, indem man sich, wie alle, erhob und zum Spaziergang bergan ging. Hier fiel es nicht auf, wenn die Gruppe sich auseinander zog; die einen waren schneller zu Fuss, die anderen langsamer. So war ein ungestörtes Gespräch oder ein Gedankenaustausch möglich. Das Thema der Beiden war ungeheuerlich für Mönche.

Melisandes Vater führte das Wort. „Du und ich haben eine Aufgabe zu beginnen. Mein Engel hat diese klar im Traum zu mir gesprochen, wiederholt gesprochen. Ich wollte und konnte das bisher nicht glauben. Doch jetzt ist es mir wahr. Es ist nicht erlaubt für uns. Wir brechen mit allem. Wenn es aufkommt werden wir exkommuniziert."

Der Schäfer hatte die Augen auf den Weg gerichtet und hielt sie dort weiterhin fest, während er antwortete. „Es wird dem Abt nicht gefallen, es wird dem Papst nicht gefallen."

Unverhofft mussten beide Männer in diesem ernsten Moment anfangen zu lachen.

Ein Lachen des Loslassens der Spannung dieses Konflikts in ihnen, der in dem Schweigegelübde wie festgezurrt ist.

Zu sagen es würde ihnen nicht gefallen, wäre die Wortwahl eines Clowns um die Menge auf den Rängen zu erheitern. Früher hätte man sie, nur für das Gedankengut ihres Vorhabens, auf einem Scheiterhaufen verbrannt.

„Ich werde in den Wald gehen zu Sylvia dem Waldmädchen. Sie ist eine weise Frau und ich werde sie bitten meine Frau zu werden. Ich werde die erste seelisch geistige Verbindung herstellen zwischen einem Nachfolger Jesu, einem seiner Jünger, und einer Frau als Meisterin der erdgebundenen Geister, Elementarwesen, Mittlerin von Wesen der Astralwelten und Bezwingerin von Dämonen.

Es beginnt die Zeit der Ernte, die Zeit des Gerichts und wir sollen vermitteln in dieser Welt wer Jesus ist. Der Drache und das Tier haben schon lange begonnen den Christus von Jesus abzutrennen und Christus für sich neu besetzt.

Mit dem Begriff des Gesalbten, des Christus geht das Tier hausieren in der Welt der Magier und Hexen. Die weisen Magier sind scheinbar die Erleuchteten des Christus und sollen die Menschheit in die neue Zeit führen. Dieser

Christus ist aber nicht Jesus, sondern das Tier und sein falscher Prophet der zu ihm gehört.

Sie wird die Wahrheit erkennen und die Veränderung in ihrem Wirkungskreis hervorrufen. Du aber mein Bruder in Jesus wirst in die Täler gehen und als ein Schäfer die Schafe weiden. Du wirst symbolisch zu den Seelen der Tiere sprechen, damit die erdgebundenen Seelen dir zuhören können. Du wirst Jesu Wort erfüllen: Weide meine Schafe. Du wirst meine Tochter, die mir durch den Engel angekündigt ist, in alle wichtigen christlichen Geheimnisse der Schöpfung einweisen und die Tiere auf die Wiederkunft Jesu vorbereiten. Wir verlassen die alten Ordensgemeinschaften der Kirchen und bereiten das neue Jerusalem vor."

Mit neun Jahren kam Melisande zum ersten Mal zu dem alten Schäfer auf die tief liegenden, flacheren Hangwiesen. Neun schwarze Jungschafe waren in seiner Herde, die Melisande, auf einem vorspringenden Fels sitzend, von oben zählen konnte.

Da war die Herde noch langsam sich bewegende Punkte, mit einem flitzenden Strich der um die Herde hin und her flog und diese beieinander hielt. Der Schäfer trug schwere Lodenkleidung, ein Mantelcape, einen breiten Krempenhut und schafthohe Lederstiefel mit Lodengamaschen. Ein Hut von dem der Regen als Rinnsal auf die Schultern tropfen kann, dazu einen gewaltigen Schäferstab.

Der Herbst hatte begonnen und die Abende waren schon feucht und kühl geworden, die Winde waren im Land.

Das Besondere an seinem Äusseren war, der vom Kinn weg beginnende, auf die Brust fallende Bart, der zu einem Zopf geflochten und dessen Zopfende mit einem Lederriemen umwickelt war. Die beiden Enden des Riemens, hatten zwei feine Glöckchen aus Silber, die hell klangen wenn seine Brust beim Lachen zitterte oder wenn er seinen Kopf umdrehte. Sein Gang war von einer Art, wie wenn ein grosses Schiff schwer beladen durch weiche Wellen geht, und die Sonne sich auf den Wasserflächen zum Funkeln bringt.

Da klangen die Glöckchen nicht, bei diesem Wiegen. Nur ganz nah bei seiner Brust hätte man ein feines Singen der Silberklöppel hören können, innen, wie ein Wiegenlied ohne Gesang.

So kamen die Herde, der Hund und der Schäfer zu Melisande. Immer wieder grasend, kamen sie nur langsam voran, dabei stetig hangaufwärts gerichtet ihren Weg findend.

Neunjährig, mädchenhaft, ein junges Körperleben, sass Melisande auf dem Fels dem herangetretenen Schäfer geradewegs von Angesicht zu Angesicht gegenüber.

Die Augenfarbe des Schäfers war ein tiefes Blau, farbig wie das Wasser des Blautopfs und von gleicher Kühle aber ohne jede Kälte. Kraftvoll und endlos war diese Farbe, von nicht endender Energie, so wie es auch der Nachthimmel ist in den Bergen.

Die Augenfarbe Melisandes war das lichte Grün von hellem Schilfgras und hatte im rechten Auge fünf, in dem linken zwei goldene Sprossen eingesprenkelt.

Der Schäfer grub seinen Stab mit einer Drehbewegung durch die dünne Humusschicht des Bergbodens in eine Felsverwitterungsritze, lehnte ihn dann an Melisandes Felssitz und lächelte sie freundlich an. Er fasste Melisande unter ihren Achseln und hob sie von ihrem Sitz herunter zu sich auf das Gras. Sie bei der Hand nehmend schritt er mit ihr in seine Herde hinein. Plötzlich waren sie mitten unter den Tieren. Sie konnte die Tiere berühren und sie war Teil eines grossen Vertrauens.

Melisande sprach zum Schäfer: „Ich werde mit dir gehen, ich will dein Leben kennenlernen und will wissen was du weisst."

Am Abend sassen der Schäfer, der Vater und Melisande beieinander im Haus und Feuer brannte im Kamin. Der Vater und der Schäfer hatten lange alleine miteinander gesprochen und die beiden Männer, der Schäfer war fast ein Vierteljahrhundert älter, hatten sich zusammengefunden und Melisande war es erlaubt für ein Jahr mit dem Schäfer zu wandern. Es war für ihn der Anbruch der letzten Jahre, die er noch durch das Land ziehen wollte, bevor er sich zur Ruhe begeben würde.

Der Schäfer lief gerne barfuss, denn er wusste um den Erhalt seiner Gesundheit, wenn er barfuss lief. In der Fusssohle laufen die Nervenkontakte zu den Organen des Körpers zusammen. Wenn diese durch das Barfusslaufen auf der Erde permanent angeregt werden, so bleibt der Körper gesund. Da hatte Melisande mit ihm gleich zu Anbeginn eine gemeinsame Vorliebe in ihrem beidseitig ausgeübten Kontakt zur Erde.

Im Nebel hinziehend und von den Schwaden verschleiert, war der Schäfer früher als sonst zur Ruhestätte seiner Herde aufgebrochen. Fast hastig trieb er die Schafe durch seinen Hund nach Hause. Sie hatte ihn noch seinen Gang beschleunigen sehen. Immer war der Hund voraus, ihm seine schnellste Bewegung gebend.

Die gemeinsame Zeit nahm ihren Anfang und da waren gerade zwei Herdentiere erkrankt.

„Ich habe Unruhe Melisande" sagte er zu ihr beim nach Hause gehen, „die Zeit, die wir gemeinsam verbringen wird rasch zu Ende gehen. Sie ist viel kürzer als ich es mir dachte, ich sollte das Denken lassen, es ist meine alte Versuchung."

Dann nahm er sie väterlich bei der Hand, ohne dabei die Augen vom Weg oder den Schafen zu lassen, um die späte Mittagsrast zu machen. Nachdem sie gegessen hatten und immer noch ein guter Rest an Tageslicht vorhanden war, sprach der Schäfer zu Melisande.

„Jesus hat uns viele wichtige Botschaften hinterlassen, er ist einer aus dem Kreis der allerhöchsten Botschafter Gottes, denn aus ihm spricht der Vater. Er hat uns zugesagt, dass wir, wenn wir glauben, auch zu heilen vermögen und aus dem Nichts heraus zu erschaffen, wie er selbst. Ich weiss, dass Heilen und Erschaffen oftmals in kleinen, unsichtbaren Schritten erfolgt und jeder von dieser Kraft hierfür besitzt. Ich weiss aber auch, dass mein Wunsch für eine Heilung an einem anderen Wesen vielleicht nicht dem Wunsch dieses Wesens entspricht und deshalb nicht wirksam werden kann. Da ich dies weiss kann ich voller Demut sein, denn ich weiss um das Wunder und die Vollkommenheit der göttlichen Schöpfung, auch wenn ich den grossen Plan nicht erfasse, geschweige denn verstehe.

Ich weiss, dass ich mit meinem ganzen Denken und dem Denken der Menschen die ich kannte, nicht zu Gott gefunden habe, sondern durch mein Herz. Durch Liebe habe ich zu Gott gefunden. Durch Liebe zu meinen Tieren, durch Liebe zu Menschen, durch Liebe zur Natur. Irgendwann war mir in meinem Herz bewusst geworden, dass Gott die Liebe ist, das grenzenlose Ewige. Gott findet, wer ihn im Stillen sucht, ganz gleich an welchem Ort diese Stille ist.

Man kann das nur erfahren, nicht erdenken, aber dafür muss man offen sein und das heisst glauben zu können, etwas anzunehmen, das ich nicht bis ins Letzte verstehen kann, aber von dem ich mit offenen Augen so viel sehen kann.

Jesus hat uns erzählt, dass, wenn wir nicht werden wie diese Kinder, wir nicht einziehen werden in das Himmelreich. Wie lange habe ich über den Sinn nachgedacht, bis du zu mir kamst. Du bist zwar gerade kein Kind mehr aber doch noch Kind genug, dass du es noch sichtbar in dir trägst. Die Kinder sind noch so unbeirrt in ihrem Geist, da ihre Seele noch so klar an Gott hängt und noch so sicher in Verbindung steht mit dem Jenseitigen, dem geistigen Sein und geführt wird. Diese Kinder sind zu Wundern fähig, der Gestaltung und der Veränderung bereits dir sichtbar geschaffener Materie. Diese Kinder werden kommen und jeder von uns war so ein Kind, man hat es uns nur vergessen gemacht. Du wirst zu denen gehören, die diesen Kindern den Weg bereiten werden und ihnen in dieser Welt helfen, auf dass sie sich in das Paradies verwandle, das sie sein soll."

So begannen die gemeinsamen Tage und Nächte der Beiden. Der Tagesablauf war stetig der gleiche und wurde nur dann unterbrochen, wenn die Herde weitergetrieben wurde, oft lange Strecken, die mehrere Tagesmärsche in Anspruch nahmen, hin zu neuen Weidegründen.
Der Schäfer kannte die Wege und kannte die Menschen. Immer gab es Aufenthalt, Einladung zu Speise und Trank, oft eine Schlafstätte im Haus zum Übernachten, ein Bad, eine Dusche, die Möglichkeit die Kleidung zu waschen und zu pflegen. Er war ein gern gesehener und geachteter Mann. Die Menschen begegneten ihm mit dargebrachtem Respekt und grosser Höflichkeit, die aus dem Herzen zu kommen schien, die er aber immer mit Wort und Geste schmälerte.
„Ich habe auf meinen Wanderungen viele Frauen und Männer in andere, oft ferne Städte erst fort ziehen, und habe sie dann nach Jahren wieder zurückkehren sehen. Sie waren nicht glücklicher heimgekehrt, nicht leuchtend

und ohne sprühende Funkenkraft in der Corona der Augen. Ich habe aber Männer und Frauen gesehen, die gingen in den Wäldern wandern, über blühende Frühlingswiesen, die waren Spaziergänger während der Apfelblüte, der Mandelblüte, die kamen wieder und glänzten, als hätten sie gleich den Bienen goldenen Blütenstaub an ihren Leibern haften und hatten den Widerschein der Sonne in den Augen."

Wenn sie auf Menschen trafen im Schwäbischen, so begrüsste man sich mit Grüss Gott.
Grüss Gott heisst: Segne dich Gott und Adieu heisst: Gott befohlen. Der Gruss der Schwaben.

Ihre Wege führten sie weit bis an das Dreiländereck der deutschen Sprachgebiete, Deutschland, Österreich und der Schweiz, in deren Umgebung sie sich aufhielten, um dann wieder den Rückweg in die Heimat anzutreten.
Melisande hatte am heutigen Abend das gemeinsame Nachtlager bestimmt.
Sie waren aufgestiegen in die unteren Hänge der Felbertauern und ruhten mit den Schafen am Bachufer, unterhalb eines in der Dunkelheit tosenden Wasserfalls. Die von Fichten bewaldeten Felsen leuchteten weiss, neben dem Nachtgrün der Bäume. Die Dunkelheit liess die Kanten der umher liegenden Felsbrocken heller scheinen, dass man glaubte ihr inneres Lebenslicht zu sehen. Nachdem sie am Feuer gesessen und gewartet hatten, bis das zubereitete Gericht gar war, lagen sie sich jetzt bequem nach dem Mahl gegenüber, das Feuer in ihrer Mitte, eingerollt in einen Schlafsack. Der Schäfer erzählte gerne noch aus seinem Schlafsack heraus, etwas von der Welt und seiner Sicht der Dinge, von seinen Erkenntnissen und Melisande wusste, dass es Weisheiten

waren, und sie genoss und liebte es, mit diesen gehörten Worten in den verdienten Schlaf zu finden.

Diese Worte wurden zu seidenen Kissen auf denen ihre tagesmüden Augen nach all den gesehenen Eindrücken ausruhten, und Ihr Körper in der Dunkelheit wie ein Blinder, ganz Ohr wurde, allein nur die Welt hörte. Und der Schäfer sprach: „Ich hatte irgendwann das Gefühl, dass ich reisen müsste um die wahrhaftigen Menschen in dieser Welt zu treffen.
Diejenigen zu treffen, denen bewusst ist, dass Reichtum der besitzt, der nichts braucht. Wünsche, erträume dir alles, schaffe dir alles aber brauche nichts davon. Schenke und sei freigiebig mit deinem Besitz, dann wirst du ihn nicht mehr los. Dann wirst du ihn an einer jenseitigen Stelle veredelt wiederfinden und das ist gut so Melisande, es zieht uns Menschen ja so magisch zu unseren Schätzen hin."

So folgte Tag um Tag und Melisande folgte der Herde und diese wiederum folgte dem Schäfer.

„Alles Bewusstsein dieser Welt und des ganzen Universums handelt gemeinsam, jede Veränderung die geschieht, geschieht auch gleichzeitig mit dem Einverständnis des Universums. Da alles eins ist, kann also dieses einzig Eine, wir Christen nennen es Gott, nicht mit sich selbst uneins sein. Verstehst du jetzt, dass für alles was wir Menschen wählen, wir auch einzig und allein verantwortlich sind und da wir ja alle eins sind, wir also auch gemeinsam wählen. Es ist somit einfach unmöglich, irgendetwas gegen den Willen eines anderen Menschen, eines Tieres, eines Steines, eines Baumes oder eines Windzugs zu tun.

Alles was wir tun, tun wir uns selber an. Je feinsinniger du für diese höchste Wahrheit bist, umso bewusster wirst du erleben, wie beispielsweise ein „wütend sein" auf jemand in dir den Schmerz dieser Wut empfinden lässt, den du ja eigentlich ausgesandt hattest und er gar nicht mehr in dir vorhanden sein dürfte. Du wirst erkennen, dass du dir dies alles selber antust. Jesus hat es so gesagt: Was ihr den Geringsten unter euch Gutes tut, das habt ihr mir getan.

Und der Vater ist in mir und ich bin im Vater und ich kann nichts wirken ohne den Vater.

Denn er ist ja eins mit dem Vater und wir sind ihm gleich, nach seinem Abbild geschaffen.

Wie kann es auch anders sein, da wir alle eins sind.

Höre Melisande wie es klingt, wie ein Lied. Es ist die Poesie des Universums. Denn ich bin der Weg und das Licht und die Wahrheit in Ewigkeit und glaube mir, wir die wir allein sind und die Stille der Natur haben, hören dieses Lied viel leichter als die, welche im Lärm der Menschenansammlungen weilen.

Ich bin im Vater und der Vater ist in mir, die Wirkung dieser gesprochenen Aussage ist nach einer Weile des Wiederholens auf einmal köstlich in deinem Mund und in deinem ganzen Leib. Die Wahrnehmung des Menschen, im Vergleich zum Tier, ist doch eine andere; nicht unsere Sinne sind entscheidend, sondern unsere übersinnliche Wahrnehmung. Nur darin sind wir überlegen. Riechen, Sehen, Schmecken, Hören, Fühlen können einzelne Tiergattungen tausendfach besser als wir."

Der Schäfer strebte seit einigen Tagen einem ganz bestimmten Ziel zu. Sie spürte den Willen und die Ausrichtung des Herdentriebs, dass es ein anderes war als die normalen Tage, an denen es stets nur dem Weg zu folgen galt. Vielleicht, dass es nach Süden ging, immer der Wärme nach oder hinauf den Bergen zu. Diesmal jedoch war ein Schweigen dabei, obgleich nicht weniger gesprochen wurde. Und es war geheimnisvoll, denn es war gerade so als zöge den Schäfer etwas, als wolle eine Kraft ihn bei sich wissen, mit seinem ganzen Körper bei sich haben. Ohne dass sie ihn hätte fragen müssen, gab es am fünften Abend von selbst eine Antwort darauf. Am frühen Nachmittag, sie trieben die Herde leicht hangabwärts über feuchte Wiesen, blieb sein Schäferstab rückfedernd in der Erde stecken und schlug ihn ihm im ungebremsten Weiterschritt, zuerst aus der Hand, dann mit Schwung an die Schulter, dass ein lautes „Heidenei" zu hören war. „Jetzt wurzelt mir der Stecke scho wieder bei dem Weg, als ob der koi Geduld hät bis mer do send." Der Schäfer sprach sein heimatliches Schwabendeutsch, das ein eigenes war, verwässert durch zuviel Schriftdeutsch aus den Büchern und aller Herren Dialekte deutscher Sprachräume, durchwanderter Täler, durchkletterter Berge. Melisande war an seine Seite getreten und sah ihn fragend an.

„Der Stab ist ein Geschenk von einem Bauernhirten und Jäger aus dem schweizerischen Toggenburg. Das war ein kräftiger junger Kerl gewesen, ausgerissen von zuhause, wo es zuviel Geld gab, wie er sagte und mit dem Hüten des Almviehs sei ihm die Lust am Jagen vergangen. Den edlen Walnussbergstecken, aus dem gleichen Schaftholz wie seine Büchse gefertigt, ein Geschenk des Vaters zum Jagdschein, schenkte er mir. Du sollst damit sicher des Weges gehen. Biege ihn nicht, dafür taugt er nicht. Schwer und hart ist sein Holz, doch pflegst du es mit Öl, so ist es von unvergleichlicher Seidigkeit. Musst du dich einmal zur Wehr setzen, so ist der Schlag mit dem Stab als hätte dich ein Stein getroffen. Auch hält er dir die Fliegen und das Ungeziefer im Strohlager vom Leibe, wenn du ihn bei dir liegen hast. Dein Hund wird wohl kaum eine Kerbe in ihn beissen können und lachend überreichte er ihn mir. Nimm ihn und geh fort. Natürlich hat er etwas übertrieben damit.

Seit ich ihn besitze hat er immer gehalten, was über ihn gesprochen war und noch viel mehr. Es gibt im Schwarzwald, in der Nähe des Feldbergs, einen alten Walnussbaum. Der muss ein Verwandter meines Steckens sein. Es gab Zeiten, da musste ich zweimal im Jahr die Route ändern, weil er mich zu ihm hingetrieben hat. Mein Körper wird zu seinen Füssen und ich kann nicht anders als seinen Weg zu gehen. Wenn wir dann angelangt sind, lehne ich ihn an den Stamm des Walnussbaums und lass die beiden für ein paar Tage alleine sich ihre Erlebnisse austauschen. Die Zeit ist immer richtig, wenn ich zurückkomme und dann setze ich mich zu ihnen, lehne mich an den Stamm und höre in Frieden ihr gemeinsames Herz schlagen. Alle Sorgen, alle Körperschmerzen, alle Müdigkeit fallen da von mir ab und glaube mir Melisande, dass, wenn ich aufstehe, ich kräftiger, gesünder und weiser mich erhebe als ich mich niedergesetzt habe. Die Weisheit und Kraft des Baumes sind dann für lange Zeit auch in mir."

Sie waren immer zu Fuss unterwegs. Melisande beobachtete die Menschen, wenn sie sich nicht zu Fuss bewegten ob sie etwas fände, das in deren Ausdruck anders wäre.

Der Schäfer erzählte ihr, dass er sich dazu entschieden hatte nur noch zu gehen. Keine andere Bewegungsform mehr. Da es die einzige Bewegungsform ist, die dem menschlichen Körper entspricht und seinen fünf Sinneswahrnehmungen. Nur so kann man seine Welt wahrnehmen.

Die nächst höhere Stufe ist nicht mehr zu gehen, zu stehen, anzuhalten oder zu verweilen eine Stunde lang, einen Tag, Tage, Jahre, ein Leben um nur noch zu sein, Geistwesen zu sein, was wir ja sind. Die letzte Vorstufe, bevor wir wieder unseren Körper verlassen.

Solange die Menschen noch Menschengesetze haben, werden auch die Gegenspieler der Gesetze vorhanden sein, mehr oder weniger. Solange wir in Kategorien von richtig oder falsch oder gut und böse urteilen, wird das eine das andere notwendigerweise bedingen und erschaffen. Erst wenn alles auf höherer Einsicht basiert und es nur noch Freiwilligkeit gibt, werden wir einheitlich. Werden wir eins sein und auch in diesem Sinne handeln.

Der Schäfer lehrte sie die äussere Welt still werden zu lassen und die Stille der inneren Welt laut werden zu lassen, damit sie Einsicht erlange. Gehe nach innen, wenn du dich mit der Aussenwelt befasst. Oder aber komme von innen und sieh dir dann die Geschehnisse der Aussenwelt an, was sie sind und was sie nicht sind.

Die Sonne hatte sich hinter den Hügelketten am Horizont angekündigt. Eine kristallklare Nacht war zu Ende gegangen und jetzt kam sie mit ihrer ersten goldweissen Glanzscheibe hervor gestiegen. Sie beide betrachteten das herrliche Aufsteigen des Tages und wussten schweigend um die Schönheit ihres Menschenlebens.

„In mir herrscht eine Königin, Frau Seele. Mit Liebe sieht sie auf alle Dinge und wenn ein Lied der Schöpfung erklingt und ein Missklang darin sein sollte, so weiss sie um das Lied und lässt sich durch den Verstand nie beirren ob des Missklangs. Sie wird das Lied lieben, denn es kommt der Tag an dem es in Vollkommenheit gesungen wird und es kommt ein weiterer Tag an dem es in noch grösserer Vollkommenheit gesungen wird. So wie wir atmen und alles sich immerfort erneuert, erneuert sich die Vollkommenheit der Schöpfung in jedem Augenblick. Meine Königin weiss von all diesen Dingen und spricht mir davon, jeden Tag."

Und er erzählte ihr von dem Physiker, der sich in dem Mühltal niedergelassen hatte und dort, gleich den Planeten, sein Leben und seinen Tagesablauf auf einer elliptischen Bahn beschrieb. Es war seine Art Gott zu verstehen, da die Planeten im Universum dies schon seit Jahrmillionen tun.

Es war die Maiblütenzeit, die weisse und rosa Blüte und Melisande war zum ersten Mal verliebt. Der Schäfer hatte sie bis nach Österreich hinein gebracht, ins Dachsteingebirge zu seinem jüngsten Bruder, der im Gosautal einen Naturschleifsteinbruch betrieb. Dort verblieb sie als Gast und Helferin in der Landwirtschaft bei seinem Bruder auf dessen Hof.

Im Steinbruch war einer, der war taubstumm und lebte mit seiner Mutter und dem Vieh auf einem kleineren Hof in der Nachbarschaft des Schäferbruders. Dieser arbeitete des Tages und auch des Abends im Steinbruch, je nachdem wie das Tagwerk auf dem Hof zu bestellen war, oder nach den Jahreszeiten die schwere Männerarbeit anfiel, die seine Mutter nicht mehr zuwege brachte.

Dieser hatte für alle Menschen immer ein freundliches Lächeln und Kopfnicken übrig. Dieser ass kein Fleisch und pflegte sich einen kleinen Wiesenblumengarten von lauter kleinen weissblauen und rosablütigen Blümchen, von der Art des Vergissmeinnichts.

Die lilafarbigen, enzianartigen hatte er in schön geschliffenen Naturschleifsteinschalen gepflanzt und auf einer alten Holzbank in eine blühende Reihe gestellt und sein Name war Johannes. Er war der talentierteste Schleifer des ganzen Steinbruchs und man hatte ihn oftmals versucht zu bewegen, nur noch ganz dem Schleifen sich hinzugeben. Aber eben dieses sich Hingeben war es ja, das Johannes nie etwas anderes hätte tun lassen können, als von Anbeginn den Stein aus dem Bruch zu lösen, ihn zu formen, selber hinabzutragen, um ihn dann zu vervollkommnen. Dem Johannes wäre es am liebsten nicht nur den Stein im Bruch zu suchen, sondern selbst beim Entstehen der Steine dabei zu sein um dort schon die Stelle zu wissen, aus der heraus einmal eine kunstfertig geschliffene Schale entstehen könnte.

Die Steinbruchleute hatten dies irgendwann einmal akzeptiert, nur dass der eine oder andere manchmal beim Vesper meinte, dass es vergeudete Zeit wäre, welche Johannes bei seinem eigensinnigen Tun verschwände. Einer unter ihnen meinte, dass es vielleicht halt so sei bei den Taubstummen, das die es halt immer wieder vom Anfang her tun müssen. Und dann gab man sich wieder für Monate zufrieden.

Der Schäfer wusste von Johannes. Sein Bruder hatte ihm oft von ihm erzählt. Er sprach immer ein paar Worte von ihm, wenn sich die Brüder trafen.

Johannes führte den Hof und pflegte die Tiere in gleicher Weise wie er den Stein gestaltete und die Wiese mit den Blumen veredelte. Ruhig und aufmerksam von Anbeginn.

Seine Hände fassten die Dinge auf besondere Weise an, überlegt und einfühlsam berührten sie und dann formten und führten sie.

Seine Hände waren von der Arbeit am Stein stark geworden und auch schwielig, aber doch ganz glatt, ohne Risse und schmutzige Hornriefen in der Haut. Der Schleifstein und das Wasser schmirgelten die rauen Stellen und so waren seine Hände die eines Arbeitenden und doch auch die einer Frau.

Manche seiner Tage waren lang. Wenn das Gras geschnitten und eingefahren wurde, die Tiere versorgt in der Früh und des Abends, am Hof etwas gerichtet sein musste und das Tagwerk im Steinbruch zwischendrin und bis lange in die Nacht hinein getan wurde. Da schlief Johannes wie die Steine es seit Jahrtausenden tun, still, ohne hörbaren Atem, tief entrückt von der Welt und des Lebens. Keiner bekam ihn da wach. Er war noch ein Mensch, aber wie tot.

Seine Mutter sagte: Der Johannes is nit in sem Körper wenn er schlaft, der schlafert bei dr Steinernen im Berg die Nacht, die gabet ehm die Kraft zruck, die san wie Brüder die zwoa.

Andere sagten, dass der Johannes zu Lebzeiten halt heilig scho sei.

Bisher gab es zwei Frauen in Johannes Leben, die es versucht hatten mit ihm zu leben. Die haben es aber nicht ertragen, dass er nichts spricht. Johannes hat sie wieder gehen lassen so wie sie gekommen waren, als wären sie gleich den Jahreszeiten das Eintreffen des Frühlings und der Blüte und das Ausgehen des Herbsts und des Wandels. Er war bei allen Dingen mit ganzem Gewahrsein für die Geschehnisse, doch er hielt niemals etwas fest. Johannes gab den Menschen was sie verlangten. So gab er zum Beispiel einige der Tiere, die er grossgezogen und versorgt hatte, dem Schlachter als Fleisch für seine Mitmenschen.

Er ging auf die Wiese zu seinen Tieren und sprach in Gedanken zu ihnen und fragte diese, welches von ihnen bereit sei, sein Leben zu geben für die Menschen und Kinder im Dorf, damit diese gutes Fleisch haben. Und immer gab es ein Tier, das sich aus der Herde löste und mit ihm kam um dann vom Schlachter abgeholt zu werden.

Johannes war ohne Worte und ohne Schrift und ohne Laut. Er war Bild und Farbe und Gefühl.

Wenn die Hörenden das Adlerpaar im Steinbruch an ihrem Schrei in der hohen Luft erkannten und nach ihm aufsahen, da hatte Johannes schon wieder die Augen bei seiner Arbeit. Denn die bewegte Luft selbst hatte ihm das Kreisen der Vögel verraten, die Schwingungen ihres Fluges durch sein Herz getragen.

Das war Johannes Geheimnis, dass er mehr Zeit besass für die Dinge als die anderen Menschen, da die Dinge bereits vor ihrem Geschehen für die sehenden und hörenden Sinne, schon bei ihm waren, im Feinstofflichen mit ihren Fühlern bei ihm angelangten.

Die Mutter vom Johannes mochte Melisande gleich und zeigte ihr des Johannes Blumengarten. Beide waren von der ersten Stunde vertraut miteinander. Sie wiederum empfand ihre wohltuende Mütterlichkeit, die nicht vereinnahmte, sondern herzlich war.

Hatte sie selber ja keine bewusste Erinnerung mehr an ihre eigene Mutter und genoss diesen Moment.

Melisande sass mit Johannes auf der Bank im Blumengarten. Mit den roten Nachtnelken und deren blassem lila leuchten in der tiefstehenden Abendsonne. Sie waren gemeinsam. Zwei Menschenkinder, die warteten auf alles was jetzt beginnen würde.

Der Schäfer und der Vater Melisandes kannten sich von früher, denn sie waren beide vormals Mönche des Karthäuser Klosters La Chatreuse in Frankreich. Ihr Vater, so sagte der Schäfer, stamme mütterlicherseits aus einer bürgerlichen Familie des Burgunds und väterlicherseits aus dem Württembergischen, schon recht nah an der Grenze zum Allgäu, aus Blaubeuren am Blautopf, der Heimat der schönen Lau, einer Wasserelbe. Gerne erzählt er ihr die Geschichte von der schönen Lau aus dem Blautopf, die der schwäbische Dichter und

Pfarrer Eduard Mörike in dem Buch des schwäbischen Hutzelmännleins niedergeschrieben hatte.
Schnell wurde diese, vorgelesen abends am Feuer, ihre Lieblingsgeschichte.

Er selber stammte aus der Freiburger Gegend. War ursprünglich von der Familienseite her ein Schwarzwälder, ein Tannenmann. Melisandes Vater war damals zum Prior bestätigt worden und hätte zum Jahreswechsel sein neues Amt antreten sollen. In diesen Dezembertagen des Advents, nicht weit von Christi Geburtsfeier entfernt, verließ er für einige Tage zur Kontemplation in der Natur das Kloster und wanderte in den schneebehangenen Eichenmischwäldern. Auf einer Waldkreuzung bei einer Lichtung, kam ihm mitten im Winter, in der festgefahrenen Spurrinne eines Forstfahrzeugs, auf einem sonnengelben Fahrrad, eine junge Französin entgegen geradelt. Sie trug beigefarbene Breitkordhosen, feste Waldarbeiterschnürstiefel mit roten Stulpensocken, in denen die Cordhose steckte, einen dunkelgrünen Lodenjanker, einen Schladminger, den ihr Vater aus seiner Salzburger Zeit an sich selber kannte, einen roten Wollschal doppelt gelegt und dann durchgeschlauft um den Hals geschlossen, und das rabenschwarze Haar hochgesteckt und einzelne Strähnen davon an den Wangen hängend. Rote Wangen und eine Atemsäule von Kälte, rote Wollfäustlinge und einen Jägerrucksack auf dem Rücken. Gelblich leuchtete ihm das Funzellicht vom Fahrraddynamo entgegen, der immer wieder absprang, da vereinzelte Eisklumpen an der Fahrradfelge anhafteten. Sie trat mit Kraft in die Pedale, da nur mit einer mittelhohen Geschwindigkeit ein Dahinrollen mit dem Rad in der Fahrrinne möglich war, ohne dass sie im Schnee durchschliff.

Sie war erhitzt, man konnte es schon aus der Ferne sehen. Ihr Vater war von der kurzen Wegseite vor der Kreuzung her aus dem Wald heraus geschritten, blieb stehen und sah sie zur Lichtung herankommen. Sie würden sich auf der Kreuzung treffen, wenn beide ihr Tempo nicht verändern würden; er ging weiter mit gleichmässigem Tritt voran. Sie hielt den Kopf nach unten gesenkt, niemanden hier und jetzt erwartend, eben tief in die Winterstille versunken, nichts Aussergewöhnliches erwartend.

„Die Präexistenz der Seele ist eine Wahrheit. Einer meiner Vorläuferexistenzen war ein Edelritter und der hatte nur einen Sohn namens Anselm. Wiederholt begegnet mir dies in Visionen. Auch dein Vater hat Visionen seiner Vorläuferexistenzen. Irgendwann hatte einer von uns es gewagt, dem anderen darüber zu berichten. Seitdem ist es für uns vertraut geworden und aus dem Unterbewusstsein ins Bewusstsein vorgerückt. Die Vorläuferexistenz deines Vaters, Melisande, ist ein Einsiedlermönch gewesen, der damals mit mir und meinem Sohn Anselm in Verbindung stand. Unser gemeinläufiges Schicksal ist nichts anderes als die Vorgabe für den Willen unserer Seele in diesem Leben, mit ihren gesetzten Ziel- und Lebensaufgaben auch zum erfolgreichen Ende zu kommen. Hierzu sind der Erfolg und das Glück oder Misserfolg und Unglück im menschlichen Sinn unerheblich. Erheblich ist der göttliche Sinn, denn das ist die Liebe, um Gott zu erreichen. Hierzu sind Erfahrungen notwendig, also erlebte Gefühle, die in Folge aller gelebter Leben am Ende Gott bestätigen, die Liebe bestätigen und zum vollkommenen Seinszustand führen, nämlich nur noch reine Liebe zu sein, also alles was ist zu sein. Um dann eins zu sein, heimgekehrt zu sein. Denn es gibt das Sein im Vater, denn der Vater ist in mir und in dir."

Melisandes Vater hatte im Wald sein Dual gefunden. Wir als Menschen sind wie alle Geistwesen als Duale erschaffen, männliche und weibliche Hälften ergeben ein Ganzes.

„Lange später hat mich dein Vater ein einziges Mal gefragt gehabt, warum er wohl losgegangen war, obgleich wir doch den Kontakt mit Menschen ausserhalb des Klosters meiden sollten, wenn es irgend möglich wäre. Er hatte gewusst, warum er das Kloster nochmals verlassen musste. Zur Besinnung für das anzutretende Amt des Priors habe er noch einmal aufbrechen müssen. Er wollte nochmals einen grossen Bogen gehen, gerade soweit weg, dass der selbst gewählte Kreis um das Kloster ihm immer wieder noch die Sicht auf dieses frei gab. Wie der Sternenlauf am Himmel einen Bogen beschreibt und der dunkle Wolkenhimmel eine Pause des Leuchtens hin zur Erde unterbricht, so wollte dein Vater eine Pause vom Innenleben des Klosterraums haben, wie eine Pause vom Ein- und Ausatmen.
Einfach nur sein, ohne Atem, ohne Körper, ohne Raum.
Ich konnte ihm die Antwort auf seine Frage nicht geben, er hat sie auch nicht erwartet. Man braucht manchmal einen anderen um eine Frage, die es nicht notwendig hat beantwortet zu werden, wenngleich die Ursächlichkeit dieses Ereignisses ein Leben verändert hat, stellen zu können, denn es geht dabei nur darum, dass sie einmal ausgesprochen wird, vom Innenraum in den Aussenraum gelangt und frei ist im Universum. Dort wird sie dann geruhsam aufgenommen und verweilt in der Ewigkeit.
Seitdem sind wir beide, so glaube ich, später durch ein ähnliches Ereignis, noch tiefer und überhaupt erst ganz vollkommen, in den Glauben zu Gott gekommen oder besser gegangen. Wir sind hinausgegangen und Gott ist hineingegangen, so wie wir es bei Meister Eckhart

beschrieben finden. Ich wüsste heute nicht wie ich leben könnte und auch nicht was Leben ist, wenn ich nicht in jedem Moment mich mit meinem Angesicht Gott zuwenden könnte, diesem einen wunderbar liebenden und barmherzigen Schöpfer. Je höher wir aufsteigen mit der Liebe aus unserem Herzen, desto mehr erklärt sich uns die Vollkommenheit allen Seins. Je erdnaher wir bleiben umso weniger verstehen wir die Zusammenhänge von Leid und Glück, von Bösem und Gutem und wir trennen konsequent das eine vom anderen.

Je höher wir aufsteigen umso klarer können wir empfinden, dass es in letzter Konsequenz kein getrennt sein gibt, sondern dass alles eins ist und es nur einen von uns gibt. Aber ich schweife von meiner Erzählung ab.“

Die junge Französin hörte beim Anblick eines Mannes im Mönchsgewand augenblicklich auf, die Pedale weiterzutreten und rollte, den Mönch anstarrend, in der Fahrrinne so lange dahin, bis der Schnee die Reifen umschloss und die Fahrt beendete.

Karthäusermönche verlassen für gewöhnlich nicht ihr Kloster. Sie lassen auch keinen Besuch zu in ihrem Kloster. Manchmal besteigen sie unbeobachtet ihren Berg. Man weiss, dass es sie oben am Berghang gibt. Ihre helle Kutte mit grosser Kapuze, in Sandalen im Winter mit schafswollenen Socken, der Wanderstab mit dem Beutel, das Kreuz.

Die beiden sahen sich wortlos eine Weile an. Für deinen Vater, der das Schweigen zu seinem Lebensinhalt erkoren hatte, etwas Naheliegendes. Für sie, Sylvia das Waldmädchen, das einer Sylphe glich, die Bewohnerin des Waldes war, war Schweigen auch nichts Unverhofftes.

Im Wald selbst sprach Sylvia nicht viel und von einem Karthäusermönch erwartete sie keine Anrede. Es waren beides Menschen, die es nicht verlernt hatten, den Blick der Augen lange auf etwas ruhen zu lassen und auch Auge in Auge zu stehen, denn nur so kann man etwas sehen. Das innere Sehen beginnt auf diese Weise. Zwei Menschen der Stille in der Stille des Winterwaldes.

„Dein Vater erzählte mir, dass in dem Moment, als die junge Frau auf ihn zukam und ausrollte, er eine Vision hatte. Vollkommen klar, mit hellstem Bewusstsein, ausserhalb von Raum und Zeit, durfte er dieser Szene zusehen, die zwei bis drei Handbreit über seinem Kopf wie ein Kurzfilm vor ihm ablief. Er kannte diese Worte und die Szene die geschah. Sie stand im ersten Buch der Könige 19, 11-13:
Und siehe, der Herr ging vorüber und ein grosser, starker Wind, der die Berge zerriss und die Felsen zerbrach, vor ihm her; der Herr war aber nicht im Winde.
Und nach dem Wind kam ein Erdbeben, aber der Herr war nicht im Erdbeben.
Und nach dem Erdbeben kam ein Feuer, aber der Herr war nicht im Feuer.
Und nach dem Feuer kam ein stilles sanftes Säuseln.
Soeben war ihm Gott in diesem Menschen begegnet."

Sie stieg vom Rad, drehte es in die Laufrichtung des Mönchs, ging ein paar Schritte rückwärts und schloss auf ihn auf, der stehengeblieben war, und beide gingen, wie heimlich besprochen, den Weg den Sylvia gekommen war, gemeinsam zurück.
Ein klarer Himmel brachte Eiseskälte. Der Schnee des Weges leuchtete voraus zwischen den Stämmen. Mit dem Gehen kam die Dämmerung. Die junge Frau hörte irgendwann auf mit dem Gehen und dem Schweigen. Die grosse Umkreisung der Klostergegend hatte sie von selbst geführt. Sie waren an einer Waldöffnung angelangt und

standen an einem hohen Holzzaun hinter dem ein Forsthaus zu sehen war. In dem Forsthaus brannte kein Licht, ein leeres Haus.

„Dein Vater musste in diesem Moment an Worte von Meister Eckhart denken, du musst dich leer machen, dein Ich muss heraustreten, dann tritt Gott ein." Sie bot ihm ohne Worte Gastfreundschaft an in diesem Haus. „Dein Vater hat mir sicherlich nicht alles erzählt. Er war damals zweiundvierzig Jahre alt und sie wohl fünfunddreissig, denn er erwähnte einmal den Altersunterschied von genau sieben Jahren. Sie wurde deine Mutter aber erst zu einem späteren Zeitpunkt.

Auch hatte die Entscheidung deines Vaters das Mönchsleben aufzugeben nichts mit der Liebes- und Leibesbeziehung mit einer Frau zu tun. Dein Vater hatte eine Freundin gehabt bevor er sich dem Klosterleben zuwandte. Er kannte die Schönheit der Liebeskraft zwischen Mann und Frau. Diese Erfahrung hat für das Reifen seiner Seele nicht gefehlt.

Ich wusste das aber von ihm zuvor nicht, so wie wir untereinander nicht um die Vorgeschichte des anderen wussten. Mit deiner Mutter kam er erst zusammen, als sie beide bereits hinaufgezogen waren in die Berge zu den Almen. Du bist ein Kind der Höhe, der Ruhe und der Übersicht aufs Tal. Die Höhe bekam deinem Vater schon immer sehr gut aber deiner Mutter nicht. Sie wurde krank mit der Lunge. Ihr Atem war die dünne leichte Luft nicht gewöhnt. Deinem Vater war diese Luft die Erfüllung einer Sehnsucht. Deine Mutter schwieg darüber zu lange. Sie starb so schnell. Deine Mutter war voller Liebe und Glück. Immer war sie fröhlich und lächelte. Sie hatte keine Klage gegen etwas. Ihr Leben war vollkommen. Sie erfüllte das Geheimnis des Lebens: Sie war mit dem richtigen Menschen zur richtigen Zeit am richtigen Ort.

Du warst gerade drei Jahre alt als dein Vater den Leib deiner Mutter in den Wald zurückbringen lies. Damals holte mich dein Vater aus dem Kloster und wenn ich mich zurück besinne, so habe ich die vier Jahre seines Fortseins darauf gewartet."

Sie waren auf den späten Sommerwiesen unterwegs. Die Landschaft bestand aus einem schmalen Tal, unbewaldet mit einem stark mäandernden Bachlauf. Die Baumkante lag weit oben an den Hängen. Hier und da waren Gebüschgruppen oder eine Baumgruppe. Kein einzelner Baum stand weit und breit. Der Schäfer hatte innegehalten, zuerst mit dem Dahingehen und dann mit dem Aussenweltsehen, dem Aussenweltwahrnehmen. Melisande kannte das mittlerweile. Sie konnte es recht schnell gewahr werden. Jetzt würde es nicht mehr lange dauern und er begann für sie zu sprechen. Dabei sah er in die Landschaft, denn die Landschaft rief es in ihm hervor. "Meine Melisande" begann er, „geistige Bildung ist es, was du bei den Menschen lernen kannst und sollst, deshalb musst du auch bald weiterziehen, die Schafe und mich verlassen. Denn die Bildung des Geistes verhilft dem Menschen zu geordneten und kunstvollen Werken. Das Erschaffen aus dem gebildeten Geist ist Schöpfung." Er machte eine Pause. Wenn er diese Pausen machte, kam sogleich ein Sprung, ein Versatz. Er wechselte zu etwas aus der Vergangenheit, das heute seine Erfüllung, seine Bestimmung gewann, genau zu diesem Zeitpunkt. Es war in der Vergangenheit vorbereitet worden für diesen Zeitpunkt. „Dein Vater hat alles richtig gemacht. Er hat zuerst dein Gemüt ausgebildet mit der Liebe seines Herzens und dem Heiligen Geist der ihn leitet. Danach hat er deinen Verstand gebildet. So kannst du gefestigt in das Leben gehen und bist zur Aufnahme fähig, von allem was aus dem Geistigen auf dich zukommt." Jetzt erst sah er sie an und lächelte ihr zu, holte zu einer Geste aus und streckte seinen Arm in das Landschaftsbild hinein und sagte: „Siehe, hier hat der Mensch gewirkt, der gebildete Mensch hat sich eine Landschaft geschaffen, gleich einem Garten. Das Ganze ist eine Art Figur. Diese Menschen stehen mit ihrer Seele sehr nahe an dem Geistigen. Und je näher und inniger sich Seele und Geist stehen, Geist der aus Gottes Herzen entspringt, aus diesem Gottesherz heraus zu den Menschen kommt, desto höher wird diese Seele des Menschen in der Ordnung des Bewusstseins, des Erkennens emporsteigen und immer weitere Entsprechung finden zwischen der Welt hier und dem Geistigen.“ Er holte tief Luft und füllte seine Lungen um neu anzuheben.

„Wisse, meine liebe junge Freundin, es geschieht nichts im Geistigen was nicht seine Entsprechung im Naturgemässen bewirkt. Das heisst, es geschieht in der allumfassenden Natur nichts ohne einen entsprechenden geistigen Grund.“ Daraufhin fasste sie den Schäfer am Arm, denn ein Sperber war in diesem Moment vom Himmel gestossen und schlug einen Singvogel, der einen hellen Todesschrei ausstiess. Beide wurden mit einem Ruck in die Welt der Materie zurückgerissen. Der Sperber entschwand mit seiner Beute. Der Himmel war in herrlichstem hellem Blau zu sehen und reinweisse, gleichmässig geordnete Wolkenformationen wurden von Winden in der Höhe vorangetrieben. Still war alles wie zuvor.

Der Schäfer hatte Melisande in den Arm genommen und gab ihr einen Kuss der Beruhigung und des Friedens auf ihr geflochtenes Haar. „Es ist der aus der Ewigkeit stammende göttliche Geist der in der Seele wirkt und alles im Menschen schafft. Der Geist bildet sich die Seele als seinen Leib um wirken zu können. Der Leib ist für die Seele das Behältnis in dem sie wirkt, so lange bis sie sich dem Geistigen zuwendet. Wenn die Seele ihr Behältnis, in dem sie sich irgendwann als gefangen empfindet, nicht mehr benötigt, will sie es verlassen und erkennt den Geist als ihren Befreier. Dann beschreitet sie den Weg in das eigentliche Leben, das nicht das Leben in dieser Welt der Materie ist, sondern das Leben im Geistigen, in der Ewigkeit Gottes." Nach einer Pause der Besinnung, nahmen beide einen Schluck Wasser aus der Trinkflasche und er fuhr fort. „Brauche nichts. Schau auf den Lauf der Dinge und sei mit ihnen und unter ihnen. Teile deine Zeit nach dem Lauf der Dinge ein, denn du bist ein Schöpfer und ein Gestalter der Werke. Habe teil an deinem eigenen Werk.

Die Zeit, die ich benötige, die lebe ich nach der Zeit der Tiere, nach den Zeiten der Bäume und des Wasserlaufs."

Ein weiteres Jahr war vergangen und sie waren wieder auf der fast gleichen Route unterwegs wie das Jahr zuvor. Der Hüter der Schafe hatte seine Herde, zu der Melisande dazugehörte, in ein kleines Tal geführt und die Schafe folgten dem geschotterten Weg durch den Wald in der Nähe von Waldenbuch bei Tübingen in Württemberg. Sie hatten eine gute halbe Stunde zu gehen, bis sie an die Weggabelung kamen, nach der man über eine kleine Brücke den Bachlauf der Schaich querte und in das Tal gelangte und dort die Waldwiesen fand auf denen die Schafe weiden sollten. An dieser Weggabelung war ein grosser Findling, wild vermoost und gealtert durch das Wetter. Auf diesem Stein war ein Kreuz eingemeisselt und ein Teil des Spruches der Zisterziensermönche: ORA = bete. Als Sie dort angekommen waren, machte der Schäfer Melisande darauf aufmerksam. „Hier sind wir in der Gegend in der auch Bernhard von Clairvaux gewandert ist. Das noch bestehende Kloster Bebenhausen ist in der Nähe. Ich bin sehr gern in dieser Gegend und fühle mich besonders wohl hier im Schwäbischen. Immer wenn ich an diesem Stein stehe und den Aufruf zum täglichen Gebet lese, muss ich an die Zeit denken in der wir uns befinden. Die Zeit der Apokalypse und das Wirken des sprichwörtlichen Antichristen.

Und ich habe Respekt vor ihm und seiner ungeheuren Raffinesse der Täuschung.

Der Drache und das Tier haben die Welt dahin gebracht in der Kategorie Gut und Böse zu denken und sich immer zu fragen, wie Gott das Böse und das Leid zulassen kann.

Sie haben Gott auf die menschliche Beurteilungsebene herunter gezerrt. Zudem wurde den Menschen geraten, Gott mittels ihres kleingeistigen Menschenverstandes zu erfassen, ihn zu beurteilen und auch zu verurteilen. Man schleppt Gott vor ein Menschengericht.

Sie lenken davon ab, dass es die Lüge ist im Widerspruch zur Wahrheit. Der Drache, das Tier und der falsche Prophet sind die Herren der Lüge. Sie haben sich abgewandt vom Vater und wollten selbst eine Schöpfung erschaffen und herrschen, sie sind die ersten Intellektuellen.

Behaupten erschaffen zu können, ohne dies aus der Quelle allen Seins, nämlich der Liebe heraus zu tun, ist zuerst ein Irrglaube und dann auch schon die Geburt der Lüge, sobald man dies mit seinem Geist vertritt. Doch eines will ich dir mitgeben das über allem von mir Gesagten steht, denn ich habe mich in Rage geredet. Am Kreuz hat Jesus die Worte gesprochen: Herr vergib ihnen, denn sie wissen nicht, was sie tun. Das gilt auch für mich und für dich. Vergib ihnen, denn sie wissen nichts."

Melisande genoss besonders die warmen Sommernächte in denen man lange wach war, da es hell blieb und draußen zu schlafen angenehm war. Auch hatten beide viel Zeit und Muse für Unterhaltungen. Sie war nicht satt zu bekommen mit Worten und fragte ihn nach seinem Leben aus. Heute wollte sie von ihm wissen, weshalb er sich für das Hüten der Schafe entschieden hatte. „Schäfer bin ich geworden um meine Unruhe durch Bewegung zu befrieden. Es ist mir zu schwer, ständig am gleichen Ort zu sein und eine Heimat zu haben. Ich habe hier keine Heimat. Die Erde ist nicht meine Heimat. Die Schafe, die ich hüte, sind in meiner Armseligkeit eine Allegorie auf die Schafe, die der Herr behütet, seine Schafe sind wir Menschenkinder. In seiner Kindschaft zu sein - es gibt im Himmel und auf Erden nichts Grösseres. Nichts ist mächtiger und erhabener als seine Kinder. Wer die Kindschaft hat, der hat mehr als alle Himmel umfassen. Wahrlich, ich sage dir, der hat unendlich mal mehr. Wie erlange ich die Kindschaft? Deswegen hüte ich die Schafe."

Sie stand am Rande der Herde und eines der Schafe hatte seine Schnauze in ihre Handmuschel gelegt.

„Denn wer die Kindschaft besitzt, der hat den Vater in sich. Der ist der Tempel in dem Gott lebt. Unendliche Liebe, Gnade, Weisheit und Stärke sind in ihm, wenn er die Kindschaft hat. Er hat Gott voller Macht, Kraft und Heiligkeit als den allein wahren Vater in sich. Wenn er den Vater in sich hat, so ist er auch im Vater, denn Jesus sagt uns: Ich bin im Vater und der Vater ist in mir. Und so strebe ich nach der Kindschaft im Frieden unter meinen Schafen."

Durch die Gesellschaft seiner Pflegetochter wurde der Schäfer immer redseliger und geselliger und auch wanderfreudiger. Die Zeitspanne, die sie anfangs mitgehen sollte, wurde auf drei Jahre verlängert. Gemeinsam unternahmen sie weitere und in die angrenzenden Länderteile tiefer hineinführende Routen. Es führte sie bis nach Kärnten und nach Zürich. In einem

Jahr aber zogen sie schnell durch Ungarn nach Rumänien, und dort durch das Banat bis zu den Karpaten hinauf. Auch nach Siebenbürgen, wo die Tempelburgen standen. Sie hatten ihre Herde stark verkleinert für die weiten Reisen.

In der Schweiz gab der Schäfer Melisande Geld zum Einkaufen für sie und so kam sie zum ersten Mal in eine grosse und sehr reiche Stadt: Zürich. Er selber blieb ausserhalb mit den Schafen. Der ältere erwachsene Sohn eines Freundes des Schäfers vom Züricher Umland begleitete Melisande. Sie kannte bisher nur den Einkauf in Dörfern oder Städtchen, den sie gemeinsam tätigten. Die Schafe waren derweil in einem Pferch bei einem befreundeten Schäfer oder Bauer. Grundnahrungsmittel bekamen sie auf ihren Reisen immer von Bauern oder Handwerkern, die der Schäfer kannte, gewöhnlich im Tausch für Schaffleisch. Ein paar Mal waren sie auch Essen gewesen in einer einfachen Landgaststätte.

Sie hatte Armut und Schmutz des Verfalls in Rumänien gesehen, aber dort auch die Armut gepaart mit reinlichster Einfachheit der Dinge. Nun sah sie zum ersten Mal hohe, glatte, saubere Steinbauten, prunkvolle Gebäude, Geschäfte und Strassen. Sah materiellen Reichtum und Menschen in Wohlstand. Alles bewegte sich dort zügig. Niemand nahm seine Umgebung wahr. Wenn Menschen innehielten, dann betrachteten sie die Gegenstände, die sie kaufen wollten oder es waren Fremde in Gruppen mit Führer vor einem Denkmal. Schön war die öffentliche Kunstsammlung, die ihr der Schäfer aufgetragen hatte anzusehen. Menschen einer Stadt waren grösstenteils nicht mehr in der Lage mit Ihren fünf Sinnen ihre Umwelt wahrzunehmen. Mit diesem Bewusstsein kehrte sie zurück zu den Schafen.

„Weisst du, meine liebgewonnene Pflegetochter, ich habe mich lange gefragt, was das heisst, wenn in der Bibel im

Alten Testament von Gottes Zorn die Rede ist. Wenn es hier draussen donnert und blitzt, wenn Unwetter ankommen, wenn ich die Wolken beobachte, so weiss mein Inneres genau, dass hier Zeichen geschehen. Es geschieht etwas geistig und dann manifestiert es sich. Das wussten auch die Germanen und wissen auch alle heidnischen Kulturen. Sie sprachen von Göttern. Ich kann Dir aus dem Schwarzwald berichten von Bauern, die noch das Wetterläuten praktiziert haben. Aber das wollte ich eigentlich gar nicht erzählen, sondern durch diese Dinge und die langen Jahre hier draussen und die Gespräche mit Deinem Vater, weiss ich heute folgendes: Der Zorn Gottes heisst der ewig gleich bestehende, aus dem Uranfang heraus feste und ernste Wille Gottes. Der Kern dieses Willens ist die allerreinste Liebe. Liebe und Fürsorge bilden die Willensstrenge, seine Geschöpfe nie aufzugeben und sie mit heiligem Zorn immer wieder auf die rechte Bahn zu setzen. Der Mensch richtet sich selbst unter diesem Zorn und schafft sich so Krankheiten, Kriege und Katastrophen. Dadurch erfährt die Seele die immer wiederkehrende Erweckung sich entweder dem Materiellen, also dem Körper oder aber dem Geistigen, das heisst Gott und den Engeln, zuzuwenden."

Melisande und der Schäfer hatten die Schafe im Pferch und die beiden Hütehunde waren verlässliche Gefährten, näher am Mensch als an der eigenen Rasse.
Sie hatten Futter und Wasser, teilten sich dieses ein und waren für Tage der befohlenen Aufgabe und des angewiesenen Platzes treu. Es waren diese wenigen Tage im Jahr die der Schäfer Auszeit nahm und sie mit sich führte, hinein in ein Tal zu einem grossen Hof auf ein stattliches Fest. Der Schäfer hatte hier seine Tracht gelagert und in diesem Jahr war auch eine Erbtracht in ihrer Grösse zur Verfügung. Obwohl sie erst zwölf Jahre alt war, hatte sie die Körperreife und Grösse einer

Fünfzehnjährigen, mit sicherem Auftreten und Ausstrahlung, welche die meisten Erwachsenen blass erscheinen liess.

Sie hatten schon die vergangenen zwei Jahre das Geschehen und die Trachten bewundert. Die Verwandlung der Menschen, die in diesen handgefertigten Gewändern wurden wie die Pirole, die Spechte oder die Eichelhäher. Der Mensch erhob sich in die Lüfte, er schwebte über dem Erdboden dahin, auf einem grünen Grasteppich mit himmelhellblauem Hintergrund. Der Mensch wurde schweigsam und edel wie die Sommerblumen oder die Rosen in den stillen Momenten vor einem Unwetter.

Die Männer gingen in Lederhosen mit schwarzen Stiefeln, die mit Zieharmonikafalten versehen waren auf der Höhe der Knöchel. Die Jacken und Röcke, die Westen und die Tücher, waren bestickt mit Perlen, Halbedelsteinen, Silberknöpfen, durchwirkt mit Goldfäden, verziert mit Seidenbändern und Samt. Alles liebevoll zusammengefügt und aufeinander abgestimmt. Harmonisch und schlicht im Kleinen und glanzvoll zugleich im Gesamten.

Heute war der Tag an dem Sie selbst solch eine Tracht tragen durfte und mit dem Schäfer, wie Vater und Tochter, gemeinsam an den Feierlichkeiten teilnahm.

Es kam die Zeit in der sie von ihm mehr vom klösterlichen Leben wissen wollte und was der Schäfer dort alles erfahren habe.

„Die Mönche und Nonnen in den Klöstern leben auf Erden ein Leben der Sternenreiche, Gebet und Wachstum durch die Lobpreisung der Schöpfungswesenheit. Wenn Jesus davon spricht, dass niemand zum Vater kommt denn durch ihn, so haben wir Informationen auf fünf Ebenen erhalten. Auf der Ebene des geschriebenen oder gesprochenen Wortes, nämlich der manifestierten Ebene. Halte dich an die Wahrheit des Wortes. Glaube es mit deinem Herzen. Jesus sagt: Selig sind die, welche meinem Wort glauben, ohne dafür einen Beweis zu haben. Auf der Ebene des Geistes sage ich dir, dass, wenn du vermagst zu lesen mit deinem Herz und in Liebe dich zu erinnern deiner Geistesherkunft und zu wissen, dass der Vater selbst Fleisch geworden ist in Jesus: Denn das Wort ist Fleisch geworden und weilte unter uns. Also nur wenn du Jesus erkennst, erkennst du auch den Vater und kannst zu ihm gelangen. Denn Jesus sagt: *Wer mich sieht, der sieht den Vater.*" Sie bat ihn um eine Aussetzung ihrer Unterhaltung, denn sie verspürte einen plötzlichen Durst nach Quellwasser und frischer Luft. Am nächsten Tag nahmen sie das Gespräch wieder auf. „Wenn du den Vater erkennst so kommst du zum Vater, wenn dein Geist wieder frei ist vom Leib, so steigst du auf zu ihm, denn du hast die Kindschaft. Das ist das höchste Ziel. Man kann aber auch unterhalb dieses Zieles aufsteigen in Ebenen, die dem Vater nah sind. Es gibt viele Himmel. Hat Jesus nicht gesagt: In meines Vaters Haus sind viele Wohnstätten. Nimm es wörtlich, es ist so. Wenn Jesus sagt, dass der Vater grösser ist als er und man sich fragt, wie das sein kann, wenn der Vater selbst Mensch geworden ist in Jesus, so wisse mein Kind, dass der Vater die reine Liebe ist und die Liebe nicht leiden kann und den Kreuzestod sterben.

Jesus ist die Weisheit und kann den Kreuzestod sterben. Doch davon zu anderer Zeit mehr. Wisse, dass es noch eine vierte Ebene gibt. Sie ist die himmlische Information. Uns Menschen ist die geistige Ebene zugänglich. Nur durch den Heiligen Geist, den Geist der Wahrheit, kann uns die himmlische Informationsebene geschenkt werden. Diese kannst du dir nicht erarbeiten in dem Sinne, dass du etwas dazu beitragen kannst, in Form von Gebet oder durch Tätigkeit jedweder Art es erzwingen kannst, wie das Magier versuchen."

Immer wenn es soweit war, dass sich Melisandes Geburtstag näherte und es wurde Weihnachten, dann waren sie bereits auf dem Heimweg zum Vater. Dort begingen sie den Heilig Abend zuerst mit dem Schmücken des Tannenbaums und dem Aufstellen des Stalls in einer Höhle mit der Heiligen Familie, den drei Weisen aus dem Morgenland und Hirten und Tieren. Alles kunstfertig geschnitzt von einem Handwerksfreund aus dem Dorf. Melisandes Geburtstag feierten sie gemeinsam mit der Geburt des Heilands. Sie beteten und sangen, sie speisten eine goldbraun gebratene Gans vom offenen Feuer, mit Rotkraut und Kartoffelknödeln, die Ihr Vater zubereitet hatte. Der Schäfer hatte zwei Flaschen wertvollen alten französischen Burgunders mitgebracht, wie jedes Jahr. Beide Männer wurden wehmütig, da ein ordentlicher französischer Käse fehlte, wie jedes Jahr.

Der Schnee lag hoch und es war kalt. Die Nacht war windstill. Bevor alle zu Bett gingen sprach ihr Vater das Wort zur Nachtruhe: „Ich möchte dich eine Hauptregel der Nächstenliebe lehren. Zu deinem heutigen Geburtstag sei dies ein Geschenk von Gott an dich, mein geliebtes Kind. Der Nächste muss aus sich selbst heraus das Verlangen haben, indem er um Hilfe bittet oder aber sich durch stumme Not bemerkbar macht, dass er der Nächstenliebe bedürftig ist. Dein Herz muss darauf sogleich aus reiner Liebe ein festes Wollen haben, hier tätig zu sein. Sodann wird die Nächstenliebe gemäss der göttlichen Ordnung vollzogen und die gute Auswirkung auf deine Seele und deinen Geist wird dann nicht ausbleiben." Und der Schäfer ergänzte. "Jesus sagt: An der Liebe erkenne ich die Meinen und nicht an der Glaubensgemeinschaft. Wer mich liebt und mein Wort hält, der hat die Liebe des Vaters in sich, wie ich den Vater in mir habe, denn der Vater und ich sind eins."

Daraufhin sprachen sie gemeinsam das Vaterunser und beschlossen den Abend.

So vergingen gemeinsame Wochen solange der Winter mit Schnee die Weiden bedeckt hielt. Die Schafe waren im Stall untergebracht und man verbrachte die Zeit mit der Pflege von Gerätschaft, Reparaturen, Handwerksarbeit und viel Lesen. Melisande wurde auch nicht müde den beiden Männern zuzuhören. Es gab aber auch Zeiten, da zogen die beiden sich zurück zum Schweigen und waren drei bis vier Tage gänzlich stumm. Oder sie sprachen für mehrere Stunden in Latein miteinander und sie war sich sicher, dass es tiefgründige Geheimnisse sein müssen, sie fragte aber niemals nach. Dann kam die Zeit des Abschiednehmens. Noch einmal zog Melisande mit dem Schäfer hinaus. In den letzten Tagen vor der Abreise hatte ihr Vater noch etwas Wichtiges zu sagen. „Meine liebe Melisande, wenn ich zurück denke an die vielen Prediger denen ich begegnet bin, berufene oder ausgebildet im Beruf oder Laien, so gilt für sie alle das Gleiche. Wenn jemand die Liebe predigt als Bruder und er spricht aus dem Herzen, dem Quell der ewigen Liebe, dann ist sein Wort wie die Morgensonne die aufgeht und allem Leben schenkt und Wärme. Siehe, selbst wie sie im Herbst die Nebelschwaden verscheucht, die in und über den Ackerfurchen liegen. Wenn sie aber predigen aus der Weisheit heraus, die man ihnen gab auf den Lehranstalten, ein geliehenes Wissen, ist ihre Predigt dann wie die Sommersonne zur Mittagszeit, sengend und heiss. Ein grelles Licht, das nicht mehr wärmt sondern blendet. Was macht ihr mit euren Schafen in der Mittagsglut? Ihr sucht den Schatten auf, die Kühle unter dem Laub der Bäume. Die Schatten können nicht dicht genug sein. So geht es auch denen, die solche Predigt hören, die sie knechtet ins Gesetz. Gesetz ohne Liebe schafft keine Veränderung, nur Knechte." Das gab der Vater seiner Tochter mit, die eine Hütefrau der Schafe geworden war.

Nachdem es sich nun endlich abzeichnete, dass Pflegevater und Pflegetochter ihre Lebenswege alleine weiterführten, veränderte sich die Stimmlage bei ihm. Er wurde grossväterlich. "Meine liebe junge Freundin, meine Weggefährtin, Mithüterin der Schafe, was ich dir auf deinen Weg mitgeben möchte ist folgendes Gedankengut: Es gibt nur einen Weg für mich wie ich handle. Ich handle mit Bewusstsein oder ich handle unterbewusst, aber nicht unbewusst. Wobei ich Dir noch dazugeben muss, dass unser bewusstes und unterbewusstes Handeln geistig fremdbestimmt ist."

Und so begleitete der Schäfer seine Melisande bis hinunter zum alten Birnbaum, der in unmittelbarer Nähe zum Seeufer stand.

Sie befanden sich mit ihrer Herde für den letzten Sommer ihres Zusammenseins im Drautal.
„Ich will dir noch etwas Ergänzendes dazufügen. Grundsätze, die du benötigst um das Gute zu erkennen: Glaubhaftigkeit und die dazugehörige Demut. Wer sagt, ich habe es vollbracht, dies ist mein Werk, dem sollst du nicht glauben. Wenn solche zudem auch noch im Namen des Herrn sprechen um sich selbst Ehre und Vorteil zu verschaffen, denen glaube nicht. Daran wirst du auch den Widersacher erkennen können. Diejenigen, die ohne Eigennutz sind und auch ohne Bedacht auf Ehre und sagen der Herr spricht es, dem glaube. Vor allem, wenn sie keinerlei Ansehen um ihre Person machen. Denn der Wiedergeborene kennt nur das Ansehen des Herrn und

alle Menschen dieser Erde sind seine Schwestern und Brüder. Mir fällt dazu beim Blick auf den Birnbaum eine Zeile ein, die ich einmal auf der Wanderschaft gesehen habe: Die Zweige, welche die meisten Früchte tragen, hängen am tiefsten am Boden."

Ihr Lieblingsschaf war von der Seite gewichen und mit den anderen aus der Herde weitergezogen in Richtung Bachlauf.

„Durch die Schule des Lebens wirst du vom Herrn gelehrt, in Liebe zu ihm zu sein und in Liebe zu deinem Nächsten. Das ist die einzige und wahre Schule. Nur in dieser Schule wirst du das wahre und ewige jenseitige Leben deiner Seele finden, meine liebe Pflegetochter.
Das Gericht der Materie und der Tod werden dann von dir weichen müssen."

Diese Nacht verbrachten sie in einem ehemaligen Doppelhof, der heute als Gästepension genutzt wird. Die Schafe standen mit den Kühen des Hofs gemeinsam auf der steilen Hangweide. Die beiden hatten in der Gaststube ein Vesper genommen und sich mit den Wirtsleuten unterhalten.
Bevor sie sich trennten um die Zimmer zu beziehen, sprach er noch zu ihr:
„Mal sehen, was am Ende von mir übrigbleibt. Ein Hut, ein Stab, ein Paar Bergstiefel, eine Lederhose, ein Gewand, nicht mal mehr ein Buch und meine Herde, die ich hüte. Ich hüte die Schafe, weil der Herr das Lamm Gottes ist und ich bei jeder Geburt eines Lammes mich seiner tiefen Friedfertigkeit besinne. Weil er als Hüter der Herde das eine verlorene Schaf von den hundert Tieren in der Nacht sucht, bis er es gefunden und zurückgebracht hat."

Melisande las zu Abend noch in einem Buch, das der Schäfer ihr geschenkt hatte. Darin fand sie als Lesezeichen einen kleinen Briefumschlag, der mit einem Gedicht beschrieben war. Wer es geschrieben hatte war nicht vermerkt; war es eine Abschrift? Zudem hatten die Verse keine Überschrift, ein namenloses Gedicht.

Die Sonne scheint in Deinem Haus
Schwalben fliegen ein und aus
Der Wind macht bei Dir Rast, hält Ruh
Kein fremdes Auge kommt dazu

Sag, wer bist Du Herr im Haus
Dass niemand kommt
Keiner geht aus

Die Sterne über dem Feld, die sind dein Gast
Du sonst keine Freunde hast
Bist fast fremd in der Menschenwelt
Dass kaum einer Deinen Namen hält

Dein Hof auch keine Nummer hat
Du bist von keiner Menschenstadt

Nachts träum ich oft von Deiner Welt
Die Gott der Herr allein zusammenhält

Den Wind, den hab ich oft gefragt
Ob er mehr weiss von diesem Haus
Doch immer bleibt die Antwort aus
Es ist Dein Wort

Wer mit dir nicht lebt
Der hat kein Haus

Denket euch den Himmel nicht als einen Belohnungsort für die guten Werke, die der Mensch auf der Erde vollbracht hat. Sondern denket, dass der Himmel in nichts anderem besteht als in eurer eigenen Liebe zum Herrn. Je mehr ihr den Herrn mit Liebe erfassen werdet und je demütiger ihr sein werdet vor ihm und vor all euren Brüdern, desto mehr des wahren Himmels werdet ihr auch in euch tragen.

Der Hans

Hans hatte vor zweihundert Jahren jüdische Vorfahren in der Familie und wurde im Osten von Deutschland geboren, im Jahre neunzehnhundertsiebenundsechzig, in dem Jahr als der neu gegründete Staat Israel im Sechstagekrieg Jerusalem zurückerobert hatte. So wie es in der Prophezeiung für das Volk der Juden zu lesen ist: *Ich werde die Überreste meiner Schafe sammeln aus all den Ländern, wohin ich sie vertrieben habe und sie sollen in ihrem Land wohnen* angekündigt bei Jeremia 23,3-8. Oder: *Ich werde zum Norden sagen: Gib sie her!* (Jesaja 43,5-6).

Beginnend mit dem Jahr neunzehnhundertneunundachtzig sind aus der aufgelösten Sowjetunion eine Million Juden nach Israel zurück gezogen.

Mit diesem Gründungsereignis wurde der finale Beginn des Gerichts eingeläutet.

Als Melisande Hans kennenlernte, da sass er an einem Stadtbrunnen in Deutschland, in einer Stadt wo die Strassen breit waren, auch die Bürgersteige, und die Häuser waren Wand an Wand gebaut. Die Fassaden waren im klassizistischen Baustil erstellt. Steil gingen die Strassenzüge bergan und bergab und bei manchem Gebäude fing bei der einen Hausecke das Erdgeschoss und bei der anderen das erste Obergeschoss, vom Bürgersteig aus an. So steil waren die einzelnen Strassenzüge.

Viele waren mit glatt geschliffenem, schwarzem Kopfsteinpflaster eingelassen, katzenkopfgross die einzelnen Quader. Wenige Fassaden waren restauriert, manche hatten noch das alte Grau des Ostens und es fehlten zum Teil die Scheiben. Vieles war unbewohnt. Dazwischen mit Vorhof, ein älterer Werkstattbau mit verschlossenem Tor. Schief in den Angeln und dahinter das Grün eines verwilderten Gartens, mit einem grossen und erhabenen, allein stehenden Baum.

Der Winter war unmissverständlich, und das restliche Grün des Rasens war von dem tagealten Schnee so schwer bedeckt, dass nur die kräftigen, längeren Halme mit ihrer Farbe heraus schauten. Schnee lag dünn auf den Schieferdächern und vorstehenden Dachgauben, die man fünf bis sieben stückweise je Haus zählte, und war silbergrau geworden in den letzten beiden Tagen. Der Brunnen war mit gehobelten, daumenstarken Holzbrettern zugeschalt worden. Auf einer Seite liess eine Mutter ihre beiden Kinder darauf laufen.
Hans hatte sich auf die Verschalung gehockt. Dabei sich angelehnt an die Brunnensäule, sein Gesicht in die wärmende Wintersonne haltend. Zwischen seinen Beinen hatte er eine Lederrolle geöffnet und ausgerollt. Darin ein innen aufliegendes und festgewobenes, weisses Tuch, auf das einzelne Säckchen genäht waren. In diesen waren die unterschiedlichsten Halbedelsteine, Kristalle und Edelsteine enthalten. Er hatte sie einzeln herausgeholt und auf die Stoffbehältnisse oben hingezählt. Jetzt glänzten sie in der Sonne. Sie hatte Hans bei alledem zugesehen und wartete darauf, was als nächstes geschehen würde. Zudem war Melisande sich sicher, dass sie die Einzige war die Einsicht darauf hatte von ihrer Position aus. Die Kinder, die auf der gegenüberliegenden Seite turnten, entgingen der Wirkung der Steine, sie jedoch nicht.
Das war als riefe sie die Sonne, die regenbogenfarben wild auf den Edelsteinen wie auf einem Wasser spielt, als wolle die Erde sie rufen mit ihrer inneren Sonne. Melisandes Inneres fing schlagartig an zu rauschen und zu summen.

Sie sprang auf und eilte dem Brunnen zu, trat an Hans heran und umfasste mit ihren Händen seine Fussfesseln. Als Hans langsam die Augen aufschlug und ins Tageslicht blinzelte, sprach sie ihn an: „Ich bin Melisande von den Bergen!"

Er antwortete ihr: „Ich bin der Hans aus der Erde!"

Hans nahm seinen Schatz aus der Sonne heraus und dies mit einer geschickten Behändigkeit. Dann schwang er sich herunter, stand wieder mit den Füssen auf dem Pflaster, neben Melisande. Er war einen ganzen Kopf grösser als sie.

Melisande lächelte ihn freundlich an, mit der Aufforderung in ihrem Blick, dass er etwas tun sollte und sie dringlichst darauf warte. „Du kennst meine Stadt?" fragte er. „Ein wenig nur, vom Durchstreifen." Er nahm sie bei der Hand, die weich und vertrauensvoll war und zugleich fest, wenn man sie umgriff. Beide nahmen gleichen Schritts den Weg bergab in eine Gasse hinein, die mit rechteckigen, schiefwinklig liegenden Gehwegplatten begrenzt war. Diese reichten in einem Stück von der Bordsteinkante bis zur Hauswand, so wie man das in den Strassen Wiens finden kann. So ging es zweimal rechts und dreimal links, bis sie wieder bergauf gingen. Nachdem sie eine besonders enge Häuserwandpassage durchschritten hatten, waren sie vor einem frei stehenden, fünfstöckigen Haus angelangt. Das Hanshaus hatte keine Nummer, nur der Strassenname war an ihm angebracht. Es stand allein an der einen Strassenseite, mit einem kleinen Vorhof aus geordneten Steinplatten unterschiedlichster Grössen. Es stand auf der Hangseite, die hinter dem Haus steil zum Stadtfluss abfiel. Aber selbst auf der anderen Strassenseite standen nur vereinzelt Häuser und bei diesen hatte man unweigerlich den Eindruck, sie würden lieber näher zur Mitte der Oberstadt rücken, könnten sie es. Alles war von einer sympathischen Unheimlichkeit. Sie blieben eine Weile vor dem Haus stehen und er erzählte Melisande die Geschichte seiner Familie.

Sein Urgrossvater hatte das Haus umgebaut, davor war es viel kleiner gewesen. Zuvor stand es über dreihundert Jahre. Einst war es ein Gehöft mit den Resten eines Turms, wie es erstmals in der Stadtchronik von elfhundertfünfunddreissig Erwähnung fand. Der ursprüngliche Turm aber stamme aus der Zeit vor Jesu Christi Geburt und sei eine Irminsulstätte der Germanen gewesen und eine weise Frau soll dort gelebt haben. Heute befindet sich dort das Schlafzimmer über der Turmspitze im fünften Stock. Die Menschen haben den Turm vergessen und in den letzten zwei Kriegen hatten die Stadtarchive gebrannt, und alle Chroniken, die davon berichteten, waren verloren gegangen.

Hans lebte ganz allein in seinem Haus in dem er nur besagten fünften Stock bewohnte. Früher hatte seine Familie das Haus ganz ausgefüllt, doch die gab es nicht mehr; alle waren verstorben oder fortgezogen und an einem anderen Ort geblieben.

Für Melisande und Hans zog eine spannende Zeit auf. Sie, ein Mädchen, geboren im Wald und aufgezogen in den Bergen, hinabgestiegen ins Tal, eine Hüterin der Schafe. Er, geboren im Land von Mechthild von Magdeburg, Meister Eckharts und Jakob Böhmes, ein Kleinstädter und Bergbauingenieur, der in die Tiefe der Erde eindringt um dort zu arbeiten. Sie im Licht der Sonne und er in der Dunkelheit der Erde.

Hans wuchs auf mit Eltern, wobei der Vater ein Tempelritter war. Melisandes Mutter war so früh verstorben, dass sie ihre Mutter nur aus Erzählungen und von Bildern her kannte und mit einem Vater, der einmal der gewählte Abt bei den Mönchen des Schweigens gewesen war. Gemeinsam verbindet sie, dass sie keine Geschwister haben. Mit Hans begegnete Melisande ein Mann der von anderen Geheimnissen wusste als der Schäfer und ihr Vater.

Sie mochte an Hans seine besonnene Ernsthaftigkeit und diesen Wechsel der geschah, wenn er diesen Zustand verliess. Dann entspannten sich seine Gesichtszüge und ein Lächeln breitete sich zuerst um seine Augen herum und dann in den Mundwinkeln aus. Er besiegte sich immer wieder selbst in solchen Augenblicken. Ohne es ausgesprochen zu haben, freute er sich über den Sieg der Leichtigkeit. Melisande fragte ihn in einem solchen Moment, was er über die Himmel Gottes wisse, worauf er ihr antwortete: „Wenn wir in den Himmel sehen mit unseren Augen, so sehen wir die Weite, die Sterne. Unsere Augen sind aber nicht dafür erschaffen die zahllosen Welten, die alle Träger von Menschen unserer Art sind, sehen zu können. Hinter diesen Welten geht es aber weiter. Dort finden sich die endlosen geistigen Wohnstätten der Geister Gottes, von denen eine einzige mehr umfasst als unser ganzes materielles Universum zusammen.

Jetzt hast du eine ordentliche Antwort meinerseits. Was kannst du mir sagen zu Liebe und Weisheit!" Dabei musste sie im Gegensatz zu ihm eine Weile nachdenken und fand, dass sie die weitaus schwierigere Frage erhalten hatte. „Ich brauche noch einen Moment um mich darauf richtig besinnen zu können."

„Lass dir damit ruhig Zeit. Deine Antwort hierauf ist mir zu wichtig als dass ich ein schnelles Ergebnis nötig hätte." Melisande liess die Zeit mit dem Schäfer Revue passieren und eine reiche Bilder- und Gesprächsflut ergoss sich vor ihrem inneren Auge, und dann sprach sie: „Weisheit kann ich ablesen, ich kann sie im Äusseren an ihrer Schönheit erkennen. Bei der Liebe weiss ich, dass ihr äusseres Kleid meist schlicht oder auch ärmlich, jedoch immer unauffällig ist. Die Liebe ist im Inneren voll Schönheit. So denke ich mir oft, dass die Seele eines liebedurchwirkten Menschen, der äusserlich hässlich in seiner Körpergestalt und im Gesicht ist, später wahrhaft voller Schönheit erstrahlt im Himmel. Und diejenigen, die bildschön und gut gekleidet anzusehen sind, in der jenseitigen Welt hässlich und verunstaltet daherkommen, wie die Geschöpfe bei Hieronymus Bosch. Wir sollten uns daher nicht von äusserer Schönheit beirren lassen."

Und auf einmal erinnerte sie sich an die Worte des Schäfers bezüglich der Schätze, die Edelsteine, die er ihr bringen würde, was ihr ein tiefes Glück im Herzen hervorrief. Dann setzte sie ihre Antwort fort.

„Die Liebe ist bildlich vergleichbar mit einem Diamanten, dem wertvollsten Edelstein. In seiner ursprünglichen Form können wir die Farbenpracht in seinem Inneren erkennen. Wenn der Mensch ihn in die Hand nimmt und schleift, so wird er aussen schön. Wir verlieben uns in dieses Schliffbild. Wenn ich Gott den Vater richtig verstanden habe, so ist ihm ein wahrhaft liebendes Herz wichtiger als alle geschaffene Schönheit in unserem ganzen Universum und er setzt es noch höher als alle Weisheit der Engel."

Hans hatte ihren Worten aufmerksam zugehört und lächelte sie zufrieden an. Es war der Ausdruck eines empfundenen Glücks, dass da jemand war, der das gleiche Verständnis von den Dingen besass wie er, und beide sich ergänzten mit ihrem Wissen. Im Kern aber war das Gleiche vorhanden. Die gleiche Seelenstruktur.

Ihm fiel hierzu eine Aussage von Emanuel Swedenborg ein: *Weil das Licht des Himmels die göttliche Weisheit ist, so werden im Licht des Himmels auch alle erkannt, wie sie beschaffen sind; das Innere eines jeden liegt dort offen zutage in seinem Gesicht, ganz wie es ist und nicht das geringste bleibt verborgen.*

„Man muss sich den Himmel und die Hölle nicht wie einen materiellen Raum oder Landschaft vorstellen und die beiden voneinander weit entfernt und durch einen Abgrund oder das Meer getrennt begreifen, sondern wie ein Zustand der vorherrscht. Das bedeutet, dass Himmel und Hölle räumlich dicht beieinander liegen können, nebeneinander sogar, genau wie im Leben ein himmlischer Mensch gerade neben dem übelsten Gesellen daherkommen kann und mit demselben sogar das Essen am Tisch teilt. Der eine hat in sich den ganzen vollkommenen Himmel und der andere die vollkommene Hölle."

Melisande war aufgesprungen von ihrem Sitzplatz und hielt Hans mit beiden Armen umschlossen, bevor sie begann sich von ihm zu lösen um ihn zärtlich und intensiv zu küssen.

Sie beide verliessen das Haus um spazieren zu gehen. Sie mochten die kleine Stadt mit ihren zum Teil sehr alten und im Gesamten mittelalterlichen Gebäuden, dem Kopfsteinpflaster und der Hügellage mit den dadurch gegebenen steilen Gassen und Strassen. Beim Spazierengehen wollte Hans von ihr wissen ob nicht alle Religionen im Kern gleich seien und glauben Sie nicht alle an einen Gott?! „Ich kann schwerlich einen Unterschied erkennen. Mich gelüstet es auch nicht, weiteres mehr darüber in Erfahrung zu bringen.

Meins ist es in der Tiefe der Erde die Geheimnisse der früheren Völker der Menschheit zu ergründen, hierbei lächelte Hans, und natürlich auch die Geheimnisse der Zwerge.

Einer der Gegenfürsten, der für die Weisheit steht und bei den Ägyptern bekannt war als Gottheit, Seth, berichtet über vorherige Völker der Erde die sich in das Innere der Erde zurück gezogen haben."

„Nein Hans, wenn ich von mir sage, dass ich eine gläubige Christin, eine Nachfolgerin Jesu bin, dann verstehe ich das wahre Christentum nicht als Religion, denn es ist keine."

Melisande machte eine kurze Pause und versicherte sich der Aufmerksamkeit von Hans, der gerne mit den Augen die Gebäude erkundete und dann nur teilanwesend war.

„Wenn du die einzelnen Religionen betrachtest, sei es das Judentum, den Buddhismus, den Islam oder die Naturreligionen und ebenso die Esoterikausfächerungen, wird der Mensch dazu verpflichtet, sich durch Einhaltung von Meditation oder Opferriten, dem Fasten und Wallfahrten, zur Vollkommenheit zu kommen oder Gesetze und Vorschriften einzuhalten.

Selbst den meisten Christen ist nicht bekannt, was die zentrale Aussage der Bibel ist, dass es gänzlich unmöglich ist, dieses Ziel aus eigener Anstrengung zu erreichen. Es muss vom Vater Jesus, dem Urheber des Lebens, geschenkt werden. Wenn Jesus davon spricht, dass wir von neuem geboren werden müssen, dann meint er genau das oder setzt es damit in Verbindung. Der Mensch muss seelisch neu geboren werden. Wenn die Seele diese Neugeburt vollzieht, dann löst sie sich vom Leib hin zum Geist und ist ein neues inneres Wesen geworden. Damit wird ihm ein neues Leben geschenkt. Um dieses Geschenk zu erhalten, ist es für den Menschen unabdingbar, dass er hierzu eine persönliche Entscheidung treffen muss, nämlich das Angebot Jesu als Geschenk anzunehmen. Oder aber gemäss seines freien Willens eben auch nicht. Er darf das Geschenk verweigern mit der Konsequenz daraus entstehender und selbst geschaffener Folgen gemäss dem Gesetz. Diese Aussage ist mit dem Verstand oder dem Intellekt nur bedingt fassbar. Trotzdem erlangt der Mensch hierüber Erkenntnis, indem er eine persönliche Erfahrung macht, und durch diese Erfahrung die tiefgreifende und eigentliche Bedeutung des Geschehnisses empfindet. Darum sage ich, dass, wenn du diesen Sinn erfasst hast, weisst, dass Religionen mit dem Christsein unvereinbar sind. Was sind denn Religionen? Sie sind die Ideen von Menschen mittels ihrem Verstand religiöse Handlungen zu ersinnen, um auf der Ebene des Verstandes, des Intellekts, ihrem Gott näher zu rücken oder nach ihrem Verständnis gerecht zu werden.

Christsein hingegen besteht darin, in einem neuen Leben zu existieren und zu akzeptieren, dass wir uns davon keine Vorstellung machen können und nicht müssen. Ein Geschenk nehme ich in Liebe an. Ich bin der Beschenkte, nicht der Gebende. Das Geschenk ist kein Buch zum Lesen. Das Geschenk ist etwas Lebendiges das wächst. Der Gebende betreut von nun an dieses Wachstum mit seiner Barmherzigkeit und Weisheit, seiner Wahrheit und Liebe mit unendlicher Güte."

Sie hatten mittlerweile Platz genommen in einem kleinen Café. Es war ein Sonntagvormittag. Hans, dort sitzend, sah sie längere Zeit unverwandt an, neigte dann den Kopf zur Seite, blickte aus dem Fenster hinaus in den Wolkenhimmel auf die Stelle hin, wo sich der Himmel aufgetan hatte, währenddessen sie noch ihren Kaffee trank. Melisande die Sonnenfrau und er der Nachtmann, sie im natürlichen Licht wandelnd und er im künstlichen Licht auf den Wegen unter der Erde. Hans dachte nach und wusste nicht in welche Richtung er hin dachte, es war unbestimmt. Da erfasste Melisande aufs neue das Wort.

„Jesus spricht in der Bibel: *Ich bin der Weg und die Wahrheit und das ewige Leben; niemand kommt zum Vater denn durch mich.* Nicht ich bin es Hans der eine Wahrheit besitzt. Es gibt eine Person die erklärt hat, sie sei die Wahrheit. Dieser Person vertraue ich und ich vertraue auch ihren Aussagen."

Er umfasste sanft ihre Hand, drehte sie um und führte ihre Fingerspitzen an die Lippen seines Mundes um diese liebevoll zu küssen. „Ich liebe deine Weisheit und deine Empathie. Lassen wir es für heute genug sein."

Hans hatte eine Vorliebe für hochwertige Hemden. Er wählte sie treffsicher mit gutem Geschmack aus, gemäss den Maximen eines Gentleman. So besass Hans natürlich mehrere Lieblingshemden. Er hatte versucht sich von einem neuen Lieblingshemd gleich drei Stück zu kaufen, damit sie über mehrere Jahre zur Verfügung standen. Aber auf seltsame Art und Weise gingen die Reservehemden, die er ebenfalls trug, kaputt. Es zerriss eine Naht da, er hängen blieb oder ein Knopfloch riss aus. So blieb ihm immer nur ein Einzelstück. Dieses Einzelstück, nachdem es abgetragen war, musste durch ein neues ersetzt werden. Die Suche begann nach dem Verlust eines guten Stücks. Er musste loslassen und neu beginnen. Man musste losgehen, suchen und finden. Für Hans begann eine neue Freude. Sie war neu und anders als das Vorherige aber gut, schön und richtig. Er bügelte seine Hemden selbst, die tägliche Stoffhülle die ihn umgab. Bester Stoff von den besten Webern. Feine Schneiderkunst von Hand verfertigt.

Was ist denn das Beste? Es ist die Handwerksarbeit, die mit Liebe vollzogen wird. Trotz alledem kaufte Hans nur was in der Auslage der Schneiderfachgeschäfte angeboten wurde und lies nicht massfertigen. Dies hielt er für übertrieben. Lieber war er zum richtigen Zeitpunkt am richtigen Ort mit der richtigen Person und ein neues Lieblingshemd war zugegen. Was die ZEN-Mönche zu üben haben und nicht darüber hinauskommen hatte Hans beim Bügeln erledigt.

In unregelmässigen Abständen traf sich Hans mit einem kleinen Kreis von Gleichgesinnten, zu dem er seit neuestem Melisande mit hinzunahm. Mit ihr waren sie nun zu acht. In einem Nebenraum einer bürgerlichen Gaststube fanden immer an einem Donnerstagabend diese Treffen statt und Melisande war heute zum ersten Mal mit dabei. Man gab die Bestellung der Getränke auf und für später auch schon die Essensgerichte. Nachdem die Bedienung für alle die Getränke gebracht hatte, wurde die Türe zur Gaststube hin geschlossen. Die Gesprächsrunde war eröffnet. Hans warf die Frage auf, gerichtet an seine kleine Zuhörerschaft, warum die Bibel einen Schöpfer kennt, einen Priester, einen Gott, einen Vater, einen Sohn und einen Heiligen Geist.

„Wer ist was, wenn es nur einen gibt? Und warum ist Jesus der Menschensohn, wenn der Mensch nach dem Ebenbild Gottes, wie die Bibel es sagt, einem Abbild gleich dem Schöpfer und seinen Engeln, geschaffen wurde?

Verschiedene haben in der Bibel anhand von Lebensaltersangaben und Erbfolgen, die Erschaffung Adams und Evas auf etwa viertausend Jahre vor Christi Geburt errechnet. Selbstverständlich ist der Mensch als Leib schon viel früher auf der Erde aufgetaucht.

Die Schöpfungsgeschichte der Bibel spricht von sechs Tagen und am siebenten Tag ruhte der Schöpfer. Diese Schöpfungsgeschichte beschreibt die geistigen Schöpfungsgeschehnisse und diese haben ihre Gültigkeit für die ganze Schöpfung Gottes. Im Universum gibt es nicht nur die Erde, denn in Gottes Reich sind viele Wohnungen, sagt die Bibel.

Wenn wir von heute zurückrechnen, ist das Ereignis der Vorbereitung des Erlösungswerks Jesu Christi, also rund sechstausend Jahre her. Da begann die Einleitung für die Aktivierung des Gottesfunken im Menschen.

Wer sind im Kontext dazu die Neandertaler, oder die Humanoiden und die Präadamiten?

Wer hat vorneweg versucht, ebenfalls menschenähnliches zu erschaffen? Schöpfung ohne Gottesfunken. Seit wann läuft das schon? Jahrmillionen sicherlich.

Ihr entsinnt euch bestimmt des bekannten Bildes, das von Michelangelo gemalt wurde: Die Erschaffung Adams und die Übertragung des Geistes- oder Gottesfunkens durch den Schöpfer, das ist der Mensch der Bibel. Warum ist die Menschheit nach Jesu Erscheinen auf der Erde binnen zweitausend Jahren auf acht Milliarden herangewachsen? Fragen um Fragen, welche die Wissenschaft, eine zumeist geistlose Zunft, nicht beantworten kann. Es sind zum Grossteil die gleichen Scharlatane die schon im Mittelalter gewirkt haben und heute wieder vor Ort sind, um sich heute Wissenschaftler zu nennen. Ich verrate euch was ich dazu denke, warum der Menschensohn ein Menschensohn ist. Die ganze Lichtschöpfung des Vaters, sein Reich der Liebe, durchdrungen von seinen Himmeln, ist die Zusammenfügung von unendlich vielen Lichtkugelhohlräumen oder Kugelhülsen, die gemeinsam einen riesigen Menschen bilden, der im Nichts schwebt, wobei das Nichts der vom UR-Vater nicht ausgefüllte Raum ist. Innerhalb jeder Kugelhülse sind weitere kleinere Kugelhülsen, die wiederum mit Lichtreichuniversen gefüllt sind, reine Geistschöpfungen und keine feste Materie wie unser Universum. In Vergleich gesetzt, bildet der kleine Zeh dieses Riesenmenschen der Grösse nach die Hülse die unser Universum ist. Die Dunkelheit, welche die Fallschöpfung ist, wird umschlossen von einer Lichtmauer. Jesus selbst, der das fleischgewordene Wort ist, welches der Vater ist der Mensch wurde, ist der Sohn dieses Menschen der die ganze Lichtschöpfung beinhaltet.

Er ist der Menschensohn."

Man fing an sich auszutauschen über das Gesagte und Hans verliess den Raum um der Küche Bescheid zu geben, dass man die Essen zubereiten konnte.

Auf dem Nachhauseweg unterhielten sich Melisande und Hans noch über das am heutigen Abend Gesprochene. Im Zuge des Gesprächsverlaufs war die Frage nach Luzifer und Satan aufgekommen, ob diese denn ein und dieselbe Person seien? Es war bereits einundzwanzig Uhr geworden und somit das offizielle Ende der Runde gekommen, und man entschied die Beantwortung dieser Frage für den nächsten Termin aufzubewahren. Sie liess jedoch keine Ruhe und stiess beim heimgehen Hans so oft in die Seite, bis dieser darüber sprach.

„Luzifer und Satan sind nicht ein und derselbe, das ist was ich momentan darüber weiss. Sie sind im Wesen verschieden. Um es sich zu verdeutlichen müssen wir mit der Begrifflichkeit der Polarität umgehen. Luzifer hat in Satan seinen Gegenpol. Man kann sich das wie den Nordpol und den Südpol vorstellen. In jedem Menschen gibt es diese polare Gegensätzlichkeit. Wenn wir uns dahingehend selbst betrachten, können wir diese beiden Gegenpole oder Wesenszüge in uns selbst prüfen. Der Egoismus, also das eigene Ich oder die eigenen Wünsche in den Mittelpunkt stellen zu wollen, eigensüchtig und ichbezogen zu sein ist, was wir das satanische Prinzip nennen. Im Gegenpol dazu das luziferische Prinzip des Egozentrismus, also diejenige Geisteshaltung, die davon ausgeht, dass der eigenen subjektiven Sicht ein objektiver Status zukommt. Das hört sich zunächst so an als ob es keinen grossen Unterschied macht. Der Fall des ersten Lichtengels Luzifer liegt darin begründet, dass er eigenmächtig für sich erschaffen hatte und der erste Intellektuelle war, denn er glaubte es sei allein aus ihm hervorgegangen. Satan hingegen will allein herrschen und besitzen, das ist der Kern seines Egoismus. Diesem

Machtherrschaftsziel ordnet er alles unter und sei es am Ende die eigene Existenz. Bei der Durchsetzung dieses Ziels geht er mit maximaler Zerstörungskraft vor. Luzifer kreist um seinen Wesensmittelpunkt und existiert in vollkommener Ichbezogenheit. Er ist ein Erschaffer und Bewahrer seiner erdachten Produkte. Zum Schutz dieser errichtet er eine streng funktionierende hierarchische Ordnung, um den Machterhalt seiner angehäuften Besitztümer zu sichern. Satan und Luzifer sind aufgrund ihrer Wesenseigenschaften in permanenter Bewegung und Unruhe, sie schaffen sinnlose Zerstörung und eine sinnentleerte Produktvielfalt. Eigentlich kann man es zusammengefasst so beschreiben: Der Weg ist ihr Ziel, denn ihr Ziel existiert nicht. Sie wissen es nur nicht und das ist ihr Intellektuellenproblem."

Mittlerweile waren sie zu Hause angekommen. Hans hatte die Angewohnheit für die Nachtruhe keinen Schlafanzug anzuziehen, den besass er gar nicht, sondern mit dem teilaufgeknöpften Oberhemd und Boxershorts bekleidet zu schlafen. Am kommenden Morgen duschte er und wechselte frische Kleidung. Er trug das Gefühl des Tages mit in den Schlaf. Seit jedoch seine Melisande im Haus war, durfte er sein getragenes Tagesoberhemd an sie wechseln und er nahm sich anstelle dessen ein frisches T-Shirt zum Schlafen. Sie liebte es, das von seiner Körperwärme nach ihm duftende Oberhemd, den edlen Stoff auf ihrer blossen Haut zu spüren. Sie waren ins Bett gegangen und es brannte eine grosse Tischkerze als letztes Licht. Hans setzte noch einmal nach zum vorher Gesagten, was ihm in Gedanken kam bevor er schlafen konnte.

„Aus geistiger Sicht öffnete sich mit der französischen Revolution die Hölle und schlossen sich die Himmel. Damit begannen die Wegbereitung der Herrschaft des Volkes und die Herrschaft der industriellen Produktion.

Das Werk mit den Händen, die Gestaltungsform der Seele, wenn die Materie bearbeitet wurde, wurde einer Maschine überlassen. Es begann die herzlose Herstellung von Massenprodukten. Aus dem Volk heraus erhoben sich die brutalsten Menschenführer, die die Welt jemals gesehen hat und die gewaltigsten Genozide begannen. Die Ermordung der christlichen Armenier durch die muslimischen Türken war der Auftakt. Die Französische Revolution hat das grosse Schutzbündnis der adeligen weltlichen Herrscher mit den religiösen christlichen Herrschern aufgelöst und damit die drei Wehen der Apokalypse vorbereitet. So wie es der Prophet Daniel in dem Traum Nebukadnezars zu weissagen vermochte. Die Verführung der Menschheit durch Demokratie fing an, und in den ersten beiden Weltkriegen wurden die adeligen Führungskräfte in Europa radikal dezimiert, auch diejenigen, die sich immer in der Verantwortung für ihr Volk begriffen und danach gehandelt haben. Die Demokratie und ihre Frühformen der Republik brachten den Kommunismus, den Faschismus, den Kapitalismus und die Enteignung in Form der Aktiengesellschaften. Der Kommunismus tötete einhundert Millionen Menschen auf der Welt und ist der erklärte Feind Jesu Christi. Der Faschismus und der Kapitalismus leben im Bündnis mit der Hure Babylon. Sie nennen sich durchaus Christen, die Wölfe im Schafspelz, und sind die Wegbereiter und Gesetzesgeber der weltweiten Abtreibungen als Folge der durch sie ebenfalls inszenierten sexuellen Revolution. In den Industrieländern haben über dreiviertel der Frauen das Recht zur Abtreibung erhalten.

Die Entscheidung dazu überlassen und verantworten sie der schwangeren Frau, einer werdenden Mutter. Die Seelen jener Frauen, die kein Kind gebären, keine Mütter sein sollen, ihnen allein wird die Seelenlast der Abtreibung ins Gewissen geschrieben.

Das ist ein vorbereitetes Verbrechen der Männer an den Frauen. Die Demokratie tötet somit wissentlich hunderte Millionen menschliche Leben. Die letzte Zahl, die mir aktuell dazu bekannt ist, sind die Tötungen ungeborenen Lebens von sechsundfünfzig Millionen weltweit pro Jahr. Im Evangelium des Matthäus steht geschrieben: *Wer aber einem von diesen Kleinen, die an mich glauben, Ärgernis gibt, für den wäre es besser, dass ein Mühlstein an seinen Hals gehängt und er in die Tiefe des Meeres versenkt würde.* Was denkst du Melisande geschieht mit den Verantwortlichen, die *diese Kleinen* erst gar nicht auf die Erde kommen lassen, den ausgesuchten Planeten auf dem Gott selbst Mensch wurde? Demokratie ist die Ausübung der Herrschaft des Intellekts und damit die politische Macht der Hölle auf Erden."

Melisande musste hierüber erst nachdenken und forderte Hans auf, es ihr wie einem Kind zu Verständnis zu bringen. „Wenn ich es einem heranwachsenden Kind erklären möchte, dann würde ich es so tun: Es gibt gute Menschen auf dieser Welt und böse. Gleich ob sie einer Glaubensgemeinschaft oder keiner angehören. Dazwischen stehen die schlechten Menschen. Teilen wir es in drei Teile auf. Die Bibel sagt uns dazu, dass es der Guten wenig Hilfe bedarf, denn sie kennen Gott, lieben und achten ihn und ihren Nächsten, und ebenso achten sie die Schöpfung. Die Bösen haben sich abgewandt von Gott und arbeiten aktiv gegen ihn und seine Gebote. Um diese bemüht sich Gott am meisten, dass er sie zurückgewinnt. Doch beachte man, dass die Barmherzigkeit langmütig ist, bis zu einem Punkt, wo sie aussetzt und das Gesetz greift. Die Lauen, sprich die Schlechten, spuckt Gott aus seinem Mund aus, denn sie sind weder Fisch noch Fleisch. Wer von den Guten aber eingehen will in die Himmel Gottes, der kommt nur zum Vater durch Jesus, denn niemand kommt zum Vater denn durch mich, sagt Jesus. Solange die Menschheit Jesus Christus nicht erkannt hat, bringt sie sich gegenseitig um und die Schöpfung gleich mit."

Sie musste darüber nachdenken was in unmittelbarer Zukunft kommen würde.

Melisande wusste Bescheid, da ihr ihr Vater und der Schäfer mitgeteilt hatten, dass keine andere Heilige Schrift wie die Bibel, im Vergleich zum Koran oder den Veden, so viele Prophezeiungen besitzt. Nur in der Bibel ist eine so grosse Anzahl an Propheten die vorausschauende Aussagen treffen, auf die Ereignisse die der Menschheit geschehen werden aus dem Wirkungsfeld der geistigen Welten und den dortigen Geschehnissen. Diese Prophezeiungen sind beweis- und überprüfbar und es gibt und gab immer wieder gläubige Menschen, die sich damit intensiv beschäftigen, aber vielleicht noch nie so intensiv und umfassend wie in der heutigen Zeit.
In ihrem Portemonnaie trug sie einen zusammengefalteten Zettel. Es war ein Zeitungsausschnitt von einem Artikel über einen Herrn Werner Gitt, Professor für Informatik an der Physikalisch Technischen Bundesanstalt. Sie hatte sich eine Passage daraus farblich markiert und dort stand:
Durch ihn wurde stochastisch berechnet, dass die Wahrscheinlichkeit, dass sich die 3286 erfüllten Prophezeiungen der Bibel zufällig erfüllt haben, selbst dann bei ungefähr 1:10 hoch 984 liegt, wenn man die Wahrscheinlichkeit des Eintritts jeder biblischen Prophezeiung auch nur mit unrealistischen 50 Prozent ansetzt. Zum Vergleich: Die Anzahl der Atome des Universums liegt "nur" bei 1: 10 hoch 80.

Sie befeuchtete Daumen und Zeigefinger ihrer rechten Hand mit der Zunge und löschte den Docht der brennenden Kerze. Hans hatte auf dem Rücken liegend gesprochen. Sie legte sich mit ihrem Kopf auf seine Brust und schob ihre Hand unter sein T-Shirt um dort seinen Herzschlag zu fühlen. Sein Herz pochte in ihre Hand hinein.

Die Geheimnisse

Hans, der Bergbauingenieur, hatte in Gedanken bereits seinen eigenen Schacht in die Erde getrieben. Seine Eltern hatten ihm, nachdem er erwachsen war, das Wissen der früheren Kulturen vermittelt. Sie unterrichteten ihn über die Kommunikation mit Seth, einem der Gegenfürsten. Drei spezifische Kulturen haben vor Atlantis die Erde bevölkert. Eine davon ist in den Legenden als Lumania oder auch Lemurien bekannt. Von diesen Kulturen hatten sich einige soweit entwickelt, dass sie sich zu geistigen Wesenheiten transformiert haben und den uns bekannten physischen Körper nicht mehr besitzen. Andere hatten sich in das Innere der Erde zurückgezogen. Teile dieser historischen Tunnelsysteme sollen entdeckt worden sein. Eine dieser Zivilisationen verfügte über die Beherrschung des Tons und den Einsatz von Schall als Bearbeitungs- und Bewegungsmittel von Materialien. Alle lebten parallel auf der Erde mit primitiven Arten, die unter anderem auch von riesiger Gestalt waren, bedeutend grösser und affenähnlich. Von diesen leben heute noch in den Zonen des Himalayas die Yetis. Sie lehrten ihn ebenso, dass es sehr viele menschenartige physische Lebensformen im physischen Universum gibt, als auch in anderen Galaxien und Universen und zudem noch mehr geistige Lebensformen ohne den uns eigenen physischen Leib. Auch dass unser heutiger Menschenkörper, die Rasse von Adam und Eva, nicht auf dieser Erde entstanden ist sondern auf diese Erde gebracht wurde.

Ausserdem wurde er durch sie darüber unterrichtet, dass es zurzeit eine bestimmte Anzahl von ausserirdischen Seelen gibt, die hier auf der Erde inkarnieren, weil diese Erde einzigartig im ganzen Universum ist.

So kommen vom Planet Uranus viele Seelen die im Deutschen Volk inkarnieren.

Hans erzählte Melisande gelegentlich von diesen Dingen und sie genoss es zuzuhören, denn es erinnerte sie an die Stunden in denen sie ihrem Vater zuhörte, wenn dieser ihr aus Märchen- oder Sagenbüchern vorgelesen hatte. Es fühlte sich genauso an und war ebenso spannend und für sie wahrhaftig. Sie liebte es. Besonders mochte sie das Tagebuch des Admiral Byrd, der als Pilot Zugang in die Innere Erde gefunden hatte, und eine Warnung mitnahm für die Menschheit, die sie wiederum bang machte, denn sie entsprach genau der zweiten und dritten Wehe der Offenbarung.

An einem Samstagabend vor dem Kaminofen waren sie wieder beim Thema angelangt.

„In letzter Zeit wurden in den Höhlen von Naico in Mexiko, riesige Gipskristalle, die das Aussehen haben wie Bergkristalle, mit Einzellängen von zwölf Metern, entdeckt. Ich finde das imponierend, was hier unter uns geschieht. Ich liebe alle Kristalle wegen der Herrlichkeit ihrer Farben und dem Lichtbruch durch das Schliffbild, wenn sie im Sonnenlicht strahlen."

„Hans, wozu all diese Geheimnisse ergründen. Die wirklichen Geheimnisse des Herzens erschliesst dir der Heilige Geist. Warum so viel von den irdischen Geheimnissen wissen wollen?"

„Weil ich wissen will, wer Adam und Eva waren und ich wissen will, wer oder was der Mensch ist, der in der Bibel von Gott dem Schöpfer erschaffen wurde. Was geschah da vor viertausend Jahren und warum? Was ist die geistige Erschaffung und was die physische und wer ist der Mensch der Bibel den Gott dort meint? Auf jeden Fall nicht der Hominide oder der Homo Sapiens den unsere Wissenschaft kennt. Das steht fest. Ich will es einfach herausfinden und es lässt mir keine Ruhe."

Das Holz im Kaminofen war am Verglimmen und Hans stand auf um Scheitholz nachzulegen.

„Ab wann begann die Entstehungsgeschichte des Volkes Israel? Im Buch Sacharja nennt Gott das jüdische Volk seinen geliebten Augapfel. Zuerst hat er also den Mensch der Bibel geschaffen und vor dreitausendachthundert Jahren hatte er aus dieser Erbfolge den Bund mit Abraham geschlossen und danach durch Jakob das Volk der Israeliten, die Juden, begründet. Jakob hatte einen Ringkampf mit einem Engel und war dadurch an der Hüfte lahm und hinkte. Trotzdem liess er den Engel nicht los sondern klammerte sich weiter fest an ihn und sprach im Glauben: *Ich lasse dich nicht los, es sei denn, du segnest mich.* Daraufhin wurde er zum Sieger erklärt. Es fand die Namensumwandlung statt von Jakob in Israel: *Denn du hast mit Gott und mit Menschen gerungen und hast gesiegt.*

Später hat Gott das wichtigste göttliche Gebot von den Israeliten gefordert, einem jeden Menschen gegenüber die praktische Nächstenliebe zu leben. Man kann dieses Gebot im Buch Levitikus 19,18 nachlesen, noch bevor Jesus es dann erneuerte und ganz nach oben setzte. Der Bund der Nächstenliebe heisst: „Gemilut chasadim". Wenn wir Geist sind, der inkarniert, wen hat Gott dann losgesandt aus seinem Reich, die er liebt wie seinen Augapfel, die als Erste den Bund der Nächstenliebe als Aufgabe erhielten, bis die Heiden dran waren? Die Aufgabe das Menschsein zu durchleben. Doch nur seine Engel aus seinen Himmeln!"

„Und was bitte, Hans, geschieht für dich danach, wenn du es weisst? Wirst du dadurch ein besserer Mensch, ein gläubigerer Mensch, macht es dir alles einfacher? Du denkst zu streng und bist zu streng mit dir und deinem Verstand. Selbstverständlich liebe ich dich dafür, aber nur weil ich weiss, dass du ebenso weich sein kannst, du Ingenieur. Wenn dem nicht so wäre, ich würde keine Stunde mehr bei dir bleiben wollen."

Hans nahm Melisande liebevoll in den Arm und herzte sie.

„Weisst du warum ich so dahinter her bin, weil die Informationsgeber glauben, sie könnten unsere Existenz und Jesu Glaubenslehre dadurch ersetzen, indem sie das physische Universum durch die Existenz hochentwickelter Ausserirdischer erklären, aber auch die mussten zuerst einmal erschaffen werden und auch diese besitzen Religionen.

Ich will es für mich wissen und für dich."

Der Glaube
Die materielle und die geistige Welt durchdenken

Vor der Menschwerdung Gottes in Jesus konnten nicht einmal die allerreinsten Engelsgeister die Gottheit je anders sehen, als ihr da seht die Sonne am Firmament. Und keiner von den Engelgeistern hätte es je gewagt, sich die Gottheit unter irgendeinem Bilde vorzustellen, wie solches auch noch zu Moses Zeiten dem israelitischen Volke auf das Strengste verboten war. In Jesus ist Gott nun allen Menschen, Geistern und Engeln schau-und nahbar geworden.

Hans war ein begabter Denker. Bevor er dazu wurde, war er eine Zeit lang ein untalentierter Grübler. Zu dieser Zeit gelang ihm kein Vorankommen. Er verbrachte Tage damit mit einem Stock durch die Flur zu streifen und sich da oder dort auf einen Baumstumpf oder einen Stein zu hocken oder zu kauern und mit der Stockspitze in der Erde herum zu bohren.
Das Denken gefiel ihm besser. Den Stock hatte er fortgeworfen und stattdessen sah er im Gras liegend hinauf in den Himmel oder in eine Baumkrone. Zunehmend drehten sich seine Gedanken, beeinflusst durch Melisande, um den Glauben.

Glaube ist erfülltes Denken. Wenn man im Glauben angelangt ist, dann beginnt ein neues, den Raum überschreitendes, Denken. Davor aber grenzt jedes Denken im Raum an dem nicht Denkbaren der Unendlichkeit.

Alles im Leben zielt auf Veränderung. Die Triebfeder einer Kraft, um alles wieder zurückzubringen, das aus dem Zentrum Gottes nach aussen verbracht wurde.

In allen Weltreligionen sind Geheimnisse der Schöpfung offenbart worden für die Gläubigen.

Achtsamkeit gegenüber den Tieren ist auf ausdrucksvolle Weise schön hervorgehoben in Buddhas Lehren. Ebenso finden sich im Islam grosse Kraftquellen, besonders bei den durch Jesu Christi inspirierten Sufimeistern mit ihrer Lebensweise von weltlichem Beruf und Lehrmeister im Glauben, und der Tradition der Derwische mit ihrem getanzten Gebet.

Alle MystikerInnen, Propheten und Seher der Weltreligionen konnten Einsicht nehmen in die jenseitigen Welten, doch keiner oder keinem ist die ganze Wahrheit offenbart worden.

Es ist die Zeit angebrochen auf der wir uns auf den Weg begeben müssen, um die grossen Wahrheiten, das Wahre, welches wir in allen Religionen begründet finden, zu entdecken, zu offenbaren und zu vereinen in Jesus dem König der Liebe. Ein jeder achte die Anschauungen der Gläubigen, die auf ihre Weise zu Gott beten und auf ihre Weise die Gebote der Menschlichkeit achten. Die Eingeweihten mögen sich davor in acht nehmen zu glauben, sie seien wissender oder weiser als die anderen Religionsgläubigen. Eine Erkenntnis ist ihnen allen gleich, das Dasein im Leib auf der Erde ist nicht der höchste Sinn des Lebens. Dies ist damit gemeint, wenn die Aussage fällt, die materielle Welt sei nur eine Illusion.

Die Religionseingeweihten teilen auch die Ansicht miteinander, dass Seelen auferstehen und nicht mit dem Erdenleib zu Grabe getragen werden, sondern Geist und Seele existieren vor dem Leib und nach dem Leib weiter.

Ich habe mich lange gefragt, ob nicht alle Religionen auf das Ende hin betrachtet gleich sind. Sie sind es nicht und Melisande bestärkte mich darin. Es gibt einen wesentlichen Unterschied. Das Christsein ist keine Religion. Wer die Religionen genauer betrachtet stellt fest, dass sowohl im Judentum und im Islam, als auch im Hinduismus und Buddhismus, in allen Naturreligionen oder den neuerdings existierenden Esoterikströmungen, immer der Glaubensanhänger dazu aufgefordert ist Rituale, Meditationen, Fasten, Regelwerke oder Vorschriften, streng einzuhalten. Nur unter Befolgung und Erfüllung dieser Vorgaben kann er zur Vollkommenheit oder Erkenntnis, Erleuchtung, Reife, Sinnerfüllung, Sündenvergebung und in den Himmel kommen oder ins Nirwana, wo er sich im Göttlichen dann auflöst. Es sind die Religionen, die ihr Lebensendziel für sich definieren.

Durch das Ereignis, dass der Vater selbst Menschengestalt angenommen hat in Jesus, hat sich etwas Entscheidendes verändert. In der Bibel ist die zentrale Aussage folgende: Es ist völlig unmöglich, vorgenannte Ziele aus eigenem Vermögen und eigener Anstrengung zu erreichen. Gott der Vater ist der UR-Heber allen Lebens. Nur er kann vorgenanntes Endziel schenken.

Jesus sagt, der Mensch muss von neuem geboren werden. Der Mensch muss geistig neu geboren werden. Der innere Mensch ist der neue geistige Mensch indem inwendig das Himmelreich ist. Die einzige unabdingbare Vorgabe Jesu ist, dass ein jeder sich hierzu persönlich entscheiden muss, das von Ihm angebotene Geschenk anzunehmen.

Da der Mensch von Gott einen freien Willen erhalten hat, kann er dieses Geschenk auch ablehnen. Im Wesentlichen ist genau das der freie Wille. Die Wahl zur Annahme oder Ablehnung.

Wir können diese Aussage mit unserem Verstand nur schwer erfassen. Erst mit der persönlichen Erfahrung nach Annahme dieses Geschenks, folgt die Erkenntnis was dies bedeutet. Aus dieser Perspektive heraus sind Religionen mit dem Christsein, nicht dem Christentum, unvereinbar! Religionen bestehen aus religiösen Handlungen. Christsein besteht in einem neuen Leben - das Himmelreich ist in euch.

Als Mann, der zudem kein Vater ist, kann ich niemals ermessen wie es sich anfühlen muss im Herzen, in der Seele einer liebenden Mutter, wenn sie schwanger ist und ihr Kind geboren hat.
Wie fühlt es sich da an, wenn die Mutter Gottes den Menschensohn in ihren Armen hält, ihn an ihre Brust legt um ihn zu nähren. *Marias Worte über das Jesuskind: Darum wird es nur wenigen gegeben sein, in dem Kinde den Herrn zu erkennen. Jenen nur, die gleich dir eines demütigen Herzens und guten Willens sind. Ihnen wird das Kind sich selbst offenbaren in ihren Herzen und wird sie segnen und wird es sie fühlen lassen, wie da fühlt die Mutter, die das Kind auf ihren Armen trägt. Glücklich, ja überglücklich bin ich, da ich dieses Kind auf meinen Armen trage. Aber grösser und glücklicher noch in der Zukunft werden diejenigen sein, die es allein in ihrem Herzen tragen werden.*

Man sagt uns, dass unser materielles Universum mehr als zwanzig Milliarden Lichtjahre an Ausdehnung besitzt und ständig am Weiterwachsen ist. Doch wo ist Gottes Lichtreich, sein Geistreich, seine Himmel? Die Wissenschaftler sagen, dass sie „unser" Universum recht gut erforscht haben. Selbstverständlich nur in den Grundzügen der sichtbaren Materie. Es gibt da noch die Antimaterie, wie sie es nennen. Ist jene die Geistige Welt? Physiker schätzen, dass sie fünf Prozent erkannt haben von ihrem materiellen Universum und damit rund fünfundneunzig Prozent der Antimaterie unerforscht ist oder andersherum, das mit unseren Sinnesorganen und zu diesen die dazugehörigen Messmethoden, nicht sichtbare oder nicht wahrnehmbare Geistige, einfach noch unentdeckt ist.

Da frage ich mich, ob das in losen Formeln gehaltene Stöbern der Wissenschaft als Herangehensweise besser ist, wahrer sein soll, als die Wahrheiten des Glaubens durch das Wort Gottes. Vielleicht ist ja diese Antimaterie der Wissenschaft Gottes Geistreich, sein Lichtreich der Gottesgemeinde?

Aus der Wärme der Reibung entstand das Licht. Aus der Liebe heraus entstand die Wärme. Aus der Wärme der Liebe ist die Dunkelheit entstanden.

Die Dunkelheit war nicht zuerst da, wie Mephisto bei Faust behauptet. Dies ist falsch.

Vor dem Anfang gab es gar nichts was ist. Es gibt keine Sprache und keine Ausdrucksform derer wir habhaft sind um dieses zu beschreiben.

Das Licht, so sagt uns die Wissenschaft, legt in der Sekunde eine Entfernung von dreihunderttausend Kilometern zurück.

Die Erde ist, so errechnen es die Wissenschaftler, achteinhalb Lichtminuten von der Sonne entfernt, oder eben einhundertdreiundfünfzig Millionen Kilometer.

In unserem materiellen Universum sind nach neuesten Erkenntnissen durch das Hubble-Teleskop, annahmeweise neunhundert Milliarden Spiralnebel oder Galaxien vorhanden gleich unserer Milchstrasse, in der sich die Erde befindet. Gestern waren es nach gleicher Vorgehensweise der Wissenschaft nur einhundert Milliarden. Wie viele sind es morgen? Eine Galaxie besitzt mehr als zweihundert Milliarden Sterne und Sonnen. Wir sprechen immer noch über den Inhalt der fünf Prozent erforschten Universums.

Was fehlt ist das Forschungsergebnis zur Präzision des prozentualen Wahrheitsgehalts, wenn Wissenschaft etwas erforscht.

Es ist der Gerechtigkeit geschuldet zu sagen, dass zum Beispiel in Deutschland mehrere grosse Physiker von Gott berufen wurden, um uns auf die richtige Spur zu bringen: Kepler, Heisenberg und Planck. Herr Planck entdeckte die kosmische Hintergrundstrahlung, die heute durch präzise Messungen bestätigt und nachgewiesen ist.

Dies bestätigt die Theorie des Urknalls final. Daraus ergibt sich, bei der Rückrechnung auf den Zeitpunkt des Urknalls hin, ein Alter des Universums von dreizehnkommazweiundachtzig Milliarden Jahren. Der Urknall kann in Bezug gebracht werden mit dem Schöpfungsmoment der Bibel, nämlich dem Entstehen des materiellen Universums.

Der Moment des Urknalls kann heute durch die Wissenschaft mittels der Computer auf zehn hoch minus dreissig Sekunden zurück gerechnet werden. Was davor war, weiss man nicht. Was dort geschah ist nicht mehr naturwissenschaftlich erkennbar.

Die vier Grundelemente der Physik: Gravitation, elektromagnetische Wechselwirkung, schwere Kernkraft und starke Kernkraft, stecken in einer Kugel kleiner als ein Atom. Das ist der Urbeginn des Universums.

Materie ist nicht, sie geschieht. Max Planck hat gesagt: *Alle Materie entsteht und besteht nur durch eine Kraft, welche die Atomteilchen in Schwingung bringt und sie zum winzigsten Sonnensystem des Alls zusammenhält.*

Die Stille ist ein Zustand der leisen Vibration. Die materielle Welt, sie ist in Schwingung, in lichtgeschwindigkeitsartiger Bewegung.

Unsere Milchstrasse, sie rast so schnell durch das All, mit unvorstellbaren fünfhundertzweiundfünfzig Kilometern pro Sekunde! Nicht Stunde, nein Sekunde. Materie ist ein aufgeregter Zustand.

Das Menschenwort ist für die Menschendinge und vermag nicht die Welt der geistigen Sphären der Himmel, der Planetenwelten und Wohnstätten Gottes zu beschreiben. Obgleich sie dieser Welt sehr ähnlich sind, nur geistig und nicht materiell. Sie besitzen eine geistige Sprache und keine materielle. Die Sprache muss sich dort nicht mittels Schall durch die Luft bewegen. Man braucht auch keine(n) Gebildetensprache und -wortschatz um die geistige Welt zu benennen, da nur wenige Worte unserer Welt passend sind für geistige Welten und deren Vorgänge. Im Gegenteil, ist doch die einfache Bildsprache die eher zutreffende, denn sie bewegt sich innerhalb des Geheimnisses sehr frei und muss keine Grenzen beschreiben.
Vielmehr ist die Empfindung wichtig, die Wahrnehmung und das Bewusstsein.

Hans hatte die Angewohnheit am späten Sonntagvormittag, bevor sie gemeinsam zu Tisch gingen, Melisande etwas aus seiner Bibliothek oder wahlweise aus seiner Artikelsammlung vorzulesen. Sie meinte zu wissen, dass er dies nur deshalb machte, um zu bekunden, dass auch andere kritisch und eigenverantwortlich zu denken in der Lage sind. Heute gab es etwas aus den Artikeln: *Sozialistische Zeitung Nr.13 vom 21.06.2001, Seite 7. Das Rätsel der fehlenden Gene beim Menschen, der menschliche DNA-Strang ist so lang dass man annahm, dass er Informationen für die Bildung von 50000 bis 150000 Genen enthalten könnte. Diese Annahme basierte auf einem Vergleich mit einfacheren*

Organismen, wie bspw. Fruchtfliegen. Wenn eine Fruchtfliege 13000 Gene hat, sollte ein Mensch, der wesentlich komplexer ist, ein Vielfaches davon haben. Die Schätzung von bis zu 150000 Genen schien umso vernünftiger, nachdem die ersten beiden tierischen Genome dechiffriert worden waren.

Der Fadenwurm Caenorhabditis elegans verfügt über 19098 Gene und die Fruchtfliege Drosophila melanogaster über 13601. Randy Scott, Wissenschaftler bei Incyte Genomics, ging im September 1999 von der Existenz von 142634 menschlichen Genen aus. Aber es zeigt sich nun, dass die menschliche Genstruktur jener dieser beiden kleinen wirbellosen Tiere wesentlich ähnlicher ist, als man erwartet hatte. Stattdessen entdeckte man, dass grosse Teile des DNA-Codes nur sehr wenige Gene erschaffen. "Wir haben etwa doppelt so viele Gene wie eine Fliege und die gleiche Anzahl wie Mais", meinte Venter, "daran sollten Sie denken, wenn Sie demnächst Mais essen." Auch Scott stellte fest, dass seine früheren Annahmen zu hoch gegriffen waren, und geht nun auch von einer Anzahl von etwa 40000 Genen aus. Die Forscher fanden auch andere Widersprüche. Die meisten der repetitiven DNA-Abschnitte in jenen 75% des Genoms, die möglicherweise nutzlos sind, hörten schon vor Millionen von Jahren auf zu akkumulieren, aber einige Abschnitte sind noch immer aktiv und haben möglicherweise eine wichtige Funktion. Die Chromosomen selbst haben eine reiche Archäologie. Grosse Blöcke von Genen scheinen von einem menschlichen Chromosom auf andere kopiert worden zu sein.

Eine Tatsache, die Wissenschaftler ermutigen wird herauszufinden, wie dieser Kopierprozess verläuft, um so die Geschichte des tierischen Genoms zu rekonstruieren.

Die geringe Anzahl der menschlichen Gene stellt die Wissenschaft vor ein Dilemma.

Wie ist die höhere Komplexität der Menschen angesichts der Tatsache zu erklären, dass wir nur 50% mehr Gene als ein Fadenwurm haben? Wenn der Mensch nur 13000 Gene mehr hat als Caenorhabditis elegans und nur 6000 mehr als Arabidopsis thaliana (die Acker-Scheidewand, ein Kreuzblütengewächs), wieso ist er dann verglichen damit so komplex? Caenorhabditis elegans ist ein kleines röhrenförmiges Wesen, ein Körper mit 959 Zellen, von denen 302 Neuronen sind, die als sein Gehirn betrachtet werden.

Menschen haben 100 Billionen Zellen, 100 Milliarden davon sind Gehirnzellen. Trotz des Modetrends, der Evolution jeden Fortschritt abzusprechen, ist es doch naheliegend anzunehmen, dass Homo sapiens etwas anderes ist als Caenorhabditis elegans. Der Christian Science Monitor stellte die Frage folgendermassen: "Wenn der Mensch so fortgeschritten ist, wie kann es sein, dass sich die Anzahl seiner Gene kaum von einem Wurm oder von Unkraut unterscheidet?" Und wenn sich zeigt, wie zu erwarten ist, dass das Genom eines Schimpansen jenem eines Menschen sehr ähnlich ist, wird die Wissenschaft trotz alledem erklären müssen, wie es möglich ist, dass die eine Spezies in den letzten 50000—150000 Jahren den Planeten beherrschte, während die andere noch immer auf Bäumen herum klettert. Diese Frage kann jedoch nicht auf rein genetischer Basis beantwortet werden.

Melisande und Hans hatten das Haus verlassen und bewegten sich zu Fuss ins Stadtzentrum. Hans hatte seine Melisande bei der Hand genommen und sie nützten, wie so oft, den Spaziergang um über das zu sprechen, was die Welt vorgibt zu sein, oder was die Multimediagesellschaft den Menschen vorgibt, was die Welt ist. „Um die Welt für uns Menschen zu erfassen, haben wir die fünf Sinne erhalten. Sie alle zusammen ermöglichen uns ein verwertbares Bild für unsere Seele zu generieren und es zu erfassen. Die zugehörige Bewegungsform für unseren Körper ist das Gehen. Die zugehörige Verinnerlichungsform ist es in sich zu kehren, sprich: Die Kontemplation in der Stille. Multimedia bedeutet aber die gewollte Reduzierung der Wahrnehmung und Verwertung, sowie Bewertung durch eine Seele, auf nur mehr zwei Sinneswahrnehmungen, nämlich das Sehen und Hören. Wenn nur noch zwei Sinneswahrnehmungen nötig sind oder angesprochen werden, kann man die Informationsdichte erhöhen.

Die Seele wird überfordert und schaltet ihre Bewertungsaufnahme ab. Die Seele sinkt ins Materielle hinab und ist geistig tot.“

Sie hatten mittlerweile die Innenstadt erreicht und schwenkten ab in Richtung Kirchplatz. Hinter der Kirche lag der mittelalterliche Friedhof mit einem liebevoll gepflegten Gartenbereich mit einer alten Parkbank unter der Dorflinde, auf der sie gemeinsam Platz nahmen. Nachdem beide für eine Weile den Ort auf sich hatten wirken lassen und die Stille des verkehrsberuhigten Umfeldes, zusätzlich geschützt durch die hohe Friedhofsmauer, genossen, begann Hans von neuem zu sprechen:

„Es gibt eine Vorgeschichte wie die Multimediagesellschaft möglich wurde. Erst der neue Glaube an das Zufälligkeitsprodukt Mensch machte dies möglich, anstelle der Schöpfung Gottes die Evolutionstheorie zu setzen. Die Aufhebung des göttlichen Lebensziels des menschlichen Seins. Die Einsetzung der Glaubensformel „der Weg ist das Ziel“.

Hauptsache man bewegt sich, gleich wohin und am besten schneller als die anderen."

Melisande musste lachen, denn Hans hatte dies nicht ohne eine gewisse Ironie in der Stimme vorgebracht. Sie mochte diesen Wesenszug an ihm - sich aufregen über die für ihn ernsten Dinge. Er betrachtete sie liebevoll, während sie lachte und legte seinen Arm um sie, küsste sie und fuhr fort:

„Die Idee der Evolutionslehre kann man auch Evolutionsphantasie nennen, denn sie bleibt unbewiesen. Alles ist nichts als Hypothese und daraus wurde ein Glaubensersatz geschaffen. Bis heute fehlt der Beweis für das Erschaffen von Leben aus unbelebter Materie. Was sie hinbekommen haben ist, eine DNA die für die Blaufärbung eines Bakteriums verantwortlich ist zu isolieren und in ein anderes Bakterium zu implementieren, und dieses andere Bakterium hat diese DNA angenommen und sich ebenfalls blau gefärbt. Wir können nur Leben aus Leben schaffen aber nicht Leben aus unbelebter Materie.

Zudem behaupten die Vertreter der Evolutionslehre es hätten sogenannte Artensprünge stattgefunden, haben aber keinerlei wissenschaftlichen Nachweis hierzu. Du musst dir vorstellen, dass man anhand von fossilen Funden oder genetischem Erbgut, vielleicht auch mit anderen Möglichkeiten, in der Lage ist, solche Artensprünge nachzuweisen. Sie schaffen es aber nicht. Damit du dir ein Bild machen kannst um was es geht, gebe ich dir ein Beispiel: Man findet neben einer fossilen Fuchsvorläufermutter ein Fuchsvorläuferbaby, das aber so stark vom Fuchsvorläufer abweicht, dass es ein Bärenvorläufer ist, also ein Artensprung. Wobei du das mit den Arten auch vergessen darfst, denn die Biologen streiten sich ebenfalls darüber, was überhaupt eine Art gemäss den Regeln der Taxonomie ist.

Natürlich gibt es eine evolutive Entwicklung. Tierarten passen sich den landschaftlichen Gegebenheiten, den Witterungs- und Nahrungsverhältnissen an. Eben einfach wie Braunbär und Eisbär.

Wer von uns kommt auf die Idee, wenn wir im Konzertsaal eine Symphonie von Beethoven hören, das wäre ein Zufallsprodukt. Ohne Dirigent wird es kein Zusammenspiel des Orchesters geben. Ohne Instrumente bekommt man die Musik nicht zu hören. Ohne Partitur wüsste keiner was er spielen soll und ohne den Komponisten gäbe es nichts zu spielen.

Niemand kommt auf die Idee, dass das Zufallsprodukt Mensch, in vorher kurz umrissenem Ablauf, zufällig handelt und zufällig dieses Ergebnis produziert.

Mit Logik lässt sich das jetzt weiter zurückführen auf die zuerst dagewesenen Kleinstteile des Atoms: Protonen, Elektronen, Neutronen, die das Zufallsprodukt Tierarten und Mensch ungewollt erschaffen haben. Man will uns weismachen, dass in langen Milliardenzeiträumen des ewigen Wechselwirkens so komplexe Lebewesen wie Pflanzen, Tiere und Mensch einfach nur so entstanden sind, das glaube wer will. Hier bewahrheitet sich der Volksspruch: Intelligenz schützt vor Dummheit nicht.

Melisande, mir kommt es oft so vor, dass gerade erwachsene Menschen sich wie unbelehrbare Kinder verhalten. Sie haben etwas Besonderes entdeckt, können es nicht erfassen, versuchen es zu begreifen, finden für sich eine Erklärung und halten trotzig daran fest, denn es soll für sie auf diese Weise wahr sein und wahr bleiben."

Hans hatte sein kleines Notizbuch, das er für gewöhnlich immer mit sich führte aufgeschlagen und las ihr vor, was er sich gestern notiert hatte:

„Thomas Evangelium: *Zeige uns den Ort, wo du bist, damit wir dich finden können. Er sagte zu ihnen: Jeder der hier zwei gute Ohren besitzt, der möge hören: Es ist Licht im Inneren des Menschen, Licht das auf der ganzen Welt leuchtet. Wenn es nicht scheint, das ist Dunkelheit.*
Gott hält durch seinen Schöpfungsakt mit seiner ununterbrochenen wachen Gedankenkraft seine Schöpfung aktiv vibrierend fest. Die Schöpfung ist nicht, sie geschieht. Physiker haben aufgrund der Entdeckung Heisenbergs festgestellt, dass die Elektronenladung der Atome im Universum überall die exakt gleiche ist. Eine minimalste Abweichung für eine tausendstel Sekunde würde die sofortige Vernichtung des kompletten Universums bedeuten. Das ist eine sehr treffende Zustandsbeschreibung für eine übergeordnete Geistestätigkeit und wirkende Gedankenkraft.

UR-Vater, als Gott in der ersten Zeit wirkend durch das Gesetz, als Sohn erlöst, bezeugt er die Nächstenliebe, als Heiliger Geist ist er die Barmherzigkeit und Gnade und gipfelt im Gericht. Die wichtigste Frage für die heutige Menschheit lautet: Wer war und ist Jesus!
Darum aber empfehle ich euch vor allem die Nächstenliebe, die da kommt aus der Liebe Gottes. Denn diese allein vermag aus eurer gänzlichen Verkehrtheit wieder Menschen meiner Ordnung zu machen. Lasset euch von der Welt nicht verblenden. Denn alles was sie euch gibt ist Tod und Gericht, eine Frucht des puren Verstandes. Nur die Liebe allein kann euch ins Leben umgestalten."

Melisande schaute Hans prüfend an. „Woher weisst du so genau, dass die Schöpfungsgeschichte der Bibel wahr ist? Sagt die Wissenschaft uns nicht ständig etwas anderes?"
„Meine liebe Melisande, wer ist die Wissenschaft? Die

Menschen sind diejenigen welche die Idee und das Lehrfeld der Wissenschaft begründet haben. Sie versuchen sich Wissen zu verschaffen, denn erschaffen können sie ja nicht. Insofern stehen sie allein darin schon dem Schöpfer in allem nach, aber es hindert sie nicht daran, die Tätigkeit des Wissen- Beschaffens über das Erschaffen zu stellen."

Sie mochte es wenn Hans von diesen Dingen sprach. Seine Rede war anders als die des Schäfers. Sie war neu und spannend für sie zu hören. Etwas, was sie an ihm besonders liebte, und was ihre Seele auf neue Weise geistig nährte.

„Ich möchte dir folgendes erzählen: Edwin Hubbles entdeckte in den dreissiger Jahren, dass sich das Universum ausdehnt und die Galaxien sich voneinander fortbewegen. In den neunziger Jahren entdeckte man, dass sich das Universum immer schneller ausdehnt. Georges Lemaitre formulierte, dass, wenn sich das Universum ausdehnt und keine neue Materie dazukommt, es an Dichte verliert und umgekehrt es früher dichter war als heute. Extrapoliert man zurück, so findet man einen Zustand der maximalen Dichte: Das Uratom. Die moderne Wissenschaft nennt es die Theorie des Urknalls und die Entstehung des ganzen Universums aus nichts, gilt heute als nachgewiesen. Gott sagt uns, dass er am Anfang Himmel und Erde erschuf. Dieses Entstehen aus dem UR-Knall, aus nichts heraus, können wir im Hebräerbrief nachlesen, denn dort heisst es: *Durch den Glauben erkennen wir, dass alles was man sieht aus nichts geworden ist.*
Wenn man konsequent Logik anwendet, so ist es naturwissenschaftlich nicht haltbar, dass der UR-Knall ein zufälliges Ereignis ist. Denn erst wo bereits etwas

vorhanden ist, sei es was wir heute kennen, das Atom und seine kleineren Teile, kann man behaupten, dass eine Reaktion untereinander erfolgen und daraus dann auch ein zufälliges, oder ein gesetzmässiges Produkt entstehen kann. Es gibt aber vor dem UR-Knall nichts. Das heisst keinen Raum, keine Zeit, kein Atom oder ähnliches. Streng logisch ist es nicht zulässig von Zufall zu sprechen über eine Entstehung aus dem Nichts.

Folgen wir weiter dem Schöpfungsbericht der in Schöpfungsschritten, sprich Tagen, und es wurde Abend und es wurde Morgen, über diese Entstehung berichtet.

Ich gebe dir hierzu nur ein Beispiel aus den heutigen Erkenntnissen der Wissenschaft: Die Bibel sagt uns, dass nach der finsteren Unordnung in der es abwechselnd hell und dunkel war, die Sonne noch nicht zu sehen war. Die Wissenschaft weiss heute, dass die Erdatmosphäre aus einem sehr dichten Gemisch aus Kohlendioxid, Stickstoff, Schwefelverbindungen und Wasserdampf bestand. Da die Erde um ihre eigene Achse rotiert, kam es damals zu wechselnden Lichtverhältnissen wie in einer Dunstglocke. Im Fortgang sagt die Bibel, dass die Wasser in zwei Teile geschieden wurden, nämlich der Vorgang des Kondensatausfalls aus der Atmosphäre in Form von Regen. So bildeten sich Wasserflächen auf der Erde und der andere Teil Wasser blieb in der Atmosphäre. So entstanden die UR-Ozeane als noch kein Land zu sehen war, ein Planet bedeckt mit Wasser.

Dann entstand gemäss Bibel das Land. Die Naturwissenschaft bezeugt dies durch vulkanische Aktivitäten und Erdplattenverschiebungen, welche die Gebirgszüge bildeten."

Es gab eine kurze Pause des Redens zwischen den beiden und Zeit für eine Liebkosung.

„Aber wie erklärst du dir die Zeitabläufe, wenn die Bibel von Schöpfungstagen spricht, denn all diese Vorgänge, die dort entstanden, haben Hunderte von Millionen Jahre angedauert. Wobei ich mir vorstellen kann, dass in Gottes Dimensionen Tage etwas anderes sind als unsere Kalendertage, das wäre zu menschlich gedacht."

„Kluge Melisande. Die Bibel im hebräischen Text und Wortlaut, nennt für das Wort Tag mit gleicher Bedeutung das Äon oder Zeitalter. Von daher ist bereits vorgegeben, dass der Schöpfungstag ein Zeitalter umfasst, der ein Ende und einen Anfang hat, nämlich einen Abend und Morgen, ein bewusstes Handeln innerhalb eines Schöpfungsabschnittes.
Planck, der von achtzehnhundertachtundfünfzig bis neunzehnhundertsiebenundvierzig lebte, hat folgendes gesagt: *Es gibt keine Materie, sondern nur ein Gewebe von Energien, dem durch intelligenten Geist Form gegeben wird.* Es existiert nur das Jetzt, die Gegenwart.
Wir vergessen, wenn wir erneut hier sind, wer wir waren und sind, damit wir die Möglichkeit erhalten uns erinnern zu können. Niemand erfasst mit dem Verstand, was mit dem Herzen zu erfassen geschaffen wurde. Das Göttliche hat seinen Sitz im Herzen. Der Menschensohn offenbarte sich den Ungebildeten und nicht denen mit dem blendendsten Verstand."

Melisande durfte in Hans Aufschriebbüchern jederzeit blättern und studieren. Sie hatten die Angewohnheit die Blumenblüten, die sie aus dem Garten, vom Feld oder Wald mitbrachte, in die dick aufgewölbten Aufschriebbücher zum Presstrocknen einzulegen. Diese wurden durch ein straffes Gummiband zusammengehalten. Hans hatte Freude daran gefunden die Blütengaben zu entdecken und es führte dazu, dass er sich wieder regelmässiger mit seinen Aufschrieben befasste, denn er neigte als Denker dazu, dass einmal Niedergeschriebenes, als erledigt kategorisiert wurde. Beim Blättern stiess sie auf folgende Notiz zur Dreiheit Gottes:

Wirkungsweise Menschheit:
Geist-Seele-Körper = Vater-Sohn-Heiliger Geist

Wasser über dem der Geist Gottes schwebt:
Wasser hat drei Aggregatzustände = Drei oder die Eins ist die Zahl Gottes.

Fall der Engel:
Sadhana-Luzifer-Satan = Ataraeus-Sonne-Erde.

Melisande vermerkte sich die Lesestelle mit einer Weihnachtsgrusskarte die ihr zur Seite lag, indem sie diese als Lesezeichen in das Aufschriebbuch steckte und wieder schloss, um es zurück in die Bibliothek zu bringen, denn Hans war heute nicht zuhause. Sie wollte später mit ihm darüber sprechen. Beim Zurückstellen ins Regal dachte sie an seine Hände und war verwundert darüber, dass ihr Blick wie von innen heraus gelenkt, regelmässig die Bewegung seiner Hände verfolgte. Wie lange tat sie das schon? Heute wurde ihr bewusst, dass sie das schon von anfangs her tat. Welcher Tag war heute? Sie musste feststellen, dass es nichts besonderes gab, was diesen Tag unterschieden hätte von vorangegangenen in letzter Zeit.
Plötzlich beschlich sie das Gefühl, ihr Verstand würde für Sekunden erstarren. Sie wurde für Sekunden Beobachter ihres Selbst. Der Gedanke, der jetzt so klar in ihrem erstarrten Verstand aufkam war, dass Hans nicht Hans hiess. Es war zweifelsfrei nicht sein richtiger Name. Sie

kannte seinen Personalausweis, alle anderen Namensbezüge anhand Adressierung, Telefonbuch, wie ihn Freunde nannten und wie er sich selbst nannte. Hans stand geschrieben überall. Doch war sie sich in diesem Moment endgültig sicher, dass Hans nicht sein Name sein konnte und es gab auch keinen zweiten Vornamen. Warum verbarg er seinen richtigen Namen? Es war so klar in ihrem Kopf, dass sie nicht einmal erwog Hans darauf anzusprechen, ob ihr Gedanke nicht ein Hirngespinst sei. Es ging für sie nur noch darum ihn zu fragen wie sein richtiger Name lautet. Sie merkte sich das vor, für den richtigen Augenblick.

Sie verliess die Bibliothek und ging vor zur Haustüre. Im Schlüsselkasten lag ein Bibelzitat, das Hans irgendwo aus einer Zeitschrift herausgerissen hatte mit einem ergänzten Textabschrieb und seinem handschriftlichen Vermerk: Für meine weibliche Hälfte im Haus- Gruss und Kuss. Dort stand geschrieben:

Der Glaube ist die geistige Funktion mit der geistige Wahrheiten erfasst werden. Entscheidend ist, vom Glauben zum Erkennen der inneren Gewissheit zu kommen. Erst dann beginnt eigentlich das Christsein. Johannes Kapitel 8, 32 *...und werdet die Wahrheit erkennen, und die Wahrheit wird euch frei machen.*

Warum glauben Menschen, dass die Seele und der Geist mit dem Tod verloren gehen oder haben gar kein Bewusstsein von Geist und Seele?, fragte sie sich.

Wie kann man nur so wenig selbst denken? Man hat auf dem Gymnasium, auf der Realschule und wenn nicht dort, dann in Magazinen oder Berichterstattungen davon gehört, dass die Wissenschaft von der Energieerhaltung spricht. Kein Atom geht verloren und alles ist aus Atomen gebaut! Wenn man kurz in die Sonne schaut mit geschlossenen Augen und dann von ihr wegsieht und die Augen wieder öffnet, so sieht man das Bild der Sonne. In

deiner Erinnerung Mitmensch, sind tausende und abertausende Bilder die du hervorrufen kannst, ganz gleich, wie lange es her ist. Gleiches gilt für Gedanken und Gefühle, Geschmack und Geruch. Alles Atome und sie gehen nicht verloren.
Die eigentliche Frage lautet, wo gehen sie hin und was tun sie als nächstes, wenn der Leib sich aufgelöst hat?

ICH WILL IN ALLEM SEIN DAS IN MEINEN SINNEN
LIEGT

IN IHREN BLICKEN FÜR DIESE WELT

WILL SCHWEIGSAM SEIN FÜR DAS LICHT ÜBER DEN
DINGEN

ICH WILL EINSAM SEIN FÜR DIESE WELT

IN IHREM TAGWERK ALLER BILDENDEN
GESTALTUNGEN

WILL EINGEBUNDEN SEIN FÜR DAS LICHT AUF
MEINEN AUGEN

ICH WILL DAGEWESEN SEIN IN JEDEM MOMENT

IN SEINEM WIRKEN FÜR DIE SEELE

WILL RUHIG SEIN FÜR DAS ANTRAGEN SEINER WORTE

IN MIR.

Das Gebet

Meister Eckhart:
So weit wir in Demut hinabgestiegen sind,
soweit wird uns gewährt, worum wir bitten.

Mit den Augen des Fleisches nehmt ihr die Dinge ausser euch wahr, mit den Augen der Seele in euch, mit den Augen des Geistes schaut ihr aus dem Zentrum eures Wesens. Aber erst durch den Hinzutritt meines Geistes werden alle Dinge sprachfähig und lebendig durch und durch.

Das Gebet ist die Gedankenverbindung zu Gott. Darin liegt eine grosse Gnade geborgen für den Menschen. Wir haben das Versprechen, dass jedes Gebet erhört wird, wenngleich die darin geäusserten Wünsche nicht immer erfüllt werden können.

Melisande hatte zu Zeiten eine Lebensübergabe an Jesus gemacht und wurde eine gläubige Nachfolgerin des Herrn, denn ihre Seele war in Liebe für sein Wort. Sie erlebte dieses Wort mit all ihren Sinnen, wenn sie in der Natur war. In der Stadt fiel es ihr schwer. Wobei die Stadt in der Hans lebte, voller alter und gelebter Gebäude war. Diese Stadt hindurchzuschreiten war, wie wenn man durch einen Wald ging in dem alte Bäume standen.
Diese Lebensübergabe veränderte sie. Dinge wurden ihr leichter zugänglich. Informationen kamen ihr zugeflogen. Immer zum richtigen Zeitpunkt und in dem Umfang und Inhalt, wie sie es erfassen konnte. So traf sie einen Menschen, der ihr eine Bibliothek zugänglich machte und aus der sie ein zusammenhängendes Wissen bekam über die jenseitigen Welten, soviel wie nötig war um es zu verstehen und damit genügsam zu sein.

Sie hatte früh begonnen es zu erahnen und heute war es ihr bewusst geworden, dass wir Menschen der eigentliche Zweck der Schöpfung sind. Erfahrungen, die sie gesammelt hatte, waren wie unvollendete Bilder, die sie heute zu Ende malen konnte. Dies bereitete ihr Frieden im Herzen, denn sie wusste nun mit Gewissheit, dass sie in einer innigen Verbindung zu der ganzen Schöpfung als Mensch wie in ständigem Briefwechsel stand. Es dauerte eine Weile, bis der Brief den Adressat erreichte und manchmal Monate bis sie einen Antwortbrief erhielt.

All unser Denken, Sprechen und Handeln wirkt auf diese Schöpfung ein, denn sie ist uns Untertan. Gott wird diese untertänige Schöpfung vor grösserem Schaden durch uns bewahren, wenn wir deren Missbrauch übertreiben. Diese Schöpfung wirkt durch ihr Sein auf uns ein und wir auf sie. Erst durch die Aktivierung des Gottesfunkens in dem Menschen vor rund sechstausend Jahren, kam der freie Wille in diese Schöpfung hinein, denn zuvor hatte die Schöpfung keinen freien Willen und musste folgen. Der beste Umgang mit dem freien Willen ist, sich an der Ordnung Gottes zu orientieren und dabei die Liebe zu erkennen, die das alles erschaffen hat und fortwährend mit ihrem Willen festhält, damit es ist. Wenn wir aber den freien Willen missbrauchen, so kommen wir in das Gericht durch unser Handeln und wir werden begraben wie ein Verstorbener. Ein Äon ist eine Ewigkeit für eine Menschenseele, dass wir glauben werden es hätte kein zeitliches Ende. Da werden wir Menschen zittern, heulen und mit den Zähnen klappern.

Wenn wir uns darauf einlassen im Inneren zu erforschen, was das ist, der Geist, die Seele, der Körper, so kommen wir darauf, dass es eine innere Sprache und Schrift gibt mit der Charakteristik der Entsprechung. Der Mensch hat diese innere Sprache der Entsprechung sich verloren gehen lassen und die meisten Menschen sind nicht mehr in der Lage, die Heilige Schrift in diesem Sinne zu lesen.

Das Leben des Geistes und das Leben der Seele sind in anderen Verhältnissen zuhause als der weltliche Leib. Wenn der Geist hört und sieht, wenn er denkt und fühlt oder redet, dann ist er darin ganz anders geartet als hier unter den Menschen auf der Erde in ihrer Natur.

Will man also den wahren Geist verstehen, so muss man zu ihm aufsteigen und sich von der Erdanhaftung lösen. Nur auf diesem Weg ist es möglich, was der Geist spricht, gemäss der Entsprechung begreiflich gemacht zu erhalten. Unsere Seele ist das Leben des Geistes und die Seele macht den Leib lebendig, unser äusseres Erscheinungsbild.

Dieser Leib, den wir besitzen, ist für uns nur so lange wertvoll, solange er von der lebendigen Seele bewohnt ist. Eine vollendete und reife Seele wird diesen Leib für ewig verlassen, und dann wird dieser Leib aufgelöst und alles, was an diesem Leib noch der Seele zugehörig ist, wird der Seele zurückgegeben. Was noch übrig bleibt, der von der Seele ausgeräumte Leib,
wird wieder als Baustoff in viele hunderte Lebensformen der uns umgebenden Schöpfung übergeben. Es ist ein grosses Geheimnis, dass die Seele der eigentliche Mensch ist zwischen dem Geist und dem Leib. Kein Mensch und kein Engel wissen was die Seele ist, das weiss nur Gott allein. Die Engel und der Mensch wurden von Gott in seinen Himmeln erschaffen.

MORGENGEBET:

Lieber Vater Jesus führe du mich durch den heutigen Tag
Lieber Vater Jesus segne du den heutigen Tag
Lieber Vater Jesus sprich du durch mich am heutigen Tag

Lieber Vater Jesus ich gebe mich dir ganz hin, sorge du
Erfülle du deinen Willen in mir

Komm du mit grosser Kraft in diese Welt und führe uns
Menschen zurück in deine Liebe
Dein Reich komme, dein Wille geschehe wie in deinen
Himmeln so auch auf dieser Erde
Du hast Platz genommen in meinem Herzen
Weite du dich aus mit grosser Kraft
Verändere du mich mit grosser Kraft

Lieber Vater Jesus ich danke dir dafür, dass du mich die
richtigen Dinge zur richtigen Zeit tun lässt

Mein lieber guter Schutzengel und ihr Schutzengel, die
ihr mein Tagwerk begleitet und ihr guten geistigen Führer
und Schutzengel, die ihr die Ehe von meiner Frau und mir
begleitet. Ich danke euch allen für eure liebevolle und
gute Zusammenarbeit

Ich segne dich du liebes Menschenkind, welches mir
heute begegnet im Namen unseres Vaters Jesus, und ich
vergebe dir, wenn du mich angreifst, verletzt oder mir
Schaden zufügst

Lieber Vater Jesus sei du mit deiner Liebe, Weisheit und
Güte bei den Menschen, die mir nahe stehen und für die
ich in diesem Leben Verantwortung trage.
Amen, Amen, Amen

Die Sternengötter
In meines Vaters Himmel sind viele Wohnstätten

Wenn wir in den Sternenhimmel blicken, in einen klar sichtbaren, wie wir ihn am besten sehen können in den Bergen, wo die Luft rein ist und kein städtisches Licht herrscht, oder in der Wüste und ähnlichen Orten, dann sollen wir das mit heiligen Empfindungen tun. Denn es ist das Ziel der Schöpfungswesenheiten, das ganze Universum mit Leben zu besiedeln. Doch dürfen wir uns dieses Leben aus Liebe, aus Licht nicht nur in der uns gewohnten räumlichen, körperlichen, materiellen Begrenztheit vorstellen, sondern als ein vornehmlich geistiges Leben auf oder innerhalb von materiellen Orten. Wir Menschen, die wir auf der Erde geboren werden, sind dafür vorgesehen in den Reichen des Lichts unser seelisch-geistiges Leben fortzusetzen und uns dort erst richtig weiter zu entwickeln, hin zu Gott.

Die Schattenwelten, wo Finsternis und Zähneklappern herrschen, auf der Astralebene, wo diejenigen Seelen sind, die sich abgewandt haben, dienen dazu, den dortigen Seelen Erkenntnis zu verschaffen. Nach irdischem Zeitmass sind diese Seelen oft jahrhundertelang dort den Qualen ausgesetzt, die sie anderen Seelen, menschlichen als auch tierischen, auf Erden zugefügt haben. Die Ausübung der Qualen wird von den Teufeln erledigt und von den Seelen der Menschen untereinander, die sich darin übertreffen wollen ihresgleichen zu überbieten an Herzlosigkeiten. Diese Teufel aber sind seelenlose Geschöpfe, maschinenhafte Wesen ohne Gefühl, denn ein Engel könnte diese Grausamkeiten an einer Seele nicht verüben. Trotz dieser körperlich und seelisch empfundenen Qualen, befinden sich auch diese Seelen in einem Entwicklungsprozess, von einer tiefen Stufe zurück in das Licht. Dieser Weg zurück ins Licht, sich Gott wieder zuwenden, in seine Richtung blicken, führt über ein neues oder mehrere neue Erdenleben. Es gibt keine ewige Verdammnis. Was Gott ausgesandt hat, kehrt alles zu ihm zurück.

Manche Menschen sind in ganzen Geschlechterfolgen schlecht. Solche Seelen sind, obgleich sie in den Schattenwelten gereinigt wurden und in ein neues Leben eingegangen sind, wiederholt rückfällig und versagen. Solche Seelen, die wiederholt gleiche Entartungen pflegen und wiederholt ihr Erdenleben dazu benutzen Böses zu verüben, werden an die Erde gebunden. Dies sind die erdgebundenen Geister. Sie sind gefangen in der Erdsphäre in einem bedauernswerten Zustand der Erlösungssehnsucht. Diese armen Seelen sind gewissermassen aus dem Beachtungskreis der Engel heraus genommen. Sie brauchen die Fürbitte und Gebete der lebenden Menschen auf der Erde, die für sie um Erlösung bitten.
Melisande erinnerte sich an viele europäische Dichter die darum wussten, wie Oscar Wilde in dem Gespenst von Canterville. Sie haben uns unzählige Erzählungen geschrieben, wo ein guter Mensch mit einem reinen Herzen einen erdgebundenen Geist, der nicht ins Jenseits konnte, erlöst hat.
Die noch nicht ausgereiften Seelen dürfen die ausgereiften Seelen in ihren Welten nicht besuchen, jedoch ist es andersherum möglich. Die höheren Geister dürfen die niederen Geister in ihrer Welt aufsuchen. Die höheren geistigen Welten sind ewig blühende herrliche Welten, voller Sonnenlicht und von nicht irdischer Schönheit, von welchen wir uns keinen Begriff bilden können.

Sie musste an Dantes Göttliche Komödie denken und an die Bilder von Hieronymus Bosch. Die Schattenwelten sind eingeteilt. Hassende treffen auf Hassende, Betrüger treffen Betrüger, Lügner die Lügner, und Hochmut trifft auf Hochmut und sie quälen sich untereinander. Auch sind dort Gebiete in denen sich diejenigen treffen, die gegen die göttliche Harmonie gewirkt haben, die jegliches Schönheitsgefühl missachtet haben. Diese Zonen der Läuterung können von den Seelen erst wieder verlassen werden, wenn sie durch unzähligen Selbstekel und sich selbst anwidernd, vor ihresgleichen um Bereinigung bitten. Dies ruft die höheren Geister zu ihnen, die dann helfend wirken, Liebe und Trost spenden und behilflich sind auf dem Weg in Sphären des Lichts.

Das Töten von Kindern und begangene Verbrechen an wehrlosen Opfern werden entsetzlich gesühnt. Schwerste Verbrechen gegen die Gesetze der Liebe, Hass und Verachtung gegen Gott, versperrt den Heilsweg aus den Gebieten der Läuterung in höhere Sphären.

Für diese Menschen, für diese Seelen gibt es nur die Hoffnung der Begnadigung durch Reinkarnation, aber nur bei tiefster Reue.

Die Schattenwelten sind notwendig für die Reinigung der Seelen. Die dunklen Mächte von denen ihr beeinflusst werden könnt, sind menschliche Seelen deren Minderwertigkeit sie an die Erde bannt. Sie suchen Verbrüderung mit gleich minderwertigen, dem Bösen anfälligen Seelen, durch die sie ihre Kraft zu vermehren erhoffen. Sie sind nicht immer arme Seelen die um Erlösung flehen, sondern oftmals wirklich böse Seelen, die genau wissen, dass sie wieder in die Schattenwelt zurück müssen, die sie schon kennenlernten. Sie hassen alles Edle und Reine, dem sie nichts anhaben können.

Dämonen sind Erdgeister. Sie entstehen und vergehen. Gott beachtet sie nicht. In geistig hoch entwickelten Kulturgemeinschaften gibt es solche Erscheinungen nicht. Sie entstehen aus den wilden Urtrieben primitiver Menschen.

Luzifer ist nicht gleichzustellen mit Satan. Gehalten ist Luzifer im Willen Gottes und kein Mensch braucht ihn zu fürchten, der sich an Gott und Jesus bindet oder glaubenslos, in natürlicher Seelenreinheit auf die göttliche Stimme in seinem Gewissen hört. Luzifer beherrscht die Schattenwelt als ordnender Geist. Sein Wesen ist schillernd und unergründlich. Er ist ein Bild der Schönheit ohne die warme Ausstrahlung der göttlichen Liebe. Er und alle dunklen Engel werden dereinst gewandelt und mit der göttlichen Gnade des Vergessens beschenkt. Luzifer bedeutet Lichtträger und er durchleuchtet erbarmungslos die menschlichen Seelen. Luzifer selbst ist nicht zu erklären, ein verschlossenes Geheimnis ist sein Leben. Gottes kosmisches Weltgeschehen ist ein bleibendes Geheimnis für die Seligen.

Melisande erinnerte sich an einen Besuch in der städtischen Bibliothek an einem frühen Nachmittag bei Regenwetter. Damals stöberte sie die Reihen entlang und schaute an, was sie ansprach. Dabei zog sie immer wieder Bücher aus dem Regal um diese kurz anzublättern. Aus einem solcher Bücher viel ein Zettel:

Das All ist erbaut aus Streben und Widerstreben.

Als sich unterdessen viele Tausende der Volksmenge versammelt hatten, so dass sie einander traten, fing er an, zu seinen Jüngern zu sagen, zuerst: Hütet euch vor dem Sauerteig der Pharisäer, welcher Heuchelei ist.

Es ist aber nichts verdeckt, was nicht aufgedeckt, und verborgen, was nicht kundwerden wird; deswegen, soviel ihr in der Finsternis gesprochen haben werdet, wird im Lichte gehört werden, und was ihr ins Ohr gesprochen haben werdet in den Kammern, wird auf den Dächern ausgerufen werden. Ich sage aber euch, meinen Freunden: Fürchtet euch nicht vor denen, die den Leib töten und nach diesem nichts weiter zu tun vermögen. Ich will euch aber zeigen, wen ihr fürchten sollt: Fürchtet den, der nach dem Töten Gewalt hat in die Hölle zu werfen; ja, sage ich euch, diesen fürchtet. Werden nicht fünf Sperlinge um zwei Pfennige verkauft? und nicht einer von ihnen ist vor GOTT vergessen. Aber selbst die Haare eures Hauptes sind alle gezählt. So fürchtet euch nun nicht; ihr seid vorzüglicher als viele Sperlinge. Ich sage euch aber: Jeder, der irgend mich vor den Menschen bekennen wird, den wird auch der SOHN DES MENSCHEN vor den Engeln GOTTES bekennen; wer aber mich vor den Menschen verleugnet haben wird, der wird vor den Engeln GOTTES verleugnet werden. Und jeder, der ein Wort sagen wird wider den SOHN DES MENSCHEN, dem wird vergeben werden; dem aber, der wider den Heiligen Geist lästert, wird nicht vergeben werden. Wenn sie euch aber vor die Synagogen und die Obrigkeiten und die Gewalten führen, so sorgt nicht, wie oder womit ihr euch verantworten oder was ihr sagen sollt; denn der Heilige Geist wird euch in selbiger Stunde lehren, was ihr sagen sollt. (Lukas 12, 10)

Sie machte sich immerfort Gedanken darüber, ob im Jenseits den Seelen das Evangelium durch die Engel Gottes verkündet wird, sowie die Bibel es bestätigt.

Ja, die Schulung geht dort weiter. Doch nicht so leicht und nicht so bald wie auf dieser Erde.

Denn dort herrscht nicht die Gewalt des freien Willens. Auf dieser Erde hat jeder Mensch für seine Seele die Möglichkeit, durch Gott viele Schätze zu gebrauchen, mit denen er sich nach den Vorgaben Gottes, geistige Schätze für seine Seele für immer erwerben kann. Im jenseitigen Reich aber entfallen die von Gott gegebenen Schätze. Dort wird sich eine Seele alles selbst erschaffen müssen. Dort muss die Seele aus ihrer eigenen Weisheit und Willenskraft, aus dem was sie sich auf der Erde erarbeitet hat, schöpfen müssen. Mehr steht ihr nicht zur Verfügung. Das sich vor Augen führend ist es dumm gehandelt, jetzt in der Zeit der Gnade Gottes, sich keine Anteile zu verschaffen.

Das Heilen
Handauflegen

Alles was Odem hat lobe den Herrn, denn alles was Odem hat, hat auch eine Seele.

Unser Herz hat vier Kammern. Eine der Kammern gehört dem Schöpfer, die zweite Kammer gehört dem Priester Melchisedek, die dritte Kammer gehört Gott, die vierte aber gehört dem Vater Jesus. In diesen Kammern ruhen die Macht, die Kraft, die Gewalt und die Stärke.

Schmerz den wir empfinden, von dem wir glauben, dass ihn der Körper empfindet, diesen Schmerz spürt der Geist. Denn nur im Geist ist das Zentrum aller Empfindungen. Und nur weil der Geist in allen deinen Leibesteilen innewohnt, empfindest du auch den Schmerz als würde er in deinem Körper und von deinem Körper ausgesandt sein.

Wir allein können nicht heilen. Allein der Heilige Geist spricht uns das Heilen zu. Wenn wir vom Heilen sprechen, dann vom einmaligen und ganzheitlichen Heilen durch das Wirken des Heiligen Geistes. Es sind zwei Formen des Heilens. Jesus der zu jeden Moment ewig fortwährend und vollkommen im Gebet mit dem Vater steht, hat Befehlsgewalt und sein Heilen geschieht im Moment. Seine Jünger, die nur unvollkommen und nicht ewig fortwährend im Gebet mit Jesus standen, mussten beten um Heilung zu bewirken, was Ihnen daraufhin gewährt wurde. *Wohl Euch, die ihr an mich glaubt, spricht Jesus. Den Vater für sich kann freilich kein Mensch sehen. Er wäre ohne mich nicht da und ich nicht ohne ihn, weil ich und er vollkommen ein Wesen sind. Wer aber nun mich sieht und hört, der sieht und hört auch den Vater. Denn ich als Vater habe mich durch meinen Willen selbst in diese Welt gesandt. Darum wohl euch die ihr an mich glaubt. Denn wer an mich glaubt, der glaubt auch an den Vater der mich gesandt hat, und der wird ihm darum geben das ewige Leben.*

Dem Teufel ist es möglich Wunder zu bewirken, aber keine Heilung. Wenn wir uns die deutsche Sprache zu Hilfe nehmen und in der Zeit zurückgehen so steckt in Teu-fel das tui-vil und bedeutet zwei-Wille. Der gefallene erste Engel Luzifer hat sein eigenes Reich begründet und ist aus den Himmeln Gottes herausgefallen, weil er seinen eigenen Willen verwirklichen wollte und sich getrennt hatte vom Willen Gottes. Da er aber als Geschöpf Gottes nicht ohne den Willensteil Gottes ist, hat er seinen einen Willen in sich geteilt in zwei Willensteile. Damit ist ihm und allen seinen gefallenen Engeln keine Heilung möglich.

Warum ist Heilung möglich, notwendig und gegenwärtig? Was ist Heilung?

Gott hat aus seinem Geist heraus die Menschen mit verschiedenen Geistesgaben ausgestattet, so dass die Menschen untereinander sich in ihren Eigenschaften unterscheiden. Dadurch ist vorgegeben, dass sich das Geistwesen Mensch in alle Ewigkeit in Nächstenliebe gegenseitig dienen kann, sowie das zweite höchste Gebot es bekanntgibt. Liebe deinen Nächsten wie dich selbst. So kommt es, dass die Menschen bei der Vervollkommnung ihres inneren Lebens unterschiedliche Gaben erhalten.

Dem einen ist es gegeben in seiner Rede und in seiner Schrift voller Weisheit das Wort zu führen. Einem anderen ist es möglich Vorsehung zu haben. Wiederum andere zeichnen sich durch einen starken Willen aus oder sind Erfinder, sind schöpferisch oder verfügen über die Macht der Demut. Ebenso können sie sich auszeichnen durch die Qualität der Kraft der Liebe und sind voller Ernsthaftigkeit und Güte, oder barmherzig oder langmütig. Man kann es weiter fortschreiben. Wenn es schlimm kommt, kann der Geist aber aus der Gottestiefe in sich schöpfen und hat alle Fähigkeiten vereint.

Es ist ein tiefes Geheimnis zu ergründen, welches lautet, dass Gott ein Mensch ist und dieser Mensch die allerhöchste Liebe selbst ist, aus der heraus alles was ist durch Schöpferkraft erschaffen ist. Er ist der Mensch aller Menschen und nennt sich als Jesus selbst Menschensohn. Gott von Ewigkeit her Jesu Menschensohn und ist der Heiland aller seiner Geschöpfe. Das Wort, das er sprach, war gerichtet an alle Kreaturen zur Heilung durch seine Liebe. Einmalig, endgültig und ewig. Der durch die Gottesliebe geheilte Mensch ist das Kind Gottes. Meister Eckhart sagt hierzu: *Es gibt zweierlei Geburt der Menschen, eine in die Welt, und eine aus der Welt, das heisst geistig in Gott.* Es ist die Entwicklungsaufgabe der Seele, dass aus ihr alles hinaussterben muss was Materie, also nicht Geist ist. Das ist der alte Adam. Solange noch irgendetwas vom alten Adam in uns ist, solange kann der Geist Gottes sich nicht in der Seele, die da ist der Geist-Mensch, gänzlich ausbreiten und die Seele erlösen von jeglichem Gericht. Das ist die Heilung in Ewigkeit.

VOR DEM LESEN HEILIGER SCHRIFTEN WAR ES ÜBLICH IN EINEN SPIEGEL ODER AUF EINE STILLE WASSEROBERFLÄCHE ZU BLICKEN UM DIE AUGEN ZU REINIGEN

Wenn wir den Jüngern Jesu folgen, mittels Händen und durch das Gebet heilen, sollten wir unsere Augen des Herzens zuvor reinigen. In den Handinnenflächen verlaufen die wichtigsten Energieströme in Verbindung mit den Fussinnenflächen, sie stellen ein Energieschloss dar. Deshalb falten wir auch die Hände zum Gebet. Wir harmonisieren uns dadurch und die Lebensenergie kann durch die Finger strömen. Heilen ohne Liebe ist nicht möglich. Möglich ist, dass dem Ausführenden dies nicht bewusst ist, und sie oder er dies nur unterbewusst oder überbewusst weiss.

Beim Handauflegen kann man die Erfahrung machen, dass wir nur durch die lebendige Liebe Weisheit erlangen können. Jegliches Wissen, das wir Menschen uns auf der Erde aneignen in unserem Zivilisationsstreben, ist nutzlos ohne die Liebe. Darum sollen wir nicht in Sorge sein, wenn es uns an Weltwissen mangelt, sondern uns darum kümmern viel zu lieben. Dann wird uns die Liebe Dinge geben, die uns das Wissen nicht geben kann. Deshalb sind die ständigen Liebestaten an den Kreaturen besser, als das Anbeten oder das Schriftstudium im Kämmerlein. Lieber mehr lieben als schriftgelehrt zu sein. Der Gelehrte versucht die Welt zu gewinnen. Die Welt versucht den Gelehrten zu verblenden. Der Gelehrte verlässt sich auf seinen Verstand und arbeitet mit diesem. Das Geschenk, das uns der Verstand bereitet ohne die Liebe, ist der geistige Tod und das Gericht. Nur die Liebe hat die Kraft uns umzugestalten. Der Verstand ist uns nur zu Nutze, wenn er der Liebe dient. Die Liebe aber ist das Erste vor allem.

In den Sprüchen Salomons im achten Kapitel erfahren wir, dass die Weisheit als Gottes ewiger Besitz gilt. In vielen Religionslehren wird sie Sophia genannt und ist weiblich. Die byzantinische Sophienkirche, heute Hagia Sophia genannt, was übersetzt Heilige Weisheit heisst, galt eintausendfünfhundert Jahre lang als das zentrale Bauwerk für dieses Bewusstsein im Glauben der Christenheit, bevor sie durch die Eroberung der Osmanen zu einer Moschee werden musste und alle christlichen Insignien durch den Islam entfernt wurden.

Die Weisheit heilt nicht, auch wenn sie zu Erkenntnis der Medizin führen kann. Medizin heilt nicht, sie führt zur

Gesundung des Leibes. Die Seele bedarf der Heilung und Heilung ist das Wort des Heilands. In der Weisheit ist nur Weisheit enthalten, keine Liebe. Worte aus der Weisheit sind Weisheit. Worte aus der Liebe sind Liebe und Liebe ist das Heil.

Das Wort aus der Liebe ist wie der Samenkern in einer Frucht, indem das Lebendige eingeschlossen ist. Er fällt aus der Frucht zum Boden und wird dort Pflanze, Baum und tausendfach neue Frucht.

Wer will, erkennt in diesem alt hergeholten Gleichnis neu den Unterschied, der hochgehaltenen Sprachinhalte der Weisheit, zu den einfach kindlichen Sprachinhalten der Liebe. In der Zuteilung der Weisheit durch Gott an die Menschheit, wird den Menschen gerade so viel zugegeben wie sie ihrer Entwicklung gemäss vertragen und begreifen können, nur wenigen Einzelnen wird Grösseres zuteil. In der Liebe aber wird uns die Ewigkeit eröffnet. In der Liebe des Vaters ist alles was ist enthalten, auch die Weisheit. Aber selbst die höchsten Engel ergründen nicht das verborgene Geheimnis der Liebe.

ALMUTH

Die Seewirtin

Alle Wasser dieser Welt sind miteinander verbunden.
Auch wenn wir die Wege ihrer Vernetzungen nicht sehen
können, ist es doch so, all die unzähligen Ströme und
Rinnsale, die Quellen, die in den Felsen und in der Erde
laufen.
Der Berg aus Stein, der uns trocken scheint, wird zu einer
Wasserquelle, wenn wir unsere Tunnel in ihn graben.
Fragt die Bergbauingenieure.

Fällt ein Regentropfen auf die glatte Oberfläche eines
Sees, dann breiten sich zentrisch von seinem Eintritt
kleine Wellenringe aus, die unserem Auge irgendwann als
in der Fläche verschmolzen erscheinen.
Doch noch lange sind es Wellen, nur eben kleinere und zu
klein, als dass wir sie noch sehen könnten. Wie weit
reichen dann die feinsten Wellen, die Schwingungen?!
Fragt die Physiker und Mathematiker, was sie annehmen
und errechnen können.
Nach deren Antwort fragt die Engel, wie weit sie
tatsächlich reichen und wie weit sie diese wahrzunehmen
vermögen.

Almuth lebte am Ufer eines glasklaren, an manchen
Stellen türkisfarben leuchtenden Gebirgssees. Sie war zur
Seewirtin geworden, denn sie hatte die Führung der
Gasttätigkeit am Hof übernommen und begonnen diese
neu auszurichten.
Was einstmals als alt galt wurde jetzt wieder neu. Nur das
Gras wird notwendiger Weise immer zu Heu.

Ihr geschah etwas Aussergewöhnliches, etwas das in früheren Jahrhunderten als wahr beschrieben wurde und heute zu den Erzählungen und Märchen gehört. Langsam jedoch beginnt eine neue Zeit, in der wir das seit allem Anbeginn immer gleich gebliebene Wissen in unser erweitertes Bewusstsein heraufholen, und der Welt um uns wieder reifer und liebender begegnen können.

Almuth war die Seewirtin. Am Anfang war sie nur die Tochter, eine Schwester und Enkelkind, das gerne sang und die freie Zeit damit verbrachte in der Tenne, auf dem Heuboden oder im Heu zu liegen um Bücher zu lesen. Sie lebte am See und liebte den See. Almuth hatte eine Liebe für die gewöhnlichen Steine, welche das Wasser geschliffen hatte, aber keine zu den Edelsteinen aus den Tiefen der Erde. Sie sammelte Buchstabensteine, wie man sie am Bodensee finden kann. Das Wasser hat sie rundgeschliffen oder flach. Sie sind schwarz oder grau und die Quarzlinien die im Steinbrocken verlaufen, sind freigeschliffen worden und sichtbar.
Man kann das ganze Alphabet am Uferstrand finden. See und Stein sprechen, der verborgene Buchstabe ist freigelegt. Das Wort ist auch im Wasser zu finden, denn Gottes Geist hat über den Wassern verweilt.

Sie genoss es auf den Seeuferwiesen zu liegen und den farbigen Libellen beim Flug zuzusehen oder den Mauerseglern und Schwalben. Beim frühen Schwimmen im See, wenn nur ein paar Angler in ihren Booten noch früher draussen waren und der See flach wie ein Spiegel dalag, konnte man den Mauerseglern bei der Jagd zusehen, wie sie über die Wasseroberfläche glitten. Herrlich anzusehen die Schönheit ihrer Vogelkörper in Bewegung, ihr Segeln durch die Luft, die Ruhe in der Geschwindigkeit.

Diese Vögel waren regelrechte Lüftezerteiler.

Wie kann aus einer Ruheerscheinung so schnell eine Flugerscheinung erwachsen?

So viele Stunden des Lebens an diesem See mit seinen Bergen und seiner Stille zugebracht. Gefeiert, gesungen, getanzt und den Morgen erwartet am lodernden Feuer am Seeufer. Gesungen, so viel gesungen mit der Familie und mit Freunden. Immer die Stimme in den Himmel hochgesteckt, unterhalb der Wolken, unter dem Spiegel der Sonne hingezogen der getragene Gesang, aber festgehalten gewesen von den umgrenzenden Bergen hat er das Tal nicht verlassen, und der Ruf nach draußen wurde nicht gehört. Man hätte unter Wasser singen müssen, wie es die Nixen pflegen. Man hätte seine Lippen auf die Wellen pressen müssen.

Anstelle dessen setzte sie ihre Schaffenskraft dafür ein, die Kultur und Folklore ihres Landes in das Gastgeberleben zu integrieren und eigene landwirtschaftliche Produkte zurückzuholen und biologisch zu wirtschaften. Sie wurde zu einer Streiterin bäuerlicher Werte in Verbindung mit städtischer Kultur und das mit Weltoffenheit. Eines aber, wollte sich bislang nicht einstellen – eine eigene Familie.

Der Wasserelbe

Bruno Nagel: Es heisst die Wolken seien das Blühen des Wassers

Der Wasserelbe war ein noch junges Mitglied aus der Familie der Wasserwesen der schönen Lau aus dem Blautopf, der sich auf den Karstgesteinszügen der schwäbischen Alb befindet.

Vom Ältesten wurde er von dort nach Lienz ausgesandt, um dem Drautal zu folgen.

Grossengel führen und leiten die Elementarwesen und dem Ältesten wurde es von diesen angetragen, den jungen Wasserelben ins Drautal auszusenden, denn dort würde eine wichtige Aufgabe für ihn bereitgehalten. Er sollte wiederholen und fortführen was vor einigen Jahrzehnten eingeleitet wurde. Der Älteste hatte vor nicht allzu langer Zeit denselben Aufgabenkomplex erhalten gehabt.

Die Geschichte hat ihren Anfang zunächst aber an einem ganz anderen Ort am Rhein, in einer Stadt in Deutschland, unmittelbar am Fusse ihres gewaltigen Doms. Im Frühjahr zweitausendundzwei fand dort eine Ausstellung des Metamorphosenkünstlers Matthew Barney statt. Die damalige Freundin jenes Künstlers ist eine avantgardistische Sängerin aus Island. Einem Land in dem das Wissen über die Existenz der Elementargeister noch ausreichend bewahrt ist. Niemand zweifelt dort daran, dass alles was wächst und sei es selbst das langsamste Wachstum, welches uns nicht sichtbar ist, kaum in einem Menschenleben erfahrbar, von Geisteswesen angeleitet, behütet und bewacht ist. Diese beiden bringen dieses Wissen in ihren Kunstformen zum Ausdruck. Barney ging sogar soweit, die letzten Rückzugaufenthaltsstätten in denen die Grosselben zu finden sind, zu fotografieren und diese Bilder der Gebirgsgletscherlandschaften auszustellen.

So geschah es, dass in den Nachtlichtern des künstlich bestrahlten Doms, die einzelnen Bilder der Kunstausstellung sich in den Fenstern und dadurch wiederum auf den Wellen des Rheins spiegelten. Dies sah ein Wasserelbe, der von der Alb den Rhein herabgekommen war und einen hohen Auftrag zu erfüllen hatte. Er sollte erneut eine Verbindung zu den Menschenseelen aufnehmen. Er sollte es schaffen wieder Gestalt zu werden mit einem Menschen, damit die Seele des Menschen wieder in Gemeinsamkeit agiert mit den Elementarwesen und für die Geschöpfe der Natur aktiv und bewusst wieder heilend zu wirken beginnt.

Die ursprüngliche Heimat dieses Wasserelben war das Gebiet des Grossglockners in den Hochalpen, bevor er ausgewählt wurde und auf die Alb kam. Er hatte seine Reise durch die Quellwege der Gebirge genommen und war beim Blautopf an die Erdoberfläche zurückgekehrt. Ein Jahr später setzte er seinen Gewässerweg unter Tageslicht fort, traurig ausgesetzt dem Lärm der heutigen Menschenwelt. Denn die Menschen hatten sich über die Jahrhunderte ihre eigene Welt geschaffen, ohne das Miteinanderleben von Natur und Tier. Die Menschen waren für sich allein. Sie waren zu denen geworden, die über allem zu stehen wussten, die Selbstberufenen nach Schrift und Wort. Sie sind die Krone der Schöpfung und die Welt ihnen Untertan, aber sie herrschen nur mit Macht ohne Liebe, ohne Weisheit, ohne Verstand, mit der Verächtlichkeit des Besserwissenden. Die grossen Massen sind durch ihresgleichen in Unwissenheit gesetzt und zerstörerisch wirkend.
Alles was der Älteste erfahren hatte wurde an den jungen Wasserelben weitergegeben. Besser vorbereitet zog dieser nun nach Lienz. Ein Mensch wäre aufgeregt. Vergleichbares kann man von einem Elementarwesen des

Wassers nicht sagen, doch gibt es auch für sie einen Zustand des angespannt seins.

Tief erfüllt und voller Dankbarkeit über das erfahrene Glück nach der gelungenen Geburt des Kälbchens, stieg Almuth von der Alm ein Stück aufwärts, um sich ihre Hände in der Quelle gänzlich reinzuwaschen, was nicht vom Abwischen am Stroh abgenommen worden war. An der Quelle einer hohen Felswand leuchtete das Wasser im Sprühnebel über dem grünen Moosbewuchs der rundgeschliffenen Steinblöcke, als besässen diese eine Adelskrone aus hellem Silber und bunten Edelsteinen. Das Wasser hat den Besitz des grössten Königreichs auf Erden inne und im Nebel seine Königskrone. Da geschah es, dass ein Leuchten des Wassers über ihren Händen aufkam und Almuth verwundert ins Staunen kam, ob des fliessenden, spielenden Zaubers in ihren Handflächen, welcher sie seelisch erneut mit Glück erfüllte.

Am darauf folgenden Morgen begegnete sie zum ersten Mal dem Wasserelben.

Als Almuth sich in der Früh am Waschbecken wusch, mit Wasser aus der eigenen Quelle, welches durch die Leitungen floss, und dieses in den Handflächen eingefüllte Wasser über das Gesicht rieb, empfand sie eine zärtlich kribbelnde Berührung, als fliesse eine Art Strom durch das Wasser und als würde sie das Wasser regelrecht streicheln.

Von nun an hatte sie täglich, sobald sie in Berührung mit Wasser kam oder in dessen Nähe war, aussergewöhnliche Erfahrungen zu machen. Emotionale Erlebnisse, geprägt durch Farb-, Wärme- oder Elektrizitätsgefühle, die sie in ihrem Körper wahrnahm. Dies ging so eine ganze Woche und länger, bis sie eines Morgens beim Schwimmen im See zum ersten Mal eine Stimme geistig wahrnahm, etwas zwischen hören und sehen. Sie konnte die Stimme wie Gedanken hören oder auch sehen, denn sie hatte die Wahrnehmung, dass in ihrem Augenwinkelbereich eine schemenhafte männliche Gestalt zu sehen war.

Es bedurfte einer gewissen Gewöhnungszeit, bis sie hierbei an Sicherheit gewann.

Ähnlich wie in einem Traum in Gedanken verbunden, mit diesem offensichtlich realen Wesen, das im Augenwinkelbereich zu finden war, zu kommunizieren. An einem Sonntag während des Kirchgangs erzählte der Wasserelbe der Seewirtin von seiner Herkunft. Die Gedanken, die er ihr zusandte während der Predigt, waren folgende:

>Alles ist eins und alles ist miteinander verwoben und verbunden in der Zeit und über die Zeit hinaus, denn alles ist in Wirklichkeit jetzt und ist gleichzeitig, ein ewiger Anfang neben einem ewigen Ende.<

Am späten Nachmittag setzte sie sich auf den Steg am Wasser und streifte ihre Schuhe ab um die nackten Füsse im Wasser des Sees zu kühlen. In dem Moment war er wieder bei ihr:

> Die Menschen wollen alle gesehen werden. Die einen sind dabei laut, sagen beständig hier und schaut her, die anderen sind still und zurückhaltend und wollen von selbst entdeckt sein. Nur die allerwenigsten wissen um sich selbst. Um sich selbst wissen heisst, sich in Liebe zu wissen. Diese Menschen haben in sich die Gewissheit wiedergefunden, dass sie aus der Liebe heraus entstanden sind, aus ihr hierhergekommen sind, und dass die reinste Energieform der Liebe sie fortwährend anhimmelt. Diese Menschen haben sich darauf besonnen, sich wieder daran zu erinnern, dass sie immer angesehen waren und unter den Augen der Liebe ewig wandeln.<

Dann kam eine kurze Zeit wo sie keinen Kontakt zu ihm fand. Meist suchte er sie ja auf mit seinen Gedanken aber inzwischen war eine Wechselbeziehung entstanden. Doch seit einer Woche schien er verschwunden. Das Wasser, das sie berührte, war regungslos geworden.

Auf einmal, ganz plötzlich und unerwartet, war er wieder da. Sie hatte gegen den Durst ein Glas Wasser getrunken, da sprach er ihr davon, wie das Gedächtnis des Wassers funktioniert, und dass, wenn es ihr nicht gut gehe, sie sich morgens einfach ein Glas Wasser einschenken solle und dieses mit folgenden Worten positiv informieren kann:

>In diesem Morgenwasser ist alles Gute enthalten was ich für meinen heutigen Tag brauche; und sie soll sich dabei rein nur auf das besinnen und es mit Liebe glauben, und dabei dankbar sein, dass dies für sie geschieht.<

Zeit verging, Zeit kam. Zeit war kein Paradigma mehr im Empfinden der Seewirtin durch die Begegnung mit dem Wasserelben. Der junge Wasserelbe sprach ihr davon, dass neue Energien seit Januar zweitausendundfünf aus den Tiefen des Universums zur Verfügung stehen, und seit Juni zweitausendundfünf eine Erweiterung der Evolutionsenergie, eine Erneuerung der Heilsenergie stattfindet und das Zentrum des Menschen nicht mehr seinen Sitz im Herzbereich, sondern sich über den Leib hinaus erhebt und jetzt knapp oberhalb seines Kopfes sitzt. Die Freiheit über die Körpergebundenheit ist damit eingeleitet worden.

Sie erfuhr von ihrem neuen Lebensbegleiter, dass alles lebendigen Geist besitzt was lebt, und dass es eine Lebenskraft gibt, die manche Odkraft nennen, diese schöpferischen Ursprungs ist, und jedem Wesen seinem eigenen Kraftbild entspricht. Wenn der Mensch schöpferisch tätig wird, so stehen ihm drei Ebenen zur

Verfügung aus denen heraus er erschaffen kann: Überbewusstsein, Bewusstsein, Unterbewusstsein.

Dann kam der Tag an dem sie zum ersten Mal den Gesang des Wasserwesens zu hören bekam. Der Wasserelbe war nicht allein. Almuth, die Seewirtin, hatte die Nacht in einem Gasthaus mit Freunden verbracht und war in den frühen Morgenstunden auf dem Weg nach Hause in ihr Bett. Da verspürte sie einen starken Drang noch einmal an den Seesteg zu gehen. In dieser Nacht war Vollmond und die Wolken gaben den Mond frei, in dem Moment als sie dort ankam. Sie sah, wie dieser Mitternachtsmond mit seinem Glanz, über die Wasseroberfläche des Sees dahinspielte wie ein Gesang. Da erinnerte sie sich, mit Unterstützung der Gedanken der Wasserelben aus dem Blautopf, dass ihr Wasserelbe aus dem Neckarfluss kam, wie es ihr neuer Freund in seinen Erzählungen berichtet hatte.

Gesang des Wasserelben

Der Neckar

Der Neckar ist ein wilder Fluss
Der sich dem Menschen beugen muss

Wie Warzen stecken tief die Wehre
Die wilde Flut, nur eine Mähre
Ade mein Neckar, du still gewordener Schwabe
Wo bist du hin, bist wie im Grabe
Und deine Stille keine mehr
Wie flach gestrichen zieht dein Wasser her

Ach Neckar bäume dich auf
Winde schäumt und nährt die Flut
Rausche, rausche wild und gut

Treib wie eine Schlange dich
Durchs Land
Und spring über Steine
Sei voller Übermut
Und sei wieder voll der Stille
Dort wo deine Flut sich ruht

Seine Gedanken setzten sich fort in ihrem Kopf:
>Was ihr Menschen als Wolken wahrnehmt, die sich
scheinbar alleine durch physikalische Vorgänge
begründen, hat sein ursächliches Geschehen im Geistigen.
Damit wird die Begründung verständlich, dass manche
Menschen unter den Wettervorgängen mehr zu leiden
haben als andere. Auch rührt der Begriff des Unwetters
daher. Manche Landwirte und manche Orte leiden
regelmässig unter Hagel oder Regen zu unpassender Zeit.

Auch Pflanzenkrankheiten oder die Häufigkeit von Tierplagen die sie treffen, ungleich mehr als die anderen. Auch hier liegt der Ursprung im Geistigen. Und wieder hob sich seine Stimme in ihrem Kopf an:

Weit über dem Tag
                    und unter der Nacht
dem Platz an dem ich manchmal
heimlich vor allen anderen lebe
          ich habe dich angeträumt
dich begonnen in mir, begonnen dich entlang meiner
aufsteigenden Mitte
anzuträumen
den Blick, sanft auf den Boden deiner Ebene angelegt
meine Seele aufgenommen in meine Hände hinein
          sie behutsam aus meinem Körper hinausgetragen
          weit über den Tag hinaus
und tief unterhalb der Nacht entlang zu dir
          und bin in diesen, an deinem von Licht umfassten
Ort
sehr weit herangegangen
          ich habe dich angeträumt
um an dem Saum deines weiten Gewands, mich
einzubetten
mit meinen Händen eine Mulde der Ruhe formen
          jetzt, heimlich und leicht, dein unbemerkter
Vertrauter werde
dein Begleiter
weit ausserhalb meiner eigenen Tage
in den Nächten ohne Lichtfluss
um dort, ganz in deinem Dahinschreiten
der dir Eingeflochtene sein

dir dein Begleiter bin
im losen Dahingehen über die Grenzen der Zeit

Die Gralmuth

Ähnlich der Raupe, die sich in einen Schmetterling verwandelt, so ist
die Auferstehung.
Die Metamorphose im Kunstausdruck beschrieben durch Matthew
Barney. Almuth wird zur Gralmuth durch die Begegnung mit dem
Wasserelben.
Ein Magier mit den Initialen R.S. ist aufgetreten um die
Naturwesenheiten
für die Zusammenarbeit mit den Menschen auszuwählen.
Durch den Jugendstil und seine sichtbaren Ausdrucksformen, wie es
beispielhaft die Blossfeld Fotographie zeigt,
ist die Welt der Elementarwesen für die Menschen wieder sichtbar
geworden, und die Wiederaufnahme der Verbindungen zwischen
Elementarwesen und Menschen hat begonnen.

An einem Sonntag im Juli war ein kleines
Kindergeburtstagsfest auf dem Hof veranstaltet worden.
Eines der Kinder war ihr unter all den anderen
aufgefallen, nicht durch irgendetwas Äusseres, sondern
durch sein Inneres. Am heutigen Tag viel ihr alles schwer
und die gewohnte Fröhlichkeit schien seit zwei Tagen
irgendwo im Wald versteckt zu sein. Sie hatte keine Kraft
sich selbst gut zuzureden. Auch half kein aufmunterndes
Wort der ihr nahestehenden Menschen. Es vermochte
auch der Kinderreigen mit seiner Heiterkeit ihr Herz nicht
auszulüften. Die Eltern hatten schon begonnen das
barfüssige Blattwerk ihres Stammbaums einzusammeln,
als es geschah.
Wind kam vom See daher. Der Wasserspiegel war gerade
noch glatt gewesen. Almuth sah, wie sich der Spiegel an
einer Stelle wie zu einem Waschbrett krauste und aufs
Ufer zugeschossen kam. Das Gras war so kurz gemäht
worden, dass der Wind ohne eine Spur zu hinterlassen,
daher eilte und mit einem Sprung sass er im alten
Birnbaum. Ein kleines Mädchen war bei Almuth
geblieben, mit dunkelblauen Augen, die drei goldfarbene
Sprenkel in dem Blau besassen. Almuth konnte nicht

davon ablassen dem Kind beim Erzählen zuzuhören und ihm dabei fortwährend in die Augen zu sehen. Da war der Wind auf einmal fort aus dem Birnbaum, war in dem Kind und aus dessen Augen sah sie eine gewaltig grosse Liebe an, als schaue das ganze Universum aus diesen Augen auf Almuth. Ihr Herz stieg hinauf aus seiner Tiefe und lautlos warm flossen ihre dünnen Tränen vor Glück. Sie war voller Dankbarkeit, dass Gott sie auf diese Weise angesehen hatte, aus leuchtenden Kinderaugen heraus.

Sie fragte den Wasserelben wie es sein kann, dass man genau fühlt wie sein eigenes Herz schmilzt, obgleich doch ein Herz so körperhaft ist und man es eigentlich nur schlagend, pochend, rasend oder stechend empfinden kann.
>Du musst wissen, dass die Seele des Menschen alle Dinge fühlend erfasst, und nicht mit dem Verstand und den Gedanken. Die Gedanken sind eine eigene Weltebene in der etwas geschieht. Mit deiner Seele kannst du richtigerweise alles erfühlen und auch als Gefühl empfinden. Der Sitz der Seele in der Empfindungs- und Vorstellungswelt der Menschen ist ja das Herz. Gefühle sind unmittelbare Botschaftsträger, viel zuverlässiger als die Worte der Sprache oder einer Schrift. Wir können nur schwer verstehen, warum ihr Menschen euch so sehr auf das Wort verlasst. Die Sprache ist doch so hilflos, sie kann nicht einmal die höchsten eurer Glücksempfindungen zum Ausdruck bringen. Gerade da könnt ihr merken, wie ihr ohne Worte bleibt um euer absolutes Glück zu beschreiben. Die Gefühle sind sichtbar, sie sind ein Schwingungsspiel, sind Klang und als Farbe erkennbar. Manche von euch Menschen können das auch sehen, mit ihren unmittelbaren Sinnen wahrnehmen.<

Almuth hatte gedankenverloren eine Blüte vom Rosenstrauch abgepflückt, und drehte zwischen Daumen und Fingerspitze diese nun hin und her.

>In den Blumen leuchtet die Kraft der Erde, denn die Erde sehnt sich nach dem Licht der Sonne. Die Erde selbst hat so viel von der irdenen Dunkelheit, ist es doch ihr Leib. Drum achte der Blumen, der Blüten so viel und wenn ihre Schönheit und Farbe, ihr Duft dir nicht reicht, schmecke den Honig, das flüssige Sonnenlicht und wisse um die Erde. Wer das nicht vermag, der ist nicht von hier, der hat kein Haus.<

Abschliessend formulierte sie einen Gedanken aus einem Traum, den sie diese Woche in den frühen Morgenstunden gehabt hatte, von einem blauen Hirsch.

>Der blaue Hirsch erhabenen Schrittes, zwischen silbernen Grashalmen, seine Geweihspitzen im Licht der aufgehenden Sonne, kommt auf dich zu. Kommt eine Fluchtlänge weit vor dir zu stehen. Du kannst seine langen Wimpern erkennen, die Schönheit der klaren Linienzeichnung seiner Gesichtszüge. Das Glänzen der feuchten Nüstern. Ein Fabelwesen aus einer dir unbekannten Welt, die hinter einem Schleier verborgen liegt. Bekümmere dich nicht, erfreue dich daran.<

Es war immer das gleiche Rauschen des Windes und immer das gleiche Rascheln des Schilfes. Sie hatte es so oft gehört und manchmal sich darüber gefreut und länger zugehört. Vertraute Geräusche der Welt, die um sie geschah jeden Tag. Im Winter waren die Schilfrohre gefroren bis in die Spitzen. Sie gaben dem Wind kein Eigenlied mehr in sein Rauschen hinein. Heute wusste sie, dass sie es wirklich hörte im Inneren, ein Erkennen, dass jenes Rascheln immer da war, ein ewiges ständiges Sein, die Unendlichkeit, was Göttlichkeit bedeutet. Wenn das

Rascheln des Schilfs Göttlichkeit ist, dann ist alles Göttlichkeit und alles ist heilig. Wenn alles heilig ist, dann ist alles in Liebe und aus der Liebe heraus im Sein.

Der Wasserelbe hatte auf die Gedankenfrage von Almuth hin: >Was er über die Natur der Engel wisse? < , sie verschwommen angesehen aus seinem Augenwinkelversteck. Geradeso als hätte man ihn nach etwas Unmöglichem, Unerhörten gefragt und obendrein nach etwas nicht Erklärbarem.
>Was fragst du nach solchen Dingen. Sie sind reiner Geist und wir sind Element. Wir sind vergänglich und endlich. Sicher auch uralt, von Anbeginn der Schöpfung. Der eine oder andere von uns vielleicht auch undenkbar alt wie das Gestein. Wir kennen nur wenige von ihnen. Sie sind für uns zuständig. Es gibt Engel, die über Gebiete wachen, dort wo auch die Widersachermächte herrschen.<

Almuth hat einen plötzlichen Gedanken, der ihre innere Kommunikation abreissen liess. Klar und deutlich war da ihr Herz in den Vordergrund gerückt. Es hatte sich vergrössert. Sie sah es mit ihrem inneren Auge an, und ihr Herz leuchtete als wäre es in einer glatten edelsteinartigen Hülse eingefasst, gar nicht fleischig. Der Wasserelbe schien dies ebenfalls wahrzunehmen.
>Almuth wie schön, du hast ein Engelwort in dein Herz gelegt bekommen. Ein Wort, das dir ein Engel in dein Herz gelegt hat, ist tausendmal wertvoller als jedes Wort, das du durch dein Ohr wahrnehmen kannst. Denn was ein Mensch in seinem Herzen vernimmt ist bereits sein Eigentum. Was aber von der Welt der Materie gesprochen in dein Ohr kommt, von aussen hereinkommt, das muss zuerst erfasst werden von dir. Du musst es hören und danach musst du es erst durch die Tat des vernommenen

Wortes in deinem Herzen dir zu eigen machen. Das ist schwer.<

Sie antwortete ihm darauf:
>Dafür, dass du nichts über Engel weisst, erzählst du mir zu viel davon. Aber ich möchte dir eine Liedweise vortragen, die du sicherlich kennst. Denn sie ist aus der bewegten Seele des Menschen entstanden, der die Elemente zu Hilfe nimmt, zur Unterstützung her nimmt um Verbindung zu schaffen unter sich, um Verbindung zu schaffen zwischen Mann und Frau.<
Eines der Kärtnerlieder klingt so:

Da Almsee is Trüab

Da Almsee is Trüab
Und mei Schatz is ma liab
Und fei seltn kömma zsamm,
weil ma gar so weit ham.

Und mittn im Almsee
Machts Wassa an Drall,
und wann schenkts ma dei
aufrichtigs Herzle amal.

Ka See ohne Wassa,
ka Wald ohne Bam,
und ka Nacht, wo i schlaf,
von mein Schatz ohne Tram.

Für Almuth, die Seewirtin, wurde die Welt neu. Sie fühlte sich wie Parzival der Gralssucher. Erschöpft von zu vielen Eindrücken, die ihre Seele umzudrehen begonnen hatten, liess sie sich nieder unter dem Birnbaum. In seinem Schatten streckte sie den Körper aus.

Verwirrt betrachtete sie das Geäst über sich und klagte den Baum an, dass er jedes Jahr gleich, dieselbe Ablauffolge wiederhole und sie als Mensch es ungleich schwerer habe. Heute war nicht ihr Tag. Sie kaute einen Hautfetzen an ihrem Finger ab, als ein gelber Schmetterling sich auf ihrem Handrücken niederliess. Da stieg in ihr das Bild von der Metamorphose Raupe zum Schmetterling hoch und sie verspürte Leichtigkeit. Die Leichtigkeit der Flügelweite, das Sonnenlicht auf den Flügeln, die schlanken Beine, der lange Rüssel für die Nektaraufnahme, kein Blätterfrass, kein plumper Körper mehr, der sich auf Stummelfüssen fortbewegte. Sie hatte sich verändert, verwandelt von der Raupe, die im Blattwerk herumkriecht hin zum Schmetterling, der in den Lüften fliegt. Sie dachte an den Wasserelben, der sich aus dem Wasser aufhebt, wenn der Nebel steigt und hinaufzieht dem Himmel entgegen, der Sonne zu und wieder niedergeht, wenn der Regen fällt. Sie fühlte einen neuen Namen in sich aufkommen: Gralmuth. Der Name ihres wahren Selbst, und da war etwas, das sie mit diesem Namen neu ansprach.

Der Birnbaum

Friedrich Schelling: Alle Geburt ist Geburt aus Dunkel ans Licht;
das Samenkorn muss in die Erde versenkt werden und in der
Finsternis sterben,
damit die schönere Lichtgestalt sich erhebe und am Sonnenstrahl sich
entfalte.

Der Wasserelbe war vom alten Birnbaum angelockt worden, so wie einst die schöne Lau aus ihrem Blautopf in die Stube der Menschen.
Auf seinem Zug durch das Drautal begegnete ihm, am Ufer verweilend, ein sehr reifes und hell strahlendes, weibliches Baumgeistwesen. Sie war die Hüterin des Birnbaums und darauf erpicht den Wasserelben zu sich an den See zu ziehen. Da er auf dem Weg seine Aufgabe zu finden hatte, erkannte er in dieser Begegnung seine Weglenkung.

Birnbäume waren schon immer in der Mythologie der Menschen vorhanden. Früher waren die Holzbirnen Sitz von Hexen und Dämonen, die deren Rinde für ihre schwarze Magie benutzten. Sie waren der Hort von Drachen und bei den Slawen steht das Wort Plonika gleichzeitig für die Birne als für den Drachen.
Sie sind auch Teil der Sage über den Unterberg in Salzburg. Als der Berg der Unteren beherbergt er die Zwergenwelt und die der Drachen. In seinem Inneren befinden sich palastartige Räume. In ihnen schläft Karl der Grosse mit seinen Kriegern. Wenn das Ende der Welt sich nähert wird dieser den Unterberg verlassen und zur siegreichen Schlacht auf das Walserfeld reiten, und die Welt erhält ihren langen Frieden. Seinen Schild wird er als sichtbares Zeichen hierfür an einen Birnbaum hängen.

Er erinnerte sich einer Begegnung mit einem lyrischen Menschen, den er von einem Seeufer aus unter einer

Eiche hatte stehen sehen und der mit dem Baum im Gespräch war, was das Baumgeistwesen zum Frohlocken brachte. Auch wenn der Baum von diesem Menschen als Königin angesprochen wurde, es aber in Wirklichkeit ein männliches Wesen war:

„Schöne alte Eiche, du Königin, wie ist dein Leben wundervoll geschaffen, wie dein Leben erfasst, in deiner Krone, ein Angesicht der Erde und des Himmels."

Daraufhin war für ihn zu sehen, wie das Baumgeistwesen in den Menschen hineinreichte und folgende Informationen über sich mitteilte, die der Mensch neugierig in sich aufnahm.

>Der Baumsaft ist der Träger meines Wesens. Als Baumgeistwesen kann ich in einem Holzbalken meines ehemaligen Baumstamms weiterleben. Sowie dieses spezielle Stück Holz verschwindet, indem es verfällt oder verbrennt, so muss sich auch das Baumgeistwesen in die ätherischen Bereiche der Erde zurückziehen. Falls das Holz in seiner Struktur nicht beschädigt oder umgeformt wird, könnte ein Baumgeist ewig leben, beispielsweise bei einer Versteinerung des Holzes. In Westamerika gibt es sehr alte Baumgeister, die nach menschlicher Zeitrechnung mehrere Millionen Jahre alt sind.

Wenn ihr ein Haus gründet, so achtet auf das Fundament. Es ist aus unserer geistigen Sicht von hoher Bedeutung. Nehmt natürlich gewachsene Materialien in denen ein Elementargeistwesen vorhanden ist, das dann zu einem Hausgeist werden kann. Segnet eure Gebäude und macht Gottes Diener aufmerksam auf euer Haus. Gebt eurem Fundament eine Ruhezeit bevor der Bau beginnt, es setzt sich bevor es aufsteht.

Hausgeister werden nur selten von den grossen Wesenheiten benannt, denn im Regelfall kommen Hausgeister aus den grossen Tragbalken oder aus den Fundamenten heraus. Die grossen Wesenheiten können aus verschiedenen Bereichen stammen. Auch Engelhierarchien benennen Hausgeister aber selten, beispielsweise für den Kölner Dom. In der feinstofflichen Welt gibt es nicht die Freiheit der Ablehnung eines Auftrags oder einer Aufgabenzuweisung, wenn diese durch das höhere oder höchste Wesen erteilt werden.<

Der Wasserelbe begann von nun an des Baumgeists Wissen in sich aufzunehmen. Er beobachtete die Menschen, die sich diesem Birnbaum näherten. Die einen ohne besondere Aufmerksamkeit. Andere sogar achtlos und doch viele, welche die Gestalt und das Alter des Baums bewunderten, aber nur wenige mit Innigkeit für ein Antragen ihres Gemüts zum Baumwesen hin. Diese Menschen sprachen in Ihrem Geist: >Wie eine Stimmgabel schwingt unser Gemüt wenn wir das einmalige Rauschen der Birnbaumblätter hören, wenn ein wildgewordener Bergwind hinabzieht und im Geäst wühlt um dann über die Seewasser zu rauschen.<

Was das so betäubte Ohr aber nicht hört, ist das sanfte Säuseln des Geistes Gottes und seiner ewigen Liebe. Die Menschen suchen die Sprache im Sturm und achten nicht auf die Stimme Gottes in ihrem eigenen Brustkorb und Herzen.

Gustav Mahler, der von achtzehnhundertsechzig bis neunzehnhundertelf lebte, ein Mensch der Musik, der nach diesem Rauschen Ausschau hielt, sprach über dieses Säuseln das Musik sein kann: *Wenn ich Musik höre, auch während des Dirigierens, höre ich oft ganz bestimmte Antworten auf all meine Fragen und bin vollständig klar und sicher. Oder eigentlich, ich empfinde ganz deutlich, dass es gar keine Fragen sind.*

Der Wasserelbe berichtete dem Baumgeistwesen, das zeitlebens immer an einem klaren und sauberen Wasser stand, wieviel Gift in die Gewässer der Erde gedrungen ist und immer noch dringt. Gemeinsam lauschten sie den Gedanken der Gralmuth wenn sie am Ufersteg oder auch gern unter dem alten Birnbaum sass: >Nur wenige Länder haben den Umweltschutz aufgegriffen und bemühen sich ernstlich um die Regenerierung der Gewässer und ihrer Reinerhaltung. Zu wenige Länder kümmern sich um natürliche Gewässerläufe, um das Mäandern der Flüsse und Bäche.<

Daraufhin gaben sie ihr gemeinsam neue Gedanken in ihr Herz und informierten sie aus der Welt der Elementarwesen: >Es ist schrecklich und von fürchterlicher Auswirkung, in welchem Ausmass ihr die Natur geschädigt habt, ihr werdet die Folgen davon zu spüren bekommen, die Erde wehrt sich bereits. Ihr nennt es Klimawandel aber dem ist nicht so. Stürme, Dürren, Überflutungen, Erdbeben und Vulkanausbrüche hat euer Verhalten zur Folge. Grausam ist es, wie viele Tierarten ihr innerhalb allerkürzester Zeit ausgerottet habt und weiter ausrottet, Tierarten deren Entwicklung im Schöpfungsprozess Jahrmillionen bedurften. Ihr zerstört das Gleichgewicht der Natur, der Erde. Es ist im Wanken und wird sich neu einrichten müssen, und wenn die Erde wankt dann erbebt sie, Flutwellen entstehen, Vulkane brechen aus, ihr werdet es nicht mehr verhindern können.<

An einem Abend gesellte sich zu den dreien der Engel, der für die Region verantwortlich war hinzu und lauschte ihren Gedanken. Ehrfürchtig nahmen der Wasserelbe und der Birnbaum, sowie alle anderen hinzugeströmten Elementarwesen seine Anwesenheit wahr. Almuth spürte ebenfalls diese Veränderung und die Besonderheit, und beschrieb es für sich selbst mit dem Volksspruch: Es liegt was in der Luft, und der Engel sprach zu Gralmuth Worte

Jesu aus dem Thomas Evangelium: *Beglückwünscht denjenigen, der zu jenem geworden ist, der er war, bevor er wurde. Wenn ihr meine Jünger werdet und dann auf meine Worte hört, werden diese Steine dort euch dienen. Denn es existieren fünf Bäume im Paradies für euch, die sich niemals verändern, weder im Sommer noch im Winter, und deren Blätter nicht fallen. Derjenige, der diese Bäume kennt, wird den Tod nicht schmecken.*

Die Almwirtin

Emanuel Swedenborg: All diejenigen werden gerettet,
die das ihnen bekannte und bewusste Gute tun.

Sie hatte ihren geheimen Namen auch bisher geheim gehalten. Der Name Gralmuth gehörte ihr und den Elementarwesen. Seit sie im Besitz dieses Namens war, zog es sie wieder stärker hinauf in die Berge. Anfänglich war es nur das Hinaufziehen auf die Almen um Bekannte zu treffen oder eine Gipfeltour zu machen. Natürlich ging es auch hoch auf die Wiesen zum Jungvieh ihrer Eltern. Das Rauschen der Tannengruppe auf der Almwiese war ein solitäres Geräusch. Unter der Baumgruppe war ein Felsmonolith mit flacher Kuppe, auf der man sich langstrecken konnte. Dieser Platz und das Geräusch wurden ihr heimelig, und der Blick hinunter auf den See formte eine grosse Ruhe in ihrem Herzen aus.

Dort bewegte sie in ihrem Herzen den Namen ihres wahren Selbst und da war etwas, das sie mit diesem Namen ansprach.

Almuth hatte eine Zeit gehabt des intensiven Lesens. Aus ihren Büchern wusste sie von heiligen Männern und Frauen, die im Hochgebirge des Himalaya leben.

Diese suchen gleichermassen wie die hohen Wesen der Elementarwesen in den Felbertauern, die hohen und kargen Regionen der Erde auf, um Ruhe zu haben vor dem Lärm und Strahlenchaos der Menschenweltstädte in den Niederungen. Viel Abstand zu haben von den Ausdünstungen um dort zu sein, wo man am wenigsten davon belangt wird. Sie fühlte, dass auch für sie selbst es notwendig wurde und beschloss das Angebot welches sie erhalten hatte, eine Alm mit Gastronomie zu bewirtschaften, anzunehmen. Damit hatte sie Broterwerb,

Tierhaltung, Menschenbegegnung und die Ruhe der Nacht auf dem Berg miteinander vereint.

Die Arbeit ging auf ihrer Alm von Anfang an ungestört voran. Die Arbeitstage waren lang und anstrengend. Die Gastronomie hielt sie die ersten drei Wochentage geschlossen; zudem hatte Almuth keine Milchwirtschaft zu betreiben, so dass ihr noch Zeit zur Kontemplation verblieb. Einer ihrer Gäste war ein älterer Herr aus Plauen im Vogtland der den Jakobsweg, beginnend von seiner Heimatstadt aus, schon dreimal zu Fuss gegangen war. Ihm hörte sie aufmerksam zu, wenn dieser von seinen Eindrücken und den Veränderungen seiner Person erzählte. Besonders im Gedächtnis haftend blieb ihr sein Philosophieren über die Berge.
„Im Alten und im Neuen Testament finden sehr wichtige Begegnungen mit Gott auf einem Berg statt. Abraham und die Sohnopferung, Moses und die Gesetzestafeln, Noah und seine Arche auf dem Ararat, Jesus der die Bergpredigt hält. Jesus geht mit ausgewählten Jüngern auf einen Berg. Nach sechs Tagen nimmt Jesus den Petrus und Jakobus und Johannes den Bruder des Jakobus mit und führt sie auf einen hohen Berg. (Matth 17,3)
Und er wurde vor ihren Augen umgestaltet. Und sein Angesicht leuchtete wie die Sonne, seine Kleider aber wurden weiss wie das Licht. Da erschienen Moses und Elias unter ihnen und unterredeten sich mit ihm. Petrus aber hob an und sprach zu Jesus: Herr, es ist gut, dass wir hier sind. Wenn du willst, lass uns hier drei Hütten machen, dir eine und Moses eine und Elias eine. Während er noch redete, da überschattete sie eine lichte Wolke und eine Stimme kam aus der Wolke, welche sprach: Dieser ist mein geliebter Sohn, an welchem ich Wohlgefallen gefunden habe und ihn hört. Als die Jünger es hörten, fielen sie auf ihr Angesicht und fürchteten sich sehr.

Jesus aber trat herzu und rührte sie an und sprach: Steht auf und fürchtet euch nicht. Als sie aber ihre Augen aufhoben, sahen sie niemand als Jesus allein. Als sie von dem Berge herabstiegen, gebot ihnen Jesus und sprach: Sagt niemand das Gesicht, bis der Sohn des Menschen aus den Toten auferstanden ist. Jesus hatte wohl einen berechtigten Grund warum er den Berg wählte. Dort geschehen Dinge die den Menschen im Tal zunächst verborgen bleiben.

Auch die Heldensagen von Alberich, dem Herrn der Zwerge und Besitzer der Tarnkappe sowie aller Edelsteine, finden in den Bergen statt. Herr der Schmiedekunst und Erze, der im Berg leben muss, berichten oder sprechen davon, dass Alberich sich vor dem Eingang in die Bergwelt einen Rosengarten angelegt hatte, in alpiner Höhe und ihm das Wertvollste ist. Wenn ich hier bei dir oben in den Bergen bin Almuth, oder alleine auf anderen Bergeshöhen, so kommen mir die besten und tiefsten Einsichten. Psychologie und Wissenschaft, alles hat seine Berechtigung und seine Zeit, Gott alleine hat die Ewigkeit."

Der Kreis der Menschen die zu ihren Freunden wurden, weil diese auf den Berg kamen zur Almwirtin um mit ihr die späten Abende zu verbringen im Gespräch, wurde grösser.

Es kam die Zeit da ein Sturm die alte Tannengruppe gebrochen hatte, was sie schmerzhaft berührte, wie der Tod eines nahen Familienmitglieds. Andererseits war Almuth aber auch froh darüber, sich die drei grossen Baumstümpfe der ehemals alten Tannen von ihrem Gast und werdenden Freund, einem Zimmermann aus dem Norden, bearbeiten zu lassen. Franz, der Zimmermann, hatte die einen halben Meter hohen Stümpfe zuerst sauber geebnet von Hand, so dass sie eine gleichmässige, im Wasser befindliche Oberfläche besassen. Dann hatte er sie in der Mitte ausgehöhlt und insgesamt drei Wasserbecken hergestellt. Den Rand hatte er soweit stehen lassen, dass man einen Schriftzug einbringen konnte. In die Vertiefung wurde ein Bergkristall gelegt und mit frischem Quellwasser aufgefüllt, und einer der Schriftzüge lautete:

Ich bin das Licht der Welt.

Der Berg allein aber ist es nicht, denn zu den Bergen gehört die Nähe des Himmels und die Klarheit der Sterne, die frei von dem Kunstlicht der Menschenstädte, leuchtend rein zu schauen sind. Wer sieht, ist derjenige, der in diesen klaren Himmel hineinblickt.

Der Himmel wird einmal für jeden guten Menschen gerade da sein, wo er sich eben befindet und alle Guten und Reinen seinesgleichen werden sich sofort in seiner Nähe befinden.
Es heisst da nicht: Siehe hier oder dort, etwa über den Sternen, ist der Himmel, und etwa tiefst irgendwo unter der Erde ist die Hölle. Solches alles hängt nicht von dieser Zeit und von diesem Raume ab. Wie des Menschen Inneres beschaffen sein wird, so auch wird jenseits die Welt beschaffen sein, die er aus sich selbst schafft und in und auf der er dann leben wird, gut oder schlecht. Durch dein Herz wirst du nach dem Tode deines Leibes hinaustreten in den endlosen Gottesraum, und nach der Art deines Herzens wirst du ihn entweder als Himmel oder als Hölle antreffen.

Der Fels

Albert Schweitzer:
Ehrfurcht vor allem was lebt,
nicht nur vor Mensch und Tier,
sondern auch vor Blumen,
Pflanzen und den Steinen.

Jahrzehnte brauchen Steine aus dem Gletscherschliff hinunter in die Flüsse und dort zehn Jahre bis sie zu Kies werden. Es kommt auf die Wassergeschwindigkeit an. Wenn man mit seinem Kopf nah der Wasseroberfläche ist oder besser noch unter dieselbige abtaucht, so lässt sich deutlich das Rollen der Steine im Flussbett vernehmen, das Rundschleifen und Transportieren der Steine aus den Gebirgen im Flussbett der Täler. Den Kies von morgen, man kann ihn rollen hören.

Almuth hatte einen Freund, der war Geologe. Mit ihm teilte sie die Liebe für das Sammeln von Steinen. Otto, der stetig lächelnde und freundliche Geologe mit wippendem Gang, nach vorn gebeugtem Kopf, weichem Händedruck und leichten O-Beinen.
Immer wenn er sie besuchen kam, brachte er einen Kieselstein für sie mit. Wie Kinder die Hosentaschen mit Glasmurmeln gefüllt haben, so hatte Otto zwei bis drei Kiesel dabei.

Je weiter man sich entfernt hat von der Quelle, im abgewandt sein verharrt, desto herrlicher ist das Umdrehen, das sich Hinwenden zur Quelle. Erst der stete Weg zurück, im Angesicht zu Angesicht mit Gott, macht frei. *Meine Augen schauen allezeit zum Herrn.* Auf diesem Weg dem Licht entgegen. Es könnte nun immer so gehen, langsam und stet, jeden Morgen neu. Aber für den Menschen oft viel zu lange das Ganze, man will ja schon da sein. Man hat ja den Weg schon hinter sich, man muss sich nicht umschauen, man kennt es, es lohnt sich nicht mehr. Aus dem groben Fels des Berggipfels, der nah am Himmelszelt steht, wird ein rundgeschliffener Kiesel im Tal durch die Kraft des Wassers und dem Aneinanderreiben der Bruchsteine untereinander und übereinander hin. So ist es eine Metapher dafür, dass wir kleine, durch das Leben geschliffene Kieselsteine, dem Fels nichts zurückgeben können, was wir nicht zuvor von ihm erhalten haben. Was sollten wir kleinen Kiesel dem Vaterfels als Freude denn bereiten können, der die ganze Welt überragt und auf sie herabsieht. Nach toter Materie gelüstet ihn nicht. Was ihn erfreut sind unsere Erzählungen und Erlebnisse. Unser Heimweh, das uns ergreift, reumütig und rein in Liebe zurückkehren zu wollen um mit allen Geschwistern wieder im Fels vereint zu sein, nachdem wir die Welt gesehen und erfahren haben. Wenn wir uns durch die Rauheit der Welt danach sehnen liebevoller zu leben und liebevoller zu sein, so hilft es, wenn wir uns als die von Herzen geliebten Kieselsteine des grossen Vaterberges begreifen und dies für uns annehmen.

Bei der Betrachtung des Himmels in einer stillen Bergwelt, wird heute leider vornehmlich von Menschen die Meditation gepflegt und nicht mehr das Gebet zum Vater Jesus.

Meditation ist nicht das gleiche wie das Gebet zu Gott. Die fernöstliche Religion mit ihrem Nirwana-Glauben, der Auflösung des göttlichen Ichs des Menschen in das grosse Nichts, das begrenzt. Sie ist eine Lehre, die aus der Materie heraus entstand und ist eine Egozentriklehre.

Wir sind Persönlichkeiten und haben den Gottesfunken in uns und sind ein Ich, eine Ausdrucksform im Kleinsten von Gott. Darum ist das Gebet zu Gott, unserem Vater, so wichtig und schenkt den wahren inneren Frieden in der persönlichen Beziehung im Du zum Vater.
Die Meditation schafft lediglich Bewusstseinszustände und Klarheit im Verstand.

Im Herzen aber ruhen die Gottesbeziehung und der Friede und die Wohnung in die Gott einzieht.

BLUMENPETER

Einer ging gerne weite Wege.
Liebte das Barfussgehen in Blumenwiesen.
Wusste um die Blumen und ihre Namen,
die deutschen und manche im Dialekt.
Das lateinisch gebildete interessierte ihn nicht.
Zeit seines jungen Lebens sah man ihn oft auf einem Fahrrad aus dem
Dorfe fahren und gefragt wohin er fuhr, pfiff er zumeist nur scharf
durch die Zähne, um die neugierigen Frager gleich ins Ende zu
verweisen.
War da jedoch ein nettes Mädchen oder ein junges Kind
mit einem frisch gepflückten Wiesenblumenstrauss,
oder eine alte Frau die Kräuter in ihrem Korb nach Hause trug,
so gab er gerne freundlich Antwort.
Das war der Blumenpeter.

Nach nur wenigen Jahren seiner Jugendzeit, die Schule
hatte er mit einem Realschulabschluss früh beendet, denn
er konnte dort nichts finden was man ihn weiter lehren
hätte können, eins und eins zusammenzuzählen sowie
Lesen und Schreiben, das hätte genügt, verliess er sein
Dorf um in die Stadt zu ziehen. Dort eröffnete er einen
Blumenladen. Dieser Blumenladen besass eine
Vitalenergie, die schon an Leuchtkraft grenzte. Seine
Kundinnen und Kunden kamen aus einem Umkreis von
mehr als fünfzig Kilometern zu ihm gefahren, um dieses
gehörte Wunder leibhaftig zu erleben.

Blumenpeter besass kein Telefon und kein Fax, keine
Internetseite und betrieb seinen Laden wie vor einhundert
Jahren. In seinem Leben gab es bisher nur einen
wichtigen Menschen und das war sein Grossvater. Er
hatte keine nennenswerten Spielkameraden gehabt,
ebenso keine diesbezüglichen Freunde und bis heute auch
keine Freundin. Es gab auch kein Haustier oder einen
Hund. Das Verhältnis zu seinem Bruder war brüderlich
aber nicht weiter darüber hinaus. Sie waren verschieden.

Die Eltern von Peter waren beide aus dem deutschen Sprachraum. Die Mutter war Österreicherin und der Vater Deutscher. Gemeinsam lebten Sie in der Schweiz. Sie besassen einen Bauernhof in einem Dorf auf den Berghängen der Walliser Alpen. Die Arbeit begann sehr früh mit dem Versorgen der Tiere und endete spät mit der Hausarbeit und Pflege der Ledergeschirre der Kaltblutpferde für die Waldarbeit am darauffolgenden Morgen. Zudem hatten sie eine kleine Schafherde zu betreuen von immer nur zwölf Tieren. Die hütete mit nicht allzu viel Leidenschaft Peter und nur wenn er es musste. Der Umgang mit Tieren war ihm fremd. Nicht dass er sie nicht mochte, aber für die Tagesarbeit mit Tieren war er nicht geboren worden.

Der Grossvater

Jesus spricht:
Hätte mein Wort den Beifall der Welt so wäre es nicht aus mir.
Die Verachtung der Welt aber ist allezeit das grösste Zeugnis dessen
was aus mir kommt.

Müde waren die Körper von der frischen Bergluft. Müde auch von den steilen Hängen und der Unwegbarkeit der Wälder voller Unterholz. Müde von der Länge des Tages, bestimmt und geregelt vom vorhandenen Licht der Sonne. Er war ein spätes Kind, eines das man nicht mehr erwartet hatte. Vom Hoffen ganz zu schweigen. Das Kinder bekommen war in ihrer Familiengeschichte immer schon schwer gewesen. Im Dorf sprach man von keinem Segen der darauf lag. Misstrauen gegenüber der Familie seit Generationen. Viel üble Worte.

Tief wie Steine im Bachlauf lagen die Eltern im Schlaf, umspült vom abfallenden Wind der Berge und überströmt vom Tannenrauschen und Holzknarren im Dachgebälk.

Der Blumenpeter war in eine Welt geboren in der die Dinge von Hand gefertigt waren, und alles auch gebraucht und gepflegt wurde.

Alles von den Eigentümern so gemacht, dass es zu reparieren war, denn es war von Nutzen.

Was verging, war zeitlich, war das Leben, war der Mensch der starb und das Tier und waren die Blumen die blühten, verblühten, erblühten. Alles einfach und von Schönheit.

Die Grossmutter wusste, dass Gott die Blumen zur Freude seiner Engel gemacht hat, da die Engel mit ihren Aufgaben bei den Menschen nicht nur Schönes zu Gesicht bekamen und vieles, so sagte die Grossmutter, stinke erbärmlich zum Himmel und da ist der Wohlgeruch der Blüten schwer vonnöten.

Sein Grossvater war es, der ihm die Kraft des Wassers und das Blühen der Blumen aufschloss. In jungen Jahren hatte dieser durch den Urgrossvater noch Viktor Schauberger kennengelernt, der ein fester Freund des Hauses war und sein Wissen mit den Vorfahren von Peter teilte.

Peter hatte von früh an schon mitzuhelfen, jedoch war er als jüngster der beiden Söhne nicht so hart in der Pflicht. Alle hatten ein liebendes Herz für ihn, denn er war ein ruhiges und freundliches Kind von Geburt an, und das Lachen seiner Augen war die Tagesfreude der ganzen Familie. Da genügend schaffige Hände am Hof waren, wurde auch die Arbeit für den Jüngsten und den Ältesten nicht so hart und es gab freie Stunden.
Ging es einem von ihnen einmal schlecht oder war das Tagwerk beschwerlich, ein Streit oder eine Not am Hof, so war der kleine Peter mit seiner gottesfrohen Freude da, und besänftigte und heilte die Gemüter der aufgebrachten und betrübten Seelen. So war es dem Peter schon bald erlaubt regelmässig seine freie Zeit zu haben. Die nutzte er nun um von der Feldarbeit über Wiesen zu streifen, alles zu besehen und seine Freude an allem was die Natur so reich zu zeigen hatte, all ihr Blühen, ihr Singen und Rauschen, ihr Leuchten zu erfahren. So wuchs in Peter früh und gefestigt ein Bewusstsein zur Schöpfung Gottes heran, noch lange bevor er die Worte des Neuen Testaments zu hören bekam.

Er hörte gerne die Worte des Glaubens, vor allem die aus dem Johannesevangelium.
Früh schon war seine Lieblingsstelle dort wo es hiess, *ich bin im Vater und der Vater ist in mir*; und das höchste Gebot, dass man den Gottvater vor allem, über alles lieben soll und seinen Nächsten wie sich selbst.

Da war das Herzgefühl in ihm geboren worden, welches ihm sagte und mit so viel innerer Bestimmtheit klopfte, es ist das unausgesprochene Geheimnis der Schöpfung, dass wir alle eins sind. Die Schöpfung, alle Menschen, alle Tiere, alle Pflanzen, alle Steine und alle Wasser und die Winde, sind Gottes ewiger festgehaltener Wille.

In einem der Bücher, die er bei seinem Grossvater fand stand folgendes geschrieben:

Gilbert Keith Chesterton: *Die Geheimnisse des Glaubens sind wie die Sonne. Hineinschauen kann man nicht, aber in ihrem Licht sehen wir alles andere.* Das prägte ihn für sein zukünftiges Leben.

Peter lernte von seinem Grossvater, dass die Liebe das Leben selbst ist und dadurch wie ein Gesetz. In diesem Sinne ist sie die vorgegebene Ordnung, die überall zu finden ist. Sie ist voller Kraft und übt damit ihre Macht aus. Doch ist sie gleichermassen voller Demut, ist die Sanftmut und übt Geduld. Die Liebe ist von allem der Mittelpunkt, wie beim Steinobst der Kern. Nur der Liebe sind als Zentrum der waltenden Macht alle Dinge möglich, der Weisheit die im Aussenherum liegt aber nicht. Die Weisheit hat gewissermassen einen festgelegten Handlungsbereich in dem sie sich bewegt. Die Weisheit kann sich mit dem Unreinen nicht beschäftigen oder auseinandersetzen. Die Liebe aber schon. Man kann sagen, dass die Liebe auch den gröbsten Unrat anfasst und ihn reinigt und dann der Weisheit übergibt.

Sein Grossvater hatte einen ausgeprägten Gerechtigkeitssinn und war wie auch schon sein Vater, immer etwas anders unterwegs und ausserhalb des normalen Tagwerks tätig. Etwas, das die Menschen als gesponnen ansehen. Grossvater sprach mit der Natur und

Vater mit seinen Tieren, und er selber wusste von innen her, dass Natur und Tier miteinander verbunden war. An einem Nachmittag wandelte sein Grossvater vergnügt in seinem weitläufigen Kräutergarten umher. Dabei rieb er sich die Handrücken mit seiner selbstgemachten Kräuterhandcreme ein. Verschmitzt lächelnd traf er so auf Peter, der ebenfalls den Kräutergarten aufgesucht hatte, da er eine spezielle Pflanze suchte.

„Ich habe letztlich in einer Zeitschrift gelesen, dass, wenn man sich Handcreme auf die Haut streicht, die ganze Fülle der Natur in sich spürt. Kompliment sage ich Peter, Kompliment, da haben die von etwas gesprochen was sie gar nicht richtig in aller Tiefe begreifen. Ich sage: Weleda ist ein altgermanischer Name einer Göttin. So eine Göttin ist ein Wesen, das mit der Natur und ihren Pflanzen kann, so richtig gut, denn sie spricht mit der Mutterpflanze und den Elementarwesen welche die Pflanzen verantwortlich betreuen. Da ist gesammeltes Erdgeschehenwissen in jeder Mutterpflanze vorhanden.

Ich sage: Sogar nicht nur die Fülle der Natur ist zu spüren, nein sogar alles mythologische Geschehen ist abrufbar. Römische Reiter mit der Drachenstandarte haben den Drachen in die germanische Götterlandschaft getragen. Armenius wurde verschleppt nach Rom, kam zurück und befreite Germanien vom römischen Drachen. Karl der Grosse zerstörte die Irminsul der Sachsen, ein letztes germanisches Heiligtum. Mit dem Schwert wird Germanien christianisiert durch Karl den Grossen. Bernhard von Clairvaux bereitet das christlich abendländische Wissen und Schrifttum auf germanischem Boden vor. Die Romantiker verbinden Dichtung und Natur miteinander. Der Jugendstil ruft den alten Bund zwischen Naturwesen und Menschen wieder ins Leben. Mit natürlicher Handcreme massiert man sich die Geschichte auf die Haut."

Grossvater war ein äusserst kluger und belesener Mann, der mehrere Sprachen in Schrift und Wort beherrschte und Besucher aus ganz Europa und Russland, das für ihn dazu gehörte, empfing. Darunter waren Wissenschaftler und Kirchenvertreter, bildende Künstler und Poeten, Heiler, Mystiker und Ordensführer des christlichen Glaubens und des Judentums. Männer als auch Frauen. Peters Vater hatte kein Interesse und Verständnis für seinen eigenen Vater und hielt bewusst Abstand. Sein Enkel jedoch, als dieser zwölf Jahre alt wurde, durfte von nun an an diesen Treffen teilnehmen. Nach einem dieser Abende, wenn die Teilnehmer nach einem langen Tag sich voneinander lösten, sagte der Grossvater folgendes zu seinem Enkel:

„Die Aussage Peter, dass alles eins ist, muss sich in deiner Lebensgeschichte in anderer Ausdrucksform beweisen als es bei mir oder bei einem anderen Menschen der Fall war. Der Nachweis anhand von Lebensbeispielen, Bezügen und Ereignissen muss sich ergeben und durch dich ausgeführt sein. Dann wirst du mittels der Mengenlehre feststellen wo die Schnittmengen liegen, die für alle Menschen gleich sind oder nur für Volksgruppen gleich oder nur für Familien gleich oder nur für Berufsgruppen gleich oder nur für Frauen gleich oder nur für Kinder gleich und so weiter und so fort. Mein lieber Enkelsohn merke dir dies gut: Jeder Mensch möchte gesehen werden, er möchte, dass sein wahres Selbst gesehen wird. Und er will zugehörig sein, so wie ich es dich mittels der Mengenlehre gelehrt habe."

Er lebte das Zusammensein mit seinem Grossvater als wäre es eine Lehrausbildung zum Meisterschüler. So gab es im Garten seines Grossvaters an den Ecken der Kreuzgänge von ihm gesetzte, mittelgrosse glatte Steine. Blumenpeter wusste, dass einige von diesen Steinen mit seinen Familienmitgliedern eng verbunden waren. Der

Grossvater hatte sie aus dem Flussbett im Tal hinauf gebracht gehabt, als Zierrat für seinen Garten. Er übergoss diese Steine mit Quellwasser immer wenn es zwischenmenschliche Anspannungen gab, Gliederschmerzen oder verspannte Rücken im Haus umher schritten. Oft halfen die guten Kieselsteine und seine Mutter lachte ihren Peter an und sagte: Als hätte einer mir die Schmerzen abgewaschen oder ich fühle mich seelisch leichter, wie nach einem erfrischenden Wasserschauer. Auch lief er sooft es ihm möglich war barfuss. Er tat dies mit dem Bewusstsein, um mit Mutter Erde und ihren Kräften und Schwingungsaussendungen in Verbindung zu stehen. Fliessen doch in unseren Fusssohlen alle unsere Nervenenden der Innenorgane des Körpers zusammen und können hier die Erde anfassen, und ist doch unser Kopf mit den Sinnen des Sehens, Hörens, Riechens und Schmeckens nach oben dem Himmel, den Sternen und Himmelskörpern zugewandt und ausgerichtet. Sind wir doch wie die Blumen und die Bäume, in der Erde verwurzelt und dem Sonnenlicht, dem Wachstumsernährer, dem Umwandler zugewandt.

Ich schwelge in der Schöpfung wenn ich in das offene Zentrum der Blumenblüte blicke. Wenn sie vollendet werden und in der Sonne dann gänzlich zur Reife kommen, und wenn man sie in ihrem Goldstaub und Farbenspiegel in ihrer Mitte erblickt, bevor meine Bienen in ihrer Arbeit die gleiche Sonnenessenz begehren, dann habe ich dort mein Erdenglück gefunden. Ich schwelge in dieser Farbenkraft, die umkränzt ist gleich einer Krone auf einem Haupt. Farbenkraft von blau oder rot oder orange oder weiss oder rosa. Doch ist es das wenige Gelb der Blütenmitte und du schwelgst in der Schöpfung.

Sein Vater klagte darüber, dass Peter keine höhere Schulbildung anstrebte, zumal er doch ständig mit seinem Opa zugange wäre, der selbst auf dem Gymnasium gewesen und Doktor der Philosophie sei, obgleich er von sich behaupte, er habe Nutzloses studiert, eine Totengeistlehre. Sein Vater begriff auch nicht weshalb sein eigener Vater den Sohn und den Enkel nie dazu angetrieben hatte, eine höhere Schulbildung zu absolvieren.

Peter kam damit zurecht, wenn sein Opa ihm sagte, dass Lesen und Schreiben, einfaches Rechnen und die Geometrie, und die Mengenlehre ausreichend sei um autodidaktisch jegliche Bildung anzustreben.

„Deine Seele wird eines Tages eine Zeit für sich erfahren in deinem Leben, wo sie kein Interesse mehr für den Körper empfindet, sondern sich um das Wachsen des Geistes bemüht. Dann will sie die Verwirklichung ihres Selbst. Der anderen Menschen Wort und Anerkennung ist ihr nicht mehr wichtig. Ich habe dir für den Beginn deines zukünftigen Lebens wichtige Dinge zu erzählen. Du musst dir folgendes tief einprägen, da du sonst nicht verstehen wirst was geschieht in dieser Zeit. Jesu Christi ist Jude. Der Vater der er selbst ist, ist in seinem Volk Mensch geworden, denn die Juden sind sein Volk, sie sind die Engel aus der Gemeinde Michaels, die Engelsgefolgschaft der Ur-Erzengel. Jesus sagt, dass sein Reich nicht von dieser Welt ist, und dass seine Diener für ihn streiten würden. Dabei spricht er von der Engelsgefolgschaft, die nicht Mensch geworden ist, sondern die in den Himmelreichen Gottes geblieben ist.

Wir Christen sind Juden der Vaterschaft nach und Christen nur dann, wenn wir gläubige Nachfolger Jesu sind. Merke dir, Martin Luther ist Katholik der Vaterschaft nach. Die Gnade aber, dass es den

Menschensohn gibt, wird allen Völkern dieser Erde zuteil. Denke an die Mengenlehre und die grösste mögliche Schnittmenge. Denke mit dem Herzen und nicht mit dem Verstand, sonst geht es dir wie einem armen Philosophen."

Peter war immer wieder darüber verwundert, woher sein Grossvater diese Leichtigkeit des Denkens hernahm. Wie wenn man einer Pusteblume zusieht in die der Wind fährt und deren Fallschirmsamen in alle Himmelsrichtungen fortträgt.

Weisst du was mir ein hochangesehener Mönch auf Athos im Abaton, dem orthodoxen Altarraum, zu Maria Empfängnis für das Leben mitgegeben hat ist, was der Engel zu Maria sprach, dass das Heilige aus dir Maria geboren wird, denn er ist der Sohn des Allerhöchsten und du sollst ihm den Namen Jesus geben, denn er wird sein Volk erlösen von allen Sünden und von dem Gericht und von dem ewigen Tod!

In einer Bibliothek auf Athos habe ich einen Mann getroffen, der später einer meiner Freunde wurde. Leider ist er früh gestorben. Eine Lungenentzündung zwang ihn nach wenigen Tagen ins Bett und drei Tage später hörte er lächelnd auf zu atmen. Sein Sohn schrieb mir darüber einen langen Brief. Er kam aus St. Petersburg und stammte aus einer alten Adelsfamilie. In diesem Brief lag eine handschriftliche Notiz meines Freundes bei, die er sich gemacht hat bei einem unserer Zusammentreffen: Das ist die Höchste Ordnung, die ich in meinem Leben erfahren habe: *Sehet ich bin darum in aller Niedrigkeit ganz unvermerkt in diese Welt gekommen, auf dass keines Menschen Herz gefangen würde und sie allein durch die segensreiche Macht der Wahrheit meiner Worte und Lehre mich liebend erkennen und dann ganz frei ihren Lebenswandel einrichten. Denn mehr als ich selbst im*

Fleische der Menschen kann zu den Menschen dieser Erde ewig nimmer kommen. Wohl dem der an mich glaubt, sich nicht an mir ärgert und so lebt und handelt, wie ich es hier offenbar lehre. Denn wer meine Worte hält und danach lebt und handelt, der wird es bald innewerden, dass diese Worte die ich zu euch rede und geredet habe, nicht Menschenworte, sondern Gottesworte sind, die in sich selbst Leben, Licht und die ewige Wahrheit sind."

Erinnerungen: Erst später in seinem Leben begegnete seinem Grossvater ein studierter Arzt, von dem er Dinge lernte über Ursachen aus dem geistigen Geschehen und deren Auswirkungen auf Leib und Seele. Früh stellten die beiden fest, dass sie mehr als einmal in früheren Existenzen gemeinsam beruflich gewirkt hatten oder in Lehrverhältnissen zueinander standen. Sie wurden auch in diesem Leben Freunde. Dieser begründete eine neue Heilungsmethode unter der Führung und Ordnung Jesu Christi. Sieben Jahre des Zusammenarbeitens und des Heilens der anhaftenden Geschehnisse aus Vorläuferexistenzen, die Wahrheit der Präexistenz der Seele gemäss des Wissens und der Lehre des Origenes Adamantius aus Alexandrien, den auch Meister Eckhart verehrte, bevor die Kirche diese mit dem Bannfluch belegte, kamen alle alten Bilder und Erinnerungen wieder zum Vorschein und rückten in das klare Licht des Geistes. Vor allem die schon als Kind gefühlte Gewissheit, einmal als Rittersohn gelebt und in der Freundschaft zu einem Mönch einen Lebenswandel vollzogen zu haben.

Die Blumen

Johann Wolfgang von Goethe: Wenn je das Göttliche auf Erden erschien, so war es in der Person Christi

Peter war ein aussergewöhnlicher Mann geworden. Seine Hände waren von normaler Grösse, aber stark und trotz der Handarbeit gepflegt und wenig schwielig. Er pflegte seine Hände, die Werkzeuge seiner Seele. Mit einhundertsechsundachtzig Zentimeter war seine Körpergrösse ansehnlich und alles an ihm war gesund, muskulös, geschmeidig und gerade. Wenn er nachdachte oder aufmerksam zuhörte neigte er seinen Kopf leicht zur Seite. Der Gang der Beine war ohne Schlenker oder Sinken, denn seine Füsse waren voller Spannkraft und ohne Fehlstand. Alles an ihm war schön, aussen und innen eine Einheit und Kraft.

Sein Antlitz war edel mit graugrünen Augen, fleischigen Ohrläppchen und vollen Lippen.

Er mochte die kleinen Blüten der Blumengattungen und betrachtete mit Wonne die Vergissmeinnicht, die aussen hellblau waren und innen einen gelben Stern besassen. Rosen mussten duften sonst kamen sie für ihn nicht in Betracht. Mit einer Ausnahme, die gemeine Hundsrose. Denn als Blumenpeter wusste er es genau, die Blüten der Blumen sowie die der Bäume, und alle Pflanzen dieser Erde, zeigten nur einen schwachen Abglanz, einen schwachen Duft der Herrlichkeit der Gärten der Seligen in den Wohnstätten Gottes, auf den Planeten der oberen Sphären des Universums, ganz zu schweigen von den Himmeln. Jedes Mal wenn er von einer irdischen Blume deren intensiven Duft wahrnahm oder sie ansah, zeichnete sich ein Lächeln auf seinem Gesicht ab, denn er wusste um ein Geheimnis.

Am heutigen Tag aber löste dieses Lächeln eine Katastrophe aus, denn seine Blumenverkäuferinnen wurden für jeweils diesen Augenblick gleichzeitig in ihn verliebt. Sie stürmten einzeln durch den Blumenladen und suchten die schönsten Blumen heraus, um dann eilig nach hinten zu springen in den Binderaum, um den allerfeinsten Strauss zu binden, wie es ihnen irgend möglich war.

Da sie aber alle auf die gleiche Weise verliebt waren, begann eine jede mit dem Blütenblätterzupfen: Er liebt mich, er liebt mich nicht. Da war ein Liebessummen, dass es im ganzen Laden zu brummen begann. Kaum war ein Strauss gebunden und nach vorne gebracht, lachte Peter und rief freudig aus: „Aber meine Liebe, da sind Blüten in deinem Strauss, die tragen ja nur mehr ein einziges Blütenblatt - wem soll ich den verkaufen?"

Nachdem alle gerupfte Sträusse gebracht hatten, wunderte er sich über das Geschehen und musste tief innerlich darüber nachdenken.

Was soll ich hier, warum bin ich da und warum geschieht mir das?

Und er erinnerte sich: Hatte er nicht Gott angerufen vor wenigen Tagen in seiner Liebessehnsucht und ihn darum gebeten, ihm bei seinem Liebeswerben zu helfen. Ihm ein Zeichen zu geben. Wie konnte es überhaupt so weit gekommen sein, dass er heute hier stand in einem städtischen Blumenladen, er, der selber einer Blume mehr glich als einem Menschen.

In diesem Moment erinnerte sich Peter an die Ballett-Tanzgruppe, die in seine Heimat der Walliser Alpen gekommen war, um dort auf einer Bergalm ein Tanzstück aufzunehmen.

Es waren drei Szenen mit vier Tänzerinnen und drei Tänzern, die aber nur wenig beteiligt waren, eigentlich immer nur für Momente den Tänzerinnen und deren Bewegungen dazugestellt sein durften.

Die zweite Szene spielte an einem Vespertisch mit Trachtenmusikanten und Trachtlern bei einer frühen Festtagsspeise. Vieh stand dabei und war gebürstet und am Kopf geschmückt. Die Tänzerinnen bewegten sich unter den Einheimischen als wären sie für diese unsichtbar, als verkörperten sie Geistwesen der Elemente eines schönen Sonnentages am Berg, Wind in den Lüften, Wasser aus der Quelle am Haus, die Sonne am Himmel und das Feuer unterm Kessel der Festtagssuppe. So bewegten sich die Tänzerinnen zwischen Tieren und Menschen, schwerelos durch ihren Tanz, mal bei den Menschen sitzend, angelehnt an einer Schulter, einen Hals mit dem Arm umschlingend, mal auf den Tischen zwischen dem Geschirr tobend und kreisend auf den Wiesen zwischen dem Vieh.

Die dritte Szene spielte am Abend. Die Tänzerinnen stiegen nach einer langen Ruhe auf den kleinen Felsennasen, die aus dem Gras wuchsen, langsam in getanzten Kreisen in den kleinen Teich der nah der Alm war, bis von Ihnen nur noch die Schultern mit den nach oben im Nachthimmel kreisenden Armen, von ihren Gesichtern nichts mehr zu sehen war. Die pechschwarze, monddünne Nacht lies nur Ihre helle Haut blass schimmern.

Am schönsten aber war die erste Szene. Alle Burschen waren gebeten worden, ihre Bergstiefel an der Ostseite der Almhütte vor die Aussenwand zu stellen, gleich unter das Fenster. Dort standen an die elf paar Schuhe. Eine der Tänzerinnen stieg nun mit der aufgehenden Sonne, mit nichts ausser einem Trägernachthemdchen bekleidet, aus dem Fenster und schlüpfte mit ihren hübschen nackten Füssen in das erste Paar Bergstiefel, in eines mit roten Schnürsenkeln. Dann begann sie einen verspielten Tanz im Sonnenlicht mit den Schuhen, indem sie von einem Paar in das nächste stieg und wieder zurück oder eines

überspringend, aber nie den Boden berührend, sich an der Hauswand stützend und das eine Mal mit dem Rücken, das andere Mal mit dem Gesicht zur Wand stehend, verträumt lächelnd als würde sie die Morgenträume der Burschen in deren Bergstiefeln zu finden wissen.
Peter war in seinem Leben zum ersten Mal verliebt und das in eine imaginäre Tänzerin. Gott blieb ihm in diesem Augenblick eine Antwort offen. Was war das Verliebtsein im Gegensatz zu der Liebe, die er schon erfahren hatte und kannte. Sinnesreize der Seele für ein Ereignis das im Geist erweckt wird oder ein Ereignis im Geist das die Seele aktiviert zur Sinneswahrnehmung?

Ihm war es ein Wissen um die eine Wahrheit, wenn der Mensch im göttlichen Willen gehalten ist. Junge Körpermenschen kannten dieses Gefühl ausserhalb von Raum und Zeit zu stehen, wenn man sich liebt und miteinander schläft. In dem Moment des Verschmelzens, kann man hören und sehen, dass man im Nichts zu sein scheint, mitten im reinsten Glück, ein Ort der keiner ist, ohne Raum und Zeit. Es gibt nichts mehr zu wünschen, alles ist vollkommen und nichts sollte sich mehr ändern, ewig so bleiben, denn alles ist erreicht.

Wusste er doch um die stille Verzweiflung der Menschen denen er täglich überall begegnete. Sie waren getrieben wie eine Herde laufender Tiere. Man hatte ihnen das Erleben, das Wahrnehmen ihrer fünf Sinne genommen und sie nur mehr auf das Sehen und Hören reduziert. Mit jeder Sinneswahrnehmung weniger, lässt sich das Tempo der Eindrücke erhöhen. Dabei geht aber konsequenter Weise die Urteilskraft des einzelnen Menschen verloren.
Er erinnerte sich als erwachsener Mensch gerne an die Erlebnisse auf dem Berghof seiner Eltern, die er in seiner Jugend gewonnen hatte. Im letzten Herbstackergrün

wächst der Raureif in den Reifenspuren der Traktoren des ausgeklungenen Sommers. Verästelt zum Herbstende im Winterübergang, sind die Reifkristalle im Wachsen, an den Krumenkanten der Erde. Sie kreuzen sich ein in die wenigen hohen Grashalme, die diese Aufwölbungen dann hellgrün aussehen lassen. Herbstfeld und Herbstweiten. Bald wird der Blick im Wald frei sein, bis in seine Tiefen hinein und das Wild wird tiefer in des Waldes Innere ziehen, ein Versteck suchend. Nussschwarz werden die Bäume in ihrer Ruhe glänzen.

Im Kontext zu den anderen empfand er sich als besonderer Mensch, ohne dies als etwas Besonderes oder Aussergewöhnliches zu werten oder sich dabei als etwas Besseres zu empfinden. Er ging vornehmlich an den Waldesrändern spazieren. Er blickte mit den Augen des Waldes hinaus in die Welt. Er war gerne in den Einschnitten der Wälder, die zu beiden Seiten die Wiesen und Wege umfassten, die in den geschlossenen Wald führten.

Oft war er von der Erde und ihren hohen Bäumen so von Glück ergriffen, dass er auf die Knie sank, mit den Händen die Erde berührte, wie ein Sufist im Gebet und zärtlich das Gras, das Moos, den Boden küsste und seine Wange anlegte. Die Spitzen der Bäume liessen sich ja schlecht küssen.

Das orangefarbene der Buchen und Eichen im Herbst, ihr Laub, das in der Sonne leuchtet und gelb wird im Licht. Orange, die Farbe der Erde, wie die Mönche des Buddhismus es tragen, die Erdfarbe als Mantel am Leib. Das Laub der Bäume, ihr letztes Kleid, das sie im Herbst verschenken an den Erdboden, der es aufnimmt und verwandelt, ein in sich Einkehren, die Schönheit ihrer Kleider Schlaf.

Wie ist die Welt entstanden, wie das Universum, wie entsteht das mit Augen sichtbare Leben. Aus einem Samen, aus dem uns sichtbar Kleinsten, eigentlich oft Unsichtbaren, erst durch Mikroskope sichtbaren Zellkörper entsteht es aus einem Atom und wächst, ist fertig und dehnt sich nur noch aus und verändert nur seine Oberfläche ab einem gewissen Wachstumsstand. Also leiten wir aus dem Wachsen in unserer Welt, doch das Wachsen des Universums ab, denn wir erkennen überall, dass im Mikrokosmos der Makrokosmos begründet liegt. Dann ist der Urknall, das explosionsartige Ausdehnen die naheliegendste Wahrscheinlichkeit für die Entstehung der Welt. Es geschah auf einmal und wuchs dann heran, dehnte sich danach aus. Wir finden den Hinweis hierauf in der spirituellen, mystischen Beschreibung der Entstehung unserer kleinen Welt Erde, in der Genesis. Das Alte Testament beschreibt uns, dass Gott die Welt in sechs Tagen erschuf und am siebenten Tag ruhte. Kommt ein achter Tag, ein Monat, ein Jahr? In der Ruhe des Schöpfers muss etwas Besonderes zu finden sein.

Die Stille ist die Quintessenz des Glücks. Ich atme unter geschlossenen Lidern. Die Seele ist im Atmen mit Gott. Glaube führt zu Erkenntnis. In der Stille ist die Seele eine Königin und Gott ihr Vater. Liebe im Licht. Das Leben ist lebendiges Licht. Blumen sind die Farbenprächtigkeit der Licht- und Wärmeauswirkung der Sonne und ihr Duft ist das Riechen der Gesänge der Engel, die das Universum in Bewegung halten.

Ich stelle die Welt Gottes nicht in Frage, versuche ihr teilhaft zu sein, sie zu erfahren und zu ergründen. In Teilen zu verstehen. Zweifle aber nie an ihr, nie. Ich kenne Gott sehr gut durch Jesus Christus. Niemand zuvor ist in die Welt gekommen und hat verkündet, er ist Gottes

Sohn. Durch ihn hat Gott selbst Gestalt angenommen als Menschensohn.

Der Vater und ich sind eins, sagt Jesus und weiterhin: *Ich bin das Leben, und ihr sollt auch leben.* So kann nur die Liebe von sich selber sprechen. Verliebt sein ist etwas ganz anderes.

Peter hatte bisher nur einmal seine Heimaterde verlassen und gemeinsam mit seinem Grossvater besuchte er England, der Einladung eines Heilers folgend, der mit seinem Opa befreundet war.

Die weichen Hügelketten der englischen Landschaft, die ansteigenden Wiesen an denen der Wald in einer weichen Welle den Übergang bildet, erst auf Halbhöhenlage des Hügels beginnt und alles besitzt die vollkommenste Grünfarbe. Im Tal sind Baum und Buschreihen, die in orthogonalen Rasterlinien verlaufen und an die Hügelwaldlinie anschliessen. Alles ist in einem leuchtenden Sattgrün, das Peter vom See her kannte, wenn es am Tag zuvor geregnet hatte und man morgens schwimmt, dann leuchtet das gesättigte Pflanzen- und Baumreich. Wiesen sind kurz geschnitten oder durch Schafe kurz gehalten, und der Kontrast einer menschengepflegten Landschaft erscheint und wirkt so, als arbeite die Natur regelrecht mit. Menschen und grüne Naturwesenheiten stehen sich wahrnehmbar gegenüber in freundlicher Grenzgemeinschaft. Die Hügel lehnen sich an. Sie steigen nicht aus dem Tal auf sondern sind angeschmiegt als wäre hinter ihnen eine Mauer oder Stützwand, eine Schulter an die man anrücken kann, um dann entspannt liegenzubleiben.

Im Gegensatz dazu war seine Heimat die Schweiz, das Land der Steine. Mächtige Gebäude sind dort, aus Stein gebaut, zu finden. Aus ganzen Steinen und nicht nur als verkleidendes Material. Dazwischen Flüsse direkt aus den Bergen kommend, kalt, grün und klar.

Peter beobachtete wie die ehemals grossen mechanischen Apparaturen und technischen Gerätschaften, elektronisch und zunehmend kleiner wurden. Das heisst, wir schaffen Funktionen mit immer filigraneren Bewegungsapparaten. Wir nähern uns den Schaltplänen des Mikrokosmos an. Die Schaltpläne unserer Apparate, unserer Computer werden immer subtiler und dabei auch klarer und grundsätzlicher. Sie werden so zu einem unsichtbar eingelegten Grundmuster, gleich den Samen in der Natur, im Kleinsten existierend, welches dann einen Baum baut, einen Menschen oder ein Tier? Wir nähern uns mittels der Naturwissenschaften den Funktionsprinzipien der Schöpfung an und doch schaffen wir kein Leben sondern nur seelenlose Apparate. Auf diesem Weg aber machen wir fatale Fehler. Der verantwortliche Umgang mit der Schöpfung ist darüber vergessen worden. Wir werden ihn wieder lernen wenn wir den Geist der Maschine entdeckt haben. Wenn wir Achtung haben vor dem Wahren, dem Grossen, dem Ganzen. Wir werden in Liebe sein mit dem Schöpfungsgeist, in seiner Weisheit stehen. Sind demütig aus besserem Wissen, nicht nur aus Glauben. Amen.
Nichts ist schöner anzusehen als die Erde selbst. Denn ohne die Sinne, ohne mit den Augen zu sehen, vermag ich als Mensch ohne den physischen Leib heute nicht Licht zu sehen, welches nicht von dieser Erdenwelt ist. Doch das ist morgen. Jetzt ist hier, jetzt ist heute, da ist mir meine Erde lieb über alles. In der Renaissance vom dreizehnten bis ins vierzehnte Jahrhundert fand die Einführung der Zentralperspektive für die Menschheit statt. Die Betrachtung eines Menschen auf etwas und von etwas. Das war den Malern der Antike und des Mittelalters nicht wichtig. Ihnen war die Sicht auf die

Dinge wichtig und nicht der Blick des Einzelnen. Es war wichtig darzustellen, dass das Haus vier Seiten hat, dass das Hören mit zwei Ohren geschieht. Die Darstellung von Blumen wurde neu. Amen.

Der mineralienhaltige Quarzsand aus der Sahara wird von den Winden aufgenommen und übers Meer getragen. In den brasilianischen Regenwäldern fällt dieser Sand durch den Regen auf die Erde nieder und düngt den Wald. Er erhält und stärkt sein Wachstum.

Die Poesie der Schöpfung. Der gestorbene Wald der heutigen Sahara lässt sein geistiges Wirken sichtbar werden durch die Wissenschaft. Er bestellt die Winde um seine lebenden Brüder und Schwestern auf der anderen Seite der Welt zu versorgen. Die Wissenschaft erkennt, dass der Bestand des Regenwaldes wesentlich durch die mineralische Düngung erhalten bleibt. Amen.

Sein Grossvater sprach im Kreis der Wissenschaftler gern über den Wissensstand der Quantenphysik. Die Welt da draussen existiert nicht unabhängig von unseren Erfahrungen. Das hat die Quantenphysik klar herausgestellt. Der Zufall ist kein Zufall, sondern ist was mir zufällt. Wir sprechen von denkenden Elektronen, das heisst die Elektronen speichern Informationen und hätten demnach eine Art von Bewusstsein, dies ist die Erkenntnis aus der Elementarphysik.

Warum hat der Schöpfer nicht die Welt in schwarzweiss erschaffen. Wenn wir schwarzweiss Aufnahmen betrachten, so denke ich unweigerlich an die Ruhe, die Schönheit der Stille im Winter und ich habe das Gefühl die Dinge unweigerlich intensiver zu erfassen, das Wesentliche zu erkennen. Doch frage ich mich nach längerem Betrachten, das Wesentliche von was? Hinter diesem Schwarzweiss scheint eine Leere zu sein. Nur das

Vordergründige macht Figur und besticht. Ein gefangen nehmen des Blicks in der Ästhetik des Kontrasts von Schwarz und Weiss nebeneinander. Doch der Schöpfer hat nicht in schwarzweiss erschaffen sondern in Farbe. Im weissen Licht ist alle Farbe vereint. Wenn man alle Farben im Malkasten vermengt entsteht Schwarz. Die Dunkelheit ist aus dem Licht entstanden.

Diese Farbenpracht jedoch ist nicht nur im unmittelbaren Licht der Sonne zu betrachten, wenn wir auf die Blütenpracht der Blumen sehen, sondern auch in den Metallen, die den Edelsteinen die Farbe geben. Metalle wie Kupfer oder Gold, Eisen und Mangan oder Silber werden von kundigen Menschen in Glasschmelzen, bei eintausenddreihundertundfünfzig Grad Celsius vermengt und mit dem Glas über sehr viele Stunden lang, bis die Vermengung ordentlich abgeschlossen ist, geschmolzen. Danach offenbaren die Metalle sich im Glas und präsentieren sich in einer Farbe, die sie in der Natur nicht zeigen. Kunsthandwerk verständige Menschen ergänzen ihr Werk der Metallfarbenhervorholung damit, dass sie die Glasplatten mit Gravuren versehen, welche den Farben der Metalle eine Bewegung oder doch ein Antlitz verschafft? Menschen die diese Glasplatten bei der Einwirkung von Tageslicht, das durch diese Glasplatten fällt, die auf einem Holzrahmen aufgezogen sind, betrachten, erfahren seelische Heilung.

Peter hatte Tränen in den Augen wenn er sich daran erinnerte, wie er mit seinem Grossvater über die Wiesen der Alm spazierte und ihn dabei fest bei der Hand nahm. Die weiche Hand seines Opas, die voller Güte und Zärtlichkeit sein Haupt streichelte bevor er einschlief, die ihn an der Schulter berührte wenn er nachdachte, die auf seinem Bauch lag wenn er Schmerzen hatte und die ihn am Ellenbogen hielt, wenn er geführt wurde zu einer neuen Aufgabe des Lebens.

Ich habe die Fülle des Lebens vom Vater überkommen und kann jedem der das Leben will, auch das Leben geben. Denn es hat der Vater mich also schon vor der Welt verordnet, dass in mir alle Fülle des Lebens wohne und durch mich alle Menschen leben sollen.

Der kleine Waldgeist Blitzgescheit

Jesus sagt:
Ich bin das Licht der Welt (Joh 8, 12)
Wo eine grosse Tätigkeit zu Hause ist,
da ist auch ein grosses Licht vorhanden.
Denn Licht ist an und für sich nichts als eine pure Erscheinung der
Tätigkeit der Engel und guten Geister.
Je höher in der Tätigkeit diese stehen umso grösser ist auch ihr Licht.
Siehe ich selbst bin allenthalben Licht.
Das Licht ist mein Gewand,
weil die ewige unermüdliche Tätigkeit mein Grundwesen ist
und mich allenthalben durchdringt.

Peter hatte in den frühen Morgenstunden im Dämmerschlaf einen Wintertraum.

Beim Skilanglaufen unterhalb eines Bergmassivs fuhr er dort auf einem stark begangenen Weg, wo Touristen achtlos in der Skispur herumtrampelten. Er bittet diese um Platz und kommt trotz grosser körperlicher Anstrengung nicht schnell vorwärts. Er verlässt die Örtlichkeit der Menschendichte und der Weg geht daraufhin scheinbar weiter, aber ohne Skispur, auf einer dünnen Schneeschicht unter der Kies zu spüren ist, ein schneebedeckter Waldweg. Es geht nun bergan in die beginnende Dunkelheit hinein. Peter bemerkte dabei, dass ihn seit kurzem eine kleine, leicht zwergenhafte nette Dame auf kurzen breiten Skiern in türkisblau, mit runden, hoch aufgebogenen Spitzen, begleitete. Obgleich sie unbeholfen wirkte, lief sie ohne jegliche Anstrengung gleich schnell wie Peter und der Schnee schien sie regelrecht zu tragen, als habe sie gar kein Gewicht. Da er den Eindruck hatte sie besässe Ortskenntnis, fragte er sie nach dem Weg. Sie meinte daraufhin, dass solange er sie nicht verlassen wolle, sei es schon der rechte Weg. Irgendwann tauchte nach einer leichten Anhöhe ein mehrstöckiges Bauernhaus, in einer Senke liegend, auf. Von unten her aus Stein aufgebaut, oben mit Holz

aufgesetzt. An der Aussenwand lehnten mehrere Skier. Sie kamen gemeinsam dort unten an, stellten die Skier zu den anderen dazu und als Peter anklopfte und die Tür sich öffnete, steht die kleine Dame vor ihm in einem weissen Kleid mit hellen Edelsteinen, leuchtend und grösser und gar nicht mehr zwergenhaft. Als er eingetreten war, schritt er auf einem hochpolierten Holzboden, der ihm wie lackiert entgegen glänzte voran und für das Auge im ersten Moment nicht wahrnehmbar, erst nach Anpassung der Geschwindigkeit der Schritte, wurden lauter kleine Wesen in den Gängen und Stuben sichtbar, die allzeit hinaus und hinein huschten, wie von grosser Geschäftigkeit getrieben. Voran und gleichzeitig auch zur Seite gehend die kleine Dame, die Herrin des Hauses.
Da erwachte Peter aus seinem Traum.

Das Gedicht „*Der Mensch und der Drud*" von *Stefan George* endet folgendermassen:
Das Tier kennt nicht die Scham der Mensch nicht Dank.
Mit allen Künsten lernt ihr nie was euch
Am meisten frommt, wir aber dienen still.
So hör nur dies: uns tilgend tilgt ihr euch.
Wo unsre Zotte streift nur da kommt Milch
Wo unser Huf nicht hintritt wächst kein Halm.
Wär nur dein Geist am Werk gewesen: längst
Wär euer Schlag zerstört und all sein Tun
Wär euer Holz verdorrt und Saatfeld brach,
Nur durch den Zauber bleibt das Leben wach.

Ich bin der kleine Waldgeist Blitzgescheit.
Als es mit mir begann, da war es wie wenn ein kleiner einzelner Wassertropfen als Morgentau auf einem Grashalm perlt und funkelt, und in ihm, wenn die Sonnenlichtkraft ihn berührt, ein Erwecken beginnt. Es beginnt damit, dass sich Energie anhäuft und

Elementargeister ballt, angeleitet durch höhere Geistwesen, gestaltet durch die verwandten Elementarwesen, das heisst alte Baumgeistwesen gestalten neue Baumgeistwesen oder Waldgeistwesen gestalten ihresgleichen, also ähnlich wie bei Menschen durch das Kinderzeugen von Mann und Frau.

Der Uhu sah den kleinen Waldgeist eine lange Zeit besonnen an und sagte zu ihm:
Sei doch nicht wie ein Mensch Blitzgescheit, denn du bist ja keiner, sondern ein kleiner Waldgeist und das ist auch gut so. Na gut antwortete dieser darauf, aber dann eben ein ganz besonderer kleiner Waldgeist. Da lächelte der Uhu versonnen, was man sonst nie zu sehen wusste von dem Eulenvogel, dass selbst die Eiche auf der er hockte verwundert ihre jungen Äste ein bisschen anhob, und er antwortete ihm: Ja das bist du.

Wenn es friedlich niederregnete, der Wind schwieg und seine Lieblingslinde, die er mit einem Menschennamen auf Sieglinde getauft hatte, draussen im freien Feld leise ohne sich zu wiegen im Regen reglos stehenblieb, da war es ihm lieb in ihr zu sitzen, unterhalb der Kronenwipfel. Er hielt sich auf einem Blatt sitzend fest, wobei er die beiden Blattränder unter die Achselhöhlen klemmte. Wartend auf das sich nunmehr anstauende Regentropfenbächlein, das ihn sogleich aus seiner Achselhöhlenklammer herauslupfen würde und hinunterspülte durch das Blattgerinne aufs nächst tieferliegende Blatt, bis er auf diese lustige Weise auf der Wiese landen würde. So von Ast zu Ast halt bis hinunter. Wenn es der Zufall wollte, war auf der Wiese auch schnell einmal ein kleiner Wasserteich entstanden, da das Grundwasser hoch anstand. In diesem sammelten sich dann gern ein paar junge Wassernixen an, die zum

Vergnügen des Waldgeistes sich erschrecken liessen, wenn dieser sich mit Karacho vom letzten Blatt in den Wasserteich klatschen liess.

Der kleine Waldgeist Blitzgescheit hatte neben dem Uhu eine neue Freundschaft hinzu gewonnen. Diese Freundschaft war etwas besonderes, da ein Elementarwesen für gewöhnlich keine persönliche Verbindung mit einem Grossengel pflegt. Die Elementarwesen hatten keine Freundschaften mit Engelhierarchien, das konnte man so sagen.

Die Engelhierarchien liessen Elementarwesen entstehen indem sie die jeweilige Stofflichkeit des Elementes verdichteten und mit Geist erfüllten. Dies war ein Schöpfungsakt und in Folge die Aufgabe zum Dienen für die Elementarwesen, um im Geistigen für das Wachsen und den Erhalt der Dinge, die die Natur hervorbringt, angefangen vom Grashalm über den Vogel bis zu den Winden und natürlich dem Wasser, verantwortlich beschäftigt zu sein. Auch die Bäume und der Wald voller Bäume. So war der Waldgeist ein Geist unter Bäumen mit einer Freundschaft zu einem Engel.

Der Grossengel sprach zu seinem kleinen Freund: Mein lieber kleiner Waldgeist Blitzgescheit, heute erzähle ich dir von den Menschen, die du noch nicht kennst. Du lebst so tief in den Wäldern wo die Menschen für gewöhnlich nicht hinkommen. Das habe ich fürs erste so für dich bestimmt. Es wird sich bald ändern. Ich erzähle dir von einem Menschen den ich gut kenne oder kannte, in dem Sinne als dass er auf dieser Erde nicht mehr lebt, oder besser im Hier und Jetzt des Raumzeitgefüges. Diesen Mann mochte ich sehr und sein Schutzengel war ebenfalls unter meiner Führung, was das örtliche Erdendasein dieses Menschen betraf. Dieser Mann war ein Dichter und er hiess Hölderlin. Sein Herz war in Liebe zu uns

Himmelswesen und er sah durch die Natur hinauf zu uns, und wir durch die Natur hindurch in sein Herz. Heute will ich dir ein Gedicht von ihm erzählen. Ein Gedicht über die Eichbäume die du so gerne hast:

Aus den Gärten komm ich zu euch, ihr Söhne des Berges!
Aus den Gärten, da lebt die Natur geduldig und häuslich,
pflegend und wieder gepflegt mit dem fleissigen
Menschen zusammen. Aber ihr, ihr Herrlichen! steht wie
ein Volk von Titanen in der zahmeren Welt und gehört nur
euch und dem Himmel, der euch nährt und erzog, und der
Erde, die euch geboren. Keiner von euch ist noch in die
Schule der Menschen gegangen, und ihr drängt euch
fröhlich und frei, aus der kräftigen Wurzel, untereinander
herauf und ergreift, wie der Adler die Beute, mit
gewaltigem Arme den Raum, und gegen die Wolken ist
euch heiter und gross die sonnige Krone gerichtet.
Eine Welt ist jeder von euch, wie die Sterne des Himmels
Lebt ihr, jeder ein Gott, in freiem Bunde zusammen.
Könnt ich die Knechtschaft nur erdulden, ich neidete
nimmer diesen Wald und schmiegte mich gern ans
gesellige Leben. Fesselte nur nicht mehr ans gesellige
Leben das Herz mich, Das von Liebe nicht lässt, wie gern
würde ich unter euch wohnen.

: Nun wie gefällt dir das Gehörte von dem Herrn Hölderlin?

: Warum hat dieser Mensch Hölderlin nicht einfach gewechselt und ist ein Eichbaum geworden? Können die Menschen sich nicht verwandeln? Du hast mir erzählt, dass sie nach dem Ebenbild des Schöpfers erschaffen wurden und dass sie Götter sind, mächtige Wesen.

Der Engel umfasste den kleinen Waldgeist mit seinem Energiekleid und hüllte ihn ein. So wie in einer Eichel die Frucht, sass der kleine Waldgeist nun darin.

:Die Menschen besitzen im Gegensatz zu euch eine Seele. Dadurch können sie nicht einfach wechseln.

Ihr gerichteter Geist muss die Elementarreiche durchwandern, da der Grossteil der Erdenseelen aus dem Rohmaterial der Erde und Ihrer Lebewesen erschaffen wird. Ich werde dir nun etwas von den Seelen der Menschen erzählen und wie sie sich voneinander unterscheiden.

Blitzgescheit fühlte sich wohl als Eichelfrucht, es war nach seinem Geschmack dieses Wechselspiel des Empfindens, das ihm der Engel immer wieder bereitete.

: Zuerst spreche ich dir von den Sternenseelen, da du ja so gern aus den Baumkronen herauf zu uns schaust, hinein in die Herrlichkeit der Sterne. Einige der Seelen sind von oben her. Diese sind von kräftiger Wesenheit und ertragen die Fleischlebensprobe besser als die anderen ohne dabei grösseren Schaden zu erleiden. Wenn bei diesen Sternenseelen der Geist erweckt wird, damit meinen wir ihren Urlebenskeim, gerade so wie du jetzt eine Keimfrucht in einer Eichel bist, dann durchringt dieser Urlebenskeim mit seinen Lebenswurzeln ihre Seele. Wenn dieses Durchdringen des Geistes der Seele geschieht, so ganz durch und durch, dann kann das wenige Verdorbene einer solchen Sternenseele durch den Geist geheilt werden und dann ist dieser Mensch ein im Angesicht des Schöpfers vollendeter Mensch. Gerade so wie wenn eine gesunde Jungeiche aus der Eichel hervorkeimt, in Gesellschaft von alten und erfahrenen Eichbäumen um sich herum, unter Führung der Baumwesen und Sylphen zu einem eigenen grossen Baumwesen empor sich streckt dem Himmel entgegen, rein und klar und wundervoll.

Um Blitzgescheit herum wirbelte es wie Windbrisen hin und her, lauwarm und farbenprächtig empfand er die Schönheit des ihm Gezeigten und Gesagten. Es war wie eine schöne, vollkommen harmonische Melodie und er vernahm ihren Klang in sich als ein Gemenge von Farben, Wärme und Musik.

: Es gibt aber auch inkarnierte Engelwesen, die sich dazu entschieden haben auch eine Seele anzunehmen und Mensch zu werden. Diese Menschen ertragen die stärksten Lebensproben und können so leicht nicht verdorben werden. Sie sind vergleichbar der wenigen ganz grossen alten Rieseneichen in deinem Wald. Sie ertragen die Belastungen der Seele im Erdenleben mit grosser Aufopferung, so wie die alten Eichen die Stürme und Schneelasten. Auf der Erde waren schon viele von Ihnen. Ich werde dir eines Tages von Ihnen erzählen, von Johannes dem Täufer, von Moses und Elias, von Jesaja. Von Hölderlin habe ich dir ja schon ein Gedicht vorgetragen, denn auch er war ein Engelwesen. Sie alle waren und kommen weiterhin um diesen schweren engen Weg des Fleisches durchzumachen. So eng wie es sich in deiner Eichel anfühlt, fest umschlossen und draussen um dich herum die Riesen. Und du die kleine Eichelfrucht, die sich nicht zu bewegen vermag. Die in die Erde gelangen muss um zu wurzeln und die Sonne braucht und das Wasser und den Geist, sonst geschieht nichts.

Machen wir weiter mit den Menschenseelen, die dieser Erde zugehörig sind, weswegen auch alles Elementare geschaffen und in Existenz gerufen wurde. Das ganze materielle Universum, die dreidimensionale Materie mit Raum und Zeit, die aus dem geistigen Reich heraus entstand, ist nur wegen diesem Erdenseelenprozess, den es zu Anfang noch nicht gab, erschaffen durch den Schöpfer. Wir Engel sind bereits zuvor gewesen. Wenn du so willst, mein lieber Waldgeist Blitzgescheit, so bist auch du ein Kind von uns Engeln, das wir zu betreuen haben.

Der kleine Waldgeist fühlte sich sehr wohl bei diesem Gedanken, das Kind im Kindergarten der Engel sein zu dürfen.

: Die Erdenseelen sind zur Kindschaft berufen, denn sie sind es, die von Uranbeginn aus dieser Erde abstammen und sind diejenigen die zur Kindschaft Gottes berufen sind, betreut durch uns Engel. Sie sind auch diejenigen der genannten Seelen, die die schwächsten sind und am leichtesten verdorben werden können. Sie sind wie Blumenwiesen in einem Sommersturm, wenn die Blütenköpfe abgerissen werden und das Gras durch Hagel zerfetzt zu Boden stirbt.

Die schweren Eichstämme trotzen diesen Gewalten.

Doch finden sich unter hunderten solcher Menschen einer oder zwei Starke von oben herab, die durch Gott dazu bestimmt sind die schwachen Erdenseelen vor einem vollkommenen Verderben zu bewahren. Und wenn es doch unter diesen hunderten ein paar verlorene Schafe gibt, so sendet Gott seine Engel aus um sie heimzuholen.

Das kann aber auch unermesslich schmerzhaft sein für eine Erdenseele. Denn sie wird aus dem Elementarreich erschaffen. Aus Stein und Mineral wächst sie heran zu Pflanze und Tier, um dann Erdenseele zu werden und im Mensch sich ganz zu gestalten. Der Mensch ist aus Erde gemacht. Dies ist durch und durch wahr. Und wenn so eine Erdenseele im Menschen durch sein Ich nach Ewigkeiten aus Eigensinn doch verloren geht, so wird dieser Mensch mit seinem vorhandenen Ichbewusstsein, da er ja Leib – Seele - Geist war, zurückgeführt in seine Anfangsbestandteile, zurückgeführt zum Beginn des Mineralischen. Unermesslich lange Zeiträume beginnen von neuem für ihn im schweren Gang der Materie durch Raum und Zeit. Da könnten wir dich, mein liebes Waldgeistkind, in diesem Zeitraum so oft neu erschaffen und existieren lassen, wie dieser Eichenwald Eichelfrüchte an den Bäumen trägt.

Auf dem Wasser des Gebirgssees waren die ersten Sonnenstrahlen zu sehen, die sich widerspiegelten in der stillen metallenen Glätte des Wassers. Der kleine Waldgeist hatte die aufgehende Sonne nicht in den Berggipfeln kommen sehen, sondern auf dem kleinen Wasserrund zwischen zwei Hügelkuppen, die in der Talsenke lagen.

Heute war ein besonderer Tag. Er war lange gereist und jetzt ungewöhnlich weit von seinem Abstammungsort entfernt. Dies war eine Aussergewöhnlichkeit, die der Grossengel eingerichtet hatte. Elementarwesen sind ortsbezogen tätig und reisen nicht, normalerweise. Natürlich nicht als Luftwesen, aber als Waldgeist schon.

Hier oben in den Gebirgszügen des Grossglockners waren viele alte Elementarwesen.

Vor langer Zeit schon hatten sie sich hierher zurückgezogen.

Aus den Sonnenstrahlen wurde ein ganzflächiger Goldspiegel auf einem windunbewegten Wasser. In diesem Goldspiegel sichtbar werdend und dann aus diesem sich hervorhebend, war ein wundervolles und erhabenes Wasserwesen. Eine edle Frau mit einer sehr bestimmenden aber doch gutmütigen Erscheinung. Sie kam auf den kleinen Waldgeist zu und hielt, am Ufer verharrend, angemessenen Abstand um ihn eindringlich zu mustern. Dies ging ihm fast zu lange, so dass es sich bereits unangenehm anfühlte.

: Man hat mir berichtet, dass du ein kleiner Edelstein im Zentrum des Grossengels bist und zu mir kommen sollst, damit ich dich lehre. Ich habe mich dir anders vorgestellt. Nun, man soll sich keine Vorstellung darüber machen was einem Engel an Waldgeistern wertvoll ist.

Wir Wasserwesen sind alt, noch älter sind manche Steine aber sie sind Gebannte. Über unseren Wassern wehte der Geist Gottes, dessen erinnern wir uns immerzu. In uns spiegelt sich die Sonne. Wir wissen Dinge, die du nicht wissen kannst kleiner Waldgeist.

Er fing plötzlich an, sich sehr gering zu fühlen und wäre in diesem Moment lieber auf einem Blatt seiner Eichen gehockt, doch die Dame vollzog schnell einen Wandel. Sie hatte das Wasser verlassen, doch konnte man eine Verbindung von ihrem Körper mit dem Wasser wahrnehmen, so, wie ein feiner Schleier hing das Wasser an ihr.

: Du musst dich nicht gering fühlen mein Freund. Doch ist es gut, wenn das Freche in dir jetzt schweigt und aus dir herausgedrängt ist, denn du sollst neues Wissen in dir anfüllen. Es wird dich ernster machen. Es ist der Wunsch des Grossengels für dich. Du sollst reifen. Du wirst grosse Aufgaben erhalten, die über deinen Wald hinausragen werden. Die Menschen werden sich rückbesinnen auf die Wälder, auf das Mystische des Waldes. Sie werden sich unter Bäumen begraben lassen und Kraftorte aufsuchen. Sie sollen dabei nicht zurückfallen ins heidnische sondern im Heiligen Geist bleiben. Du wirst neues Wissen für die Waldgeister bringen, von dir soll es ausgehen.

Dies war eine wirkliche Überraschung. Mit keinem Wort hatte sich sein Engelfreund darüber ausgelassen, wer ihn und was ihn hier erwarten würde. Zum Nachsinnen oder anders Entscheiden war auch kein Raum mehr.

: Ich werde dir von den Engeln im Mittelreich berichten, denn ich kenne sie. Sie kümmern sich um die erdgebundenen Menschenseelen und um das Geleit derjenigen Geister, die noch tiefer hinabgehen in die Menschenhöllen und um diejenigen Geister, die aufsteigen in die Menschenhimmel. Wir sprechen nicht von den Himmeln Gottes, denn davon habe ich kein

Wissen. Dass es sie gibt weiss ich, doch weiss ich nichts von ihrer Art.

Die Engel des Mittelreiches führen diese Geister in deren vollen Freiheit zu dem einen oder anderen Ort. Wir können es Sammelpunkte der Geister nennen. Gott hat für die Geister der Menschen, für deren Haupt- und Grundleben, ein Ziel gesetzt. Dieses Ziel ist kein Gericht sondern ein Sammelpunkt, wo der Geist desjenigen Menschen sein wirres und durcheinander gebrachtes Leben und dessen Wirkungen, vollkommen wiederfinden soll.

Gott bedient sich dazu, um die Menschen in seinen Himmeln zu leiten, dreierlei Bewegungen.

Wenn er sie führt, so sind sie im Glaubenslicht und gehen dann in den untersten Himmel ein.

Wenn er sie zieht, so sind sie überflutet von der Vaterliebe und kommen in den zweiten Himmel, denn dort sind diejenigen, die tätig die Liebe zum Nächsten üben. Wenn der Herr die Menschen aber trägt, so ist das schon der kindliche Zustand des Menschen, indem der Mensch ganz und gar in die Liebe zum Herrn übergegangen ist. Diese Menschen sind demütig und haben sich selbst verleugnet, denn sie wissen, dass das Wahre und Gute in ihnen nur der Herr alleine ist und sie selbst nur sein Liebewerkzeug. Dieser höchste Liebehimmel umgibt die anderen, trägt die anderen und leitet sie auch. Die Engel des Mittelreiches nehmen die Seele aus dem Leib heraus, wenn der Mensch stirbt.

: Was ist die Seele? Immer höre ich von der Seele der Menschen und was ist ihr Leib?

: Die Seele ist, was Elementarwesen nicht haben, wir sind Geistwesen und verantwortlich für den Erhalt der Materie. Was dem Mensch der Leib, ist dir der Wald, ist das Wasser, der Fluss, das Eis, das Meer, der Gletscher, der Wasserfall und der Regen. Wenn der Mensch stirbt, wird die Seele aus dem Leib genommen und Geist - Seele - Körper für sich dastehend, wird durch die Engel zu einem Ort gebracht, der vollkommen diesem Lebewesen entspricht. Ist dieser Mensch, der gelebt hat auf dieser Erde, auf der auch wir existieren, von gutem Willen und voll Liebe gewesen, so wird auch der Ort ein solcher sein, denn die Seele und die Seelen gestalten sich diesen Ort selbst. Gott hat der Seele die Kraft und die Macht der Gestaltung gegeben. Ist die Willensausrichtung der Seele aber schlecht und ist da keine Liebe, so wird auch der Ort ein schlechter sein im Jenseits, den die Seele sich ja täglich vorgestaltet in ihrem Erdenleben. So wie in deinem Wald ein schlechter Baum keine guten Früchte und ein guter Baum keine schlechten Früchte trägt.

: Nach was sucht der Mensch so beständig? fragte der kleine Waldgeist.

: Ich sehe Menschen, die einfach sind von Ihrer Art, die hüten die Schweine am Waldrand oder holen Holz aus dem Wald. Manche von ihnen jagen im Wald. Anderen sieht man es an, dass sie angestrengt nachdenken, sinnieren oder schwermütig sind. Über was sinnen sie nach? Der Engel gab ihm darauf Antwort.

: Sie suchen nach Weisheit und wissen nicht, dass sie zuerst nach der Liebe mit ihrem Herzen suchen müssten. Denn der Weisheit sind nicht alle Dinge möglich. Die Weisheit geht auf einem vorgezeichneten Weg. Sie befasst sich nicht mit dem was links und rechts des kieselweiss reinen Weges liegt. Das Unreine rührt sie nicht an. Die Liebe hingegen ist das ganze Leben, zugleich auch das Gesetz und die Macht, Kraft und Ordnung. Die Liebe ist zugleich auch die Geduld, die Sanftmut und die Demut. Allein dadurch ist sie der Kern aller Weisheit, denn die Weisheit entspringt aus der Liebe.

Nur der Liebe ist alles möglich und warum? Die Liebe ergreift was verloren ist und umwirbt es mit der gleichen Innigkeit als wäre es bereits das Reinste in ihr. Es ist ein treffliches Geheimnis um welches der Mensch ringt in seinen Gedanken, anstelle mit seinem Herzen danach zu forschen. Ich werde dir das Geheimnis aber offenbaren: Die Liebe kann alles brauchen, die Weisheit aber nur, was die Liebe gereinigt hat.

Hieraufhin wurde der Waldgeist gross und empfand sich selbst als erhaben und als hätte er zu leuchten begonnen.

Der Engel hatte wieder in der Gegenwart des Waldgeistes Platz genommen. Er ruhte in einer Woge von Licht und Schwingung, die weit heller und klarer war als die der Elementarwesen.

Doch empfand Blitzgescheit, dass sich der Engel stark zurücknahm. Wahrscheinlich, würde er seine ganze Fülle erstrahlen lassen, würde er und sie als Elementarwesen zerstäubt werden.

: Mein kleiner Freund, ich will dir etwas kundtun, das bald in deine Welt eindringen wird um dort zu wirken. Ein Magier kommt, ein Okkultist. Er wird den Menschen der Erde eine neue Philosophie bringen. Er wird den Menschen die Geisteswelt und da vornehmlich die Elementarwelt mit ihren Geistwesen nahebringen. Er wird den Elementarwesen die Möglichkeit verschaffen an der Menschenseele teilhaftig zu werden, ein Baustein dieser Seele zu sein und ebenso umgekehrt. Elementarwesen können Seelenerfahrung in Form eines Menschenlebens machen und Menschen Geisteserfahrung in Form einer Elementarwesensexistenz. Mit ihm gemeinsam wird ein Baustil kommen, der dies ankündigt. Man wird ihn Jugendstil nennen. Seine philosophische Lehre wird man Anthroposophie nennen. Die Priester dieser Lehre glauben an Christus und wissen, dass Christus den Elementen gebietet.

Die Priester dieser Lehre werden aber nicht wissen wer Jesus ist, weil ihr Begründer Jesus Christus nicht erkannt hat. Diese Erkenntnis wird ihm in seiner Erdenexistenz bei Gründung seiner Lehre nicht zugänglich sein; er wird Zeit seines Lebens ein Okkultist bleiben. Du kleiner Waldgeist Blitzgescheit wirst dieses Geschehen begleiten, es erleben, es beobachten und wahrnehmen und später, wenn dieser seine Erdenexistenz beendet hat, wirst du deine Arbeit mit den Elementarwesen beginnen, in einem Wirkungskreis, den ich dir dann zeigen werde.

Der Wind im Herbst, der notwendig ist um das Laub von den Bäumen zu nehmen, der Regen um alles abzuwaschen und fortzuspülen damit das Astwerk blank ist für den Reif und den Schnee. Damit ein Frühling beginnt auf den ein Sommer folgt. Es ist viergeteilt was im Ursprung erdacht wurde.

Heute zum Sommeranfang war wieder Besuch angesagt. Sein Engel würde zu ihm kommen um ihn zu lehren. Zuletzt hatte er zu ihm von der Selbstgestaltung des Menschen gesprochen.

Blitzgescheit sah hinauf in den Sternenhimmel und dachte über die letzten Worte des Engels nach.

: Jeder einfach niedrig geborene Mensch ist bereits in seinem Kindbett grösser anzusehen als die Engel. Wenn man ein rechtschaffener Mensch ist, dann ist man ein Kind aus der reinsten und ewigen Liebe Gottes. Und ein wahrhaft reiner, aus purer Liebe erweckter Mensch, wird keine andere Idee in sich kennen als nach der Weisheit Gottes zu streben, und das aus eigenem Antrieb. Wir Engel aber sind von Anbeginn geschaffen aus der Weisheit Gottes heraus, die wir somit selbst sind. Es ist aber ungleich schwerer in der Weisheit geboren zu sein und aus dieser heraus zur Liebe zu kommen oder sie in uns Engeln zu erschaffen, als ein Mensch der in der Liebe geboren wurde um dann die Macht Gottes zu ergründen und seine Weisheit mit beiden Händen festzuhalten.

Blitzgescheit war in einem Flimmerkleid gefangen. Voller Erregung versuchte er das Empfangene für sich zu bewerten, zu verarbeiten und in sich aufzunehmen, wobei aufnehmen das eigentlich Schwierige darstellte für ein Elementarwesen ohne Seele.

Wenn Menschen es sich zur Gewohnheit machen würden im Sommer früh aufzustehen um dann in den frühen Morgenstunden ihre Zeit und Arbeit im Freien zu vollbringen, dann wäre das Menschengeschlecht schnell ein gesund kräftiges.
Die Morgenluft und der Wind, das Zusammenwirken von Wärme und Licht bilden besondere Seelennahrung. Ebenso sollten sie im Sommer ihre Nachtruhe im Freien verbringen und nicht in geschlossenen Häusern. Im Winter ist es gut für sie drinnen zu sein in der Trockenheit. Die Menschen sollten sich zurückhalten bei Speise und Trank, nüchtern bleiben und ein langes vitales Leben stünde ihnen zu Diensten. Es ist einem Menschen leicht, was er nicht wissend besitzt und es ist einem Elementarwesen schwer, was es wissend ermangelt.
Und der Grossengel war wieder zugegen.
:Der Mensch besteht aus ewigem Geist von Anbeginn und der Seele, welche das Leben des Geistes ist, und dem Körper. Die eigentlichen Menschen haben eine Seele, die zusammengesetzt ist aus vielen gewachsenen Seelenbausteinen aus dem Mineralreich, dem Pflanzenreich und dem Tierreich. Ausgenommen die Engel, die sich dazu entschieden haben Mensch zu sein, die haben eine Seele, die von oben erschaffen ist. Und wenn so eine eigentliche Menschenseele zu sehr am Körper hängt, mit dem Fleisch vermengt ist, wird sie

leicht krank. Will man so einen Menschen heilen, so heilen wir nie das Fleisch. Wenn eine Seele noch nicht zu stark an das Fleisch gebunden ist, so machen wir die Seele frei von diesem und rufen ihren Geist wach, damit sich dieser der Seele annimmt und diese kräftigt. Diese gestärkte Seele kann dann wieder das Fleisch heilen. Der Mensch hat ein Herz und das ist sein Gewissen. Das Gute, das von uns kommt, senden wir in das Herz, in sein Empfindungsorgan für das Gute. Sein Gewissen sagt ihm, mittels der inneren Stimme, was er falsch gemacht hat oder im Begriff ist falsch zu machen. So macht es Sinn, wenn ein Mensch daraufhin ein Versprechen an uns macht, nicht mehr zu sündigen, es einfach in sein Herz zu geben zukünftig nicht mehr zu sündigen.

Die Neugierde bereitete Blitzgescheit keine Gewissensbisse und er fragte den Engel aus nach dem Guten und Bösen und warum die Menschen in diesem Konflikt stehen.
: Es gab im Norden einen gottestreuen Philosophen unter den Menschen, Sören Kierkegaard, der hat folgendes für seine Schwestern und Brüder hinterlassen: *Das Ungeheure, das einem Menschen eingeräumt wird, ist die Wahl der Freiheit.*
Gut und Böse sind zwei Teile einer Einheit, denn die Einheit, wenn sie sich selbst betrachten will, muss sich trennen und gegenüberstehen. In Gott ist es nicht auseinanderzubringen, im Menschen aber erlebt sich Gott und dort ist es auseinanderzubringen.

In Anwesenheit des grossen Engels wusste Blitzgescheit, dass er gering war und vergänglich.
Dieses Geringsein empfand er aber so nicht, denn in der Anwesenheit des Engels fühlte er sich erhaben. Heute hatte der Engel ihm etwas Wesentliches eröffnet. Eine

Hauptaufgabe der Engel in Bezug auf die Menschen der Erde ist der geistige Schutz.

Es kam der Zeitpunkt und der Engel nahm den kleinen Waldgeist mit zu den Menschen in der Siedlung nahe des Waldes. In einem Augenblick war ihre Geistesreise vollbracht und der Engel lüftete den Schleier und Blitzgescheit erschaute ein Wirrwarr an Wesenheiten, die in der Nähe der Menschen sich aufhielten aber auch in den Menschen selbst existierten. Diese Wesenheiten waren schrecklich anzusehen, sie erinnerten nur entfernt an Menschen. Aber es gab auch natürlich aussehende Menschenwesen, allesamt grau und bedrückt. Der Engel teilte ihm mit, dass jene die Verstorbenen waren, die noch erdgebunden sind und an den Plätzen ihres Todes verweilten.

Dazwischen überall Lichtwesen, leuchtend helle Engel. Alles jedoch voneinander getrennt durch Schleier, wie ihm der Engel erklärt hatte. Transparenz durch die Schleier ist immer einseitig; das geistig Zugewandte darf entsprechend seiner Reife hindurchsehen, das geistig von Gott Abgewandte nicht. Wenn es den unfertigen, niederen Geistern im Geisterreich der Astralebene gestattet wäre die vollkommeneren Geister der höheren Sphären anzuschauen, dann hätten sie keine Freiheit mehr, denn sie hätten sich der anderen Seinswelt vergegenwärtigt und wären in Gedanken dort anhängig mit Neid, Wut, Groll und Schlimmerem. Andersherum ist es notwendig, denn den höheren Geistwesen ist es ein Bedürfnis in Nächstenliebe zu helfen und sie wie Kinder eines Kindergartens in Obhut zu haben. In diesen Welten der niederen Geister scheint keine Sonne so wie auf der Erde. Dort gibt es nur das Licht, das man sich auf der seelischen Lebensebene der Erde erarbeitet hat. Deshalb herrscht dort die Dunkelheit, ein schwarzes bis graues Licht.“

Der Engel erzählt dem Waldgeist, was das Besondere am Menschsein ist: Es ist das Leiden, das Fasten und die Armut, sowie die Liebe. *Verstündet ihr in eurem Herzen das grosse Geheimnis meines Leidens, alle Engel des Himmels würden zu euch in die Schule gehen. Verstündet ihr in euren Herzen gerecht zu fasten, wahrlich ich wäre euch schon lange ein sichtbarer Vater geworden. Verstündet ihr in euren Herzen was die wahre Armut ist, ihr wäret reicher als manche Fürsten des Himmels. Die wahre Armut ist es, die da ewig gespeist wird mit meinem Worte; und verstündet ihr in eurem Herzen die Liebe, wahrlich da wäre an euch erfüllt die grosse Forderung: Seid vollkommen wie eurer Vater in den Himmeln vollkommen ist.* Der kleine Waldgeist Blitzgescheit betrachtete besonnen den Engel, wie dieser zu glänzen begann aber dabei auch einen winzigen Hauch von bedrückt sein ausstrahlte, um dann zu sagen: Das hört sich wundervoll an, auch wenn ich nichts davon verstanden habe; ich hätte auch gern ein Menschenherz.

Der Engel hatte sich wieder gefasst und besah sich den Waldgeist und sein Umfeld.

:Wenn eine Menschenseele vollendet wurde, dann durchströmt sie der eine einzige Geist Gottes und sie hat dann das ewige Leben und Gemeinschaft mit uns. Sie wirkt dann mit uns in und an der Schöpfung und lebt in den Himmeln Gottes. Jesus selbst hat, nachdem er wieder aufgestiegen war in die Himmel Gottes, von dort aus den Heiligen Geist zu den Menschen ausgesandt, damit dieser das für sie Unbegreifliche durch seine Wahrheit begreifbar macht. Ich muss nun zurückkehren um von dort aussenden zu können.

Die Hochzeit

Vom Bund der Ehe:
Was Gott verbunden hat, das soll kein Mensch mehr trennen
und es bleibt sonach eine wahre Ehe für ewig unauflöslich.
Eine falsche Welt-Ehe ist aber ohnehin kein Bund vor Gott und somit
auflöslich
wie die Weltmenschen und alle ihre Bündnisse.

Wenn zwei Menschen sich in inniger Liebe verbinden, so ist das als legt man zwei Linien übereinander. Von oben betrachtet erscheint nur noch eine Linie, auch von unten. Vielleicht erkennt man von der Seite, dass zwei aufeinander liegen. Ja, wenn man nahe genug herantritt wird man erkennen, wie bei allen Dingen, dass es zwei ineinander gelegte Linien sind. Vorher war dazwischen ein Abstand, ein Raum, der ist nun nicht mehr da. Es ist wieder eins geworden, das was es ursprünglich war. Das hier und dort an einem Ort.

Wir reden von Menschen in deren Augen das Gottesreich zu erblicken und aus denen heraus seine Stimme zu vernehmen ist. Reife Frauenstimmen in Gesichtern existierend. Augenpaare mit Glanz und sternenartigem Leuchten. Falten des Lächelns auf einer Haut mit Lebensalter, eine Haut die gepflegt ist und davon spricht, dass sie Kinder erwachsen hat werden lassen, eine Familie zusammengehalten hat. Eine Familie mittels Liebe geführt hat, eine Herrin über die Zeit ist. Ein stolzer Körper, der leise glüht im Dunkeln voller gelebter Freude.

Peter liebte die Einfachheit. In den Bergen hatte er gelernt, dass nur die einfachen Dinge funktionieren. Ging es nicht einfach, dann ging es einfach nicht. Daran hielt er sich konsequent. Er hatte keine Zweifel daran, dass nur Qualität, und das hiess ja das Erhalten der Originalität der

Natur, von Wahrhaftigkeit sei. Schlichtheit und Gewissenhaftigkeit haben ihren eigenen Erfolg.

So mochte er besonders den Duft ihres Parfums. Die Frucht des Bergamottebaums, einem Hybriden aus Zitronatzitrone und Bitterorange, vermengt mit Mairose und dem Duft der Damaszenerrose. Sie roch nach der belebenden Frische eines Morgens im Süden und nach der Ruhe eines Nachmittags in einem weitläufigen Garten.

Melisande stand eines Tages in dem Blumenladen von Peter. Sie hatte vom Schäfer Ausgang erhalten. Selten begleitete er sie, wenn ihre Reisen in der Nähe von mittelgrossen Städtchen zur Ruhe kamen. Er versorgte lieber die Herde. Melisande bewunderte die Schönheit der Blumengebinde zuerst als Passantin, die vom Bürgersteig aus durch das Schaufenster blickte. Alles war natürlich schön und auf diese Weise auch zueinander gestellt. Runde Kieselsteine mit Maserungen, die Schriftzeichen gleichkamen, lagen dabei. Blumen mit Blüten, die nach Duft sprachen. Weniges neben Edlem, so wie wenn es ein Japaner arrangiert hätte. Als sie die Eingangstüre durchschritt und ein feines Glöckchen kurz bimmelte, wendete sich ein Männerkopf ihr zu, denn die Blumenverkäuferinnen waren allesamt beschäftigt. Peter blickte in die Augen von Melisande.

Beide entdecken für sich in diesem Moment so etwas wie Wohlempfinden füreinander. Dieses Gefühl der Seelenverwandschaft, der inneren Gleichheit, bezogen auf das Wesentliche, was das Herz bewegt, und das wir das stille Einvernehmen zwischen zwei Menschen nennen, gleich welchen Geschlechts man ist. Peter lächelte Melisande an und sie zurück, und beide sahen auf die sich dem anderen in einer Geste der Begrüssung entgegenstreckenden Hände, auf denen der jeweilige Blick ruhte und der eine vom anderen erkennen konnte, dass beider Hände körperliche Arbeit verrichteten und dabei trotzdem gepflegt waren. Im Blumenladen war ein betörender Rosenduft gegenwärtig. Melisande kannte die gemeine Hundsrose aber richtigen Duftrosen in solcher Vielheit war sie noch nie begegnet. Die beiden kamen ins Gespräch und verabredeten sich für den heutigen Abend miteinander.

Es gab eine kleine Schenke auf der rechten Seite der ausgehenden Dorfstrasse nach Osten hin.

Peter und Melisande sprachen lange über ihre Herkunft und familiären Verhältnisse, über die Natur und die Sterne am Himmel und zuletzt über Gott.

Da berichtete er von einem Erlebnis am See. „Ich habe nur ein einziges Mal in meinem Leben eine wirklich sinnerfüllte Arbeit verrichtet. Es war bei der Heuernte, das Einbringen des Heus in die Scheune, und dort das Aufwerfen des zusammengedrückten Heus mit der Heugabel, zum Auflockern und Ablüften, damit das Heu, locker gelagert, nicht faulen kann. Die Nahrung für Kühe im Winter." Woraufhin sie ihn fragte, wie er denn zu dieser Arbeit gekommen war, obgleich er doch dort nur als Urlaubsgast weilte und das lediglich für eine Woche. Daraufhin erzählte er ihr von Almuth, die er dort am Hof als Wirtin kennengelernt hatte und die damals Hilfe benötigte, denn am darauffolgenden Tag war Regen angesagt und das Heu für die Tiere musste eingebracht werden.

„Warum bist Du so viele Jahre nicht mehr dort gewesen bei Ihr?"

„Das weiss ich nicht Melisande. Es gab hier auf einmal Unmengen an Dingen zu tun und zu bewerkstelligen. Darüber habe ich alles andere vergessen. Gut, dass du gekommen bist und die Geschichte erzählt und neu belebt wurde. Vielleicht sollte ich noch dieses Jahr dort wieder Urlaub machen für eine Woche."

Melisande und der Schäfer blieben nur für drei Tage in der Nähe des Städtchens. Nichtsdestotrotz trafen sie sich mit Peter all diese drei Tage bei Wein und Essen. Am letzten Abend waren auch der Schäfer und der Grossvater zugegen, denn Peter hatte ein Treffen gehabt mit ihm tagsüber. Dieser Abend war getragen durch eine leichte Atmosphäre, hellen Klängen und guten Gesprächen. Vertrautheit, Einigkeit, Liebenswürdigkeit, Verbundenheit und Selbstlosigkeit prägten das Zusammensein und endeten mit einem Zusammenstehen für die gleiche Sache.

Im August fuhr Peter wie gewohnt allein in Kurzurlaub für sieben Tage. Schon während der Fahrt fühlte er sich gefestigt in der Empfindung, dass ein neues Leben ihn erwartete.
Seine Ankunft am See war der frühe Nachmittag. Von Almuth keine Spur. Nachdem er sein Gepäck versorgt und eine Runde im See geschwommen war, sass er an dem Rezeptionstresen bei einem Marillenschnaps und plauderte. Almuths Mutter berichtete ihm, dass ihre Tochter die Pacht einer Alm übernommen hatte und wenn er sie sehen will, er hinauf müsse auf den Berg. Peter nahm sich im Stillen vor bereits morgen schon auf den Berg „hinauf" zu wandern.

Es gab die Möglichkeit mit einer Gondelbahn auf den Berg zu kommen, aber erst ab zehn Uhr und die Alm selbst hatte erst ab zwölf Uhr geöffnet. Peter entschied sich dafür den Berg zu Fuss hinaufzusteigen und sich dabei Zeit zu lassen. Oben angekommen setzte er sich auf eine Bank und genoss die Sonne. Er nickte dabei ein und sass da, mit geschlossenen Augenlidern, versteckt unter seiner Sonnenbrille.

Was ihn weckte war die Ähre eines Grashalms, die auf seiner Gesichtshaut einen Juckreiz verursachte. Almuth hatte ihn entdeckt und war hingegangen um ihn zu necken. Eigentlich hatte sie ihn ja schon unten am See entdeckt gehabt. Ihre Mutter hatte auf der Alm angerufen und Peter angekündigt. Sie hatte daraufhin am frühen Morgen mit dem Jagdfernglas das Seeufer am Hof ihrer Eltern beobachtet und war sich sicher, Peter beim Einsteigen ins Seewasser in den frühen Morgenstunden erkannt zu haben.

Er musste zeitgleich blinzeln und mit seiner rechten Hand das Kitzelgefühl von seiner rechten Wange beseitigen, was dazu führte, dass er Almuths Handgelenk zu fassen bekam und nachdem er aufgehört hatte zu blinzeln, ihr zum ersten Mal intensiv in die blauen Augen sah und in ihrer Iris die vier sternengelben Punkte entdeckte, da war es um ihn geschehen; und es beruhte auf Gegenseitigkeit.

Verliebt, Verlobt, Verheiratet. Beide genossen die wenigen gemeinsamen Stunden der Tage der Woche seines Urlaubs und die Stunden der Nacht um sich in allem nahezukommen. Peter musste ihren Berg zunächst wieder verlassen und seiner Arbeit nachgehen, aber er ging nicht ohne das Versprechen wiederzukommen um Almuth zu heiraten. Sie beide wollten ein gemeinsames Leben füreinander ohne heute schon zu wissen, wie dieses Leben aussehen würde.

Es gibt einen signifikanten Unterschied zwischen einer Ehe, die auf der Erde geschlossen wird und einer Ehe, die im Himmel geschlossen wird. Die im Himmel ist die geistige Wiedergeburt und die Wiedervereinigung zweier Individualitäten, des weiblichen und des männlichen Teils. Diese Verschmelzung ist die Himmlische Hochzeit. Dass dies geschehen wird, kann von den beiden Ichs der Individualitäten schon im irdischen Leben erkannt werden und es kann sein, dass die irdische Ehe die letzte Ehe dieser beiden vor der himmlischen ist. *Da keine Menschenseele, wenn sie einmal aus den Elementen des Naturreichs gebildet wurde, ihre Persönlichkeit je mehr verliert, so wird auch bei einem solchen geistig wiedergeborenen und vollendeten Paare der Mann sowohl wie das Weib ewig eine gesonderte Persönlichkeit bleiben. Aber infolge der ursprünglichen geistigen Zusammengehörigkeit wird zwischen ihnen in alle Ewigkeit eine ganz besondere, einzigartige wohlgestimmte und höchst wonnevolle gegenseitige Ergänzung und Wechselbeziehung bestehen.*

Almuth hatte in ihrer Hochzeitsnacht alles zurückgegeben was ihr in diesem Leben bisher wichtig erschien. Sie schmiegte sich an Peters Körper. Indem sie ihn umschlang und festhielt erfuhr sie eine Veränderung. Das Gefühl mit ihrem Ehemann zu schlafen war ein gänzlich anderes als das was sie bisher erlebt hatte. Diese Vereinigung war intimer, zärtlicher, verbundener und berauschender als das was sie bisher erfahren hatte. Es war neu jemanden am nächsten Morgen mit dem Herzen in die Augen zu sehen, das kannte weder sie noch er zuvor. Was möchte man erkennen und wir sprechen nicht vom bewussten Erreichen, als dass die reale Liebe Bestand hat für ein Leben und man darum weiss. Liebe ist etwas anderes als das Verliebtsein.

In fussläufiger Nähe, weniger als zwei Stunden, gab es auf dem Berg eine kleine katholische Kapelle, die als einzige gepflegt und erhalten wurde. Von dem ehemaligen Glasbläserdorf ist heute nicht mehr übrig als Ruinen und unzählige Glasscherben und Gefässreste aus Glas. Ist doch das Glas eine stille Allegorie für die Seele.

Das Weib, das ich dir geben werde, liebe also wie dich selbst. Sei eins mit ihr, auf dass du mir ihr darstellst einen vollkommenen Menschen, welcher ist in dem vollkommenen himmlisch Wahren und liebetätigen Guten. In diesem Weibe wirst du fühlen die Schöpfermacht deiner Liebe zu mir und das Weib wird fühlen die Macht meiner Weisheit in dir; und so werdet ihr sein wie eins in meiner ewigen Liebe und Weisheit. Der höchste Grad eurer Wonne wird sein, wann immer ihr in der Liebe zu mir völlig eins werdet.

Die Kinder

Heraklit:
Lehren bedeutet nicht,
ein Fass zu füllen,
sondern ein Licht anzuzünden.

Suchet eine rechte wahre Bildung des Wissens und des Herzens bei
euren Kindern zu bewerkstelligen, so werdet ihr euch einen grossen
Lohn in meinem Reiche bereiten,
und ihr werdet dadurch auch auf der Erde ein leichtes Handeln mit
den Menschen haben.
Denn mit wahrhaft gebildeten Menschen ist leicht zu verkehren.
Aber suchet eine rechte und ganze Bildung unter den Menschen
auszubreiten.
Denn eine halbe Bildung ist oft schlechter als gar keine.

Mit Almuth sprach Peter beim Spazieren im Wald am liebsten über die schönen Dinge des gemeinsamen Zusammenlebens mit seiner Familie. Beide Eltern konnten die Lüge gar nicht ertragen und hatten das gleiche Erziehungsziel für ihre gemeinsamen Kinder.
Nicht das Böse ist das Gegenteil der Liebe sondern die Lüge ist die Abkehr, das Leugnen der Liebe. Das Böse ist ein Abfallprodukt der Lüge.
In Gottes Reich gibt es eine Ordnungsstruktur der Liebe, die hierarchisch aufgebaut ist in dem Sinne als das freie Geistessein in Liebe dient. Hierarchisch strukturiert nach geistiger Reife, geistigem Bewusstsein, geistigem Vermögen, geistiger Erkenntnis und geistiger Kraft. Geistig sei in diesem Sinn gleichzusetzen mit Liebestiefe. Eine einfache Formel im Wortschatz der Menschen könnte heissen: Je liebestiefer das Geistwesen desto näher an Gott oder Gott ganz im Geistwesen zugelassen, heisst maximale Liebestiefe oder Zentrumsliebe. Da kam Peter ein Zitat in den Sinn welches er öfter von seinem Grossvater gehört hatte und das er auswendig wusste. „Mir fällt plötzlich ein Zitat von Grossvater ein: *Aus*

Selbstachtung entspringt notwendig auch Selbstgefühl, Selbstvertrauen und Selbstständigkeit. Wer sich aber nicht selbst achten kann und doch Ansehen in der Welt gewinnen will, der muss notgedrungen alle Mittel der Verstellung, Kriecherei, Schmeichelei aufbieten, um sein Ziel zu erreichen. Menschen dieser Art, deren es leider viele gibt, sind die gemeinschädlichsten im Staate.
Das ist von Friedrich von Bodenstedt der im neunzehnten Jahrhundert gewirkt hat."

„Weisst du Peter, wenn ich mit dir im Wald spaziere und unsere Töchter vor uns herspringen sehe, denke ich voll Dankbarkeit daran, dass wir keine bitteren Worte in unserer Familie haben. Nichts was ihre Gemüter verbittert geschieht ihnen, keine harten Worte keine Misshandlungen durch die sie scheu werden könnten vor uns und dann zu Kriechern werden oder zu Heuchlern. Ich denke immer, dass man ein trotziges Kind durch Liebe geschmeidig werden lassen kann. Wenn es aber erst zum erwachsenen Heuchler oder Schmeichler geworden ist, so ist dieser Mensch fast unverbesserlich."

„Ich denke auch, es ist das grösste Geschenk auf Erden für ein Menschenkind, wenn es Gott durch Liebe und in Liebe erfährt und kennenlernt. Eltern haben nur diese einzige wichtige Aufgabe, sonst keine. Die Liebe des Kindes wecken zum Vater."

Wenn die Kinder zu Bett waren, plauderten Peter und Almuth gerne noch für eine Stunde miteinander, und liessen den erlebten Tag mit ihren Kindern Revue passieren. Alles andere wird geringer, wenn man in Liebe und mit Aufmerksamkeit bei seinen Kindern ist. Man kann sagen, dass ohne die Sonne kein Leben auf der Erde sein kann und doch wendet man sich von diesem

Gedanken ab, sobald man die Tränen eines weinenden Kindes sieht.

So viele Tränen von armen Kindern in dieser Welt und so viele Eltern auf der wohlhabenden Seite dieser Welt, die nicht die Tränen ihrer Kinder abtrocknen und sie mit Worten aus ihrem Herzen trösten, Trost spenden in Umarmung und festhalten von Leib-Seele-Geist ihres Kindes, das allein Gott gehört. Wir Eltern verwalten seinen Besitz und er wird uns fragen wie wir mit seinem Besitz umgegangen sind!

Almuth hatte ihren Kopf auf die Schulter von Peter gelegt und knöpfte sein Hemd ein Stück weit auf, damit sie ihre Hand auf die blosse Haut über seinem Herzen legen konnte.

„Wie kann man sich sein geborenes Kind wegnehmen lassen von den Schwarmgeisterzungen unserer Versorgungsgesellschaft? Wie kann man nur ihren Lügen erliegen? Indem man sein Herz wegnimmt und sich besprechen lässt was wir zu denken, richtig zu tun und nach wissenschaftlichen Erkenntnissen neu zu machen haben? Das alles von Menschen, die bis heute nicht in der Lage sind, trotz ihrer Hochtechnologie, Leben zu erschaffen? Leben ist nur aus Leben erschaffbar. Als Mann und Frau, nur so erschaffe ich Leben. Warum sollte ich mir von Dilettanten, die es nicht können, das wegnehmen oder reinreden lassen?! Die Tränen eines armen Kindes getrocknet zu haben aus Herzensmitgefühl ist mehr als alle erschaffene Hochtechnologie jetzt und in Zukunft."

Peter streichelte die Haare seiner Ehefrau sanft vom Stirnansatz über den Scheitel hinunter bis zum Nacken, in steter langsamer Wiederholung, um dabei zu antworten:

„Für mich war immer das Schönste, wenn sie noch ganz frisch in unserer Welt sind, sie nur mit der Windel gewickelt auf die eigene nackte Brust zu legen, ihren

Kopf auf den Herzbereich legen und sie mit den Händen zu wärmen, sanft an einen gedrückt zu halten und ihrem Schlaf beizuwohnen."

Nachmittags spielten die Kinder barfuss auf der Wiese. Almuth sah ihnen dabei zu wie sie auf den Knien waren und die eine der anderen zeigte, wie man sein Gesicht durch die Gras- und Blütenspitzen streifen liess oder es in das feuchte Moos drückte, um es zu spüren wie den Wind oder den Regen oder die Sonnenstrahlen auf der Haut, und dabei gleichzeitig auch den Duft wahrzunehmen. Alles war gut hier. Sie selbst hatte auf der Eckbank Platz genommen und las. Immer wieder sah sie nach einer Weile von den Zeilen auf und suchte die Kinder mit den Augen. Nachdem sie beruhigt war, gingen die Gedanken in ihrem Kopf spazieren mit den gelesenen Worten im Pflückkorb: Die geistige Arbeit und die geistigen Wege werden nicht nach Stunden und Metern gemessen, sondern nur nach der Kraft des Willens, der Kraft des Glaubens und der Liebe zu Gott und massgeblich danach wie es uns das zweite Gebot mitteilt, die Liebe zum Nächsten. Wer ist dein Nächster? Dein Mann und deine Kinder? Sei also voller Friedfertigkeit und Freundlichkeit, Aufmerksamkeit und Zärtlichkeit. Denk an Parzival und seinen Fehler beim ersten Eintreffen auf der Gralsburg, als er es unterliess dem schwer an einer Verwundung erkrankten Burgherrn Anfortas, die Frage der Nächstenliebe zu stellen: Oheim was wirret dir? Wann hast du deinen Lieben, aus deinem Herzen heraus, die erste Begegnungsfrage gestellt: Wie geht es dir, wie fühlst du dich? Ich bitte mich selbst, Almuth, mach das noch dieses Wochenende, frage deinen eigenen Mann: Wie geht es dir? Frage deine eigenen Kinder täglich danach und sei gewillt die Antwort zu empfangen und sie mit offenem Herzen auch aufzunehmen.

An einem Wochenende im Sommer hatten sie Gäste im Haus. Freunde von Peter, mit Kindern im gleichen Alter, die aber nicht verheiratet waren. Nach dem gemeinsamen Essen ging man spazieren und die Kinder trollten wechselweise spielend hinterher oder stürmten voran. Almuth hatte mit Peters Freund ein Gespräch begonnen, während die anderen beiden sich um die Kinder kümmerten und Beeren pflückten die am Wegesrand zu finden waren.

Das Gespräch fiel auf Josephs Traum den dieser hatte, da er am zweifeln war wegen seiner jungen Frau Maria.

„Joseph wollte, als er entdeckte, dass seine Frau schwanger war und das nicht von ihm, ihrem Ehemann, sie seines Hauses verweisen; soweit kam es aber nicht, denn ein Engel des Herrn erschien Joseph im Traum und dieser sprach zu Joseph: *Sei nicht bange ob der Maria, der reinsten Jungfrau des Herrn. Denn was sie unter dem Herzen trägt ist erzeugt vom heiligen Geist Gottes und du sollst ihm wenn es geboren wird den Namen JESUS geben.* Joseph war es gewohnt eine Botschaft des Herrn zu hören und niemals daran zu zweifeln, und in Liebe umarmte er seine gesegnete Frau und pries ihre Reinheit, denn wer den Gottessohn empfängt muss wohl das reinste Wesen sein unter den Menschen und es ist eine Frau!"

Am Abend hatten sie im Garten ein Feuer angezündet und über den Flammen gekocht und auf der Wiese gesessen um zu Essen. Die Kinder waren mittlerweile in Decken gerollt eingeschlafen. Das Feuer glimmte noch. Die Erwachsenen tranken roten Wein. Ein blasses Sternenzelt war am Himmel zu erkennen. Man hatte das Gespräch, das Almuth mit dem Freund begonnen hatte, nun zu viert wieder aufgenommen.

„Es gab in der Geburtsnacht Jesu starke Zeichen und Zeugnisse am Himmel. Im ersten Buch Moses tut uns Gott kund, dass er die Leuchten am Himmel nicht nur für die Unterscheidung von Tag und Nacht bestimmt hat, sondern sie sollen auch als Zeichen dienen. Ich möchte euch etwas vorlesen", und Almuth ging in das Haus um ein Buch und eine Taschenlampe zu holen. Zurückgekehrt schlug sie eine markierte Seite auf: *„Joel, der älteste Sohn Josephs ging hinaus aus der Höhle und sah, dass alle Räume des Firmaments erfüllt waren mit zahllosen Myriaden leuchtender Engel. Und er eilte erstaunt in die Höhle zurück und erzählte es allen, was er gesehen hatte. Da gingen auch die anderen hinaus. Als sie solche Herrlichkeit des Herrn aber gesehen hatten, da gingen sie wieder in die Höhle und Joseph sagte zu Maria: Höre du reinste Jungfrau des Herrn, die Frucht deines Leibes ist wahrhaftig eine Zeugung des heiligen Geistes Gottes. Denn alle Himmel zeugen nun dafür! Joseph aber blickte ganz erstaunt nach dem Kindlein und sprach: O Gott hast du denn selbst Fleisch angenommen in diesem Kinde. Wie könnte es sonst angebetet werden von deinen heiligen Engeln. Bist du aber hier o Herr, was ist dann mit dem Tempel und dem Allerheiligsten. Und ein Engel trat zu Joseph und sprach: Sorge dich nicht, denn der Herr hat die Erde erwählt zum Schauplatz seiner Erbarmungen und hat nun heimgesucht sein Volk. Darauf ging der Engel wieder hin und betete an das Kindlein, welches nun alle die Betenden mit offenen Händchen anlächelte."*

Peter hatte einige mittelgrosse Aststücke in die erlöschende Glut gelegt und sofort erstarkte das Feuer von neuem. Hangabwindend hatte die Luft begonnen sich zu bewegen, als wäre sie hinzugerufen worden.

„Ich finde es ist unsere Sache als Mütter von Kindern darüber Aussage zu treffen. Wir tragen die Kinder unter unseren Herzen und wir bringen sie auf die Welt" sprach Almuth in den Kreis. „Die Männer als Väter haben die Aufgabe die Kinder in die Welt zu führen und dies geschieht mit dem Wort und der Tat. Wir Mütter aber beginnen für unsere Kinder mit dem Geist und der Seele, die das Herz ist. Männer, die Väter werden, begleiten sie mit ihrer ganzheitlichen Präsenz in den ersten Jahren, aber ihre Führungsaufgabe beginnt erst später. Ich halte es für sehr wichtig, dass die Kleinkinder die Stimme, das Wort ihrer Väter immer im Ohr haben und die tiefe Frequenz spüren als Luftschall. Deshalb sollten Männer, mit dem Tag beginnend für das Erwachen und den Abend beendend zum Schlafen, viel sprechen in Gegenwart der Kleinkinder. Nicht umsonst spricht die Heilige Schrift vom Wort das ausgesprochen gehört sein will, denn wahrlich, wahrlich, ich sage euch, wer Ohren hat zu hören, der höre."

Die Gesellschaft verfiel jetzt in einen regen Sprachaustausch und Peter musste noch eine neue Flasche Wein holen. Nach eineinhalb Stunden und längerem Schweigen der Besinnung, ergriff Almuth erneut das Wort.

„Meines Erachtens genügt es guten Willens zu sein. Ich muss nicht alles Wissen. Wissen wird mir bei gutem Willen von selbst zuteil. Es wird mir gegeben werden, mit meinem Herzen in dem Kind den Erwachsenen zu erkennen. In dem Kind die reife Seele zu erkennen, die sich einen Körper geschaffen, sowie Maria in ihrem Kind den Herrn erkannt hat. Wem das möglich ist dem wird sich sein Kind, sprich die Seele dieses Kindes, offenbaren in seinem Herzen und er wird die Grösse erahnen, von Anbeginn sich für das Leben als Mensch zu entscheiden. Das empfinde ich, wenn ich mein Kind im Arm halte."

Die Wiedergeburt

Roland Marthaler und die Lehren des Maitre Philippe de Lyon:
Die Erde ist ein Jammertal, ein Ort der Sühne und Reinigung.
Die Scheidung der Ehe sollte unter keinen Umständen geschehen,
denn Gott hat in dieser Ehe ein fortgeschrittenes Wesen mit einem
anderen zusammengeführt. Sie müssen ihre Pilgerreise vollenden.
Nichts kann diese Bindung zerbrechen. Gottes Gesetze verwerfen die
Scheidung und man wird leiden müssen bis man seinen Gefährten
oder Gefährtin, von der man sich getrennt hat wiederfindet, und ihr
oder ihm vergeben hat. Erinnert euch daran, dass ihr verbunden seid
und dieses Band auch jenseits des Todes fortbesteht;
trennt euch niemals, was auch immer geschieht. Die Ehe gilt auch
auf der anderen Seite.
Man bleibt so lange zusammen als man sich gegenseitig helfen und
veredeln kann!

„Mein lieber Peter", sprach der Grossvater, „wenn die Wiedergeburt im Geiste geschehen ist, dann bist du vollendet worden. Deine leibliche Existenz, deine diesseitige heutige Wesenheit, kann dann nicht zu noch mehr Vollendung kommen. Dann beginnt die Führung. Durch das nun beginnende Erkennen und die Vervollkommnung in der Liebe, der Weisheit der Himmel Gottes, wird das Wachsen stattfinden. Du wirst dann zum vollendeten Menschen und ein nochmaliges Zurückkehren auf die Erde, inkarniert als Mensch, ist nicht vonnöten. Bist du einmal vom Geist durchdrungen, so zieht dieser alles in sein Leben, das ein Leben Gottes und daher ewig ist. Der Geist dieses Menschen ist dann dem Göttlichen gleich. Was ein so vollendeter Geist in diesem Menschen will, das muss geschehen. Denn ausser Gott gibt es keine andere Kraft und Macht die Leben schafft. Es ist der ewig allein lebendige Geist der im vollendeten Menschen wirkt. Dies meinte Jesus als er davon sprach, dass seine Jünger noch Grösseres vollbringen werden als er es auf Erden getan hat. Und sie haben die Aufgabe erhalten wiederzukommen, denn wer aufmerksam liest, dem erschliesst sich das Wort. Ich bin bei euch bis zum Ende aller Tage."

Sein Grossvater machte eine längere Pause und bat Peter darum einen Schwarztee zu kochen. Nachdem sie schweigend Tee getrunken hatten und er sich eine Pfeife angesteckt hatte, nahmen sie das Gespräch wieder auf.

„Die Bibel spricht immer fort von Äonen, also Zeitaltern, und so ein Zeitalter ist für einen Mensch eine Ewigkeit. Chronos bedeutet Zeitterminologie, also die Zeitachse. Kairos aber ist das Zeitereignis. Du siehst, wir bewegen uns in riesigen Zeitblöcken durch die Zeit. Ein Hinweis zur Reinkarnation in den Evangelien ist die Wiederkunft des Elias, denn Johannes der Täufer ist der erwartete Elias.

Doch ist im Neuen Testament durch Jesus Christus nicht alles offenbart worden, er gibt Hinweis darauf. Und er gibt Hinweis darauf, dass der Heilige Geist offenbaren wird, wenn er ausgesandt ist. Jesus Christus verkündete seinen Jüngern nicht alle Geheimnisse.

Johannes gibt Hinweis darauf, dass, wenn alles was Jesus verkündet hatte aufgezeichnet würde, die Bücher nicht gezählt werden könnten. Da Jesus Christus wusste, was er zu tun hatte und was er tat, wird es seine Bewandtnis haben, warum er auf die Reinkarnation des Menschen damals nicht besonders abhob. Sind wir gespannt, was er oder der Heilige Geist uns durch die jetzigen Propheten und bei seiner eigenen Wiederkunft weiteres offenbart."

Der Grossvater klopfte die erkaltete Pfeife im Aschenbecher aus und legte sie beiseite. Darauf legte er seine Hand auf das Handgelenk von Peter und sah diesen fragend an, ob er nicht Fragen habe oder in einen Dialog gehen wolle, aber der Blick von ihm verneinte.

„Das Besondere im Vergleich zu anderen Religionen, im Zusammenhang mit der Reinkarnation ist die Lehre des Christentums von der geistigen Wiedergeburt. Jesus Christus kommt es darauf an, dass der Mensch in seinem jetzigen Leben, also dieser Inkarnation, erkennt, dass er nicht im Fleisch wiedergeboren werden soll, sondern, wenn er in das Reich Gottes eingehen will, er im Geiste wiedergeboren werden muss! Sonst geht er nicht in das Reich Gottes ein. Ein Christ, jemand der die Lehre Jesu Christi für sich annimmt, und das heisst, liebe Gott über alles und deinen Nächsten wie dich selbst, also Gott in sich aufnimmt, kann sofort und in diesem Leben in das Gottesreich eingehen. Dies ist kein Handel zwischen Mensch und Gott, sondern ein universelles Gesetz der Herzensliebe und die vollkommene Ergebenheit des Menschen mit seinem freien Willen in den Willen Gottes einzuwilligen. Der Verstand kann hierbei keinen Handel mit Gott treiben. Nur der Geist kann mit seinem freien Willen das Herz in Liebe für Gott öffnen und Gott aufnehmen wie ein Kind, unvoreingenommen und bedingungslos; lieben, wie ein Kind, das in die Welt kommt, seine Mutter und später den Vater bedingungslos liebt. Wie es im Psalm 23 steht, zum Ende hin, und *ich werde wohnen im Hause Gottes auf immerdar*. Durch die Sohnwerdung Gottes ist die umgehende Rückkehr in den Garten, und der Garten ist sowohl im hebräischen als auch im germanischen ein umfriedeter Schutzraum, möglich geworden, die Erlösung vom Erdendasein.

Natürlich haben sehr viele von uns schon etliche Erdenleben hinter sich, Erfahrungen gesammelt, um in einem der letzten Erdenleben zur Erkenntnis zu kommen. Dies ist mit und ohne Religion möglich, jedoch nicht ohne die universelle Gesetzmässigkeit des Jesusbewusstseins, liebe Gott über alles und deinen Nächsten wie dich selbst.

Vermutlich war diese Gesetzmässigkeit einzelnen Individuen weit vor dem Erscheinen Jesu bekannt und auch zugänglich und wirksam. Für die gesamte Menschheit auf jeden Fall seit Jesu Christi.

Für andere Religionen die sich in ihrer Lehre seit jeher mit dem Thema Wiedergeburt auseinandersetzen, ist die Erscheinung Jesu etwas einmaliges, denn sie können die Kette ihrer Inkarnationen unterbrechen und aufheben, sofort wenn sie es wollen."

Auf der Fensterbank hatte ein Bergfinkenpaar Platz genommen und verbreitete von dort aus Vogellärm, was die beiden Männer für einen Augenblick unterbrechen liess.

Peter sprach daraufhin:
„Paulus spricht vom Auferstehen und Weiterleben nach dem Ende der Zeit, mittels einem geistigen Leib im ersten Korinther zwölf und Römer zwölf. Zudem spricht die Heilige Schrift, dass, wer dem Heiligen Geist spottet, dem nicht vergeben werden wird. Vater in deine Hände übergebe ich meinen Geist sind die letzten Worte Jesu."

„Ja und das Höhere Selbst ist reiner Geist der die Seele ist. Die Seele ist die Wesenheit, sie ist göttlich, Gott gleich und individuell. Sie bildet mehrere Selbst aus sich heraus, sogenannte Seelenfinger. Eines ist dasjenige Selbst im dreidimensionalen Raum der Geschehnisse dieser Welt. Gleich mit ihm weitere Selbst, Darsteller in dem Bühnenstück Leben, mit dem Sinn die Liebe zu erfahren aus der alles ist, die in allem ist, die auf einer anderen Ebene oder Dimension in ihrer Reinkarnationsfolge alle gleichzeitig nebeneinander existieren. Gleich, wenn sie auch im dreidimensionalen Raum unserer Weltrealität oder Materiegeschehen hintereinander in der Zeitenfolge Vergangenheit, Gegenwart und Zukunft geschehen sind und geschehen.

Für die Fallschöpfung wird das Rohmaterial der Menschenseele aus der am höchsten entwickelten Tierseele gewonnen. Viele hochentwickelte Tierseelen zusammen bilden den Grundstein für eine neue Menschenseele, in der sich dann ein freier Geist entfalten kann, sich entfaltet als eine menschliche Individualität.

Vor etwa siebenhundert bis sechshundert Jahren vor Jesu Christi, begannen die grossen monotheistischen Religionen. Die Erde umrundet die Sonne und dreht sich dabei um die eigene Achse, es ist wie ein Tanz. Der Heilige Geist, der durch Jesus ausgesandt wurde und der laut Aussage Jesu Christi lange vor ihm war, wirkt nun auf die Erde ein; wie eine Giesskanne entleert er sich gleichmässig aufs bevölkerte Erdreich. Gott sendet den Heiligen Geist aus zur URbarmachung. Dieser wird von verschiedenen Orten und Volksteilen der Erde empfangen und inspiriert die Urreligionen des Monotheismus. Jesus erklärt Gott präziser. Er erläutert und erlöst und gewährleistet die Rückkehr der Toten in Gottes Himmelreich. Es lassen sich bei vielen Religionen die Riten des jüdischen Volkes, sprich Gottes Volkes, wiederfinden. Der Turmbau zu Babel und die Sprachverwirrung eines Volkes, und das Auseinanderdriften dieses Volkes, das nun verschiedene Sprachen spricht. Auch die Aussage Gottes beim Turmbau zu Babel zu diesem einen Volk: Sie können alles bewirken.

Die Schwelle vom Tier zum Menschen wird überschritten, wenn der Heilige Geist sich bindet. Dies implementiert den Gottesfunken. Die Entwicklung des Menschenleibes vollzog sich nicht nur körperlich sondern auch seelisch. Der Heilige Geist, eingegeben in den ersten Menschen, der als Gefäss für den Gottesfunken jetzt bereit war, vor sechstausend Jahren; Menschenarten deren Lebensform zuvor noch tierischer Art war, bewirkte die Entstehung des Menschengeschlechts. Die Menschen waren gehalten im Gesetz der Wiedergeburt der Seele, eine Notwendigkeit der natürlichen Evolution. Alles Leben wächst und reift. So wuchsen und reiften auch die Menschenseelen.

In Ihrer Entwicklung in verschiedenen Kulturepochen, nahmen die Menschen aufgrund medialer Begabung, Beziehung zur geistigen Welt auf. Sie erkannten diejenigen Dämonen und Götter, die dem Stand der Entwicklung nach zu begreifen waren. Wie Goethe im Faust feststellt: *Du gleichst dem Geist, den du begreifst, nicht mir*! Doch blieben die Menschen unerlöst trotz höchster geistiger Reife. Trotz Botschaften der Sternengötter blieben sie doch im Reinkarnationsgesetz verhaftet. Den edelsten Seelen bereiteten die Sternengötter einen Aufstieg in sphärische Reiche, ins Elysium, doch hatten sie keine Aufstiegsmöglichkeiten zu Gott und in seine Himmel. Niemand kam über die Lichtmauer. Erst Gott als Mensch eröffnete den Heilsweg für alle Seelen.

Das Himmelsreich ist ein hohes Reich, verteilt auf viele Sterne, die physisch unendlich weit voneinander entfernt sind, aber durch stromartige Bahnen miteinander verbunden sind.

Es gibt keine endlose Reihe der Wiedergeburten. Im Reifwerden der Seele gibt es sicher eine erforderliche Anzahl von Reinkarnationen auf der Erde. Doch ist das Ziel der Reifwerdung der Seele im Universum, für Gott wirksam zu sein, dies gilt für alle Menschen aller Kulturen und Religionen. In meines Vaters Haus sind viele Wohnungen eingerichtet. Jesus spricht in einer einfachen Bildersprache, für jeden Menschen vorstellbar, über Zusammenhänge und Welten, die für unseren

Menschengeist nicht denkbar oder greifbar sind; müssen sie auch nicht, nicht für diese Erdenwelt und dieses Erdenleben.

Erst wenn unsere Seelenreife soweit gediegen ist, dass unser Astralleib, als die sichtbare Seele, kraftvoll genug ist, werden wir die Reinkarnationsfolge auf der Erde verlassen können. Dann kann der Astralleib der universellen Strahlungskraft des dort wirkenden Heiligen Geistes standhalten und die Seele kann sich dann im Universum weiterentwickeln. Sie dient der Schöpfungswesenheit. Die Seele als solche wird nicht ausgelöscht, sie besteht immer in irgendeiner Weise. Gott hat, wenn man es menschlich ausdrücken möchte, Verwendung für die Seele und weiss sie zu gebrauchen.

Das Universum ist beständig am Wachsen und dehnt sich aus, es entstehen neue Sternenwelten. Hierfür ist Geisteskraft notwendig damit eine Lenkung der Materie gegeben ist. Der Mensch wurde genauso gezielt entwickelt wie alles in der Schöpfung. Hierfür mussten auf der Erde erst die Voraussetzungen geschaffen werden. Dieser Prozess ist in der Genesis beschrieben, die Ablauffolge in der Schöpfungsgeschichte der Erde. Wie lange währt ein Tag des Schöpfers in der Zeitrechnung der Erdgeschichte oder Menschheit?

Unsere Wissenschaftler stellen fest, dass beispielsweise ein Jahr im Menschenleben sieben Jahre eines Hundelebens entspricht. Wie viel Jahrmilliarden Erdzeitrechnung ist ein Schöpfertag?

Um die höhere Seelensubstanz aus dem Universum auf die Erde bringen zu können, musste dort erst die Grobstofflichkeit der Materie gefügig gemacht werden. Verschiedene urzeitliche Tierarten mussten erst entstehen, vergehen und sich weiterentwickeln, bis aus den höher entwickelten Tierarten die Seelensubstanz für den Menschen gewonnen wurde. Unter der Einstrahlung des

Heiligen Geistes wurde diese Seelensubstanz dann belebt zur Menschenseele. Wir sind Körper - Seele - Geist. Michelangelo hat dies in ein Bild gefasst in der Sixtinischen Kapelle in Rom, die Eingebung des Geistes, die Berührung über die Fingerspitze macht den Mensch Gott in seinem Wesenskern gleich, aber bitte nicht gleich gross. Auch hier haben wir weder Worte noch Vorstellungskraft um dies in irgendein uns zugängliches oder bekannt realistisches Verhältnis zu setzen."

So endete dieser Nachmittag als die Frauen eintrafen und alles leicht und lebendig wurde. Es wurde zur Begrüssung umarmt und geküsst. Hände hielten sich fest für einen Moment oder Finger glitten über eine Wange. Zärtlichkeit war im Raum zusammen mit dem letzten warmen Licht und Duft des Tages, Schönheit des Liebreizes von Farben der Gewänder, die den Farben der Blumen entliehen waren.

Heute morgen, noch vor dem Frühstück, hatte der Grossvater sich in den Garten aufgemacht, um dort Zitronenmelisse zu pflücken. Das tat er immer dann, wenn er in besonders heiterer Vorfreude auf ein Ereignis oder Geschehen war, von dem aber nur er um das Eintreffen desselben wusste, nicht aber den Inhalt. Dann duftet der Frühstückraum nach Zitrusfrüchten seinen Ankömmlingen entgegen und ein durchaus aufgeweckter Grossvater versprühte gute Laune. Das tat er mit seinem Körper und den Augen. Seine Gangart hatte etwas Stolzes und Feierliches, so als ging es zum Dirigieren in die Oper nach Wien. Dabei strahlten die blauen Augen wie Frühsonnenlicht auf Tau. Der einzige Gast am Tisch war heute morgen sein Enkel Peter. Noch bevor dieser nach der Begrüssung beginnen konnte gute Butter, aus der Glasschale geschnitten, unter den Honig auf seine Brotschnitte zu bringen, fing der Dirigent des

Augenblicks mit seinem Stab an zu klopfen, Aufmerksamkeit zu befehlen und eine brucknerartige Symphonie einzutakten. „Lieber Peter, es kann nichts Unreines in das Reich Gottes eingehen." Peter, der es schon gewohnt war von seinem Grossvater unmittelbar in die Geistesgefilde gerissen zu werden, wie andere Leute Kohlensäcke von der Erde hoch auf die Schulter rissen, russschwarz davon wurden, Spuren gezeichnet, so wurde seine Seele nach oben genommen in höhere Himmelssphären. „Die Himmel Gottes, nicht zu verwechseln mit dem Himmel der Menschen, sind vollkommen eins mit dem Willen des Vaters und in diesem Einssein in ihrer Art bestimmt. Es kann nicht sein, dass jemand in diese Himmel gelangt der nicht von dieser Art ist. Würde so jemand in die Himmel gelangen können, so würden sogleich die ganzen Schöpfungsgebiete dies wahrnehmen. Die Unordnung, die dieses Ereignis auslösen würde, könnte nicht einmal mit der ganzen Macht der Höllen verursacht werden."
Peter wusste, dass er eine Pause bekommen würde. Nach solch einem Epilog kam die Pause. Mechanisch biss er ins Honigbrot, kaute langsam, schluckte und ass weiter.

Zitronenmelisse war erneut duftend im Raum, denn auch der Grossvater machte eine Pause und rieb dabei ein paar Blätter des Strausses im Wasserglas zwischen seinem Daumen und Zeigefinger.

„Wir müssen Gott ernsthaft suchen und nicht den Gelüsten der Welt nachgehen. Wer den Gelüsten der Welt nachgeht, der verliert Gott und dem wird Gott kein Zeichen schenken, aus dem er erkennen könnte, wie weit er sich schon entfernt hat von ihm. Erst wer erneut beginnt zu suchen, ausdauernd und mit Ernst, von dem lässt sich Gott auch wieder finden. Getrennt sein von Gott ist Sünde. Gott hat keine Freude an der Sünde, er verwirft sie, nicht aber verwirft er den Sünder, er liebt den Sünder. Der Sündige ist das verlorene Schaf, ist der verlorene Sohn und der ist in Wahrheit eine Tochter die verloren ging."

Peter war beim zweiten Honigbrot, diesmal etwas einfacher, ohne Butter, nur Waldhonig, zuvor Butter und Bergwiesenfrühlingsblütenhonig.

„Weisst Du, mein Peter, da denke ich an meine Wahl-Oma und an ein Zitat von ihr, eine Dichterin, die sich gern am Wasser aufhielt oder gegenwärtig mit dem Wasser war: *Du kannst so rasch sinken, dass du zu fliegen meinst.* Das ist von Marie von Ebner-Eschenbach, ich hatte sie als fünfjähriger Junge kennengelernt noch kurz vor ihrem Tod neunzehnhundertsechzehn. Ihre Gedichte habe ich aber erst später als junger Mann gelesen."

Er hatte den bitterherbsüssen Geschmack des Waldhonigs im Gaumenraum und dachte ans Fliegen von Erdhummeln, ihren treffsicheren Einflug am Erdloch, die Landung und das schnelle hinein krabbeln.

„Jede Seele, mein guter Peter, jede Seele im Fleische muss ihre Willens- und Erkenntnisfreiheit in Prüfungen bestehen. Hierfür wird durch den Vater, sagen wir es so, der Anreiz geschaffen zum Guten unter Beisein des Bösen, denn nur so kann diese Erkenntnisfreiheit, die Willensbildung, geschehen. Durch unseren Herrn Jesus Christus haben wir die Erkenntnis erhalten, dass niemand zum Vater kommt denn durch ihn, da wer ihn sieht oder hört, auch den Vater sieht und hört. *Ich bin im Vater und der Vater ist in mir.* Der Vater und der Sohn sind eins."

Der Enkel musste daran denken, dass sein Grossvater und die Hummeln, die Frühlingsblüten, der Honig und er eins sind im Frühling, in der Sonne des Morgens, unter dem hellblauen Himmel des Bergwiesengartens mit seinem Zitronenmelissenduft. Dies ist der Himmel auf Erden. Gott würde sich hier zuhause fühlen. Hier ist sein Heim.

„Wenn ich heute die Früchte betrachte, Peter, die wachsen, so denke ich immerfort daran, dass auch mein geistiges Wachstum nur erfolgte, indem ich in dem Licht des Heiligen Geistes gewachsen bin, sowie die Früchte im Licht der Sonne. Ich habe meine Kräfte ganz auf Gott gelenkt, alle Tage schauen meine Herzensaugen zum Herrn. Nur so bin ich zu einem reifen und mächtigen Menschen in der Ordnung Gottes geworden.

Morgen gehen wir hinunter zu den Menschen, die im Tal leben. Sie werden uns wie immer schön aufmerksam beobachten. Aus den Augenwinkeln heraus die einen. Die anderen werden hinter Vorhängen hervorsehen. Doch freuen wir uns auf die wenigen, die frei sind und uns begrüssen, und ertragen wir diejenigen, die Spott und Häme für uns bereithalten, und gedenken derjenigen, die für eine kurze Zeit von ihnen verschont bleiben, weil wir da sind. Du wirst aber bemerken, dass dieselben, die unter den Spöttern ständig zu leiden haben, nicht dankbar sind entlastet zu sein, sondern sie werden sich zu den Spöttern hinzugesellen. Es bleibt eine Besonderheit, die Ansammlung von Menschen. Die Stadt entsteht aus der Stätte, und die Stätte ist eine Ansammlung, und in der Ansammlung beginnt der Mensch selbst die Ordnung zu schaffen und dann wird es übel.

Gott hatte für den Menschen anderes im Sinn. Angefangen haben hier ebenfalls die Juden, das Gottesvolk, und sie begehrten einen Menschenkönig und wollten nicht mehr durch Propheten von Gott geführt werden. Wie gesagt, in der Ansammlung beginnt der Mensch mit seiner eigenen Vorstellung von Ordnung. Wobei der Mensch in Wirklichkeit keine eigene Vorstellung haben kann, sie wird ihm geistig zur Verfügung gestellt.

Wir haben am allerwenigsten Einfluss oder Macht über unsere Gedanken. Es ist der grösste Irrglaube, dass wir Herausgeber unserer Gedanken sind.

Gott hat jedem Menschen Gaben zuteil werden lassen. Es sind drei Gaben: Die Vernunft und der Verstand und über allem den freien Willen. Die Vernunft hilft dem Menschen alles Gute und Wahre wahrzunehmen, es zu hören. Der Verstand hilft dem Menschen das Wahrgenommene, das Gehörte zu ordnen und durch dieses ordnen das Reine zu erkennen. Der freie Wille aber befähigt ihn dazu, das Reine frei für sich zu wählen und für sich zu behalten, es in seinem Herzen zu bewegen und danach tätig zu werden, und darin zu sein. Menschenansammlungen tun auf Dauer dem zuvor genannten nicht gut.

Abgeschiedenheit ist vonnöten. Gott gibt dem Menschen einen Wirkungskreis für sein Leben vor, in dem dieser seinen freien Willen erproben kann. Der Mensch übt seinen freien Willen. Man kann sich dies wie eine breite Strasse vorstellen, auf der man sich bewegt, von der Geburt bis zum Tod und deren Breite man voll ausnutzen darf, aber darüber hinaus vermag kein Wesen zu handeln.

Deshalb, mein Peter, sorge dich nicht mehr um die Verhältnisse, die auf der Erde herrschen.

Dies ist mit dem Satz gemeint: Der Mensch denkt, doch der Herr lenkt.

Ein Magier versucht diesen Kreis zu verlassen und begibt sich dann ausserhalb des Zentrums von Gottes Willen. Dies ist der gefährlichste Ort den sich ein Mensch erwählen kann.

Wäre diese Welt nicht mit allen erdenkbaren Reizen versehen, sondern wäre sie nur das für den Menschen, was da eine Wüste für die wilden Tiere ist, so wäre dem Menschen sein gottähnlicher freier Wille, seine Vernunft und sein Verstand vergeblich gegeben. Denn was sollte da seine Liebe erregen und was sollte diese begehren und wollen. Und was könnte da seine Vernunft läutern und seinen Verstand erwecken und beleben. Das nahezu endlose viel und höchst mannigfaltige Gute und Schlechte, Edle und Unedle, ist also nur des Menschen wegen da, auf dass er alles sehe, erkenne, prüfe, erwähle und es zweckmässig gebrauche.

Dass sich Gott nicht so bald und so leicht finden lässt, wie es manche Menschen gerne hätten, das hat seinen höchsten Grund darin: Würden die Menschen mit leichter Mühe das finden was sie suchen, so hätte das Gefundene bald keinen Wert mehr für sie und sie gäben sich wenig Mühe mehr, noch weiter zu suchen und zu forschen. Darum geschehen grosse Offenbarungen selten, damit die Menschen in ihrer Seelennacht geängstigt, selbst Hand ans Werk legen müssen und mit allem Eifer suchen die ewige Wahrheit, also mich."

Der würdige alte Herr hatte heute morgen erst aussergewöhnlich spät damit begonnen seinen täglichen Dingen nachzugehen. Etwas war heute anders als sonst. Nicht, dass er müde gewesen wäre, sondern dass er den Beginn der geregelten Tätigkeit einfach unterbrochen hatte. Ungefragt und unaufgefordert richtete er das Wort an die nächste Person. Es war so, als würde das, was er gerade dachte, durch sein gesprochenes Wort geöffnet werden und vernehmbar sein durch seine Stimme für diejenigen, die ihn nicht im Geiste begleiten.

„Die ersten Menschen in dieser Welt, und ich meine die Menschen, die in der Bibel genannt sind, die das

Elternpaar darstellen um die Rückführung der Fallschöpfung zu beginnen, sind Adam und Eva. Es sind hohe Lichtschöpfungen aus den Himmeln des Vaters.

Der Schöpfer brachte mit seinem Willen zuerst die verschiedenen Pflanzen und dann die Tiere auf diese Erde und zwar indem zuerst Kleinsttierchen, sogenannte Zittertierchen, auf diese Erde gebracht wurden. Der Menschenleib der Schöpfungsgeschichte wurde von einem anderen Planeten auf diese Erde gebracht. Wir sind in vielem nicht in der Lage die anderen existierenden Welten, Erden und Schöpfungen zu sehen. Vieles ist durch einen Schleier unseren Sinneswahrnehmungen entzogen. Wir sind zu materiell. Der Mensch der Heiligen Schrift kam, nachdem alles für ihn vorbereitet war. Nachdem die fremdgeschaffenen Kreaturen der Dinosaurier die Erde verlassen mussten."

Im Spätsommer konnte es abends bereits kühl werden und dann sass sein Grossvater vor dem Feuer im Kaminofen, nah genug um sich ein rotes Gesicht zu machen, ob der Hitze die vor dem Ofen stand. Das schien ihm jedoch heute gerade das richtige zu sein. Weisses Haar, rote Gesichtsfarbe und dazu die Fröhlichkeit in den Augen, die einen ahnen liess, dass in dem nächsten Moment etwas geschehen würde.

„Ich fühle mich heute durch das Feuer regelrecht bewegt. Die Wärme richtet mein Inneres auf. Ich fühle mich gestreckt in Leib und Knochen und bin mindestens zwei Meter gross. Das könnt ihr natürlich nicht sehen aber deswegen sage ich es euch ja."

Peter kannte das schon von ihm. Als nächstes würde eine flammende Rede folgen.

„Meine Kinder, meine Enkelkinder, mein Weib, wie rede ich euch von den Dingen, die sich in mir regen durch das Feuer. Als der Schöpfer im Anbeginn der geistigen

Schöpfung seine Vision gestaltete, da legte er seine Gedanken und Macht in das Herz seiner ersten Geistesschöpfung, den ersten herrlichsten Engel, das erste aus sich herausgestellte eigenständige Wesen seiner Schöpfung. Als dieses Wesen die Allmacht in sich zu fühlen begann, die aus dem Schöpfer kommt, da spürte dieses Wesen ein grosses Verlangen nach der Liebe zu seinem Schöpfer, wie der Schöpfer nach Liebe zum Geschöpf. Damit aber war unser geliebter himmlischer Vater abhängig von der Liebe seines erstgeschaffenen allerhöchsten Geschöpfs, die auch Weisheit ist, die Sophia, die Sadhana, die das Weibliche ist. Der endlose Raum wurde daraufhin bevölkert von diesem Herrlichsten der Engel mit Myriaden von Engeln. So aber dieser Herrlichste der Engel sein Werk betrachtete, da fasste er selbstherrlich den Beschluss seine eigenen Pläne für immer und ewig zu gestalten. Er sah sich fortan nicht mehr als Träger der göttlichen Kräfte, sondern selbst als Schöpfer und so entstand die Kluft zwischen einem Teil der Engel und Gott und damit auch die Kluft zwischen dem Menschen mit seinem eigentlichen Schöpfer- Gott."

Sein Grossvater rezitierte sehr gerne Meister Eckhart, und erzählte oder las aus dessen Predigten vor. Ein gern gehörter Satz war: *An geistigen Dingen gibt es keine Sättigung, denn je mehr man davon hat, desto mehr dürstet es einen danach.* Darauf folgte für gewöhnlich der Hinweis aus den Paulusbriefen an die Gemeinde in Laodizea, dass wir ein reines Geistchristentum zu pflegen haben und nicht ein zeremonielles Kirchenchristentum. Wenn er aber in sich gekehrt war, wurden die Töne leiser. „Die Bitte der Engel ist ein Geheimnis auf Erden. Sie haben von Ewigkeit zu Ewigkeit bei Gott gewohnt, und tun es weiter und erleben dies in stetiger Wonne. Dieses endlose in Wonne sein, sind dem einen Augenblick gleich wertvoll, wenn die Engel eingeladen sind zur Hochzeit am Tische des Herrn mit seinen Kindern unter denen er sitzt in seiner ganzen Fülle seiner Gottheit. Da bitten die Engel ihren Herrn: Lasse uns auch zu deinen Kindern werden."

Ist ein Mensch geweckten Geistes, so fürchtet er das Abfallen des Leibes im Tode so wenig wie ein gewöhnlicher Mensch den Schlaf. Denn des Geistes Erfahrung ist das ewige Leben, welches unzerstörbar ist; so wie der Seele Erfahrung ist, dass der schlafende Leib des anderen Tages sicher wieder erwacht. Die Furcht vor dem Tode als vor einer möglichen Vernichtung des Daseins liegt demnach in der Seele nur so lange, als der Geist in ihr nicht erwacht ist und in ihr ein ganz anderes Bewusstsein erzeugt.

„Wenn ich euch heute, wenige Tage bevor ich sterben werde, mitteile, was der Mensch ist, so tue ich das, weil ihr es wissen und mit meinem Tod in Verbindung bringen sollt. Denn es ist so, dass alles, was hier auf der Erde oder in der Sonne und dem Mond und auch in allen Sternen geschieht, nur deswegen geschieht, weil es den Menschen gibt; das alles wurde nur wegen dem Menschen erschaffen oder anders gesagt, die Erde und das ganze Universum wurde in Vorbereitung nur wegen dem Menschen erschaffen.

Seid voll der Barmherzigkeit, denn sie selbst ist das Auftreten des Vaters Jesus in dieser Welt. Der Erzengel Gabriel verkörpert diese Eigenschaft Gottes. Er ist der Erzengel der Barmherzigkeit. Die Barmherzigkeit ist wie ein Gefäss in dem die Sanftmut, Besorgtheit, Fleiss, Liebetätigkeit und auch die Freigebigkeit Gottes vorhanden ist. Der UR-Erzengel Gabriel ist somit der Geist, der den anderen sechs Erzengelgeistwesen als

Vollender nachschreitet. UR-Erzengel Uraniel für die Ordnung, Michael für den Willen, Zuriel für die Weisheit, Muriel für den Ernst, Alaniel für die Geduld und Raphael für die Liebe. Der Geist der Barmherzigkeit führt die Menschenseele zur Vollendung und ist die wahre Wiedergeburt im Geiste."

Wer immer nach meiner Lehre eine baldige und volle Wiedergeburt im Geiste und in der Seele wünscht, der führe ein möglichst keusches Leben. Denn alles andere zieht den Lebenssinn der Seele nach aussen.

Die Seele lebt inwendig, wenn sie in Gott lebt. Lebt sie aber im Aussen, so lebt sie in der Welt und wenn sie in der Welt lebt, vergammelt sie. Besser sie lebt inwendig und schaut zum Fenster hinaus, aus ihrem Haus. Das Fenster der Seele sind die Augen.

Das Wasser

Der Geist Gottes schwebte über den Wassern
Mechthild von Magdeburg:
„Der Fisch kann im Wasser nicht ertrinken, Der Vogel in den Lüften
nicht versinken, Das Gold ist im Feuer nie vergangen, Denn es wird
dort Klarheit und leuchtenden Glanz empfangen. Gott hat allen
Kreaturen das gegeben, Dass sie ihrer Natur gemäss leben. Wie
könnte ich denn meiner Natur widerstehen?"
„Ich muss in allen Dingen zu Gott hingehen, der mein Vater ist von
Natur, mein Bruder nach seiner Menschheit, mein Bräutigam von
Minnen und ich die seine ohne Beginnen."

Blumenpeter sass auf der Brüstung der Wehranlagen in
Luxemburg und hatte eine Aussage von Tao te King in
seinen Gedanken präsent, dass das grosse Grundprinzip
die Niedrigkeit, also die Demut, die Bescheidenheit ist
und ist wie das Wasser, das immer die niedrigste Stelle
sucht. Er sah hinunter aufs fliessende Bachwasser, das in
der Tiefe unscharf dahinging und freute sich an den
angrenzenden Häusern mit ihren Gärten, die ebenerdig
und strassenseitig ummauert, keine Einsicht boten, sass
man nicht wie er oben auf dem Wehr.
Haus und Garten lagen auf der anderen Seite des
Bachufers. Barock in der Anordnung, gegründet im
Mittelalter und jetzt gerade blühend in ihrer ornamentalen
Pflanzen- und Buschanordnung. Und immer ein
dominierender alter Baum, dem eine Gärtnerhand
niedrigen Wuchs und ausladende Breite beschert hat.
Peter war die Wehranlage ein Stück Weges weiter
gegangen und hatte auf einem kleinen Grasplateau, auf
dem ehemals eine Kanone stand, neu Ausschaustellung
bezogen.
Ein gepflücktes Gänseblümchen zwischen den Fingern
rollend und es liebevoll lächelnd betrachtend, hockte er
da mit ausgezogenem Schuhwerk samt Strümpfen, vor
sich ins Gras gestellt, und freute sich des Lebens. Eine
jüngere Frau hatte ihn beim Vorübergehen aufmerksam

angesehen, so dass er wiederum ihr nachsah. Was dazu führte, dass sie sich umdrehte und zurückkam, an ihm vorbeiging und zwei Körperbreiten neben ihm Platz nahm, die Schuhe abstreifte, in denen sie nur barfuss war und mit gleicher Fröhlichkeit auch hinabsah durch eine der breiten Kanonenschiessscharten, dorthin, wo er seinen Blick hingerichtet hatte. Anike war eine Kriminologin aus Holland, vom Meer her, jemand der das Salz liebt und den freien Blick zum Horizont hin, anders eben als die Berge. Sie fragte ihn.

„Was machst du?" Mit ihrem eigentümlichen Deutsch, das in einem runden Klangbild endet und leicht langgezogen daherkommt.

„Blumen besprechen und Blumen betrachten."

Sie wunderte sich darüber offensichtlich nicht.

„Ich bin heute im Labor gewesen und habe die Bilder eines Fingerabdrucks auf einer Patronenhülse gesehen. Die Hülse einer Patrone wird sechshundert Grad heiss beim Schuss, und alles Fett und aller Handschweiss darauf verbrennen. Es gibt da keine Spuren. Und doch, wie eine Meeresgrabengebirgszugslandschaft, ist da das Profil des Fingerabdrucks vorhanden.

Wir hinterlassen lauter Spuren, auch wenn wir sie verbrennen oder sauber wegwischen.

Sie finden uns alle wieder."

„Ja und das Wasser mäandert, wenn es natürlich sein Bachbett schafft und bildet Strudel und in ihm schläft verborgen die Implusionsenergie. Das hat Viktor Schauberger herausgefunden. Sehr, sehr spannend, oder nicht? Blumen lieben Wasser."

Anike sah Peter länger von der Seite an und fragte ihn nach seinem Beruf und er erzählte ihr kurz was er machte, worauf auch sie ihm Auskunft gab, warum sie Kriminalistik studiert hatte. Danach knüpfte Peter wieder an das liegengelassene Gespräch an.

„Auch wird niemand daran zweifeln an dem Einfluss des Mondes auf den Gezeitenhub des Meeres. Ebbe und Flut werden durch den Mond ausgelöst und bestimmt. Nun, wenn ein Himmelskörper aufgrund seiner Masse und seiner Bewegungen das Wasser auf einem anderen Himmelskörper auf solche Art in Bewegung versetzen kann, wie wirkt er auf das sonstige Wasser, das auf der Erde vorhanden ist?"

Es hatte leicht zu regnen begonnen, worauf sie sich gemeinsam unterstellten und dabei beobachteten, wie das Regenwasser der Schienenrinne der Strassenkurve folgte. Das schnelle Wasser bildete auf seiner Oberfläche keilförmige Spitzen hangabwärts. Peter sah auf die Hände von Anike, die auffällig schön waren. „Die Hände sind das unmittelbare Ausdrucksmittel der Seele. Deshalb ist wohl das Klavierspiel für den Geist etwas so befriedigendes. Spielst du Klavier?" Sie lachte und verneinte.

„Wir sind mit allem verbunden, Anike. Wenn wir uns treiben lassen, so können wir überall stranden, wenn wir uns führen lassen, so können wir irgendwo landen. Wenn wir das Höchste in uns Platz nehmen lassen, kommen wir an."

In allen Spiegelflächen
Tagseen
Nachseen
ist dein Antlitz eine stumpfe Fläche
geworden
an allen Elementen
in deren feinsten Zuständen
haften deine Handflächen nicht mehr an

sie sind ihres statischen Energiefelds
entnommen

sie sind deines Blutes
zirkulierende Enden

sie sind nicht mehr das Berühren der Seele
am anderen
sie waren
und sind missbraucht durch dein Unverständnis

durch sie dein Leben wirklich zu wagen.

Dein Antlitz spiegelt sich stumpf
in den Wandspiegeln.
deine Augen, deine Blicke
ist der blasse Ausruf
einer Seele, die ihr Kind sein nicht in die Welt
des Zeitablaufs des Raumdurchschreitens
hineinbringen konnte.
Besinne dich vor deinem endgültigen Alt sein

die Kindheit ist jedem genommen
das Alt sein
ist die Aufgabe des wahren Begreifens
dass deine Seele neumalig
zu einem Kind geboren wird

zurückkehrt
in den Lichtschoss
der den ersten Glanz und den letzten
deines Augenspiegels bewirkt.

„Töne, Anike, aus denen ja auch der Gesang der Vögel besteht, brauchen Wasser. In der Wüste gibt es keinen Gesang. Deshalb singen die Vögel vor, während und nach dem Regen auch am schönsten. Falls nicht gerade ein Gewittersturm ist.

Wenn ich in den Bergen bin, dann sehe ich auf den blauschwarzen Kaltspiegel des Bachwassers. Der ist gleich der Restfarbe der Tannen, die unter dem Schneesattel vernebelt, still geworden sind. Und die Luft, die in der Ferne durch die Kälte und Feuchte neblig wird. Von gleicher Farbe wie das Wasser, lediglich in seinem Glänzen im Unterschied zueinander.

Ich liebe das Wasser aber nur, wenn es kein Meer ist. Das Meer ist mir fremd und unverständlich. Vielleicht weil Salz in ihm ist. Man kann dazu keine Wissenschaftler befragen. Von der Wissenschaft braucht man nichts zu wissen. Es genügt ihre Resultate oder Produkte zu nutzen. Denn die Wissenschaft ist keine Seelendisziplin und besitzt keine Poesie. Sie bewegt sich nur im Materiellen. Sie gebiert und denkt mit dem Verstand und nicht mit dem Herzen. Ich liebe das Wasser, denn es geht hier die Wege, die ich mit meinem Körper nicht gehen kann. Es fliesst durch jeden Spalt und steigt in den Himmel auf als Dampf oder gefriert zu Eis und sprengt den Stein. Aber mein Geist vermag mehr als das Wasser.“

Der bedeutende Unterschied: Siehe, das ist der bedeutende Unterschied, wer Gott liebt schon vor der Erkenntnis, der wird des Lebens Fülle überkommen. Wer aber Gott liebt nach der Erkenntnis, der wird auch leben, aber nicht im Herzen, sondern im Reiche der Gnade als ein wohl belohnter Diener. Solches beachte gar wohl, denn es ist fürs Leben von grösster Wichtigkeit.

AM ENDE

Dieses aber sage ich jetzt, dass ich bin der alleinige ewige Gott, in meiner dreieinigen Natur als Vater meinem Göttlichen nach, als Sohn meinem vollkommen Menschlichen nach und als Geist allem Leben, Wirken und Erkennen nach. Ich bin von Ewigkeit die Liebe und die Weisheit selbst. Nie habe ich von jemandem etwas empfangen. Alles was da ist, ist von mir und wer etwas hat, der hat es von mir.

Wenn wir die ganze Kraft unseres Denkens anstrengen und noch darüber hinausgehen, und wenn wir die Liebe haben und neu beginnen zu denken und darüber hinausgehen, dann bleibt da nur eines übrig: **Dankbarkeit.**

Eben darum <u>bekommen die seligsten Geister der höchsten Himmel</u> eine mir nahe <u>gleiche Kraft</u> <u>und Gewalt.</u> Um mir und allen Menschen auf eurer Lebensprobewelt umso gediegenere Dienste leisten zu können. Wozu würde ihnen sonst wohl der Besitz einer sogar schöpferischen Kraft dienlich sein? Braucht man wohl zum Nichtstun Kraft und Weisheit?
Ist ihre Tätigkeit und Dienstleistung aber von grösster Wichtigkeit für die Erde schon, wie gross und wichtig muss sie sein für die Geisterwelt und aus der für die ganze Unendlichkeit.

Quellen:
Kursiv gesetzte Textstellen sind Originalauszüge; soweit dort keine Autoren- oder Quellenangabe vermerkt ist, entstammen sie folgenden Schriften:

„Elberfelder Bibel"

Schriften Jakob Lorbers
„Das Grosse Evangelium des Johannes"
„Die Haushaltung Gottes"

Zudem sind folgende Buchquellen/ Internet zu nennen:

Dr. Guido Schuhmacher
„Die tiefen Ursachen des Krankheitsgeschehens"
„Durch Einsicht und rechtes Handeln zur Vollendung"
„https://www.ich-bin-akademie.de"

Anita Wolf
„UR-Ewigkeit in Raum und Zeit"